JOCELYN KELLEY

Die Lady mit der Feder

Buch

St. Jude's Abbey ist alles andere als ein gewöhnliches Kloster. Ganz im Sinne seiner Gründerin, Königin Eleanor von Aquitanien, werden hinter diesen Mauern mutige junge Frauen in den ritterlichen Kampfdisziplinen sowie den Selbstverteidigungskünsten des Fernen Ostens unterwiesen – zum Schutz der Krone und ganz Englands …

Die Talente der jungen Isabella de Montfort liegen jedoch in den Wissenschaften und nicht in den Kriegskünsten. Und so ist Isabella natürlich wenig begeistert, als Königin Eleanor ausgerechnet sie für eine gefährliche Geheimmission auswählt, von der es wahrscheinlich keine Wiederkehr geben wird. Auch die Äbtissin von St. Jude ist sehr besorgt um ihre junge Schülerin und stellt Isabella daher ihren Neffen zur Seite, den überaus attraktiven Ritter Jordan le Courtenay. Dieser hat vor langer Zeit die Lust an kämpferischen Auseinandersetzungen verloren, als sein bester Freund bei einem Turnier ums Leben kam. Doch dann entflammt die schöne Isabella in ihm schon bald wieder die alte Leidenschaft – und ein gefährliches Verlangen, ihren Körper mit heißen Küssen zu bedecken …

Autorin

Jocelyn Kelley ist das Pseudonym einer bekannten amerikanischen Autorin. Seit ihrer Kindheit liebt sie es zu lesen und träumte davon, einmal große historische Romane zu schreiben, in denen die mutige Heldin viele aufregende Abenteuer besteht. Ein Traum, den sie sich mit ihrer faszinierenden Tetralogie über die vier Kämpferinnen aus der St. Jude's Abbey erfüllte.

Jocelyn Kelley lebt mit ihrem Ehemann, drei Kindern und ebenso vielen Katzen in Massachusetts.

Weitere Informationen zur Autorin finden Sie unter www.jocelynkelley.com

Außerdem lieferbar:

Die Lady mit dem Schwert (36653), Die Lady mit der Lanze (36744),
Die Lady mit dem Bogen (36763)

www.randomhouse.de/Liebesromane

Jocelyn Kelley

Die Lady mit der Feder

Roman

Aus dem Englischen
von Anke Koerten

blanvalet

Die Originalausgabe erschien unter dem Titel
»My Lady Knight«
bei Signet Eclipse, an imprint of New American Library,
a division of Penguin Group (USA) Inc., New York.

FSC
Mix
Produktgruppe aus vorbildlich
bewirtschafteten Wäldern und
anderen kontrollierten Herkünften

Zert.-Nr. SGS-COC-1940
www.fsc.org
© 1996 Forest Stewardship Council

Verlagsgruppe Random House FSC-DEU-0100
Das für dieses Buch verwendete FSC-zertifizierte Papier
Holmen Book Cream
liefert Holmen Paper, Hallstavik, Schweden.

1. Auflage
Deutsche Erstveröffentlichung September 2008
bei Blanvalet, einem Unternehmen der
Verlagsgruppe Random House GmbH, München

Umschlaggestaltung: HildenDesign, München
Umschlagfoto: Agt. Schlück/John Ennis
Redaktion: Sabine Wiermann
UH · Herstellung: HN
Satz: Buch-Werkstatt GmbH, Bad Aibling
Druck und Einband: GGP Media GmbH, Pößneck
Printed in Germany
ISBN 978-3-422-36764-1

www.blanvalet.de

Für James Jones

Danke für alle Informationen, die ich von dir bekam.
Was sich in Vegas abspielt, bleibt nicht immer in Vegas.

1

Ein einziger Fehler könnte verheerend wirken.

Es war völlig überflüssig, dass Isabella de Montfort diese Worte immer wieder leise vor sich hin sagte, da ihr bei der Arbeit mit gefährlichen Stoffen stets bewusst war, wie heftig diese reagieren konnten. Anders als beim Mischen von Kräutern oder bei der Anwendung blanker, heilender Steine, wo ein Fehler nur bedeutete, dass man die Behandlung wiederholen musste, konnte der falsche Umgang mit diesen Grundstoffen weit größeren Schaden anrichten.

Mit angehaltenem Atem hob sie die Glasflasche über das flache Gefäß auf dem Tisch in der Mitte der gemauerten Scheune. Sie beobachtete, wie ein Tropfen das Glas entlang auf die Öffnung zuglitt. Nur ein einziger Tropfen durfte in das Gefäß fallen. Mehr wäre zu gefährlich gewesen. Der Geruch der Ingredienzien war so intensiv und scharf, dass sie beim Mischen ein Kratzen im Hals spürte.

Sie lächelte befriedigt, als die Elemente sich korrekt vermengten, und trug die Flasche zu den Regalen, auf denen sie ihre Vorräte hinter einer versperrbaren Tür aufbewahrte, damit sich nicht jemand damit zu schaffen machte und womöglich ein Malheur verursachte. Sie schloss die Tür und sicherte sie mit dem Schlüssel, den sie an einer Schnur um den Hals trug.

Isabella ging zum Tisch zurück und wischte sich die Hände an der Lederschürze ab, die sie über ihrem schlichten grauen Kleid trug. Sie öffnete einen des halben Dutzends Beutel, die sie an ihrem Gürtel trug, und zog ein Stückchen glatte Tierhaut heraus. Seit einigen Jahren bewahrte sie jene Materialien, die sie am häufigsten benutzte, in Beuteln auf. Sie musste sich Notizen über das Experiment machen, da sie imstande sein musste, den Prozess mit dem gleichen Resultat zu wiederholen, um zu beweisen, dass es kein Schwindel war. Auf einem Schemel am Tisch sitzend, tippte sie mit der Feder an ihr Kinn, in Gedanken beim nächsten Schritt.

Vor der Abendandacht blieb nicht mehr viel Zeit. Der Rest des Experiments würde bis zum nächsten Tag warten müssen. Es durfte niemand in der Nähe sein, da sie niemals sicher wusste, wie das Ergebnis ihrer Mixturen ausfallen würde. Nachmittags war das Alleinsein kein Problem. Nach dem Mittagsmahl übten ihre Mitschwestern mit Nariko und den anderen Trainerinnen für Schwertkampf und andere Verteidigungstechniken auf den freien Flächen innerhalb der Klosteranlage und auf den Wiesen jenseits der Mauern.

Isabella nützte immer die Stunden, wenn im Kloster Ruhe herrschte. Anders als die meisten ihrer Mitschwestern liebte sie die Stille, da sie ihr Gelegenheit zu ungestörtem Nachdenken bot.

Und eben jetzt überlegte sie, ob sie der Mischung ein klein wenig mehr Salzwasser beifügen sollte …

Sie sprang auf und ging an ihren Vorratsschrank, schloss die Tür auf und nahm eine Flasche heraus. War diese Probe beendet, wollte sie sich jenem Experiment widmen, das ihr bislang nicht geglückt war. Eine phantastische Geschichte von jenseits der Meere berichtete von einem Gemenge, das, im richtigen Verhältnis gemischt und mit einer Flamme entzündet, eine kontrollierte Explosion bewirken konnte. Seit sechs Jahren bemühte sie sich, die richtige Formel zu finden, und kam der Lösung immer näher, die Schwefel und Holzkohle beinhaltete, wie ihr die Beschreibung des Restgeruches verriet, doch hatte sie das Rätsel noch nicht gelöst.

Im Moment galt es, sich auf das vorliegende Projekt zu konzentrieren. Sie beugte sich über die Schüssel, um Wasser hinzuzufügen.

»Schwester Isabella, bist du hier?«, ertönte ein Ruf von der entgegengesetzten Seite der Scheune.

Isabella stellte die Flasche ab und schob sie von der Schüssel fort, als sie die Reihe leerer Fässer entlangblickte. Sie erkannte die junge Stimme. »Zuki, was machst du hier um diese Zeit?«

Ein Mädchen, das vor wenigen Wochen seinen zwölften Geburtstag gefeiert hatte, trat aus den Schatten. Mikazuki war das einzige Kind Narikos und ihres Ehemannes George, der die Aufsicht über die Gärten und Anbauflächen des Klosters innehatte. Im zweiten Jahr von Königin Eleanors Einkerkerung geboren, hatte Zuki, wie sie von den Schwestern genannt wurde, die schrägen Augen und schwarzen Haare ihrer Mutter geerbt. Die dunkelgrüne Augenfarbe hatte sie von ihrem Vater mitbekommen, ebenso seine Fähigkeit, alles sprießen zu lassen, ein Grund, weshalb sie oft Isabellas Gesellschaft suchte und endlose Fragen über die Kräuter stellte, die Isabella für ihre Vorräte anpflanzte.

»Ich weiche *Kâchan* aus«, sagte Zuki und schloss die Tür, ehe sie sich Isabellas Arbeitstisch zögernd näherte. Sie trug die kurze Trainingstunika, die man zu den Übungsstunden anlegte.

»Deine Mutter wird verärgert sein«, erwiderte Isabella, die wusste, dass das Wort in der Sprache jenes fernen Landes, aus dem der Vater von Zukis Mutter westwärts nach Persien und ins Heilige Land gezogen war, »Mutter« bedeutete. Dort war ihm und seiner Tochter Nariko Königin Eleanor begegnet und hatte sie eingeladen, mit nach England zu kommen.

»Sie weiß, dass ich mit Pfeil und Bogen nicht gern trainiere.« Sie schlug mit einem Phantasieschwert in die Luft. »Mir wäre etwas Scharfes lieber. Oder vielleicht könntest du mir beibringen, wie man mit der Peitsche umgeht.« Sie deutete auf den über Isabellas rechter Hüfte eingerollten Lederstrang.

Stirnrunzelnd ging Isabella um den Tisch herum, um das Mädchen daran zu hindern, dass es zu nahe herankam. Zuki war ganz Ellbogen und Knie und schien jeden Tag ein Stück zu wachsen. Wenn sie an etwas anstieß … Isabella wollte gar nicht daran denken. Sie verschränkte die Arme. »Hier kannst du dich heute nicht verstecken«, sagte sie.

»Schwester Isabella, du hast aber gesagt, ich dürfe immer kommen und von dir lernen.«

»Heute nicht. Was ich hier mache, ist gefährlich, und ich möchte vermeiden, dass dir etwas zustößt.«

Die Arme vor der schmalen Brust verschränkend, ahmte Zuki Isabellas Pose nach und stampfte mit dem Fuß auf dem Steinboden auf. »Du sagtest …«

»›Ame futte ji katamaru‹, sagt deine Mutter.«

Das Mädchen verdrehte die Augen. »Schwester Isabella! Benütze niemals dieses alte Sprichwort. *Kâchan* spricht in der Sprache ihres Vaters nur dann, wenn sie mir eine Lektion erteilen möchte.«

»Weißt du noch, was diese Worte bedeuten? ›Regen festigt den Boden.‹«

»Damit will man jungen Menschen zu verstehen geben, dass Herausforderungen einen stärker machen.« Sie ließ die Arme heruntersinken. »Bitte, du sollst mich nicht auch noch belehren.«

»Auch noch?«

»Schwester Dominique besteht darauf, dass ich mit verschiedenen Waffen übe.«

»Wie alle anderen.«

»Du nicht.«

Isabella zwang sich, ihr Lächeln beizubehalten. »Jetzt nicht, doch habe ich es getan. Wie du weißt, wünscht die Äbtissin, jede von uns möge jenen Weg finden, der uns die größte Freude und ein erstrebenswertes Ziel bietet. Ich fand meinen Weg, als ich etwa in deinem Alter war. Du musst weitersuchen, bis du deinen findest.«

Zuki, die etwas vor sich hin murmelte, ging ans Fenster und sah hinaus. Isabella wusste, dass sie das immer tat, wenn ihr die Argumente ausgegangen waren, sie aber nicht nachgeben wollte. Ihr Eigensinn würde Zuki bewegen, an ihren Studien festzuhalten.

Leider hatte Isabella diese Lektion selbst nicht gelernt. Sie bewunderte die Schwestern, die mit dem Schwert umgehen konnten. Sie hatte gesehen, wie Schwester Fayette mit einem einzigen Hieb einer Klinge einen Stapel Zwiebeln in zwei gleiche Teile gespalten hatte. Ebenso flößten ihr die Schwestern, die einen Pfeil zielgenau abschießen konnten, Hochachtung ein. Schwester Dominique war in der Handhabung des Kampfstockes und des Kurzschwertes überaus gewandt, und wenn sie die Waffen gleichzeitig benutzte, raubte es Isabella buchstäblich den Atem.

Dennoch hatte Isabella sich für die Wissenschaft, vor allem für die Arbeit mit Heilpflanzen entschieden. Sie hatte jedes Manuskript, dessen sie habhaft werden konnte, studiert und sich über Elemente und Körpersäfte kundig gemacht, die Gesundheit oder Krankheit bringen konnten. Vor fast fünf Jahren hatte sie in einem harten Winter die Äbtissin gerettet, als ein heimtückisches Fieber fünf Menschenleben in der Abtei forderte. Damals hatte sie viel Lob geerntet, doch fragte sie sich, ob alles Gelernte wirklich so wichtig war, wenn sie es nicht so gut beherrschte wie ihre Schwestern. Wenn es ihr gelänge, die Verbindung richtig zu mischen, von der sie aus zerfledderten Pergamentseiten und Diskussionen mit Nariko wusste und von der sie bisher nur Bruchstückchen an Informationen hatte, würde sie beweisen, dass sie ebenso befähigt war, der Abtei zu dienen wie alle anderen.

»Schwester Isabella!«, ertönte ein Ruf hinter der Scheune.

»Das ist Schwester Charlotta«, sagte Zuki und stieß sich vom Fenster ab. »Sie kommt gelaufen!«

»Schwester Charlotta läuft?« Isabella hätte nicht verblüffter sein können. Die korpulente Schwester bewegte sich meist im Schneckentempo, auch auf dem Weg zur Kapelle, und war somit schuld, wenn so manche Schwester in einem plötzlichen Platzregen vor der Kirchentür völlig durchnässt worden war.

Sie ging zur Tür und öffnete. »Hier bin ich, Schwester Charlotta. Ist etwas?«

»Gottlob seid Ihr hier.« Die beleibte Schwester stolperte in die Scheune. »Die Äbtissin – ach, erst muss ich wieder zu Atem kommen.« Sie streckte die Hand aus und hielt sich an einem Fass fest, während sie tief durchatmete. Die Fässerstapel gerieten ins Schwanken. Gleich darauf kollerte ein Fass über das andere. Mit lautem Gepolter landete eines auf dem Tisch, der prompt zusammenbrach. Schüssel und Flasche wurden gegen eine Wand geschleudert. Ein Fass holperte auf Zuki zu.

Isabella riss die Peitsche aus ihrem Gürtel, holte damit aus und schaffte es, dass das Leder sich um die Taille des Mädchens schlang. Sie zog fest daran, und Zuki taumelte auf sie zu. Das Fass polterte gegen die Wand neben dem Fenster. Ein zweites rollte durch die Scheune, prallte gegen die Wand unter dem anderen Fenster und zerbarst. Die Holzreifen, die es zusammenhielten, hüpften über den Boden und landeten auf dem zerstörten Tisch.

»Ach herrje!«, keuchte Schwester Charlotta. »Ich wollte Eure Scheune nicht ruinieren, Schwester Isabella.«

»Ist alles in Ordnung?« Sie sah Schwester Charlotta an und dann Zuki, die sich von der Peitschenschlinge befreite.

»Das ist ja toll!«, rief Zuki. »Ich wusste nicht, dass du mit deiner Peitsche so etwas zuwege bringen kannst, Schwester Isabella. Kann ich bei dir lernen, wie man jemanden mit einer Peitsche einfängt?«

»Vielleicht später.« Als sie ihre Peitsche wieder zusammenrollte, ließ sie den Blick über die Reste ihres Arbeitsbereiches wandern. Sie würde Tage benötigen, um das Chaos zu beseitigen.

»Nie hätte ich gedacht, dass Fässer so hoch hüpfen können«, fuhr Zuki fort, zu aufgeregt, um stillhalten zu können. »Hast du dasjenige gesehen, das gegen die Decke prallte?«

Isabella wollte darauf antworten, als ihr Blick eine Bewegung erfasste. An der Wand floss etwas Flüssiges herunter. Entsetzt schnappte sie nach Luft. Die Tür der Vorratskammer stand offen. Flaschen waren zerbrochen oder umgefallen. Flüssigkeiten und Pulver mischten sich. Eine Rauchsäule stieg unter dem zusammengebrochenen Tisch auf.

Das reichte als Warnzeichen. Sie drängte Zuki zur Tür, die viel zu weit entfernt war.

»Hinter die Fässer!«, rief sie.

»Fässer? Welche denn?«

»Einerlei!« Sie packte Schwester Charlottas Arm, stieß die erschrockene Frau zu Zuki und sprang hinter eines der Fässer, um sich kniend zusammenzukauern.

»Ohren zuhalten!«, rief sie. »Es gibt eine Explosion!«

Schwester Charlotta starrte sie entsetzt an, und Zuki riss vor Aufregung und Angst die Augen auf.

»Ohren zuhalten!« Sie drückte die Hände an ihre Ohren. »Jetzt!«

Die Explosion ließ den Bau erbeben. Flammen loderten zum Reetdach hoch. Stein- und Holztrümmer krachten gegen die Mauern. Schmerz durchschoss ihre linke Schulter. Als sie einen Schrei hörte, konnte sie nicht unterscheiden, ob er von Zuki oder Schwester Charlotta kam. Das Geräusch war überall, in ihr und außerhalb. Würde die ganze Welt zerspringen?

Dann war es still.

Staub, Reet und Holzstückchen wirbelten durch die Luft. Hustend schwenkte sie die Hände, um die Schwaden zu vertreiben, die wie mit unsichtbaren Nadeln in ihre Augen stachen. Beißender Gestank verbrannte ihre Kehle. Sie versuchte durch die Tränen hindurchzusehen, die ihr über die Wangen flossen.

Sie mussten hinaus. Sie war nicht sicher, was die Schwaden enthielten, doch als jeder Atemzug sie zu versengen drohte, wusste sie, dass Gefahr drohte.

Sie fasste nach Zukis Schulter und schüttelte sie – ohne Reaktion. Sie drehte das Mädchen auf den Rücken. Zukis Augen waren geschlossen, sie atmete.

Isabella zog das Mädchen über ihre Schulter und richtete sich mühsam auf. Ein Leichtgewicht wie Zuki hätte sie mühelos heben müssen, doch wollten ihre Knie ihr den Dienst versagen. Sie zwang sie, ihr zu gehorchen, und richtete sich auf. Ihr Schädel dröhnte, als würde die Kirchenglocke darin geläutet.

»Schwester Charlotta?« Sie versuchte den Namen zu rufen und brachte nur ein heiseres Flüstern zustande.

Es genügte, da Schwester Charlotta den Kopf hob und Stroh- und Verputzstückchen aus dem dunklen Haar schüttelte.

»Wir brauchen frische Luft!« Isabella stieß sie mit dem Fuß an, als die Schwester ihren Kopf wieder auf die Hände sinken ließ. »Rasch!«

Schwester Charlotta kam auf die Beine, schwankend, als hätte sie den im Gewölbe gelagerten Wein bis zum letzten Tropfen ausgetrunken. Irgendwie gelang es Isabella, sie aus der Tür zu bugsieren, die gottlob nicht zusammengebrochen war.

Aus allen Richtungen ertönten Schreie, Nonnen eilten aus

dem Klostertrakt, von den Stallungen, den Falkenkäfigen und durch das Tor auf sie zu. Isabella gab ihnen durch Gesten zu verstehen, sie sollten sich fernhalten. Ihre heisere Warnung ging unter, als abermals eine Explosion das Gebäude erschütterte. Eigenartig gefärbte Flammen züngelten durch die kläglichen Reste des Daches.

Die Erschütterung warf Isabella auf die Knie. Sie kämpfte darum, wieder aufzustehen. Hände kamen von überall, halfen ihr und führten sie weg vom Feuer. Sie vernahm ihre eigene Stimme wie aus den Tiefen des Klosterbrunnens, als sie den anderen befahl, sie sollten fliehen. Dann hörte sie nur mehr das nicht enden wollende Läuten und versank in tiefer Dunkelheit.

Isabella stand im Amtsraum der Äbtissin und unterdrückte ein Zusammenzucken, als sie die Schlinge um ihren linken Arm zurechtzog. Sie konnte von Glück reden, dass sie mit dem Leben davongekommen war. Ebenso Schwester Charlotta und Zuki. Beide befanden sich im Krankenrevier, das Isabellas Assistentin Schwester Marthe unterstand. Schwester Charlotta hatte Verbrennungen am linken Arm und einen Bruch des Handgelenks davongetragen. Zuki hatte es am ärgsten erwischt. Ihre Stirn zierte eine faustgroße Beule. Das Mädchen war über eine Stunde bewusstlos gewesen, nun aber war sie wieder bei sich und erkannte sich und die anderen.

Isabella, die lieber bei den Kranken geblieben wäre, hatte jedoch der Aufforderung der Äbtissin Folge leisten und zu ihr kommen müssen. Es war eine knappe Wiederholung dessen, was Schwester Charlotta ihr hatte sagen wollen. Die

Äbtissin von St. Jude's Abbey wollte sie sehen, und keine Schwester durfte die Äbtissin warten lassen. Als Isabella jedoch zur Stelle war, fand sie den Raum leer vor.

Der Raum war der größte im Haus der Äbtissin, da sie hier Gäste empfing. Vor dem breiten Kamin stand ein Tisch mit zwei Bänken, doch hatte Isabella außer der Äbtissin noch nie jemanden dort sitzen sehen. Das Betpult vor dem Fenster bot Aussicht auf den Kreuzgang, in dem sich die Schwestern nach dem Abendbrot bald einfinden würden. Ein Porträt Königin Eleanors schmückte die eine Wand, ein Kruzifix die andere.

Die Äbtissin trat ein. Sie war klein und ebenso rundlich wie Schwester Charlotta. Anders als Charlotta aber bewegte sie sich mit einer Agilität, um die sie eine halb so alte Frau beneidet hätte. Als sie den Raum durchschritt, hatte Isabella das Gefühl, sie selbst würde schrumpfen. Obschon sie die Äbtissin überragte, fühlte sie sich in deren Gegenwart immer ganz klein.

»Es freut mich, Euch hier zu sehen«, sagte die Äbtissin und durchdrang mit ihrer klaren Stimme das Klingen, das in Isabellas Kopf zurückgeblieben war. »Endlich.«

Isabella schluckte schwer. Die Äbtissin forderte von den Schwestern nicht mehr als von sich selbst, nämlich Vollkommenheit. »Es war ein Unfall und wird nicht wieder vorkommen. Ich …«

»Schwester Isabella, wie ich hörte, sind die Verletzungen nicht schwer.«

»So ist es.« Dass ihre Schulter stark schmerzte, verschwieg sie lieber.

»Ihr sagtet, Ihr würdet innerhalb der Abtei nicht versuchen, das gefährliche Pulver zu finden, von dem Nariko Euch berichtete.«

Die Äbtissin war nicht so weit gegangen, Isabellas Versuche, die Formel für die Mischung zu finden, zu verbieten. Sie hatte jedoch darauf bestanden, dass durch die Experimente niemand gefährdet werden durfte, auch nicht die heiligen Stätten der Abtei.

Zwar hatte es dieser Einschränkung nicht bedurft. Isabellas Mixturen, auf den freien Flächen außerhalb der Abtei hergestellt, hatten geblubbert und gezischt. Nicht mehr.

»Ehrwürdige Mutter«, beeilte Isabelle sich zu versichern, »die Explosion in der Scheune war ein Unfall. Ich habe Euren Anordnungen nicht zuwidergehandelt.«

»Das freut mich zu hören.« Sie furchte die Stirn. »Darüber werden wir noch sprechen, nachdem Ihr zurückgekehrt seid.«

»Zurück? Woher?« Ihr Magen krampfte sich vor Angst zusammen. Die Schwestern von St. Jude's verließen die Abtei nur aus einem einzigen Grund: wenn Königin Eleanor die Hilfe einer Schwester benötigte. Aber war das denn nicht ausgeschlossen? Die Königin war vor fast zwölf Jahren von ihrem Gemahl eingekerkert worden, und seither hatte es keine Verbindung zwischen ihr und St. Jude's Abbey gegeben.

Sie blickte zu dem Porträt der Königin auf. Königin Eleanor, Gemahlin König Henrys II., Mutter des Thronerben Prinz Richard und dessen Bruders Prinz John, hatte diese Abtei gegründet. Nach dem Schutzheiligen für hoffnungslose Fälle benannt, war die Abtei Ausbildungsstätte hervorragend trainierter Frauen, die der Königin bei Bedarf mit ihren staunenswerten Fähigkeiten dienten.

Isabella de Montfort aber verfügte über keine dieser Fähigkeiten. Sie hatte sich zu oft entschuldigt und das Training geschwänzt, um sich ihren Kräutern und chemischen Substanzen zu widmen. Wieder krampfte sich ihr Magen zusammen. War die Königin erkrankt? Eleanor war nicht mehr jung, und wer die erste Jugend hinter sich hatte, wurde von schädlichen Körpersäften geplagt. Nein, das ergab keinen Sinn. Die Königin hatte Ärzte, die sich um sie kümmerten. Sie hatte es nicht nötig, die Heilkundige der Abtei kommen zu lassen.

»Nach Eurer Rückkehr von dort, wohin man Euch schickt«, entgegnete die Äbtissin mit tadelndem Unterton. St. Jude's Abbey unterschied sich zwar von anderen Ordenshäusern, doch forderte die Äbtissin absoluten Gehorsam, wie er in jeder Klostergemeinschaft herrschte.

»Ich verstehe«, sagte Isabella, da sie glaubte, von ihr würde eine Antwort erwartet.

»Und was versteht Ihr, Schwester Isabella?« Die Äbtissin machte ein ernstes Gesicht, als sie sich an ihren Tisch setzte. »Habt Ihr mit der Heilkunst auch die dunkle Kunst der Weissagung studiert?«

»Nein, nein. Ich meinte nur … das heißt, ich wollte sagen ….« Sie hielt inne und atmete tief durch. Die Bewegung schickte einen scharfen Schmerz durch ihre Schulter. Sie war nicht sicher, ob sie damit gegen ein Fass geprallt war oder sich verletzt hatte, als sie Zukis reglosen Körper aus der brennenden Scheune geschleppt hatte. »Verzeiht, dass ich sprach, wenn ich doch hätte zuhören sollen.«

Die Miene der Äbtissin entspannte sich. »Nun, das klingt schon eher wie die Schwester Isabella, die ich kenne. Ihr verlasst Euch eher auf Logik als auf Gefühle, eine Eigenschaft, die Euch bei der Aufgabe, die ich Euch übertrage, sehr zustattenkommen wird.«

Aufgabe? Enttäuschung erfasste sie, obwohl sie noch vor wenigen Augenblicken von der Vorstellung, die Abtei zu verlassen, überwältigt gewesen war. Sie war sicher gewesen, man würde sie auf ein herrliches Abenteuer im Dienst der Königin ausschicken. Nun sah es so aus, als sei sich die Äbtissin bewusst, dass es Isabella an herausragenden Fähigkeiten mangelte. Wieder spürte sie einen Stich, dieser aber hatte nichts mit ihrer Schulter zu tun.

»Was wird von mir erwartet?«, fragte sie leise. Sprach sie lauter, würden ihre aufgebrachten Gefühle sich vielleicht nicht mehr zügeln lassen und sie noch mehr demütigen.

»Ich erhielt ein Schreiben der Königin.«

Sie war so schockiert, dass sie herausplatzte: »Und ich dachte, der Abtei sei die Gunst des Königs nur sicher, solange die Königin nicht Kontakt mit Euch sucht.«

Das Lächeln, das die Lippen der Äbtissin umspielte, hätte eher zu einem Spitzbuben als einer Nonne gepasst. »1173 kam man nach dem Aufstand der Königssöhne überein, dass *ich* nicht versuchen würde, mit der Königin Verbindung aufzunehmen, während *sie* nichts daran hindern kann, mir zu schreiben und mich um Ratschläge in allen Belangen des Lebens zu bitten.«

Isabella biss sich auf die Unterlippe, um nicht laut aufzulachen. Wer glaubte, die Äbtissin kümmere sich nur um ihr Seelenheil und jenes der anderen Nonnen, war in einem Irrtum befangen. Wäre die Äbtissin als Mann zur Welt gekommen, hätte sie es mit Sicherheit bis zum Erzbischof gebracht und wäre zum geschätzten Berater von Kirchenfürsten, ja des Königs aufgestiegen.

»Sicher seid Ihr neugierig, wie die Königin es schaffte, eine Nachricht an ihren Bewachern vorbei hinauszuschmuggeln«, fuhr die Äbtissin fort. »Die schlichte Wahrheit ist, dass der König ihr gestattete, mit ihm in die Normandie zu ziehen, um dort Prinz Richard zu treffen.«

»Wenn sie wünscht, dass ich sie begleite ...«

»Nein, sie hat einen anderen Wunsch. Die Königin möchte, dass Ihr in der Kathedrale von Lincoln zurückgelassene Dokumente holt und sie zu ihr bringt.« Sie reichte ihr einen kleinen eisernen Schlüssel. »Sie befinden sich in einer Metallkassette, die sich mit diesem Schlüssel öffnen lässt. Sie müssen unversehrt bleiben, und, wichtiger noch, sie dürfen nur der Königin übergeben werden.«

»Was für Dokumente?«, fragte Isabella, als sie den Schlüssel entgegennahm.

Die Äbtissin stand da und knetete ihre Hände, ein Zeichen, dass sie bekümmert war. »Die Königin ließ die Dokumente bei Walter de Coutances zurück, als dieser Bischof von Lincoln war, doch wurde er vergangenes Jahr zum Erzbischof von Rouen ernannt. Es ist unwahrscheinlich, dass er die Papiere mit sich nahm, da er sie ohne Erlaubnis der Königin nicht an einen anderen Ort gebracht hätte.«

»Warum sind diese Papiere so wichtig?« Sie spannte die Schultern, als sie die Frage stellte, und erntete wieder einen schmerzhaften Stich.

»Sie enthalten die Information, dass Prinz Richard nicht mehr länger auf den Thron zu warten gedenkt und einen neuerlichen Aufstand gegen seinen Vater erwägt.«

»Schon wieder?« Diesmal konnte sie sich das Lachen nicht verbeißen. »Er und seine Brüder haben wiederholt gezeigt, dass der König ihnen als Kriegsstratege weit überlegen ist.«

»Wie wahr.« Die Äbtissin fuhr fort, die Hände zu reiben. »Und ebenso ist wahr, dass diese Kämpfe in den Territorien des Königs auf dem Kontinent verbrannte Felder und Dörfer hinterließen. Ich möchte nicht, dass es auch in England so weit kommt. Und die Königin ebenfalls nicht. Auch bangt die Königin um das Leben ihres geliebten Sohnes Richard und um die Zukunft Englands, sollte John zum König gekrönt werden.«

»Sagt mir, wo die Papiere zu finden sind. Ich werde sie holen und der Königin bringen.«

»*Das* ist das Problem. Niemand scheint zu wissen, wo die Kassette sich befindet. Die Königin bat den Erzbischof, dafür zu sorgen, dass sie nicht ihrem Gemahl in die Hände fällt. Sie könnte also in der Kathedrale, in seiner Residenz oder sonst irgendwo in der Stadt sein.«

»Wenn man mit dem Erzbischof in Verbindung träte …«

»Das könnte den Argwohn des Königs wecken. Ihr müsst die Papiere finden und der Königin vor Ablauf des Monats übergeben. Ich habe nun alles gesagt, was ich weiß. Jetzt liegt es an Euch, den Auftrag der Königin auszuführen, Lady Isabella.«

Sie zuckte zusammen, als sie den Titel hörte, den sie erhalten hatte, als sie sich dem Dienst an der Königin verschrieb. Es war ein Titel, den sie im Zusammenhang mit ihrem Namen nie gehört hatte. Gut möglich, dass man sie so genannt hatte, ehe sie und ihre Mutter von ihren Halbbrüdern vor ihrem sechsten Geburtstag kurz nach dem Tod ihres Vaters in ein

Kloster gesteckt worden waren. Damals stritten ihre Brüder um das väterliche Erbe, und nach dem Wenigen zu schließen, was sie von ihrer Familie erfuhr, lagen sie noch immer in Fehde miteinander. Kein Mensch hatte ihr sagen können, welchen Ort ihre Mutter gewählt hatte, um sich – freiwillig oder nicht – von der Welt zurückzuziehen und ihr Leben möglichst entfernt von den Familiengütern unweit eines Bergsees im Nordwesten Englands zu führen. Ob ihre Mutter Gemma de Montfort noch am Leben war, hatte Isabella nie in Erfahrung bringen können.

Sie durfte nicht an ihre Mutter denken. Sie sollte sich lieber überlegen, wie sie den Auftrag der Äbtissin ausführen konnte. Ratlos, wie sie die Papiere finden solle, wusste sie freilich, dass es nur eine Antwort gab, die die Äbtissin hören wollte. »Ich werde mich bei Tagesanbruch auf den Weg nach Lincoln machen.«

»Ihr werdet bei Tagesanbruch nach Kenwick Castle aufbrechen.« Der Ton der Äbtissin war wieder von wohl bekannter Autorität gefärbt.

Wohl wissend, dass es geradezu tollkühn war, die Worte der Äbtissin zu hinterfragen, wenn sie in diesem Ton sprach, konnte Isabella sich die Frage nicht versagen: »Warum soll ich dorthin? Das bringt mich meilenweit von meiner Route ab, und wenn die Sache dringend ist …«

»Sie ist dringend, da Ihr vor Anfang Mai zur Königin gelangen müsst. Deshalb sollt Ihr jemanden an Eurer Seite haben, der Euch unterwegs beisteht. Er wird Euch helfen, durch die Stadt zu gelangen, die viele, selbst vom König noch nicht entdeckte Geheimnisse birgt.« Die Äbtissin trat auf Isabella zu und legte ihr eine Hand auf die Schulter. »Ich konnte meinen Neffen nicht bitten hierherzukommen, da wir selbst Geheimnisse hüten. Wie ich hörte, weilt er auf Kenwick Castle, wo Ihr ihn antreffen werdet. Sagt ihm, dass Ihr heilkundig seid und Euer Wissen hier erworben habt.«

»Er weiß von der Abtei?« Isabella staunte. Nur wenige Außenstehende wussten, was innerhalb der Klostermauern gelehrt wurde. König Henry wusste es, wie ihr einfiel, und er traute der Abtei ebenso wenig wie seiner Königin.

»Mein Neffe weiß nur wenig von der Abtei. Als Kind kannte seine Neugierde keine Grenzen, und ich bezweifle, ob ihm dieser Wesenszug abhandengekommen ist. Soviel ich weiß, ahnt er, was sich in St. Jude's Abbey abspielt.«

»Und wenn er Fragen dazu hat?«

»Ich vertraue darauf, dass Ihr nur das Nötigste preisgebt, Lady Isabella, und nur sagt, weshalb Ihr gekommen seid und seinen Beistand sucht. Sagt ihm, dass Ihr der Königin dient und in Lincoln seine Hilfe bei der Beschaffung einiger Dokumente benötigt. Mehr ist nicht nötig.«

»Aber warum sollte er mir helfen, wenn ich ihm nicht mehr sagen darf?«

»Er wird Euch helfen. Mein Neffe ist ein Ehrenmann und wird nicht zögern, einer Frau im Dienst der Königin beizustehen.« Die Äbtissin lächelte kühl. »Ebenso glaube ich, dass ihr beide Stärken und Schwächen besitzt, die einander ergänzen. Ihr könnt viel von ihm lernen und er von Euch.«

»Lernen? Wie meint Ihr das?«

»Auch Ihr verfügt über lebhafte Neugierde. Leugnet es nicht, und Ihr werdet auf Eurer Reise viel gewinnen.« Sie ging an den Tisch zurück. »Ihr solltet jetzt zu Bett gehen, Lady Isabella, da es früh tagt, wenn Ostern naht.«

Sie nickte, in ihrem Kopf drehte sich alles. Von der Explosion oder von allem, was die Äbtissin gesagt hatte? Als sie sich zum Gehen wandte, hielt sie inne und fragte: »Wie heißt Euer Neffe?«

»Jordan, Lord le Courtenay.«

Wieder nickte sie. Sie hoffte, Lord le Courtenay würde eine Idee haben, wo sie ihre Suche in Lincoln beginnen sollten. Sie hatte nämlich keine.

2

Jordan le Courtenay war nicht weiter verwundert, dass es regnete, als er das kleine Waldstück hinter sich ließ. Zudem schufen die Tropfen, die aus dem Nebel kamen, das perfekte Wetter für sein grausiges Vorhaben.

Er führte seinen Grauen im Schlepptau von Bruder Maurice über das tote Gras. Der Mönch, der so klein war, dass seine Tonsur kaum an Jordans Schulter heranreichte, hatte seine weißen Gewänder vom feuchten Boden angehoben. Breeches, für einen viel größeren und massiveren Mann gedacht, rutschten ihm bei jedem Schritt herunter.

Aber Jordan war gar nicht nach Lachen zumute. Er hatte die Priorei Kenwick aufgesucht, um seinem im letzten Herbst zu Tode gekommenen Freund Ryce de Dolan die letzte Ehre zu erweisen. Als er auf dem Friedhof der Priorei das Grab gesucht hatte, war die Ruhestätte seines Freundes unauffindbar geblieben. Eine Frage an einen der Brüder hatte ihn zu Bruder Maurice gebracht, der ihn durch ein Wäldchen und über eine

Wiese führte. Der massive Hauptturm von Kenwick Castle beherrschte den Horizont, wiewohl er fast eine Meile von der Priorei entfernt aufragte.

»Wohin gehen wir?«, rief er dem Rücken des Mönches nach.

Bruder Maurice warf ihm einen verdutzten Blick über die Schulter zu. »Ich dachte, Ihr wollt an das Grab Eures Freundes gehen.«

»Allerdings, warum aber gehen wir diesen Weg?«

Der Mönch deutete auf eine Stelle, wo im Schatten der ausladenden Äste des Waldes die Umrisse eines Hügels kaum auszumachen waren. Unkraut hatte die bloße Erde in Besitz genommen und wucherte üppig.

»Euer Freund ist hier«, sagte Bruder Maurice und zerrte an seinen Breeches, um sie daran zu hindern, zu seinen Fußknöcheln hinunterzurutschen. »Wo er starb, Mylord.« Ein missbilligender Ton schlich sich in die Worte des Mönches ein. »Wer an Turnieren teilnimmt, kann nicht christlich beerdigt werden.«

Jordan kniff die Lippen zusammen, ehe er die Worte, die ihm auf der Zunge brannten, hervorstoßen konnte. König Henrys verstorbener Erbe, der junge König, hatte seine letzten Jahre damit zugebracht, von einem Turnier zum anderen zu eilen, wenn er nicht eben gegen seinen Vater rebellierte. Der junge König war in einer prunkvollen Gruft in der Kathedrale zu Rouen bestattet. Ryce de Dolan aber war Ritter und nicht Königssohn gewesen.

»Er starb hier?«, fragte er, als er merkte, dass der Mönch auf seine Antwort wartete. Er machte die Zügel seines Pferdes an einem Ast fest, um das Tier daran zu hindern, auf dem Grabhügel zu grasen, und setzte hinzu: »Nach Kenwick Castle ist es sehr weit.«

»Nicht für Männer hoch zu Ross, die entschlossen sind, einander zu besiegen.« Bruder Maurices Miene verlor ihre einstudierte Gelassenheit. »Es war ein grässliches Hauen und Stechen, Mylord. Ich half mit, unsere Fenster und Türen zu verbarrikadieren, damit keiner der Kämpfenden innerhalb unserer Mauern Schutz suchen konnte, als ich sah, dass vier Mann Euren Freund angriffen. Auch als er sich ergeben wollte, ließen sie nicht von ihm ab, bis er tot war.« Er schloss für einige Sekunden die Augen und bekreuzigte sich. »Die Erinnerung an jenen Moment wird mich nicht so rasch verlassen.«

»Wer tötete ihn? Habt Ihr das Wappen der Männer gesehen?«

»Ich kann mich nicht erinnern.« Seine Unterlippe bebte, Tränen stiegen ihm in die Augen. »Ich möchte gar nicht daran denken.« Seine losen Breeches und seine Kutte hochraffend, flüchtete er zur Priorei.

Jordan fuhr fort, den Hügel anzustarren. Er verfluchte das Schicksal, das Ryce de Dolan den Tod gebracht hatte. Nein, dem Schicksal konnte er keine Schuld geben. Auch nicht den Männern, die Ryce im Turnier getötet hatten. Schuld hatte die Teufelin, die Ryce verlockte, alles zu riskieren, um ihre Hand zu gewinnen, und die nach seinem Tod bereitwillig in Sir Algernon Emmets Arme gesunken war.

Eine dumme Sache. Wäre Jordan zur Stelle gewesen, hätte er seinen Freund von der Teilnahme an dem Turnier abgehalten. Nicht etwa weil Ryce bei den Scheinkämpfen, die für gelangweilte Ritter amüsanten Zeitvertreib darstellten, nicht

Ansehen und Pferde hätte gewinnen können. Ryce hätte gewinnen müssen. Er hatte bei jedem Turnier, an dem er vor diesem verhängnisvollen Kampf teilgenommen hatte, zu den Siegern gezählt, doch hatte sein ganzes Kampfgeschick nicht ausgereicht, um Gegner abzuwehren, die ihn unter Missachtung aller ritterlichen Turnierregeln töteten, nachdem er sich ergeben hatte.

Das Leben eines Ehrenmannes sinnlos vernichtet!

Jordan stieß wieder eine Verwünschung aus. Es hatte zu viel sinnloses Sterben gegeben, seitdem die königlichen Erben alt genug waren, um ihren Anteil an der Macht des Vaters zu fordern. Alle kannten die angeblich von Merlin, dem großen Weisen, ausgesprochene Prophezeiung, dass *»aus ihm eine Raubkatze hervorgehen wird, die alles niedermacht und entschlossen ist, den Ruin des eigenen Volkes herbeizuführen.«* Es hieß, dass diese Worte auf den jungen König, wie sein Vater Henry genannt, gemünzt waren, der in zu vielen Männern – Jordan le Courtenay eingeschlossen – das Verlangen nach Kriegsruhm geweckt hatte.

Nun war der junge König tot, nach der Plünderung eines Pilgerschreines nördlich der Pyrenäen an einem grässlichen Ausfluss zugrunde gegangen. König Henry fuhr fort, einen Sohn gegen die anderen auszuspielen, die beiden legitimen Söhne gegen den illegitimen Geoffrey, der, mit der Bischofswürde von Lincoln nicht zufrieden, sein Amt im Stich gelassen hatte, um sich an den nicht enden wollenden Kriegsspielen zu beteiligen, zu denen die Plantagenets verdammt schienen.

So nahm das Sterben kein Ende. Tod auf dem Schlachtfeld, auf dem Männer ihren einem König geleisteten Lehnseid brachen, um sich einem anderen zu verpflichten. Tod in Scheinkämpfen zwischen Männern, die sich für den nächsten Krieg stählen wollten.

»Ich bin es leid«, sagte Jordan, seine Hand auf das Heft seines Schwertes legend. »Ich schwöre dir, Ryce, dass ich von diesem Wahn, der dich in dieses flache Grab brachte, nichts mehr wissen möchte. Nach allem, was wir erduldeten, nach allem, was wir überstanden ... warum hast du dein Leben für eine Frau weggeworfen, die nun das Bett eines anderen teilt, während du unter der Erde schläfst?«

Ryce de Dolan hatte die Frau nicht einmal erwähnt, deren Ehre zu verteidigen er nach Kenwick Castle gekommen war. Warum hatte Ryce zu ihm nicht von der Frau gesprochen, die er hatte heiraten wollen? Sie hatten voreinander keine Geheimnisse gehabt, warum also hatte Ryce kein Wort über seine Heiratspläne verloren? Vielleicht hatte er befürchtet, Jordan würde es ihm verübeln, weil ihren Abenden mit willigen Mädchen nun ein Ende beschieden war. Vielleicht hatte er geglaubt, Jordan würde die Verbindung nicht billigen. Vielleicht ...

Er stieß einen wüsten Fluch aus. Die Antwort darauf würde er nie erfahren, da die Wahrheit mit Ryce dahingegangen war.

Nun war nur mehr der Umstand von Bedeutung, dass sein Freund in einem namenlosen Grab in ungeweihter Erde lag. Er musste dafür sorgen, dass Ryces sterbliche Überreste nach La Tour du Courtenay geschafft wurden. Dort konnte sein Freund mit den Männern, die unter dem Banner der le Courtenay gekämpft und gefallen waren, seine letzte Ruhe finden. Vater Eloi würde keinem Freund der Familie le Courtenay die Bestattung in geweihter Erde verweigern. Den Leichnam zu exhumieren und fortzuschaffen konnte nicht allzu schwierig sein. Jordan umschritt den Grabhügel, während er überlegte, was es zu tun galt. Er musste einen Karren für den Transport besorgen, er musste Wachen finden, die dafür sorgten, dass Ryce nicht die Kleider vom Leib gestohlen wurden, außerdem musste er Steinmetze ausfindig machen, die ein würdiges Grabmal für den Mann schufen, der mehr als einmal Jordan das Leben gerettet hatte. Sodann galt es, einen Maler aufzutreiben, der dem Engel Leben verlieh, der auf die Gruft hinunterblickte wie andere in der Kapelle. Ein Engel, der …

Mitten im Schritt hielt er inne und starrte die Frau neben seinem Pferd an, die sich als Silhouette vor dem Himmel abzeichnete. Der Frühlingswind spielte mit ihrem Umhang und ließ ihn um sie flattern. Sie war groß, fast so groß wie er. Engelsgoldene Haarsträhnen wehten unter der Kapuze hervor. Einen Augenblick lang fragte er sich, ob unter dem dunklen Wollstoff Flügel verborgen waren. Dann sah er, dass es ein großer Sack war.

»Warum beobachtet Ihr mich?«, fragte er barscher als beabsichtigt. Er war verärgert, weil er unterbrochen worden war, als er Ryce sein Gelöbnis hatte geben wollen. Und er ärgerte sich seiner törichten Gedanken wegen. So von einer Frau zu denken – sie für etwas Zauberhaftes und Wunderbares zu halten – hatte seinen Freund in dieses namenlose Grab gebracht.

»Ich wollte nicht stören«, gab sie zurück.

Ihre Stimme setzte ihn in Erstaunen. Weiblich, aber mit einer Tiefe, die verführerisch wirkte. Die Stimmen seiner

Schwestern waren wie Vogelstimmen, zirpend, zwitschernd und angenehm. Die Stimme dieser Frau aber war für Männerohren noch faszinierender, da ihre Heiserkeit Phantasien wachrief und an ihr Flüstern denken ließ, wenn man sie in den Armen hielt.

Wieder rief er sich zur Räson. Sie war nur eine Frau, eine wie alle anderen. Das angenehme Timbre ihrer Stimme hatte nichts zu bedeuten. Er senkte den Blick auf Ryces Grab. Hatte ihn dieser Wahnsinn nur erfasst, weil er gekommen war und jetzt auf diesem verdammten Feld stand? »Ihr stört nicht«, log er, darauf bedacht, seine beunruhigenden Gedanken zum Schweigen zu bringen. Während er gelobte, seinem Freund ein anständiges Begräbnis zu verschaffen, durfte es ihn nicht nach einer Frau gelüsten, zumal nach einer, deren Gesicht er noch nicht gesehen hatte.

Sie ging auf ihn zu. Als sie in das gedämpfte, durch die dichter werdenden Wolken dringende Licht trat, war ihr Gesicht noch immer von der Kapuze beschattet. Sie bewegte sich nicht vorsichtig über das Gras, um ihre Schuhe zu schonen, sondern ging mit stetem, sicherem Schritt. Ihr graues Gewand verfing sich an einem Stein, und ehe sie den Saum losriss und ihn über den Beinen glattstrich, staunte er, dass sie Stiefel ähnlich seinen trug. Und wie seine Stiefel trugen auch sie Spuren einer langen Reise.

Knapp außer Reichweite seiner Schwertspitze blieb sie stehen und schob die Kapuze zurück. »Seid Ihr Lord le Courtenay?«, fragte sie. Blondes Haar hing in wirren Locken um ihr herzförmiges Gesicht, dessen Miene er nicht deuten konnte. Ihre graublauen Augen blickten direkt, weder kokett noch schüchtern. Noch nie war er einer Frau begegnet, die sich an

Größe mit ihm messen konnte, eine Tatsache, die er ansprechend und beunruhigend zugleich fand.

»Der bin ich.« Er zog seine eigene Kapuze tiefer ins Gesicht, da er ihre Reaktion auf das, was sie verbarg, nicht sehen wollte. »Und wer seid Ihr?«

»Ich bin Lady Isabella de Montfort, und ich bin gekommen, um mit Euch zu sprechen.«

Wieder ließ er seinen Blick über sie gleiten. Langsamer, damit er ihre vom dunklen Umhang und schlichten grauen Gewand verhüllten Rundungen bewundern konnte. Nun erst fiel ihm auf, dass sie einige Beutel verschiedener Größe an einem Gürtel trug, der ihre schlanke Taille betonte.

»Seid Ihr nicht neugierig, warum ich mit Euch sprechen möchte?«, fragte sie.

Jordan senkte die Brauen. Sie unterschied sich auch in anderer Hinsicht von seinen Schwestern, da sie redete, als wäre sie einem Mann gleichgestellt, anstatt zu warten, dass er die Führung des Gespräches übernahm.

»Noch neugieriger bin ich, warum Ihr mich an einem Grab sprechen wollt.« Er gab sich nicht die Mühe, die Kühle seines Tones zu mildern.

»Weil ich bei meiner Ankunft auf Kenwick Castle erfuhr, dass ich Euch in der Kenwick Priory antreffen würde. Und dort sagte man mir, ich solle Euch hier suchen.« Sie sah ihn an, als wäre er tatsächlich nicht ganz bei Trost. Als ihr Blick auf den Erdhügel fiel, huschte Erschrecken über ihr Gesicht. »Sollte ich Euch stören, Mylord, dann sagt es frei heraus. Ich werde am Tor der Priorei auf Euch warten.«

»Bitte, tut dies.«

Jordan blickte ihr nach, als sie sich ohne ein weiteres Wort entfernte. Was für eine eigenartige Frau! Und was für ein erstaunlicher Hüftschwung, der ihren Umhang in Bewegung setzte. Zu gern hätte er gewusst, was sie in ihrem Sack mit sich trug. Befand sie sich auf einer langen Reise und trug ihre sämtlichen Habseligkeiten mit sich? Das ergab keinen Sinn. Sie war Lady Isabella de Montfort. Und warum war eine Dame bei so trübem Wetter allein unterwegs? Nach einem Blick auf das Grab seines Freundes wanderte sein Blick wieder zu der jungen Frau, bis sie zwischen den Bäumen verschwand.

So deutlich, als stünde Ryce de Dolan neben ihm, hörte er seinen Freund sagen: »Frauen! Für Männer Verderben und Wohltat zugleich!« Ryce hatte diese Worte ausgesprochen, als sie in der großen Halle von La Tour du Courtenay saßen, jeder mit einer willigen Maid auf den Knien. Immer hatte es diese willigen weiblichen Wesen gegeben, bereit, für etwas Glitzertand einem Mann ein paar Stunden vergnüglich zu vertreiben. Am Tag darauf war Jordan im Dienste Prinz Richards aufgebrochen. Nachdem er im Kampf beinahe sein Leben gelassen hatte, musste er nach seiner Genesung erfahren, dass Ryce tot war und dass die Frau, für deren Ehre er gestritten hatte, sehr rasch Trost in den Armen – und im Bett – eines anderen Mannes gefunden hatte.

Jordan runzelte die Stirn, als ihn ein dicker Regentropfen traf, dem rasch der nächste folgte. Nur an Ryces Grab zu stehen war albern. Im Regen zu stehen war noch dümmer. Er band die Zügel seines Pferdes los. Er musste Vorbereitungen treffen, um seinen Freund nach La Tour du Courtenay zu schaffen.

Zunächst aber war er es Lady Isabella schuldig herauszufinden, warum sie ihn aufgesucht hatte. Während er zwischen den Bäumen zurück zur Kenwick Priory ging, sah er nachdenklich vor sich hin.

De Montfort. Jordan kannte den Namen, war aber mit keinem aus der Familie, deren Güter unweit der Grenze zum wilden Schottland lagen, näher bekannt. Gerüchte wollten wissen, dass die de Montforts – ein Brüderquartett – sich in Dauerfehde miteinander befanden. Jeder war entschlossen, Erbe des Barontitels und des damit verbundenen Landbesitzes zu werden. Eine Kampfpause gab es nur, wenn der König oder einer seiner Söhne sie in den Kriegsdienst berief. Von einer Begegnung während des Aufstandes 1173 waren ihm nur die Angriffslust und Überheblichkeit der Brüder im Gedächtnis geblieben. Lady Isabella hatte zwar keinen Hochmut erkennen lassen, war aber auch eine de Montfort.

Lady Isabella hatte vier Brüder, warum also war sie nach Kenwick gereist, um ihn zu treffen? *Allein* gereist? Was war so dringend, dass sie nicht auf La Tour oder auf Kenwick Castle auf seine Rückkehr gewartet hatte?

Als er sein Pferd unter dem spärlich begrünten Geäst in einen Regenguss hinausführte, sah Jordan die Dame neben ihrem Sack unter der Wölbung des Torhauses der Priorei stehen. Der Torbogen war so schmal, dass er nur wenig Schutz bot. Wieder staunte er.

»Warum steht Ihr im Regen, Mylady?«, fragte er, anstatt zu grüßen.

Aus ihrem Blick sprach Kühle. »Ich sagte, dass ich hier warten würde.«

»Das schon, doch hat es nicht geregnet.«

»Ich sagte, dass ich hier warten würde«, wiederholte sie,

als hätte er nicht mehr Verstand als die Frühlingsblumen, die sich an der Mauer unter dem Regen duckten. »Ich bedarf Eurer Hilfe.«

»Wer schickt Euch?«

»Ich komme Königin Eleanors wegen.«

Er sah sie stirnrunzelnd an. »Und das soll ich glauben?«

»Ja.«

»Warum?«

Als der Regen ihr Gesicht traf, zog sie ihre Kapuze hoch. »Weil ich eben sagte, dass ich wegen Königin Eleanor hier bin. Ihr habt keinen Grund, mich der Lüge zu zeihen.«

»Und keinen Grund, Euch zu glauben.«

»Gewiss.« Die Andeutung eines Lächelns zeigte sich in einem Winkel ihres ausdrucksvollen Mundes. Eine sehr charmante Bewegung, dachte er, ehe er sich zurückhalten konnte. »Wenn ich Euren Kopf mit Lügen hätte füllen wollen, Mylord, hätte ich dies im Schutz der Priorei tun können. Ich hätte nicht im Regen gewartet.«

»Es sei denn, Ihr wolltet mich glauben machen, Ihr wäret aufrichtig, wenn Ihr es doch nicht seid.«

Als sie lachte, hatte er das Gefühl, der Regen wäre von Sonnenschein hinweggefegt worden. Alles schien plötzlich vom Licht belebt.

»Lord le Courtenay, wir können hier stehen, solange es Euch beliebt, und debattieren, was ich getan haben könnte, wenn ich mit Lügen gekommen wäre. Die Wahrheit aber ist, dass mich Königin Eleanor ausschickte, um Euch zu suchen, und es würde Euch wohl ziemen, einer Dame in ihren Diensten Glauben zu schenken.«

Er musste zugeben, dass sie Recht hatte. Wenn es ihr nicht

gelang, die Königin aus heiterem Himmel erscheinen zu lassen – was unwahrscheinlich war –, konnte sie die Wahrheit ihrer Worte nicht beweisen … und er konnte nicht beweisen, dass sie log. Und sie war so taktvoll, unerwähnt zu lassen, dass er alles andere als aufrichtig gewesen war, als er ihr zunächst sagte, sie störe ihn nicht an Ryces Grab.

»Warum wollt Ihr mit mir sprechen, wenn Ihr Abgesandte der Königin seid?«, fragte er.

»Weil Ihr der Neffe der Äbtissin von St. Jude's Abbey seid.«

Dass sie von seiner Tante sprach, hatte er nicht erwartet. Er hatte Tante Heloise selten gesehen, da sie schon vor seiner Geburt zur Äbtissin ernannt worden war. Viermal hatte sie La Tour du Courtenay, das Rittergut seines Vaters, besucht und war jedes Mal nicht einmal vierzehn Tage geblieben. Er hatte ihre Besuche sehr genossen, da sie sich viel Zeit für ihn genommen hatte und Fragen beantwortete, die sonst niemandem wichtig erschienen. Ihr Interesse an der Welt schien für eine Frau unpassend, die sich für das Klosterleben entschieden hatte. Ihm war ihr Lächeln in Erinnerung geblieben, da ihm, obwohl noch ein Kind, aufgefallen war, dass ihre Augen unverändert ernst blieben und die Reaktion ihrer Umgebung abschätzten. Als er dies seinem Vater gegenüber erwähnte, bekam er zu hören, dass er nicht erwarten könne, dass eine Äbtissin wie andere Menschen reagierte. Doch war ihr Verhalten ihm vertraut gewesen, da sie in diesen Momenten seinem Vater ähnelte, wenn dem Earl wichtige Überlegungen durch den Kopf gingen.

»Warum hat die Königin Euch geschickt?«, fragte Jordan. »Ist etwas mit meiner Tante oder ihrer Abtei?«

Ein schwaches Lächeln minderte die Spannung in Lady Isabellas Gesicht. »Ehe ich die Abtei verließ, sagte die Äbtissin, Ihr würdet Euch Sorgen machen, und sie sagte auch, ich solle Euch beruhigen, dass es ihr gut ginge.«

»Ihr wart in St. Jude's Abbey?«

Ihr Lächeln wurde unsicher, und sie bückte sich, um ihren Sack aufzuheben, als sie sagte: »Ich studierte dort Heilkunde, ehe ich in den Dienst der Königin trat und jetzt Euren Beistand suche.«

»Meinen Beistand? Wobei?«

Sie hüllte sich fester in ihren Umhang, als der Wind mit einer Kälte auffrischte, die noch nicht wie der Winter gewichen war. »Gehen wir ein Stück, Mylord? Was ich zu sagen habe, ist nicht für fremde Ohren bestimmt.«

»Auch nicht für Mönche?«

»Für keine anderen Ohren.« Sie hielt auf die Bäume zu.

Auch Jordan hüllte sich tiefer in seinen Umhang, als er sich dem Wind und dem peitschenden Regen zuwandte. Sein Pferd wieherte protestierend. Vor ihnen hielt Lady Isabella den Kopf nur unmerklich gebeugt, als wäre sie unempfindlich gegen das Toben des Unwetters. Als er sie einholte und mit ihr in Gleichschritt fiel, wartete er auf ihre Erklärung.

Obwohl sie nicht in seine Richtung blickte, merkte sie, dass er neben ihr einherging, da sie sagte: »Die mir übertragene Aufgabe – für die ich Eure Hilfe brauche – klingt ganz einfach. Königin Eleanor vertraute dem ehemaligen Bischof von Lincoln Papiere an und wünscht nun, dass ihr diese überbracht werden.«

Ein zarter Duft ging von ihr aus und verführte ihn, sich auszumalen, was sie unter ihrem Umhang verbarg, anstatt auf ihre Worte zu achten. Er zwang sich zur Aufmerksamkeit. »Warum braucht die Königin uns, um sich ihre Schriftstücke aus der Kathedrale zu verschaffen? Sie könnte sich an den Bischof wenden …«

»Im Moment gibt es in Lincoln keinen Bischof.«

Er wollte zurückschießen und sagen, dass er dies sehr wohl wüsste und dass sie ihn nicht zu unterbrechen hatte, wenn er eben vorschlagen wollte, die Königin sollte sich an denjenigen wenden, der dem Bischof in der Kathedrale als Assistent gedient hatte. Er verschluckte seine Erwiderung, als sie die Bäume hinter sich ließen. Vor ihnen lag der Hügel. Im Regen sah er noch erbärmlicher und verlassener aus.

»Wer liegt hier?«, fragte Lady Isabella in viel sanfterem Ton.

»Mein engster Freund.«

»Das tut mir leid.« Sie schwieg, als sie am Grab anhielten, und fragte erst nach einer Weile: »Warum liegt er hier?«

»Die Brüder der Priorei verweigerten ihm eine Beerdigung innerhalb ihrer Mauern, da er sein Leben bei einem Turnier lassen musste.«

Zum ersten Mal, seitdem sie vom Pförtnerhaus losgegangen waren, sah sie ihn an. Ihre Augen waren zusammengekniffen, als schätze sie ihn von neuem ab. »Bei einem Turnier? Eine Schande, wenn ein Mann sein Leben so nutzlos verliert!«

»Ja, eine Vergeudung. Wäre ich zur Stelle gewesen, hätte ich ihm ausgeredet, die Herausforderung anzunehmen, nur weil er die Hand einer Frau erringen wollte. Keine Frau ist das Leben eines Mannes wert.«

Wieder ließ sie sich mit ihrer Antwort Zeit und starrte das Grab an. »Da gebe ich Euch Recht.«

»Ach?« Er staunte. Seine verächtliche Bemerkung über den Wert einer Frau hätte ihm von seinen Schwestern laute Zurechtweisungen eingetragen. Und er konnte sich nicht vorstellen, dass ihre Brüder eine so gezielte Beleidigung hingenommen hätten, ohne Genugtuung im Kampf zu fordern.

»Es fallen schon genug Männer in Kriegen. Nur um die Bewunderung einer Frau zu erringen, sollten nicht noch mehr sterben.« Als sie aufschaute und seinem Blick begegnete, glitt ihre Kapuze zurück und enthüllte ihr Haar, das ihr Antlitz wie eine goldene Wolke einrahmte. Er nahm es kaum wahr, als sie seinen Blick mit ihrem intensiven festhielt. »Was die Königin von uns verlangt, könnte den Ausbruch eines weiteren Krieges zwischen König Henry und den Prinzen verhindern.«

»Wie das?«

»Mehr sagte man mir nicht. Es reichte aber, dass ich meinen Dienst anbot. Genügt es Euch, Mylord?«

Er starrte das namenlose Grab an. Ein Ende der Kämpfe zwischen dem König und seinen Söhnen? War dies denn möglich? Er musste es herausfinden. »Es ist mehr als genug. Sagt mir, wie ich Euch helfen kann, Lady Isabella.«

3

Könnten wir unser Gespräch unter einem Dach fortsetzen?«, fragte Isabella mit dem liebenswürdigsten Lächeln, das ihr zu Gebote stand. Jeder Tropfen, der auf ihre Schulter fiel, schmerzte. Sich der Armschlinge zu entledigen, bevor sie Lord le Courtenay traf, war ihr als gute Idee erschienen, da nichts darauf hindeuten sollte, dass sie ihm auf dem Ritt nach Lincoln eine Last sein würde. »Der Regen findet zu viele Wege durch meinen Umhang.«

Lord le Courtenay wies mit einer halben Verbeugung zur Priorei. »Ihr müsst hier nicht verweilen, Mylady.«

»Isabella«, sagte sie leise und ging auf die andere Seite des Grabhügels.

»Wie bitte?« Er drehte sich zu ihr um. Seine dunklen Augen blitzten unter seiner Kapuze hervor wie zwei Edelsteine aus großer Tiefe. Sie staunte, dass er sie an Größe überragte, da die Äbtissin nicht viel größer als ein Kind war.

Doch unterschied er sich auf so mannigfache Weise von der Äbtissin, da sich in seinen Kummer ein Zorn mischte, der ihn wie eine Aura umgab, mächtig und gefährlich und unbestritten männlich, während die Äbtissin ihre Emotionen in der Gewalt hatte. Isabella fragte sich, ob Lord le Courtenay dies auch geschafft hätte. Obwohl er seinen Zorn zu verbergen trachtete, prägte dessen Heftigkeit alle seine Bewegungen und schärfte jedes seiner Worte.

»Ich heiße Isabella.« Sie wollte die Erklärung vermeiden, wie fremd ihr der Titel Lady vorkam. Sie hätte es vorgezogen, wenn er sie mit »Schwester Isabella« angesprochen hätte, konnte, vielmehr durfte aber den Grund nicht erklären. Die ruhige Würde der Äbtissin nachahmend, setzte sie hinzu: »Bitte, nennt mich mit meinem Vornamen.«

»Warum?«, fragte er wie zuvor.

»Wir beide dienen der Königin.« Es war keine originelle Antwort, doch wollte ihr nichts anderes einfallen, während er sie so eindringlich ansah.

Warum hatte die Äbtissin es versäumt, ihr zu sagen, dass Jordan le Courtenay so unwiderstehlich war? Isabella hatte sich auf das vorbereitet, was sie sagen musste … und dann hatte er sie mit seinem intensiven Blick angesehen. Obwohl sein übriges Gesicht im Schatten lag, hatte sie sich trotz ihrer Verlegenheit gezwungen, seinem Blick zu begegnen, verlor sich jedoch darin. Als sie am Tor zur Priorei stand, hatte sie geglaubt, ihr Gleichgewicht wiedergefunden zu haben, eine törichte Annahme, wie sie merkte, als er mit den geschmeidigen Schritten eines geübten Kriegers auf sie zugeschritten kam. Sein Umhang vermochte die gestählten Muskeln nicht zu verbergen. Eine Narbe quer über der linken Hand zeugte davon, dass er aus den Kämpfen nicht unversehrt hervorgegangen war.

Sie konnte sich seiner Faszination nicht entziehen, die seine offensichtliche Kraft auf sie ausübte. Ihr Versuch, ihre Gedanken zu ordnen, war ein Fehlschlag gewesen. Fast hätte sie die Verbindung zwischen der Königin und St. Jude's Abbey und ihre eigene Stellung im Kloster verraten. Die Äbtissin hielt ihn für vertrauenswürdig, Isabella aber war nicht ganz überzeugt.

Dennoch hatte sie Grund, erleichtert zu sein, da er einverstanden war, dem Vorschlag der Äbtissin zu folgen und sie zu begleiten. Erleichtert? Das war nicht das passende Wort, um den in ihr tobenden Sturm zu beschreiben.

»Ihr seid also nicht Nonne in der Abtei meiner Tante?«, fragte Lord le Courtenay.

»Nein.« Sie musste auf der Hut sein und durfte nicht verraten, dass keine der Frauen innerhalb der Klostermauern ein ewiges Gelübde abgelegt hatte, da ihr Gelöbnis Königin Eleanor galt.

»Eine Novizin also?«

»Nein. Ich ging ins Kloster, um dort Arzneikunde zu studieren. Ich wollte alles lernen – die Wirkung der Heilkräuter und Salben und wie man Gliederbrüche einrenkt.«

»Wenn Ihr wollt, Mylady, dass ich Euch bei Eurem Namen nenne, will ich Eurem Wunsch entsprechen.« Er lachte leise und lenkte ihren Blick wieder auf seine Kapuze. Nun erst wurde ihr bewusst, dass sie seine starken, in abgetragenen Stiefeln steckenden Beine angestarrt hatte. »Isabella, wollte ich sagen. Aber Ihr wisst, dass auch Ihr meinen Vornamen benutzen sollt, da es unpassend wäre, meinen Titel zu nennen, wenn Ihr den Euren nicht hören wollt. Wenn Ihr mich jetzt entschuldigen wollt ...«

»Euch entschuldigen?« Hatte er nicht eben eingewilligt, sie zu begleiten?

Als hätte sie diese Frage laut geäußert, sagte er: »Ich werde Euch helfen, nachdem ich meinen Freund zur ewigen Ruhe gebettet habe.«

»Ihr sagtet, dass die Brüder der Priorei ihn nicht ...«

»Ich habe die Absicht, Ryce nach La Tour du Courtenay zu bringen. Anschließend werde ich Euch helfen, dem Wunsch der Königin zu entsprechen.«

»Wir müssen möglichst rasch nach Lincoln.«

»La Tour liegt auf unserem Weg.« Er lächelte ein wenig schief. »Seid versichert, dass *ich* aufrichtig mit Euch bin.«

»Deshalb sollte ich Euch nicht so ausfragen, wie Ihr es mit mir getan habt.«

»Ich hoffe nicht.« Er kniete nieder und zupfte an dem Unkraut, das auf dem Grab wucherte.

Sie bewunderte seine Freundestreue, die über den Tod hinaus hielt, doch war ihre Zeit knapp bemessen. Um sicherzustellen, dass er ihr rechtzeitig half, die Papiere für die Königin zu finden, musste sie ihm helfen, seinen Freund in geweihter Erde zu bestatten.

Ohne den Regen zu beachten, der sich zu einem Nieseln abgeschwächt hatte, fragte sie: »Wie kann ich dabei helfen?«

»Helfen?« Er hob den Blick, seine Kapuze glitt zurück. Erstaunen flammte in seinen erdbraunen Augen auf.

Und auch in ihren, wie sie sicher zu sein glaubte, als sie ihn anstarrte. Sein Gesicht war an der rechten Schläfe gesprenkelt, als hätte eine Wahnsinnige ihn zusammengeflickt. Als er seine Kapuze wieder über den Kopf zog, war sein linkes Profil so hübsch, dass einem fast der Atem stockte. Glattes schwarzes Haar streifte seine Schultern und fiel ihm in die Augen. Sein energisches Kinn wurde von einem dichten Backenbart betont.

»Wie wollt *Ihr* mir helfen?«, fragte er scharf, und sie wusste, dass ihm ihr Blick nicht entgangen war.

Sie hatte auf dem Weg nach Kenwick andere Männer mit Narben gesehen. Viel zu viele, ein sicheres Zeichen für den im Gange befindlichen Krieg, den die Plantagenets, Vater und Söhne, führten. Aber nichts hatte sie mehr erschreckt als der Anblick der Verwüstung in Jordans Gesicht. Nicht nur die Narben auf seiner Haut, sondern auch der Schmerz in seinen Augen.

Sie schüttelte ihren Sack ab, froh, dass die Bewegung ihr einen Vorwand bot, den Blick abzuwenden. Den Schmerz, der ihre linke Schulter durchzuckte, beachtete sie nicht. Sobald sie ihre Verpflichtung erfüllt hatte, blieb ihr genug Zeit, die Schulter zu schonen.

Verstohlen tastete sie in die Senke zwischen ihren Brüsten, um sich zu vergewissern, dass sie den Schlüssel zu der Kassette nicht verloren hatte, die dem Bischof von der Königin übergeben worden war. Isabella trug den Schlüssel an einer Schnur um den Hals und ertappte sich täglich ein halbes Dutzend Mal, dass sie danach fasste. Ging er verloren, hatte sie versagt. Allein der Gedanke war schrecklich.

Sie öffnete den Sack und zog einen hölzernen Stiel hervor, den sie Jordan übergab. Sie griff tiefer und fand die hölzerne Schaufel, die sie immer bei sich hatte, da sie nie sicher sein konnte, wann sie auf eine Heilpflanze oder einen Stein stieß, die sie näher untersuchen wollte. Wieder verspürte sie einen Stich. Die Scheune würde bei ihrer Rückkehr nicht mehr stehen. Die Äbtissin hatte angeordnet, sie niederzureißen, da die windschiefen Wände jederzeit einstürzen konnten.

Jordan sah sie erstaunt an. »Verzeiht meine Neugierde, aber warum tragt Ihr diese Dinge mit Euch?«

Sie setzte zu einer Erklärung an, er aber gebot ihr mit einer Handbewegung Schweigen.

»Ihr könnt es mir später erklären«, sagte er. »Wenn Ihr jetzt gehen würdet …«

»Gehen?« Sie blickte auf ihre leeren Hände. »Eine zweite Schaufel besitze ich nicht und kann daher nicht beim Graben helfen, doch kann ich Euch bei der Arbeit Gesellschaft leisten.«

»Geht jetzt. Helfen könnt Ihr nicht.«

Isabella missfiel sein Ton, der andeutete, dass er ihr so viel Verstand zutraute wie seinem Pferd. Vielleicht sogar weniger. »Warum kann ich nicht helfen?«

»Ein Leichnam ist nichts für eine Lady.«

Sie stand da und wollte sich die Hände vorne an sich abwischen. Da merkte sie, dass sie keine Schürze umgebunden hatte und ihr Kleid nicht mit Schmutz verderben durfte. Im Sack führte sie ein zweites Gewand mit sich, doch wollte sie es schonen und erst anziehen, wenn sie der Königin die Papiere übergeben konnte.

»Was meint Ihr wohl, wer Ehemänner, Väter und Söhne seit Menschengedenken für die Bestattung zurechtmachte?«, fragte sie mit aller Entrüstung, die sie aufbieten konnte. »Es waren Frauen – seit Menschengedenken, also seit Männer Kriege führen.«

»Aber Ryces sterbliche Hülle liegt seit Monaten unter der Erde.«

»Dann ist ohnehin nur mehr ein Gerippe vorhanden.« Sie kniete wieder nieder und strich mit den Fingern durch das Erdreich auf dem Hügel. »Das Wetter war sehr warm, es gab regelmäßig Regen. Hitze und Feuchtigkeit beschleunigen die Verwesung, wenn etwas so nahe der Oberfläche liegt.«

Er würgte etwas hervor. Als sie von der Erde aufblickte, entdeckte sie, dass Jordan sie mit einer Mischung aus Schock und Ekel anschaute, als wäre sie selbst eben aus dem Grab gestiegen.

»Woher wisst Ihr das?«

»Das lernte ich bei meinen Studien.«

»Ihr *studiert* den Tod?«

»Ich studiere die Natur. Der Tod ist Teil des Lebens.« Sie hockte sich auf die Fersen. »Ich arbeite gern in der Kräuterkammer. Die Veränderungsprozesse der Nahrungsmittel sowie das Studium der Heilkräuter weckten meine Neugierde auf andere Dinge.«

»Sehr gut.« Er rammte den Stiel in die Schaufel und fing zu graben an. »Bleibt, wenn Ihr wollt.«

Isabella sah schweigend zu. Die einzigen Geräusche waren die Schaufel, die sich in den Hügel grub, Wasser, das von den Blättern tropfte, nachdem der Regen aufgehört hatte, und die unruhigen Bewegungen des Pferdes.

Er grub mit den geschmeidigen Bewegungen eines an schwere Arbeit gewöhnten Mannes. Die Narben an seiner Hand und in seinem Gesicht hatten ihr verraten, dass er den Kampf nicht fürchtete. Ein Mann wie er musste ein Kettenhemd, Helmkappe und Kettenhandschuhe tragen, um sich zu schützen. Das Gewicht dieser Teile erforderte starke Muskeln.

Der Erde entströmten Gerüche. Es roch nach Feuchtigkeit, Verwesung und Tod. Sie richtete sich auf und ging ein Stück fort. Sie wusste, dass er sie beobachtete, da sich der Schaufelrhythmus änderte. Unter den Bäumen blieb sie stehen, bückte sich und riss zwei Handvoll Moos knapp über dem Boden von einem Baumstamm los. Weitere Gerüche gesellten sich zu den vorhandenen, doch war es der Geruch nach frischer Erde und Regen.

Schmerz wühlte in ihrem linken Arm, doch sie hoffte, er würde vergehen, wenn sie ihn ignorierte. Sie wusste, wie lächerlich das war. Später, wenn sie Sir Ryce ausgegraben hatten, würde sie ein Gebräu aus Thymian und Starkbier herstellen und für einen Umschlag für ihre Schulter verwenden, ein Vorgang, der allabendlich neun Tage lang wiederholt werden musste, um den Schmerz aus dem Gelenk zu ziehen. Sie hatte sich während der langen Reisetage und langen Nächte mit wenig Schlaf nicht die Zeit dazu genommen. Wenn Jordan abwechselnd mit ihr die Wache übernahm, damit sie nicht bestohlen wurden, würde sie ihre Schulter heilen und schlafen können.

Sie trug das Moos zu Jordan und öffnete einen der an ihrem Gürtel befestigten Beutel. Sie streute getrockneten Lavendel auf das Moos, ehe sie ihm eine Handvoll reichte. Er sah von ihr zum Moos, Verwirrung in den dunklen Augen.

»Haltet es an die Nase«, sagte sie. »Damit Euch nicht vom Gestank des offenen Grabes übel wird.«

»Ich brauche kein ...«

»Ihr braucht es nicht?« Sie runzelte die Stirn und hoffte, sie würde so ärgerlich aussehen wie die Äbtissin, wenn jemand etwas Dummes sagte. »Das bisschen Farbe, das Ihr habt, wechselt zwischen Grau und Grün. Wenn Ihr nicht wollt, dass Euch am Grab Eures Freundes übel wird, schlage ich vor, dass Ihr zum Moos greift.«

Er riss es ihr aus der Hand. Als er das samtige Moos an sein Gesicht hob und einen tiefen Atemzug machte, der getrocknete Lavendelstücke um seinen Kopf fliegen ließ, sagte er: »Hättet Ihr mich zu Ende sprechen lassen, wüsstet Ihr jetzt, dass ich sagen wollte, dass ich gar nicht weiß, wie ich mich für Eure Aufmerksamkeit bedanken soll.«

»Ach ...« Selten um Worte verlegen, war Isabella unbehaglich zumute.

»Ihr seht selbst nicht allzu frisch aus.« Er griff nach oben und nahm ihre Hand und schob ihr sanft das Moos vors Gesicht. »Ihr seht aus, als könnt auch Ihr Hilfe brauchen.«

Mit einem erstickten Atemholen wich sie zurück und starrte ihn an. Wie kam es, dass eine so einfache Berührung ihr Schauer über die Haut jagte, erstaunlich heiße Schauer?

»Seid Ihr krank?«, fragte er.

Sie schüttelte den Kopf. Ihr gesamter Wortschatz war ihr entfallen.

Als Jordan sich wieder zu seiner Arbeit bückte, war sie erleichtert. Sie wollte nicht, dass er merkte, wie seine banale Geste sie erbeben ließ. Dass seine harmlose Berührung sie derart aus der Fassung bringen würde, kam für sie völlig unerwartet. Wenn sie sich an seine Gesellschaft gewöhnt hatte, würde sich dieses beunruhigende Gefühl vielleicht verflüchtigen. Sie hoffte es jedenfalls.

»Darf ich etwas fragen?«, sagte er, ohne in seiner Arbeit innezuhalten. »Ach, ich glaube, ich fragte es eben.« Die Andeutung eines Lächelns huschte über seine Lippen, so rasch, dass sie zweifelte, ob sie es wirklich gesehen hatte. »Deshalb stelle ich eine andere Frage, wenn es Euch recht ist.«

»Natürlich.« Sie kniete wieder am Grab nieder. Sollte sein Scherzen den Kummer vergessen lassen, weil er seinen Freund exhumierte?

»Warum führt Ihr eine Peitsche mit Euch?«

»Ich finde sie sehr nützlich.«

»Um Euch zu schützen?«

Isabella lächelte. »Ganz im Gegenteil. Zu diesem Zweck habe ich sie seit meiner Kindheit nicht mehr benutzt. Es gibt andere Wege, mit lästigen Menschen fertig zu werden, als die Peitsche schnalzen zu lassen.«

»Ach, sind andere Menschen Euch ebenso lästig wie Ihr ihnen?«

Sie war so schockiert, dass es ihr die Rede verschlug. Niemand hatte sie jemals als lästig bezeichnet. Für die Schwestern war sie, die von ihren Studien völlig beansprucht wurde, so still wie ein Kaninchen im Buschwerk an den Abteimauern.

Er schaufelte weiter und warf Erde und Unkraut beiseite. Sein Gesicht wurde mit jeder Schaufelladung bleicher. Abrupt warf er die Schaufel von sich, kniete nieder und schob mit bloßen Händen die lockere Erde auf das Gras. Als sie dasselbe auf der andere Seite des Grabes machte, sah er sie an.

»Mylady … Isabella, das ist nicht Eure Aufgabe.« Sein Kiefer hatte Mühe, jedes Wort herauszubringen, ohne dass ihm übel wurde, während er seinen toten Freund ausgrub.

»Wir sind Verbündete im Dienste der Königin. Wenn ich Euch jetzt helfe, könnt *Ihr* mir eher helfen.«

»Seid Ihr immer so logisch?«

»Ja.«

Wieder sah er sie an, mit gerunzelter Stirn, als müsse er ein Rätsel lösen.

Sie blickte auf etwas Weißes im Erdreich hinunter. Gebeine, wie sie wusste. Mitgefühl erfasste sie, als sie Jordans Kummer sah. Sie wollte ihm sagen, dass sie seinen Schmerz verstünde, doch konnte sie es nicht. Sie konnte sich nur vorstellen, was er empfinden musste.

Schweigen senkte sich über sie, als sie die letzten Hände voll Erde von den sterblichen Überresten von Jordans Freund hoben. Ihre Augen füllten sich mit heißen Tränen. Von Sir Ryce de Dolan waren nur mehr Knochen übrig. Verwest sein Fleisch und seine Seele. Nichts war von seiner Kleidung geblieben. Hatten seine Gegner ihm Kettenrüstung und Waffen geraubt, nachdem sie ihn töteten?

Ihr war nicht klar, dass sie diese Frage flüsternd geäußert hatte, bis Jordan erwiderte: »Der Sieger eines Turniers hat das

Recht auf Waffen und Ross des Unterlegenen wie im echten Kampf.«

»Warum werden Turniere dann ausgefochten?«

»Um der Ehre willen.«

»Ehre ist für einen Toten nutzlos.«

»Stimmt.«

Das Bedauern in seinem Ton ließ sie wünschen, sie würde die richtigen Worte des Trostes finden. Und wieder wollten sie ihr nicht einfallen.

»Führt Ihr eine Decke in Eurem Sack mit?«, fragte Jordan.

»Ja.«

»Überlasst sie mir. In La Tour du Courtenay bekommt Ihr eine neue von mir.«

Sie zog eine hellbraune Decke heraus und breitete sie am Fuß des Grabes auf dem Boden aus. Er wollte protestieren, als sie zupacken wollte, um ihm zu helfen, das herauszuheben, was von seinem Freund geblieben war, doch bewirkte ihr finsterer Blick, dass er sich die Bemerkung verkniff.

Trotz ihrer Erklärung, sie könne helfen, wichen ihre Finger vor den Gebeinen zurück. Während ihrer Studien hatte sie viele Knochen ausgegraben, doch waren es Tierknochen gewesen. Und einer Schwester einen beim Training verrenkten Knochen einzurichten war etwas völlig anderes, als die Überreste eines einst lebendigen Menschen zu berühren. Sie versuchte, den beißenden Geschmack hinunterzuschlucken, doch revoltierte ihr Magen wie ein nicht zugerittenes Pferd.

»Ich habe ihn«, sagte Jordan in einem Ton, der so angespannt war, wie ihrer gewesen wäre, hätte sie zu sprechen gewagt.

Mit einem Nicken richtete sie sich auf, als er die Gebeine sacht auf die Decke legte. Er umhüllte sie mit einer Sorgfalt, als könne er damit seinen Freund wiederauferstehen lassen. Sie wandte den Blick ab. Seine Trauer war überwältigend.

Etwas Helles im Grab fesselte ihren Blick. Einen Moment glaubte sie, Gebeine wären zurückgeblieben. Ohne Rücksicht auf ihren revoltierenden Magen bückte sie sich, um genauer nachzusehen. Ein Knochen war es nicht. Das Licht wurde von einem Messer mit Elfenbeingriff reflektiert.

»Jordan, vergesst sein Messer nicht.« Sie streckte sich, um nach der Klinge zu greifen.

Seine breitere Hand umfasste ihr Handgelenk. Er griff an ihr vorüber und hob das Messer so behutsam aus dem Grab wie die Gebeine seines Freundes. Er ließ Isabella los und betrachtete den Messergriff.

»Was ist das?«, fragte sie.

»Dieses Messer kann nicht Ryce gehört haben.« Er strich über die Gravur. »Das ist nicht das Familienwappen.«

Sie beugte sich vor. Die Gravur zeigte zwei Männer, einen Reiter und einen zweiten, der das Pferd führte. »Dann muss es einem der Männer gehört haben, die ihn töteten. Was bedeutet der Spruch? *Semper minax, nunquam submissus.*«

»Das ist Latein und heißt ›Immer fordernd, niemals bescheiden.‹«

»Ich weiß. Was ist sonst zu sehen?« Um es aus der Nähe sehen zu können, legte sie ihre Hand auf seinen Arm.

Ein verwirrendes Gefühl schoss von ihren Fingern aus den Arm entlang und durchströmte sie, ehe sie den nächsten Atemzug tun konnte. Es war wie seinerzeit in ihrer Kindheit, wenn sie bei Unwettern im Freien gestanden und Blitze beobachtet hatte. Ein Schauer durchlief sie unter der Haut, erregend und beängstigend zugleich.

Seine Hand bedeckte ihre, und sie hob langsam den Blick von seinen breiten Fingern, ließ ihn über seine mit der schlichten Tunika aus Wollstoff bedeckte Brust gleiten, ehe sie ihn zu seinem Kinn hob, das eine leichte Kerbe aufwies, die ihr bisher entgangen war – und dann seinem Blick begegnete. Konnte er ihr Herz hören? Es dröhnte in ihren Ohren wie in dem Moment, als die chemischen Substanzen in der Scheune der Abtei explodierten.

»Ist Euch auch wohl?« Seine Stimme schien aus großer Ferne zu kommen, obwohl er unmittelbar neben ihr stand.

»Ja«, sagte sie automatisch.

»Euer Gesicht ist gerötet. Hoffentlich wird Euch nicht übel.« Er schenkte ihr ein Lächeln, und ihr aufgebrachter Magen schien wie ein Fisch auf dem Trockenen zu zappeln.

Würde sie eingehen wie ein Fisch an Land? Warum diese Atemlosigkeit? Wenn sie den Anblick eines menschlichen Skelettes ertragen hatte, wieso brachte sie dann die Berührung eines lebenden Menschen so aus der Fassung?

»Seid Ihr sicher, dass Euch nicht übel ist?«, fragte er wieder.

»Ja.«

»Gut.« Er hob seine Hand von ihrer und entzog zugleich seinen Arm ihren Fingerspitzen.

Isabella faltete die Hände und tat einen tiefen Atemzug. Sie hatte auf seinen Kummer übertrieben heftig reagiert. Eine andere Erklärung für ihre törichte Reaktion gab es nicht.

Als sie ausatmete, fragte sie: »Erkennt Ihr das Wappen auf dem Messergriff?«

»Nein.« Seine Finger umklammerten das Messer so fest, als

wolle er es in jemanden stoßen. »Der Mönch, der mich an diese Stelle führte, konnte die Mörder nicht benennen. Er schien sich sogar zu fürchten, ihre Namen auszusprechen.«

»Er hatte Angst? Warum?«

»Ich weiß es nicht.« Er schob den Dolch in seinen Gürtel. Während er zu dem verhüllten Leichnam trat, fragte er: »Wo ist Euer Pferd, Isabella?«

»Ich habe keines.«

»Ihr seid von Kenwick Castle hergelaufen?«

»Das ist nicht viel mehr als eine Meile.«

Er ließ die Andeutung eines Lächelns sehen. »Dagegen kann ich nichts sagen.« Er wurde wieder ernst. »Wenn wir keine Pferde haben, zwischen denen wir einen Tragegurt spannen können, werden wir einen Karren brauchen, um Ryce zu befördern.«

»Vielleicht könnten die Mönche Euch einen leihen.«

Er lachte verbittert. »Da sie ihm ein anständiges Begräbnis verweigerten, bezweifle ich sehr, dass sie ihm gestatten, seinen letzten Weg in einem ihrer Karren zurückzulegen.«

»Wir …«

»Nein«, sagte er mit Bestimmtheit und beschirmte mit der Hand seine Augen, als er den Blick über das Feld und darüber hinaus wandern ließ. Er deutete auf eine Häusergruppe, die keine ganze Meile entfernt an der Straße zu sehen war. »Vielleicht wird dort jemand bereit sein, einen Karren und ein Zugtier gegen ein paar Münzen einzutauschen.«

Isabella wollte nicht widersprechen, wenn sie auch der Meinung war, dass er sich irrte. Wenn es auf dem Gehöft ein Pferd gab, konnte sie sich nicht denken, dass ein Bauer sich für noch so viel Geld von einem Tier trennen würde, das für ihn unentbehrlich war. Wenn sie aber wollte, dass Jordan mit ihr ging und die Kassette ausfindig machte, musste sie ihm helfen, seinen Freund zur letzten Ruhe zu betten.

Sie wischte Schmutz von ihren Händen ab und sagte: »Wir werden es nie erfahren, wenn wir nicht fragen.«

4

Nachdem sie Sir Ryces Gebeine zurück ins Grab gelegt hatten, damit sie unentdeckt blieben, ging Isabella mit Jordan und dessen Pferd die steinige Straße entlang. Er sagte nichts, und alles, was ihr einfiel, um das Schweigen zu brechen, erschien ihr so abgeschmackt, dass das einzige Geräusch der Schrei eines Falken blieb, der dem Leben einer Feldmaus ein jähes Ende bereitete.

Hinter einer niedrigen Mauer gelegen, die einst höher gewesen sein mochte, wirkte das Gehöft mit seinem löchrigen Strohdach wenig einladend. Ein zweiter Bau drohte in sich zusammenzustürzen. Kaputte Eimer und ein paar magere Hühner waren über den schlammigen Hof verstreut.

»Hier sieht es wirklich aus, als könnte der Eigentümer ein paar Münzen gebrauchen«, stellte Jordan fest.

Isabella schlang die Arme um sich und fasste unwillkürlich nach dem Peitschengriff, als ein schmuddeliger Kerl in einem geflickten und verschmutzten Kittel auf sie zuschritt. Ein Strick um die Mitte diente dazu, sein Messer festzuhalten. Er blieb eine Armlänge vor ihnen auf der anderen Seite der verfallenden Mauer stehen und kratzte sich die Rippen, die sich durch sein zerfetztes Gewand abzeichneten. Ein struppiger dunkler Bart umgab sein Gesicht und verbarg einen Teil der Schmutzstreifen, die sich über seine Züge zogen.

»Haut ab«, knurrte er. »Hier sind Gauner unerwünscht.«

Auf einen wackligen Karren neben dem Kuhstall deutend sagte Jordan: »Wir möchten den Besitzer dieses Karrens sprechen. Bist du das?«

»Möglich.« Der Mann spuckte auf den Boden aus und starrte den nassen Fleck interessiert an. Seine Augen wurden schmal, als er zu Jordan aufschaute, der ihn um einen halben Kopf überragte. »Warum wollt Ihr den Karren?«

»Wir müssen etwas transportieren.«

»Ach, wirklich? Ein schönes Pferd habt Ihr da.«

»Ein Pferd genügt nicht.«

Der Mann starrte Isabella mit lüsternem Grinsen an. »Ich hätte nichts dagegen, mit einer so schönen Lady in enger Tuchfühlung auf einem Pferd dahinzuschaukeln.«

Isabella fragte sich, ob ein Peitschenschnalzen dem Mann so viel Respekt einjagen würde, dass ihm dieser grässliche Ausdruck verging, der in ihr das Gefühl weckte, sie sei so schmutzig wie seine Kleidung, doch hätte ihr das noch mehr Aufmerksamkeit beschert, und das wollte sie vermeiden.

So gelassen, als hätte der Mann nicht gesprochen, sagte Jordan: »Ich möchte deinen Karren kaufen.«

Der Mann wollte antworten, hielt inne und starrte die Waffen an, die Jordan trug. Etwas flackerte in seinen Augen auf und war so schnell verschwunden, dass sie es nicht deuten konnte. Er lehnte sich an die Mauer und fluchte, als ein Stein sich lockerte. »Mein Karren ist für Gerede nicht feil. Habt Ihr Geld?«

»Erst sage mir, was du für ihn und für ein Zugpferd willst.«

Isabellas Blick blieb an dem langen, im Gürtel des braunhaarigen Mannes steckenden Messer hängen. Blutflecken schwärzten die schartige Klinge. Sie hoffte, dass es nur dazu gedient hatte, eines der wenigen Hühner des Hofes oder einen Hasen vom Grund der Priorei zu schlachten. Ihre Finger umfassten den Peitschenstiel fester.

»Zu einem fairen Preis«, gab der Mann zurück. »Vierzig Pence.«

Mit eisigem Lachen wies Jordan mit einer Kopfbewegung auf Isabella. Sie entfernte sich wie er von der Mauer, ließ aber ihre Hand an ihrer Peitsche.

Der Mann rief: »Zwanzig Pence.«

Jordan rief zurück: »Wirst du Vernunft annehmen, wenn ich jetzt immer weiter gehe?«

Der Bauer fuhr sich mit der Zunge über die vollen Lippen. »Zehn Pence.«

Jordan lächelte, doch als er sich zu dem Mann umdrehte, war sein Gesicht wieder ernst. Isabella verbiss sich ein Lachen, da sie spürte, dass er das Feilschen richtig genoss.

Jordan zählte dem Mann den Betrag, auf den man sich geeinigt hatte, auf die Hand, wobei er darauf bedacht war, nicht erkennen zu lassen, dass er noch mehr Geld hatte. »Ich danke dir …«

»Zane«. Der Kerl grinste ein nahezu zahnloses Lächeln, als er mit einer geschmeidigen Bewegung die Münzen in seinen Lumpen verschwinden ließ. »Karren und Pferd gehören Euch. Solltet Ihr Euch entschließen, sie mir wieder zu verkaufen, mache ich Euch wieder einen fairen Preis.«

Jordan zeigte auf den lendenlahmen Schimmel hinter dem geborstenen Zaun. »Spann an, Zane, ehe das Pferd tot umfällt. Wenn ich schon so viel dafür bezahlt habe, möchte ich etwas Nutzen davon haben.«

»Spannt doch selbst an. Es ist Euer Karren.« Zane zog einen langen Grashalm aus dem Rasen an der Mauer und machte sich daran, mit dem Ende seine spärlichen Zähne zu säubern.

Jordan übergab Isabella die Zügel seines Pferdes, drängte sich an dem Schmutzfinken vorbei und pfiff nach dem anderen Pferd. Es hob den Kopf in dumpfer Neugierde und trottete auf ihn zu. Isabella fragte sich, ob der alte Gaul imstande sein würde, den Karren bis nach La Tour du Courtenay zu ziehen. Falls Jordan daran zweifelte, sah sie es ihm nicht an, als er den Schimmel vor den Karren spannte. Die Räder wackelten, als er das Pferd zu ihr führte.

Von der Mauer her ertönte Zanes meckerndes Lachen.

Jordan schenkte ihm keine Beachtung, ergriff die Zügel seines Grauen und machte sie an einer der gebrochenen Planken des Karrens fest. Als er Isabella in den Karren hob, sah sie, dass dieser so verdreckt war wie sein Besitzer. Sie setzte sich trotzdem hin, da ihr Kleid bereits vor Schmutz starrte.

Jordan lenkte den Karren auf die Straße, und sie umklammerte das Seitenbrett, als sie dahinholpernd Pfützen aufspritzen ließen. Ein Blick zurück zeigte ihr, dass Zane verschwunden war. Zweifellos plante er, das ihm unerwartet in den Schoß gefallene Geld zu verjubeln. Am Ende des morgigen Tages würden die zehn Pence im Besitz eines Brauers oder Wirtes sein.

Es dauerte fast so lange, zum Grab zu fahren, wie dorthin

zu laufen. Als Jordan das Pferd auf das Feld lenkte, weigerte es sich, mehr als ein paar Schritte zu gehen, da frisches Gras unter seinen Nüstern spross.

»Das ist lächerlich«, sagte Isabella, als der Graue sie passierte und gleichauf mit dem Schimmel war.

»Das ist es. Ihr könnt mit Eurer Peitsche schnalzen.«

»Ich würde sie nie bei einem so schwachen Tier benutzen. Es sieht ja halb verhungert aus.«

Er schnaubte. »Langsam glaube ich, dass Ihr sie nur tragt, um aufzufallen. Ihr benutzt sie nie zu einem der üblichen Zwecke.«

»Ich sagte nicht, dass ich es nie täte. Ich benutze die Peitsche, wenn es angebracht ist, aber nicht bei diesem armseligen Tier.«

»Diese Gutherzigkeit kann Euch in Schwierigkeiten bringen.«

Sie verschränkte die Arme und bedachte ihn mit dem strengen Stirnrunzeln, das bei ihren Mitschwestern unweigerlich ihre Wirkung tat, wenn diese sie bei der Arbeit störten. »Meine Entscheidung hat nichts mit Gutherzigkeit zu tun, Jordan. Sie hat damit zu tun, dass ich den armen Klepper in seinen letzten Jahren nicht unnötig erschrecken möchte.« Sie reckte ihr Kinn. »Eine sorgfältig überlegte Entscheidung, auf Vernunft anstatt auf Ungeduld basierend.«

»Ich lasse mich gern belehren.« Er sprang vom Karren und bedeutete ihr zu bleiben, wo sie war. »Da der Gaul offenbar beim Futtern keine Pause einzulegen gedenkt, hole ich Ryce und bringe ihn her.«

Sie nickte und verkniff sich ein Angebot, ihm zu helfen. In der kurzen mit Jordan verbrachten Zeit hatte sie gesehen, dass

Widerspruch zwecklos war, wenn es um seinen Freund ging. Sie wollte sich für ihre Barschheit entschuldigen, doch war er schon fort, ehe sie etwas sagen konnte. Sie saß im Karren, bis er mit dem in die Decke gehüllten Leichnam wiederkam, und rutschte zur Seite, damit er ihn in den Karren legen und selbst aufsteigen konnte.

Stattdessen beugte er sich vor, bis seine Augen mit den ihren auf einer Höhe waren. Wie einfach es sein würde, sich in deren Tiefen sinken zu lassen und zu entdecken, ob Feuer oder Eis dort wartete! Und wie gefährlich. Sie war nicht hier, um diese rätselhaften Augen zu erkunden. Sie musste die verschwundene Kassette mit den fatalen Briefseiten finden, ehe England wieder mit Krieg überzogen wurde. Und doch konnte sie an nichts anderes denken als an seine starken Arme links und rechts von ihr und wie seine Lippen sich öffneten, als er noch näher heranrückte.

Würde er sie küssen? Würde er sie küssen, während die sterblichen Überreste seines Freundes neben ihr lagen? Sie merkte, dass es sie nicht kümmerte, was die Decke verbarg. Es kümmerte sie nur, wie sein Mund sich anfühlen mochte.

»Danke«, sagte er leise.

»Was?« Sie hatte nicht erwartet, dass er dies sagen würde. Sie hatte nicht erwartet, dass er überhaupt etwas sagen würde.

»Danke, dass Ihr geholfen habt, mein Ryce gegebenes Versprechen zu halten.« Seine Augen verdunkelten sich, je angespannter sein Ton wurde. »Ich verspreche, dass ich Euch ebenso gewissenhaft beistehen werde, Euer der Königin geltendes Gelöbnis zu erfüllen.«

»Danke.« Eine andere Antwort wollte ihr nicht einfallen.

Warum lächelte sie nicht erfreut, wenn er ihr genau das versprach, was sie sich erhofft hatte?

Schwester Isabella ist jene in der Abtei, die am logischsten denkt. Sie hatte es die Äbtissin oft sagen hören, und jedes Mal hatte Isabella Stolz empfunden. Schwester Dominique wurde als Geschickteste mit Stab und Klinge gelobt, Schwester Rosanna und ihre Zwillingsschwester Blanche waren in der unbewaffneten Verteidigung unübertroffen.

Aber ... Schwester Isabella ist jene, die am logischsten denkt.

Es wurde Zeit, sich dies vor Augen zu halten.

Isabella, die sich räusperte, drehte sich um und ergriff die Zügel. Ihr Verstand arbeitete besser, wenn sie sich nicht in seinen betörenden Blick vertiefte.

»Ich werde Euch beim Wort nehmen«, sagte sie.

»Werdet Ihr mich nur in diesem Punkt beim Wort nehmen?«

Dummerweise drehte sie sich zu ihm um. Seine Miene blieb ernst, doch hatte sie leise Belustigung aus seinen Worten herausgehört. Ehe sie sich wieder in die Rätsel in seinen Augen vertiefte, schnalzte sie mit den Zügeln gerade so laut, dass das Pferd ein paar Schritte machte. Die Bewegung zwang Jordan, sich aufzurichten, damit er nicht auf die Nase fiel.

»Mir scheint, dass Ihr genug Verpflichtungen habt«, sagte sie.

Sie erwartete eine scharfe Erwiderung, doch sagte er nur: »Könnt Ihr kutschieren?«

»Ich glaube schon.« Sie konnte sich nicht erinnern, jemals in einem Karren gefahren zu sein, doch wie schwierig konnte es sein, den alten Gaul zu lenken, sobald es geschafft war, ihn von der Wiese wegzulotsen?

»Gut.« Er band sein Pferd vom Karren los und schwang sich mühelos in den Sattel. »Folgt mir.«

Isabella hatte wenig Vertrauen, dass der Schimmel imstande sein würde, mit Jordans edlem Ross Schritt zu halten, und so war es denn auch. Der Karren holperte die unebene Straße in wenig mehr als Schritttempo entlang. Bis sie Kenwick Castle erreichten, würde es längst dunkel sein. Den Weg nach Sonnenuntergang fortzusetzen, grenzte an Tollkühnheit. Sie fragte sich, ob Jordan sich schon überlegt hatte, wo sie die Nacht verbringen würden. Ihre Decke umhüllte seinen toten Freund, und die Frühlingsnächte waren frostig. Die Aussicht, ohne Decke auf dem kalten Boden liegen zu müssen, war keine angenehme.

Rufe rissen sie aus ihren Gedanken. Sie warf einen Blick hinter sich und sah ein halbes Dutzend Männer, die in gestrecktem Galopp hinter ihnen hersprengten. Tief über ihre Pferde gebeugt, jagten sie dahin. Als ein lauter Ruf ertönte, der ihr Halt gebot, wurde ihr klar, dass sie es auf den Karren abgesehen hatten.

Sie ließ die Zügel auf dem Pferderücken schnalzen, entschlossen, dass die Männer, die Räuber sein mussten, sie nicht einholen sollten. Sie trieb das Pferd laut zur Eile an. Die Rufe der Verfolger wurden lauter.

Als Jordan vor ihr sein Tier zügelte, riss sie an ihren Zügeln, damit der Schimmel nicht in sein Pferd hineinlief.

»Seid Ihr verrückt?«, stieß sie hervor.

»Möglich, aber wir können ihn nicht entkommen. Lieber verliere ich meine Börse als meine Fracht.«

Ehe sie antworten konnte, umringten die Männer bereits den Karren. Sie hatten ihre Klingen gezogen, die im schwachen Sonnenlicht unheildrohend blitzten. Ein blonder Mann, der als Einziger ein Schwert trug, betrachtete sie mit befriedigtem Lächeln, ehe er ihnen bedeutete, sie sollten absitzen.

Obwohl sie sicher war, Jordan würde eine Erklärung fordern, nickte er. Sie ließ die gut bewaffneten Männer nicht aus den Augen, als sie sich von Jordan vom Karren helfen ließ. Es waren ihrer sieben. Trotz der Versicherung der Äbtissin, dass ihr Neffe ein bewährter Kämpfer wäre, bezweifelte sie, ob sie und Jordan es mit allen sieben aufnehmen konnten.

Der Blonde stieg aus dem Sattel und schritt auf sie zu. Sein Gewand wies Flecken auf, die von dem Bier stammen mochten, dessen Geruch ihn umwehte. Er schlug dem Schimmel leicht auf die Kruppe und lächelte triumphierend. »Ihr wart ein Narr zu glauben, Ihr könntet in dieser Grafschaft gegen das Gesetz verstoßen.«

»Das Gesetz? Seid Ihr der Sheriff?«

»Der bin ich.« Er sagte es mit stolzgeschwellter Brust.

»Warum haltet Ihr uns an?« Jordan fragte es in kaltem Ton.

Der Sheriff ignorierte die Frage. »Wie heißt ihr beide?«

»Ich bin Jordan le Courtenay, und dies ist Isabella de Montfort.«

Sie staunte, dass er weder seinen noch ihren Titel nannte, dann fiel ihr ein, dass er vermutlich befürchtete, die Männer würden sie festhalten und Lösegeld fordern. Ein Sheriff, der in seinem eigenen Amtsbereich Menschen entführte?

»Sie ist nicht Eure Gemahlin?«

»Nein.«

Der Blonde bedeutete ihr, sie solle zur Seite treten. »Wir wollen den Dieb, nicht die Frau.«

Nicht imstande, sich zurückzuhalten, platzte sie heraus: »Ein Dieb? Jordan? Das ist absurd!«

»Absurd?« Seine blonde Augenbraue zuckte nach oben, als er seinen Männern etwas zu verstehen gab. Er drehte sich zu ihr um, als wäre es nicht ungewöhnlich, dass Jordan befohlen wurde, sich die Hände im Rücken binden zu lassen. »Der Karren ist gestohlen.«

»Er ist nicht gestohlen. Jordan hat ihn gekauft.«

»Von der Witwe Eglantine?«

Sie schüttelte den Kopf und versuchte an ihm vorbeizusehen, als sie Jordan fluchen hörte. »Er kaufte ihn von einem Mann. Wir sahen keine Frau.«

Der Sheriff lächelte. »Pferd und Karren gehören der Witwe Eglantine. Als sie vom Feld zurückkam, waren sie verschwunden. Dieser Mann hat beides. Ein Beweis, dass er sie stahl.«

»Jordan *kaufte* den Karren. Findet den Mann, der ihn ihm verkaufte, und Ihr werdet die Wahrheit erfahren.«

»Isabella«, sagte Jordan mit einer Gelassenheit, die sie sich gern zu eigen gemacht hätte, »es wird sich alles aufklären. Lass dich mit ihm nicht auf Debatten ein.«

Sie erschrak zutiefst. Warum ergab er sich willig einer falschen Anschuldigung? Wusste er nicht, dass Diebe gehängt wurden? Entsetzen schnürte ihr die Kehle zu, als sie sich fragte, ob er womöglich nicht weiterleben wollte, weil sein bester Freund tot war. Nein, das konnte sie nicht glauben. Die Äbtissin hätte sie nicht auf die Suche nach Jordan geschickt, wenn die Möglichkeit bestanden hätte, dass er bereit war, sein Leben aufzugeben, außerdem – ebenso bedeutsam – trieb ihn eine geradezu Furcht erregende Wut an, die er eisern beherrschte.

»Was führt Ihr hinten im Karren mit?«, fragte der Blonde und befreite sie von ihren beunruhigenden Gedanken.

Isabella sah Jordan an, der mit einer Kopfbewegung auf das Gefährt deutete. Sie wusste, dass er um die sterblichen Überreste seines Freundes bangte. Er war Krieger! Warum kämpfte er nicht um das, was ihm so wichtig war?

Wenn er nichts tat … Sie trat vor. Ein großes Messer hob sich und verwehrte ihr den Weg. Verblüfft sah sie den Blonden an, er aber hatte nur Augen für Jordan.

»Ich stellte Euch eine Frage«, sagte der Sheriff. »Ich möchte eine Antwort.«

Ruhig sagte Jordan: »Ihr wolltet wissen, Sheriff …«

»Gamell«, antwortete der Blonde so grollend, als wäre er derjenige, der einem Verhör unterzogen wurde. »Was befindet sich im Karren?«

»Ein Toter«, erwidere Jordan mit einer Ruhe, die sie erstaunte. »Mein Freund, den wir dorthin schaffen, wo er ein würdiges Begräbnis bekommt. Wenn Ihr uns gehen lasst, werden wir in unserer Aufgabe fortfahren.«

Einige Männer bekreuzigten sich und wichen einen Schritt vom Karren zurück, Gamell aber griff nach der Decke, die den Leichnam bedeckte.

»Berührt Ihr die Hülle, werdet Ihr es bereuen.« Jordans Stimme war leise, dennoch lief Isabella ein Schauer über den Rücken. Sie zweifelte nicht daran, dass er seine Warnung ernst meinte, obwohl seine Hände im Rücken gebunden waren.

Gamell zuckte zurück. Dann lief sein Gesicht zornrot an. Auf seinen geknurrten Befehl hin stießen seine Männer Jordan auf der Straße auf die Knie. Einer hielt ihm ein Messer an die Kehle.

»Sprich die Wahrheit, Dieb. Sonst ...«

Isabella zögerte nicht und sprang auf den Blonden zu, der erschrocken zurückwich. Sie rammte ihren Fuß in sein Knie und brachte ihn zu Fall. Brüllend vor Schmerzen krümmte er sich auf der Straße. Zugleich ließ sie ihre Faust auf sein Handgelenk sausen, dass sein Schwert davonflog. Das verdutzte Starren seiner Männer lieferte ihr den Moment des Zögerns, den sie brauchte. Sie entrollte ihre Peitsche und holte damit aus. Die Spitze traf die Hand des Mannes, der das Messer an Jordans Kehle hielt.

Mit einem Aufschrei ließ der Mann die Klinge fallen. Als sie ihm bedeutete, er solle verschwinden, verdrückte er sich mit einem Blick zum Sheriff hin. Einer seiner Kumpane griff sich das Messer, worauf sie, ihre Schulterschmerzen missachtend, abermals die Peitsche knallen ließ, immer wieder, während sie sich langsam um die eigene Achse drehte, um sicherzugehen, dass sich keiner der Männer näher an sie heranwagte. Sie erschrak nicht wenig, da Funken aufsprühten, als das Ende der Peitsche einen Stein auf der Straße traf. Sofort erwachte ihre Neugierde, doch war nicht die Zeit, eine Antwort zu suchen.

Jordan hatte sich aufgerichtet und stand nahe am Karren. Als er eine schwarze Braue hochzog, hätte sie am liebsten laut aufgelacht. Sie hatte ihm doch gesagt, dass sie gewillt war, die Peitsche bei Bedarf einzusetzen.

So weit zurückweichend, bis sie neben ihm stand, ließ sie die Lederschnur über den Boden züngeln. Die Männer beobachteten sie wie von einem Garnfaden faszinierte Kätzchen. Sie machte sich ihre Ablenkung zunutze und langte hinter Jordan, um das Messer zu greifen, das sie im Grab gefunden hatten.

»Hände«, zischte sie.

Er sah sie kurz an und schob dann seine Hände in Richtung Karren. Sie beugte sich zu ihm in der Hoffnung, Gamells Männer würden glauben, sie hätte es plötzlich mit der Angst zu tun bekommen, und strich auf der Suche nach seinen Fesseln seine Arme hinunter. Dabei versuchte sie zu ignorieren, wie stark sich seine Muskeln unter dem Ärmel anfühlten und wie ihre Finger zitterten. Natürlich zitterte sie! Dieser einfältige Gamell wollte Jordan festnehmen.

»Vorsicht«, raunte Jordan ihr zu.

»Ich bin vorsichtig, ich schneide Euch nicht«, sagte sie so leise, dass nur er es hören konnte. Endlich hatte sie den Strick um Jordans Hände ertastet.

»Das meinte ich nicht«, entgegnete Jordan ebenso leise.

Das Lachen, das in seinen Worten mitschwang, schockierte sie. Was konnte er an ihrer Situation lachhaft finden? Sie versuchte, das Messer so zu verschieben, dass es in die Fessel schnitt, doch schwankte plötzlich der Wagen hinter ihr. Als Gamell einen lauten Fluch ausstieß und wieder mit der Faust auf das Gefährt hieb, entglitt der Dolch ihrer Hand.

»Ihr fürchtet ein *Weib?*«, kläffte Gamell seine Männer an, während er sich, nur auf einem Fuß stehend, am Karren festhielt. Das zweite Bein hing in einem so unnatürlichen Winkel herab, dass sie einen Bruch vermutete.

Sie ließ die Peitsche gegen einen Mann schnalzen, der sich näher heranschleichen wollte. Er sprang mit einem angstvollen Schrei zurück, der ihr leises Aufstöhnen übertönte, als ihre Schulter vor Schmerz brannte.

Nun wagte sich niemand mehr näher heran. Sie tastete mit dem Fuß den Boden unter dem Karren ab. Wo war das Messer?

»Vielleicht ist Euch jetzt klar«, sagte sie, ihre Suche nach dem Messer tarnend, »dass Ihr nach dem richtigen Dieb suchen müsst. Dieser Karren wurde uns von einem Mann namens Zane verkauft.«

Die unbehaglichen Blicke, die unter den Männern gewechselt wurden, verrieten ihr, dass ihnen der Name etwas sagte.

»Sucht ihn«, fuhr sie fort, »und Ihr werdet den echten Dieb fassen.«

»Er hat einen dunklen Bart, so lang, dass er ihm bis zur Brust reicht, und ist in Lumpen gekleidet«, setzte Jordan hinzu, und zum ersten Mal ließ sein Ton Schmerz erkennen. Als er zusammenzuckte und seinen Arm verschob, sah sie ein dünnes Blutrinnsal an seiner rechten Seite. Was war ihm geschehen? »Und er hat von mir zehn Pence bekommen. Er müsste leicht zu finden sein.«

Gamell humpelte auf sie zu. *»Ihr* habt den gestohlenen Karren.«

»Den wir auf redliche Weise von dem Mann erwarben, der ihn stahl«, wandte Jordan ein. »Wir hatten keinen Grund, ihn für Diebesgut zu halten. Wie könnt Ihr uns anschuldigen, wenn wir doch nichts verbrochen haben?«

Isabella warf nun ein: »Ihr tut gut daran, auf Lord le Courtenay zu hören.«

Sie hörte Jordan etwas murmeln, ging aber nicht darauf ein. Wenn der Sheriff und seine Mannen sich von Tatsachen nicht beeindrucken ließen, würde Jordans Titel vielleicht seine Wirkung tun.

»Ach, jetzt ist er gar ein Lord?« Gamell wieherte vor Lachen. Er sah seine Männer mit gerunzelter Stirn an, und sie stimmten in sein Gelächter ein, viel weniger belustigt freilich.

Sie versuchte die Blicke der Männer festzuhalten. Wenn sie nur einen dazu bringen konnte, die Wahrheit anzuhören, würde er vielleicht seine Kameraden überzeugen. Alle blickten weg. Ob aus Scham oder Angst, war nicht zu unterscheiden.

»Ja, ich bin Lord le Courtenay«, sagte Jordan kühl. Er zuckte zusammen, als er seine Schultern straffte, und ließ ein Stöhnen hören.

Isabella drehte sich blitzschnell um und warf einen Blick auf das Blut, das seine Tunika befleckte. Aus allen Richtungen ertönten Schreie. Ihr Arm wurde gepackt. Sie befreite sich aus dem Griff, wie sie es gelernt hatte, gleich darauf wurde ihr zweiter Arm gepackt. Fast wurde sie umgerissen. Ihre Hand brannte, als ihr die Peitsche entrissen wurde. Als sie danach greifen wollte, schlug eine Hand ihr fest ins Gesicht. Sie taumelte ins Gras am Straßenrand und landete sitzend auf dem harten Boden.

Durch ihr Ohrensausen hörte sie Jordan ihren Namen rufen. Sie versuchte zu antworten. Die Worte waren in ihrem Kopf, erreichten aber ihre Lippen nicht.

»Auch noch Mord«, hörte sie Gamell krähen.

»Nein.« Das Wort hallte in ihrem Kopf wider. Hatte sie es laut geäußert?

Geratter ertönte, dazu Hufschlag auf der Straße. Staub hüllte sie ein. Sie kämpfte sich hoch, fiel aber sofort zurück ins Gras. Etwas traf sie am Kopf. Sie besaß nicht mehr die Kraft, um zu reagieren. Schmerz durchzuckte sie. Dann war nichts mehr.

5

Isabella hinkte über die Straße zu der Stelle, wo ihr die Peitsche entglitten war, als sie getroffen wurde, und bückte sich mit äußerster Vorsicht danach. Ihr Kopf fühlte sich an wie ein Blatt, das in einem Wasserstrudel schwamm. Ob Gamell und seine Spießgesellen sie bewusstlos geschlagen hatten oder ob ein unter den Karrenrädern hervorschnellender Stein sie getroffen hatte, entzog sich ihrer Kenntnis.

Eines aber war klar. Sie hatte alles vermasselt. Die Äbtissin hatte sie damit betraut, Jordan le Courtenay zu finden und sich seiner Hilfe zu versichern. Sie aber hatte sich auf dem Weg nach Lincoln gewaltig verspätet, der Earl wurde des Diebstahls und – wenn ihre Erinnerung sie nicht trog – des Mordes verdächtigt. Der Sheriff war ein Dummkopf, da jeder Mensch, der einen Funken Verstand besaß, mit einem Blick sehen musste, dass Sir Ryce schon seit Monaten tot war. Sie fragte sich, ob es in dieser Gegend überhaupt jemanden gab, der bei klarem Verstand war.

Sie rollte die Peitsche ein und blickte die Straße entlang zu der Stelle, wo das Ende der Peitschenschnur einen Stein getroffen und Funken hatte aufsprühen lassen. Welcher Stein? Etwas Glitzerndes weckte die Vermutung, dass es sich um Quarz oder Flint handelte. Andere Steine wiederum waren so stumpf und glanzlos wie ihr Geist.

Sie machte die Peitsche an ihrem Gürtel fest und blickte sich suchend nach ihrem Sack um. Er musste sich mit dem Leichnam im Karren befinden. Ihr schauderte. Sobald sie Jordan gefunden und die Anschuldigungen gegen ihn entkräftet hatte, wollte sie ihren Sack säubern. Sie war nicht empfindlich, wollte aber nicht den Sack, der mit dem Toten in Berührung gekommen war, an sich spüren.

Isabella tat einen tiefen Atemzug und atmete rasch aus, als sie etwas auf der Straße liegen sah. So schnell sie konnte, sprang sie darauf zu. Vorsichtig bückte sie sich, um den Dolch aufzuheben, der sich in Sir Ryces Grab befunden hatte. Gamell und seine Kumpane mussten ihn übersehen haben, als sie sich mit Jordan davonmachten.

Als sie das Messer neben ihr eigenes in den Gürtel steckte, wusste sie, dass sie alles daransetzen musste, um Jordan vor Gamells Auffassung von Gerechtigkeit zu bewahren. Nach einem Blick zu den Mauern von Kenwick Priory schlug sie diese Richtung ein. Der Prior würde wissen, wer ihr helfen konnte.

Sie schalt sich, als sie das offene Feld überquerte. Hätte sie mit Nariko eifriger trainiert, wäre es ihr vielleicht geglückt zu verhindern, dass der Sheriff Jordan und den Karren mit sich nahm. Was nützten einem heilende Steine und Kräuter, wenn man sich einem Gegner gegenübersah? Sie hätte den Kampfübungen mehr Aufmerksamkeit schenken sollen. Mit der Breitseite des Schwertes hätte sie Gamells Männer vertreiben können, oder aber ein Kampfstock hätte sie so lange außer Gefecht gesetzt, bis Jordan mit dem Karren entkommen war.

Wie hatte der Sheriff sie so rasch finden können, nachdem sie den Karren von Zane erworben hatten? Jemand musste ihm gemeldet haben, dass sie und Jordan damit unterwegs waren. Aber wie und warum? Auch wenn sich zufällig jemand auf der Straße befunden hatte, als Sir Ryce exhumiert wurde, wie hatte diese Person Gamell und seine Leute rechtzeitig davon in Kenntnis setzen können, dass diese so rasch zur Stelle waren und sie aufgehalten hatten?

Es gab eine Antwort, und wie bei jedem anderen Rätsel, das sich ihr präsentierte, musste sie diese finden. Sie ballte die Hände zu Fäusten. Sie konnte sich die Enttäuschung der Äbtissin vorstellen, falls sie versagte!

Sie zwang ihre unsicheren Beine zum schnellstmöglichen Schritt, ohne aufs Gesicht zu fallen, und war sehr erleichtert, als sie endlich das Pförtnerhaus der Priorei erreichte. Es war ein einfacher Bau mit einer Doppeltür unter einem Raum, den der Bruder Pförtner bewohnen musste.

Da die Türflügel offen standen, ging sie hindurch und betrat den kleinen Hof, in den man Fremde ungehindert einließ. Heimweh übermannte sie, und sie fragte sich, warum sie sich so gefreut hatte, St. Jude's Abbey zu verlassen. Im Inneren der Abtei war für die Narreteien der Welt kein Raum. Sie sehnte den Moment herbei, wenn ihre Aufgabe erfüllt sein würde und sie zurückkehren konnte.

Nachdem sie Jordan Lebewohl gesagt hatte …

Sie furchte die Stirn, als sie einen Stich verspürte, schmerzhafter als diejenigen, die noch in ihrer Schulter tobten. Dieser Mann, den sie erst seit einigen Stunden kannte, hatte ihr eine ganze Reihe von Überraschungen beschert. In gewisser Weise war er wie die Äbtissin: stur entschlossen zu tun, was er für richtig hielt. Doch war es eine maskuline Entschlossenheit, die einer für sie schwer verständlichen Logik folgte.

Warum hatte er so und nicht anders gehandelt, als sie aufgehalten wurden? Er war Earl, und sie hatte erwartet, dass er Gamell auffordern würde, ihm den gebührenden Respekt zu erweisen. Stattdessen hatte er sich ohne viel Widerrede den Männern gefügt.

Als er sicher sein konnte, dass ich außer Gefahr war.

Der Gedanke, der ihr ganz plötzlich kam, erstaunte sie. Warum war sie nicht eher darauf gekommen, dass dies der Grund für seine Fügsamkeit sein mochte?

Ein Mönch in dunkler Kutte, der herbeieilte, um sie zu begrüßen, enthob sie der Mühe, die Frage zu beantworten, die nicht zu beantworten war.

»Kann ich Euch helfen?«, fragte er.

»Ich bin Lady Isabella de Montfort. Ich möchte den Prior sprechen.«

»Jetzt?«

»Ja. Bitte, sagt dem Prior, dass ich ihn in seiner Andacht ungern störe, doch muss ich ihn unverzüglich sprechen.«

Die Augen des Bruders wurden groß. Er neigte den Kopf und bat sie, im Hof zu warten. Sie war versucht, ihm zu sagen, dass sie das Bedürfnis einer Gemeinschaft nach Abgeschiedenheit verstünde und respektierte, doch verschloss ihr das Gelübde, nichts von St. Jude's Abbey zu verraten, die Lippen.

Eine Bank stand an der grauen Steinmauer, doch setzte sie sich nicht, da sie argwöhnte, dann nicht mehr aufstehen zu können. Ihre Beine waren wacklig, auch wenn sie die Knie steif hielt. Die Hände knetend kämpfte sie um Geduld, als die Minuten verstrichen, ohne dass der Bruder wieder erschien. Mit jedem Atemzug wurde ihr Kopfschmerz ärger.

Hätte sie eifriger trainiert, wäre vielleicht …

»Mylady, Ihr wollt mich sprechen?«, fragte von rechts eine tiefe Stimme.

Isabella drehte sich blitzschnell zu dem Mann um und bereute es sofort. Ihr Kopfschmerz explodierte in ihrem Schädel, um sie herum löste sich wieder alles in Dunkelheit auf. Nein! Diese Schwäche würde sie sich nicht gestatten. Sie hatte schon genug Fehler gemacht. Sie musste stark bleiben, um mitzuhelfen, Jordan zu retten.

Als ihre Augen wieder einen Brennpunkt fanden, sah sie, dass der Prior um mehr als einen Kopf kleiner war als sie. Er trug eine Kutte, so schlicht wie jene der anderen Brüder, jedoch in Weiß. Allein ein schweres goldenes Kruzifix zeigte seinen Rang an. Er mochte einst eine Tonsur getragen haben, doch waren seine Haare größtenteils der Zeit zum Opfer gefallen. Als er ihr die Hand entgegenstreckte, verriet deren Zittern, dass er an Schüttellähmung litt.

»Danke, dass Ihr mich empfangt«, sagte sie.

»Bruder Valens sagte, es wäre dringend.«

»Das ist es. Ich brauche Euren Rat, da ich nicht weiß, an wen ich mich um Hilfe für Lord le Courtenay wenden soll.«

Der Prior seufzte. »Seit dem barbarischen Tod seines Freundes ist der Earl wie am Boden zerstört. Wenn Ihr gekommen seid, um zu erbitten, dass der Ritter seine letzte Ruhe bei uns findet, Mylady ...«

»Lord le Courtenay wurde des Diebstahls und Mordes bezichtigt.«

Der Prior tastete nach der Bank und ließ sich schwerfällig darauf nieder. »Ich bin schockiert. Er schien ein guter Mensch zu sein, anders als die Edelleute, die das Werk des Teufels taten.«

»Er *ist* ein guter Mensch.« Da sie wusste, dass sie alle Tatsachen vorbringen musste, die ihr die Hilfe des Priors sichern konnten, setzte sie hinzu: »Seine Tante ist die Äbtissin von St. Jude's Abbey.«

»Das ist gut. Sie wird für seine Seele beten können, die von seinen Untaten befleckt wurde.«

Sie fiel neben dem Prior auf die Knie. »Bitte, hört auf mich. Der Earl hat die Verbrechen nicht begangen, die ihm angelastet werden. Das Opfer des sogenannten Mordes ist der Mann, der am Waldrand begraben wurde, und Lord le Courtenay kaufte Karren und Pferd von einem Mann, den er für den rechtmäßigen Besitzer hielt. Von einem Mann namens Zane.«

»Ach, du lieber Gott.« Der Prior umklammerte sein Kruzifix, als sähe er sich Satan persönlich gegenüber.

»Was ist denn?«

»Zane ist ein Dieb und Lügner. Es gibt kein Gebot, gegen das er nicht schon verstoßen hätte.«

»Kommt mit mir und erklärt dies Gamell. Auf Euch wird er hören.«

»Mylady, ich kann die Priorei nicht verlassen.« Er senkte den Blick, um sie nicht ansehen zu müssen. »Meine Pflichten liegen hier.«

»Wenn Ihr Lord le Courtenay retten könntet …«

»Es tut mir leid, Mylady. Meine Pflichten liegen hier.«

»Dann sagt mir wenigstens, wo man diesen Zane finden kann.«

»Nein, Mylady. Ihr müsst Euch vom Sumpfland fernhalten Es verschlingt Menschen bei lebendigem Leib.«

»Es verschlingt Menschen?« Sie starrte ihn an, erstaunt, dass ein Prior so etwas sagen konnte. »Ihr wisst, dass dies unmöglich ist.«

»Sie gehen hinein. Und kommen nie wieder heraus.«

»Sagt mir, wo ich Zane finde, damit ich Lord le Courtenay retten kann.« Sie wollte seine Hände ergreifen und zögerte, als das Messer mit dem Griff aus Elfenbein ihr in die Seite schnitt. Sie verschob es im Gürtel, ehe sie wieder den Prior ansah, dem noch immer das Entsetzen ins Gesicht geschrieben stand.

»Mylady, woher habt Ihr diesen Dolch?«

»Es lag im Grab von Lord le Courtenays Freund.«

Der Prior bekreuzigte sich. »Seht zu, dass Ihr es loswerdet, Mylady.«

»Warum?« Sie hoffte, eine Antwort würde sie nicht noch mehr verwirren.

»Es gehört der Bruderschaft.«

»Also der Priorei?«

»Nein, Mylady.« Seine Stimme bebte. »Es ist keine Bruderschaft wie die unsere. Es ist *die* Bruderschaft.«

»Das verstehe ich nicht.«

»Das ist nicht nötig. Entledigt Euch schleunigst dieses Dolches.«

Sie wollte die Klinge ziehen und hielt inne, als er so würgte, als würde ihm jemand die Kehle zudrücken.

»Nicht hier«, brachte er im Flüsterton heraus. »Nehmt das verdammte Ding aus meiner Priorei wieder mit.«

»Prior, im Moment ist es mein einziges Bestreben, Lord le Courtenay zu retten.«

»Sorgt Euch lieber um Euch selbst, Mylady, während Ihr tragt, was …«

»Erst muss ich Lord le Courtenay retten.«

»So sei es.« Er wuchtete sich auf die Beine hoch und trippelte durch ein Tor, das sich hinter ihm schloss. Ein Riegel glitt zu und verschloss es. Warum hatte der Prior der Kenwick Priory so große Angst vor einem Messer einer Bruderschaft?

Isabella konnte sich die Äbtissin in einem Zustand der Angst gar nicht vorstellen. Sie legte die Hand auf den Sitz der Bank und stand auf. Nun trugen ihre Beine sie schon sicherer. Sie drehte sich um und stutzte, als sie hinter sich einen jungen Mann stehen sah.

Er war schlaksig, seine Hände schienen für seinen noch im Wachstum begriffenen Körper zu groß. Ein dunkler Haarschopf fiel ihm über braune Augen, erste Anzeichen eines spärlichen Bartwuchses zierten sein Kinn. Sein Kettenhemd war ihm an Ellbogen und Knien zu kurz. Er trug ein Schwert an seiner Seite. Unwillkürlich drängte sich ihr die Frage auf, wie gut er damit umgehen konnte.

Sie sagte nichts und überließ es ihm, das Schweigen zu brechen. Falls Gamell einen seiner Leute nach ihr ausgeschickt hatte, würde sie sich nicht ergeben. Sie konnte sich nicht erinnern, ob einer der Männer des Sheriffs eine Rüstung getragen hatte, doch fasste sie zur Sicherheit nach ihrem Dolch.

»Ihr sagtet, dass Ihr Lord le Courtenay retten wollt«, fing der junge Mann an. »Wie kommt es, dass er gerettet werden muss?«

Sie bezweifelte, ob Gamells Leute so zurückhaltend auftreten würden, und antwortete aufrichtig: »Man hält ihn für einen Dieb.«

»Ein Dieb? Der Earl?« Er schüttelte heftig den Kopf. »Unmöglich. Dazu hat er zu viel Ehre im Leib.«

»Ihr sprecht, als würdet Ihr in gut kennen.«

Er verbeugte sich. »Ich bin Squire Emery, der Schildknappe des Earls.«

»Das trifft sich gut, Squire Emery, da ich Eure Hilfe brauche, wenn ich Lord le Courtenays Unschuld beweisen will.«

»Sagt, was ich tun soll.« Seinen Worten folgte eine erneute Verbeugung. »Für Lord le Courtenays Rettung bin ich bereit, mein Leben zu geben.«

»Dazu wird es hoffentlich nicht kommen.« Bei einem Blick auf das verriegelte Tor dachte sie an die Worte des Priors über das Sumpfland. *Sie gehen hinein und kommen niemals wieder.* Etwas anderes aber wollte ihr nicht einfallen. Der Dieb namens Zane kannte die Wahrheit. Die Hand am Messer, unterdrückte sie ihr Schaudern und bedeutete dem jungen Mann, ihr zu folgen. »Als Erstes müssen wir ins Sumpfland und …«

»Geht nicht in den Sumpf«, unterbrach sie ein Stimme hinter ihr.

Isabella sah einen Mann, der eine schlichte Mönchskutte trug. »Ich muss Zane finden und ihn nach Kenwick Castle bringen, um den Earl zu retten.«

»Der Earl ist nicht dort. Er befindet sich im *Drake and Gander,* einer Schänke an der Straßenkreuzung ein Stück weiter nördlich«, erwiderte der Mönch.

»Woher wisst Ihr das?«, fragte Emery, der nach seinem Schwertgriff fasste.

Isabella griff nach der Hand des Schildknappen, um ihn daran zu hindern, seine Waffe gegen einen Mönch zu führen. »Lasst ihn antworten. Woher wisst Ihr das, Bruder …?«

»Maurice, Mylady. Ich weiß es, da die Schänke der Ort ist, an dem der Sheriff Recht spricht und wo der Galgen steht.«

Er schauderte so heftig zusammen, dass seine Kutte erbebte. »Vor zwei Wochen wurde jemand gehängt, weil er beschuldigt wurde, die Schafe seines Nachbarn gestohlen zu haben.«

»Danke, Bruder Maurice. Wir müssen schleunigst diese Schänke erreichen und verhindern, dass der Earl für ein Verbrechen hängt, das er nicht begangen hat.« Sie ignorierte das Murren des jungen Mannes. Nicht der Mönch war es, mit dem sie etwas auszukämpfen hatten.

»Hoffentlich könnt Ihr ihn retten.« Der Mönch verschränkte die Hände im Rücken. »Er scheint ein guter Mensch zu sein. Nicht wie der andere, der kam und zum Grab ging.«

»Der andere?«, fragte Emery. »Wer sonst suchte Sir Ryces Grab auf?«

Der Mönch zuckte mit den Schultern. »Ich selbst sprach nicht mit ihm, aber einer der anderen Brüder tat es und war bestürzt über die Anmaßung des Mannes.« Er senkte die Stimme. »Er fluchte sogar auf geweihtem Boden.«

»War er Mitglied der Bruderschaft?«, fragte sie.

»Bruderschaft?« Der Mönch sah sie verblüfft an. »Ich sagte schon, Mylady, dass er von außerhalb dieser Mauern kam.«

Isabella, die merkte, dass Bruder Maurice nicht wusste, was sie meinte, bedankte sich bei ihm für die Information, die er ihr geliefert hatte, und bedeutete Emery, ihr aus der Priorei hinaus zu folgen. Sie hatte keine Ahnung, wie lange es dauern würde, ein Gericht zu versammeln und über Jordan ein Todesurteil zu sprechen.

Jordan veränderte seine Position auf der harten Bank. Die an den Handschellen an seiner Rechten befestigten Ketten klirrten, und er fluchte, als Schmerz seine Seite versengte, wo ihn der Mann des Sheriffs mit dem Messer verletzt hatte. Schlechter hätte er die Situation gar nicht bewältigen können. Er hatte nicht nur versagt, als es galt, Isabella zu beschützen, er hatte auch noch zugelassen, dass diese Tölpel Ryces Leichnam an sich nahmen. Sie wollten ihm nicht verraten, was sie damit gemacht hatten, nur so viel, dass er es erfahren würde, wenn der Sheriff am nächsten Tag das Todesurteil über ihn sprechen würde.

Und ihm blieb nichts übrig, als hier in diesem beengten Raum, nicht größer als ein Schrank, zu hocken und zu beobachten, wie die Sterne vor dem Fenster den Nachthimmel sprenkelten. Wenn es ihm nur gelänge, seine Hand zu befreien, würde er einen Weg finden, sich in die Schankstube zu schleichen, die er nebenan vermutete. Es roch nach verschüttetem Bier und verbranntem Essen. Bei diesem Gedanken rief ihm sein knurrender Magen in Erinnerung, dass er seit Sonnenaufgang nur ein Stück Brot zu sich genommen hatte.

Diesem Unbehagen hatte er ebenso wenig Beachtung geschenkt wie dem Schmerz in seiner Seite. Er tastete seine Handschellen ab und fluchte wieder. Ohne den Schlüssel, den Gamell mit viel Getue an seinem Gürtel befestigt hatte, ehe er seinen Leuten befahl, sein gebrochenes Bein zu bandagieren, konnte er nichts machen.

Jordan lehnte den Kopf an die Holzwand und dachte an sein Gelübde, nie wieder das Schwert zu ziehen – sei es in einem echten Kampf oder in einem Turnier. Er hatte nicht geahnt, dass er so bald in Versuchung geraten würde, sein Gelübde zu brechen. Als Gamell Isabella schlug, hatte er nur einen einzigen Gedanken gehabt. Er wollte Gamells Blut sehen.

Der intensive Geruch nach verschmortem Essen reizte ihn zum Niesen. Der Qualm wurde dichter. Er versuchte nicht an Essen zu denken. Stattdessen konzentrierte er seine Gedanken auf Isabella. Er hätte froh sein sollen, dass Gamell sie am Straßenrand hatte liegen lassen. Vermutlich war sie jetzt hinter den Mauern der Priorei in Sicherheit. Sobald er seine Unschuld bewiesen hatte, wollte er hingehen und ihr erneut seine Hilfe im Dienst der Königin anbieten. Zwar benötigte sie seine Hilfe nicht, da sie mit einem einzigen vernichtenden Schlag Gamell umgeworfen hatte. Ein erstaunlicher Anblick, doch eine Frau, die es wagte, einen Mann und seine Verbündeten herauszufordern, würde sehr bald wünschen, sie hätte stattdessen um Gnade gefleht.

»Eine Frau wie sie braucht Schutz vor ihren eigenen Illusionen«, sagte er zu sich und zu den Sternen, die seine einzigen Zeugen waren, als er gelobte: »Ich werde sie auf ihrer Mission im Dienst der Königin beschützen.«

Wieder nieste er, als Rauch seine Nase kitzelte. Hatte der Wirt eine ganze Rinderhälfte verschmoren lassen? Es war Fastenzeit und Fleischgenuss verboten.

Vor seiner Tür erklangen Rufe. Er hörte Bänke krachen, eine Tür schlug zu.

»Feuer!«, rief jemand.

Jordan sprang auf. Die Kette spannte und riss ihn zurück. Er streckte sich und pochte an die Tür. Herrgott, er wollte nicht angekettet wie ein Stück Vieh in einer brennenden Schänke sein Ende finden!

»Gamell! Lasst mich frei!«

Niemand kam.

Der Qualm wurde dichter. Er würgte bei jedem Atemzug. Seine Augen brannten, als würden zwei Feuer dahinter glühen.

Er drehte sich um und stemmte den Fuß gegen die Wand, auf der die Schatten flackernder Flammen tanzten. Vielleicht würde es ihm gelingen, den Eisenring, der seine Kette hielt, aus der Wand zu reißen. Er hustete und glitt mit dem Fuß auf den Brettern aus, als er um Atem rang.

Das Fenster!

Er brauchte Luft.

Er versuchte sich zu bewegen, brach zusammen und fiel auf die Knie. Er kämpfte darum, den Kopf zu heben, da der Qualm unter der Tür, wo er eindrang, am dichtesten war.

Er konnte sich nicht mehr rühren.

Er konnte nicht mehr atmen.

Er konnte nicht mehr …

Hinter ihm zerbrach etwas. Starke Hände umfassten seine Arme. Der Kettenpanzer schnitt in seine Seitenwunde, als er auf die Beine gestellt wurde. Er stöhnte, wenn auch der Schmerz anzeigte, dass er noch am Leben war.

»Raus hier!«

Er konnte die Männerstimme nicht identifizieren, auch nicht die Person, deren Antwort er gedämpft vernahm. Stand er im Begriff, wieder das Bewusstsein zu verlieren?

Nein! Er würde sich dem Tod nicht ergeben. Er musste zwei Gelübde erfüllen.

»Ich … ich … kann nicht … ich kann nicht gehen«, stieß er erstickt hervor. »Wand. An die Wand gekettet.«

»Schwert …« Dieses Wort erklang klar inmitten anderer, gedämpfter Geräusche.

Beim Blut des Erlösers, er würde nicht zulassen, dass man

ihn tötete. Er zwang seine Finger zu einer Faust zusammen und hob sie gegen die Person, die am nächsten stand. Nein, es befand sich nur eine einzige Person mit ihm im Raum. Wohin war die andere verschwunden? Einerlei. Diese hier sollte dafür büßen, weil sie versucht hatte, ihn zu töten. Er wusste nicht, welcher von Gamells Männern es war. Das Gesicht des Mannes war mit einem Tuch bedeckt. Jordan versuchte zu zielen, um den Mann mit der Faust ins Gesicht zu treffen. Das war nicht so einfach, wenn einem vor den tränenden Augen alles verschwamm.

»Jordan! Nicht!«

Diese melodiöse Stimme erkannte er.

Isabella! Er senkte die Faust, als sie das Tuch vom Gesicht wegzog. Nach einem tiefen Atemzug erstickte er fast und brachte nur mühsam die Frage heraus: »Was treibt Ihr denn hier? Hinaus! Die Schänke brennt. Ihr könntet …«

Sie murmelte etwas, als sie wieder das Tuch an ihr Gesicht drückte. Hustend hielt sie ihm ein Stück ungefärbter Wolle hin. Sie senkte ihr Tuch und befahl: »Haltet dies vor Mund und Nase und atmet ganz flach. Wir müssen hier weg, solange man noch etwas sehen kann.«

Als er ihrer Aufforderung nachkam, hielt er sich nicht damit auf, ihr zu sagen, dass er bereits kaum etwas sah. Das Tuch und das, was darin knirschte, als er es an Mund und Nase presste, filterten den erstickenden Qualm, so dass er herausbrachte: »Gehen kann ich nicht. Ich bin an die Wand gekettet.«

»Ich weiß. Ich werde Euch losmachen.«

Sie hob ein Schwert. Ehe er einwenden konnte, dass ein Schwert die Eisenglieder nicht zu durchtrennen vermochte, stieß sie die Klingenspitze in die Wand. Das Holz um den Bolzen, der die Kette an der Wand hielt, splitterte. Er zerrte an der Kette, während sie immer wieder das Schwert in die Wand stieß.

»Ich bin frei!«, rief er, als er die Kette an sich zog und sie um einen Arm wickelte. Das Tuch und seinen undefinierbaren Inhalt fest an sein Gesicht gedrückt, da es den Qualmgeruch linderte, nahm er das Schwert, als sie zu husten anfing. Seine Finger erkannten das vertraute Wappen am Griff wieder. »Emery?«

»Er holt den Karren. Wir sahen ihn hinter dem Stall.«

»Und Ryce?«

»Ich weiß es nicht. Wir sahen nicht nach, da wir es eilig hatten. Wenn wir den Karren erreichen, werden wir es sehen. Kommt mit. Erst müssen wir hier weg.«

Sie hustete stärker. Er griff durch den Rauch nach ihrem Arm, packte ihn und schob sie zur Tür. Er stieß gegen die Wand. Da erfasste sie seinen Arm mit der anderen Hand und schubste ihn durch die Tür.

Isabella merkte, dass sie ihn zu fest gestoßen hatte, als sie hörte, dass Jordan gegen die andere Wand des engen Ganges polterte. Er stöhnte, wie er auch gestöhnt hatte, als Emery die Tür aufgebrochen hatte. Zeit für eine Entschuldigung war nicht, weil sie keine Ahnung hatte, wie lange es dauern würde, bis Gamell und seine Männer entdeckten, dass die Schänke nicht in Flammen stand – dass sie von den Rauchquellen, die sie aufgestellt hatte, genarrt worden waren –, und sich überzeugten, ob ihr Gefangener ihnen nicht entkommen war. Sie schluckte ihren Zorn hinunter, weil man Jordan seinem Schicksal und dem sicheren Tod überlassen hatte, doch hätte sie ihn nicht befreien können, wenn es anders gewesen wäre.

»Hier entlang«, flüsterte sie, bezweifelte aber, dass er sie durch die dicke Wolle hören konnte. Der Rauch bahnte sich den Weg durch die zwischen den Fasern zerriebene Holzkohle, und sie bezweifelte, dass das Wolltuch noch lange Schutz bieten würde. Ihre Augen brannten, als stünde das Haus tatsächlich in Flammen.

Ihre Zehen fanden die Stufen am Ende des kurzen Ganges, und sie stolperte aus der Schänke und auf den Stall dahinter zu. Die Rauchbehälter waren an der Vorderfront des Hauses aufgestellt. Sie hoffte, dass niemandem auffallen würde, dass unter dem Rauch kein Feuer war, bis sie und Emery Jordan auf den Karren helfen und flüchten konnten.

Als der Qualm sich verzog, warf sie das Wolltuch fort und half Jordan, seines zu entfernen. »Jetzt atmet man leichter ohne«, sagte sie.

»Holzkohle«, sagte er erstaunt, als er mit den Fingern durch die groben, in die Wolle eingebetteten Stückchen fuhr.

»Ich entdeckte, dass es den Rauch abhält.« Sie warf das Stück fort.

»Isabella, wir müssen beim Löschen helfen. Sollte noch jemand im Haus ein …«

»Es gibt kein Feuer.«

»Kein Feuer?« Er hustete heftig und hielt die Hand an die verwundete Seite. »Der Qualm …« Er hustete noch stärker.

»Es gibt kein richtiges Feuer.«

»Ich sah aber …«

Seine Frage voraussehend, antwortete sie: »Wir zündeten ein paar Fackeln an, damit es wie ein Brand aussieht, doch gibt es kein Feuer. Nur Rauch. Das sagte ich Euch schon drinnen, doch habt Ihr mich wohl nicht gehört.«

»Wie kann es ohne Feuer so viel Rauch geben?«

»Das erkläre ich, wenn wir hier weg sind. Emery wartet hinter dem Stall. Könnt Ihr so weit gehen?«

»Ich denke schon.« Seine Stimme war ganz schwach.

Sie blieb unter einem ausladenden Baum stehen. »Lasst Euch helfen.«

Er trat vor und sagte: »Sehr gern.«

Sie wollte den Arm um seine Mitte legen, doch bewegte er sich, um ihr Gesicht mit beiden Händen zu umfassen und leicht zurückzuneigen. Ihr Herz pochte so wild, wie seine Fäuste an die Tür gepocht hatten, ehe sie öffnen konnte. Sie erstarrte, da sie wusste, dass sie nicht …

Dann fanden seine Lippen ihre, und alles Denken löste sich in süße Wonne auf. Sein Kuss war sanft, verströmte aber die einladende Hitze eines Kamins mitten im Winter. Sie gab sich hin und wollte jedes bisschen erleben, solange sie konnte. Als seine Finger durch ihr Haar fuhren und ihren Mund noch fester an seinen drückten, legte sie die Arme um seinen Nacken. Er rückte nur so weit ab, dass er mit der Zunge über ihre Lippen streichen konnte, und ihr Atem entwich in einem süßen Seufzen. Seine Zunge glitt in ihren Mund, als wolle er die Quelle des Geräusches finden. Bebend genoss sie seine eifrige Erkundung. Sie zögerte nicht, als er sich zurückzog, und ließ ihre eigene Zunge in die glatte Wärme seines Mundes schlüpfen.

Auflachend flüsterte er: »Du bist aber keck.«

»Ich? Ich folge nur deinem Beispiel.« Sie wickelte eine Strähne seines Haares um ihren Finger.

»Wirst du so weitermachen?« Er umfasste ihr Kinn und hinderte sie daran zurückzutreten. »Wirst du tun, worum ich dich bitte, und dich keiner Gefahr mehr aussetzen, solange du einen Auftrag zu erfüllen hast?«

Isabella entzog ihm ihr Kinn mit einem Ruck. Als sie ins Wanken geriet, vermied sie es, sich an ihm festzuhalten. Sie griff nach dem Baum, bis ihre Beine sie wieder sicher trugen. Bei St. Jude! Er schalt sie, nachdem sie ihn vor dem Galgen bewahrt hatte, nachdem sie sich von ihm hatte küssen lassen, nachdem sie …

Von der Schänke her ertönten Rufe.

Jordan bedeutete ihr, ihm zu der dunklen Gruppe der Stallgebäude zu folgen. Als sie neben ihm einherlief, fragte er: »Wie hast du das geschafft?«

»Es handelt sich um eine Reaktion auf eine bestimmte Mischung von Grundsubstanzen.« Sie drängte sich an der Seitenwand des Stalles vorüber. Ihr Fuß sank weich ein, und sie schnitt eine Grimasse. »Ich nahm Schwefel und etwas Eisenoxyd und …«

Emery tauchte aus dem Rauch auf. »Wir müssen auf der Stelle fort. Der Sheriff entdeckte, dass Ihr geflohen seid, Mylord. Ich hörte, dass er einen Suchtrupp ausschicken und Euch sofort hängen will.«

»Erst müssen wir den Karren haben«, gab Jordan zurück.

»Mylord …«

Isabella wartete nicht ab, bis Jordan seinem Knappen erklärte, dass sie ohne Sir Ryces Leichnam nicht losfahren würden. Sie riss sich los, ohne Jordans Verblüffung zu beachten, und lief zum wartenden Karren.

Sie erschrak, als sie eine Silhouette gewahrte, die sich mit dem Rücken zu ihr über das Gefährt beugte. Wer es war, konnte sie nicht unterscheiden, ihre einzigen Verbündeten aber rannten hinter ihr her, um sie einzuholen.

Mit einem Aufschrei lief sie weiter. Sie griff nach ihrer Peitsche und hielt inne. Wenn sie damit ausholte, lief sie Gefahr, die Männer hinter ihr zu treffen. Sie zog das Messer, das sie im Grab neben Ryce gefunden hatten, und hielt es dem Mann an den Rücken.

»Rührt Euch … weg vom Karren«, befahl sie. »Wir lassen nicht zu, dass Ihr ihn stehlt.«

Da hörte sie hinter sich ihren Namen rufen. Sie achtete nicht darauf, da der Mann sich blitzschnell umdrehte und mit dem Arm ausholte. Sie duckte sich darunter weg, griff dann nach oben, um ihn zu packen. Mit einer jähen Bewegung beugte sie sich vor. Der Mann wurde umgerissen, landete hart auf dem Boden und rollte sich ab, um aufzustehen.

Diese Chance ließ sie ihm nicht. Über ihm kauernd hielt sie ihm das Messer an die Kehle. »Wer seid Ihr?«, herrschte sie ihn an, als sie langsamer werdende Schritte hinter sich hörte.

Der Mann unter ihr gab keine Antwort. Stattdessen hörte sie Jordan hinter sich sagen: »Lady Isabella de Montfort, erlaubt, dass ich Euch meinen Freund Bouchard, Lord Weirton of Kenwick Castle, vorstelle.«

6

Noch nie war Isabella so verlegen gewesen, auch nicht an dem Tag, als sie nach einigen Substanzen stinkend, die sie gemischt hatte, das Refektorium betrat und der Geruch nach faulen Eiern bei den meisten Schwestern Übelkeit hervorgerufen hatte. Was war nur mit ihr los? Sie tat doch sonst nie etwas, ohne sämtliche Konsequenzen zu bedenken.

Sie rappelte sich auf und blickte auf die Stiefel anstatt auf den daliegenden Mann hinunter »Verzeiht, Mylord, ich dachte … Als ich Euch sah …«

Jordan streckte die Hand, die noch immer die Fesseln trug, an ihr vorüber aus und half dem Mann auf die Beine. Isabella trat zur Seite und nahm die Schultern zurück. Sie konnte der Versuchung, im Qualm zu verschwinden, nicht nachgeben. Sie hatte der Äbtissin versprochen, dass sie Jordans Hilfe in Anspruch nehmen würde, um ihr Gelübde und jenes der Abtei zu erfüllen. Nichts – auch nicht ihr unentschuldbares Verhalten – konnte sie davon entbinden.

Nach einem tiefen Atemzug hob sie ihren Blick. Die zwei Männer begrüßten einander, indem sie ihre Arme im Kriegergruß umfassten. Lord Weirton war noch größer als Jordan, wirkte aber so dünn wie die Zügel, die über den Karren gelegt waren. Nur seine Lippen waren voll und nahmen sich in seinem hageren Gesicht irgendwie unharmonisch aus. Im Licht der Fackeln passte das Haar des Barons zu seiner scharlachroten Tunika.

Fackeln!

Sie drehte sich um und sah Gamell und seine Leute in einem Torbogen neben dem Stall stehen. Keiner sagte ein Wort. Sie starrten mit ratlosen Mienen den Mann an, den sie zu Fall gebracht hatte. Ihr wurde vor Entsetzen eiskalt. Würde Lord Weirton am Ende gar bei Gericht den Vorsitz führen? König Henry hatte Barone in dieser Funktion eingesetzt. Aber selbst wenn Lord Weirton nicht als Richter fungierte, hätte der Inhaber dieses Amtes auf Jordans Wunsch hin gewiss nach dem Baron geschickt. Inmitten des Überfalls auf den Karren hatte sie das vergessen.

»Isabella«, zischte Jordan.

Sie sah ihn an, und er nickte unmerklich in Richtung des Barons. In der Hoffnung, ihre Wangen würden nicht so rot sein wie das Haar Lord Weirtons, da sie sich abermals blamiert hatte, indem sie ihm den Rücken zukehrte, zwang sie sich, ihn anzuschauen.

Der Baron musterte sie offen und ließ seinen Blick über sie gleiten, ehe er das Messer in ihrer Rechten ins Auge fasste. Sie wappnete sich für seinen Zorn, doch legte sich ein Lächeln über seine Lippen, als er nach ihrer Hand griff und sich darüberbeugte. Er tat so, als hätte er den Dolch nicht bemerkt, sie aber wusste es besser.

»Ach, le Courtenay«, sagte er mit leisem Auflachen, »jetzt sehe ich, warum Ihr Euch bei der Rückkehr nach Kenwick Castle verspätet habt, obwohl ich sagen muss, dass meine Schwester Odette enttäuscht sein wird.«

»Lady Isabella hielt mich nicht auf.« Er sah Gamell finster an, der sich hinter seinen Männern verstecken wollte. »Euer Sheriff tat es.«

»Gamell?«, rief Lord Weirton, ohne sich umzudrehen oder Isabellas Hand freizugeben.

Gamell kam langsam und schwer auf einen dicken Ast gestützt angeschlichen. Sein Bein war bandagiert, doch wusste Isabella, dass es nicht richtig heilen würde, wenn es nicht geschient wurde.

Jordan trat vor und stellte sich zwischen sie und den Sheriff. Schon glaubte sie, Lord Weirton würde ihre Hand nicht loslassen, doch er tat es, als sie wegtrat, damit sie nicht alle in einer Gruppe beisammenstanden.

»Mylord«, sagte Gamell und führte mit einer ungelenken Verbeugung die Hand an die Stirn.

»Warum steht Ihr herum, wenn die Schänke brennt?«, wollte Lord Weirton wissen.

»Wir konnten kein Feuer finden, von ein paar in den Boden gerammten Fackeln abgesehen. Es gibt nur Qualm. Es ist sehr verwirrend.«

»Ihr lasst Euch leicht verwirren.« Er schwenkte die Hand in Richtung der Männer. »Sie sollen das Feuer ersticken. Und Ihr bleibt hier und erklärt mir dieses Debakel, während Eure Männer das Feuer löschen. Schickt sie los. Jetzt!«

Gamell zögerte, dann bedeutete er seinen Männern auszuschwärmen. Sie verschwanden im Rauch, der noch immer aus dem Haus drang. Die zitternden Lippen des Sheriffs verrieten, dass er zu gern mit seinen Männern gegangen wäre.

»Warum habt Ihr Lord le Courtenay auf seiner Reise aufgehalten?« Der Baron sprach mit der strengen Ungeduld eines Vaters, der ein beschränktes Kind für dasselbe Vergehen schon öfter gescholten hat. »Ihr seid angehalten, Reisenden durch unsere Grafschaft Schutz zu bieten, und nicht, sie zu belästigen.«

»Er stahl …« Gamell schluckte so laut, dass Isabella es hören konnte, obwohl sie eine Schwertlänge entfernt stand. »Man sagte uns, er hätte einer Witwe den Karren gestohlen.«

»Gestohlen?« Lord Weirtons Brauen berührten fast das Haar, das in seine vor Schweiß glänzende Stirn fiel.

Isabella beobachtete den Baron, während Jordan erklärte, wie er den Karren einem Mann abgekauft hatte, den er für den Besitzer hielt. Lord Weirtons Blick zuckte immer wieder zu Gamell. Sie konnte nicht beurteilen, ob es Jordan auffiel, doch Gamell fiel es auf. Und mit jedem Blick sank er mehr in sich zusammen.

»Aber er führt einen Leichnam auf dem Karren mit sich!«, unterbrach Gamell in einem allerletzten Versuch, seinen Stolz zu retten.

In unverändert ruhigem Ton sagte Jordan: »Ich schaffe Ryce de Dolan zu einer würdigen Grabstätte.«

Lord Weirton nickte und sah dabei Isabella an. Er schätzte sie ab, als hätte er sie zuvor nicht wahrgenommen. Er hob die Hand, um sein Kinn zu reiben, während sein Blick wieder auf die Klinge in ihrer Hand fiel.

Ihre Finger umfassten den verzierten Griff fester. Jordan hatte den Baron seinen Freund genannt, doch war fraglich, ob sie selbst Lord Weirton jemals so bezeichnen würde.

»Und sie hilft Euch bei diesem Vorhaben?«, fragte der Baron.

»Ja.« Jordan ließ es dabei bewenden.

»Ich verstehe.« Er richtete seinen Blick wieder auf Gamell. »Und dies sollte auch mein Sheriff. Le Courtenay, warum kehrt Ihr mit Lady …?«

»Lady Isabella de Montfort«, sagte sie leise.

Jordan runzelte die Stirn. Warum betrübte es ihn, dass sie den Baron an ihren Namen erinnern musste?

Falls Lord Weirton Jordans Miene wahrnahm, schenkte er ihr keine Beachtung, als er fortfuhr: »... mit Eurer Lady nicht nach Kenwick Castle zurück? Odette wird sich um Euer Wohlbefinden kümmern. Ich würde diese Sache gern weiter mit meinem Sheriff besprechen, sobald seine Leute das Feuer löschen konnten, das diesen beißenden Qualm erzeugt.«

»Ich sagte schon, Mylord, dass es kein Feuer gibt«, wandte Gamell ein.

»Wo es Rauch gibt, ist ein Feuer.« Weirtons Ton wurde härter. »Und schweigt, bis man Euch fragt.« Er wurde wieder freundlicher. »Wenn Ihr die Straße zur Rechten nehmt, werdet Ihr Kenwick Castle im Morgengrauen erreichen.«

»Wir wollen nach La Tour de Courtenay«, erwiderte Jordan und legte seine Hand auf den Karren. Die Kette schlug mit scharfem Klirren ans Holz.

Gamell wartete nicht, bis Lord Weirton etwas sagte. Er fischte von irgendwo unter seiner Tunika einen Schlüssel heraus, wobei er fast umfiel, da der stützende Ast unter ihm schwankte. Als der Baron seine Hand ausstreckte, taumelte der Sheriff vorwärts, um ihm dem Schlüssel zu überreichen.

Lord Weirton äußerte etwas und bedeutete dem Sheriff beiseitezutreten. Gamell starrte Isabella lange an, ehe er der Aufforderung folgte.

Als der Sheriff sich entfernte und sie aufatmete, glitt ihr Atem an angespannten Lippen vorüber. Sie wollte ihre Augen nicht vor seinem giftigen Blick senken und ließ sich ihre Beklemmung nicht anmerken. Wenn der Sheriff merkte, dass er sie nicht entmutigen konnte, würde er von seinen Versuchen ablassen.

Als die Handschellen aufgeschlossen und abgenommen

wurden, rieb Jordan seine Gelenke. Er warf die Kette Emery zu, der sie nicht auffing, weil der junge Mann mit aufgerissenen Augen und offenem Mund Lord Weirton anstarrte.

»Gib sie Lord Weirton, damit niemand mehr so behandelt wird«, sagte Jordan.

Emery machte den Mund zu, nickte, griff nach den Handschellen und hielt sie dem Baron hin.

Mit einem Blick zu Lord Weirton fuhr Jordan fort: »Wir brauchen den Karren, andererseits ist mir klar, dass die Besitzerin ihn für die Feldarbeit benötigt.« Er holte unter seiner Tunika eine kleine Börse hervor. »Der Inhalt reicht, dass die Witwe sich einen Karren und anständige Zugtiere kaufen kann.« Er warf die Börse dem Baron zu. »Könnt Ihr dafür sorgen, dass sie das Geld bekommt, ohne dass es in fremde Hände gelangt?«

»Sehr gern.« Der Baron lachte wenig belustigt. »Es erscheint mir als passende Aufgabe für Gamell, sobald wir unsere Diskussion beendet haben.«

»Gut. Isabella?« Jordan reichte ihr die Hand.

Sie zögerte. »Eure Wunde an der Seite …«

»Isabella, es ist keine Zeit zu verlieren.« Er sagte es in dem ungeduldigen Ton, den Lord Weirton dem Sheriff gegenüber angeschlagen hatte.

»Ich verliere keine Zeit! Wenn Ihr nicht wenigstens so viel Verstand habt, wie der liebe Gott einer Gans gab, und nicht wisst, dass Ihr versorgt werden müsst …«

Er packte ihr Handgelenk und zog sie zu sich. Sie hob ihren Arm, entschlossen, sich loszumachen, als er leise sagte: »Wir müssen *jetzt* aufbrechen.«

Unsicher, was die Spannung in seiner Stimme bedeutete, schwankte sie. Ihre Gedanken flogen zu dem Moment, als er sie in die Arme gezogen hatte. Nie hatte sie geahnt, dass der Kuss eines Mannes sie so schwächen konnte wie Samson, der seine Kraft verlor, als ihm die Haare geschnitten wurden. Alle ihre Sorgen um die Erfüllung ihrer Aufgabe waren wie weggeblasen, als hätten sie nie existiert.

Als nun Emery mit einer Fackel in der Hand um den Karren herumging, sah sie in Jordans Augen. Schatten glitten über seine linke Gesichtshälfte, seine rechte aber war erhellt. Sie konnte die Linien sehen, die der Schmerz um seinen Mund eingegraben hatte. Seine Lippen waren gespannt, und seine Augen bohrten sich schmerzhaft in ihre. Als sein Griff sich lockerte und seine Finger über die empfindliche Haut an der Unterseite ihres Handgelenks fuhren, schienen ihre Beine so wacklig wie die des Sheriffs. Sie wollte ihre Arme um Jordans Schultern legen, um sich aufrecht zu halten und ihm nahe zu sein.

»Jetzt«, sagte er in einem Ton, wenig mehr als ein Flüstern.

»Ja.« Ihre Finger prickelten. Sie wollte seine Lippen nachzeichnen und den Puls seines Atems mit jedem gesprochenen Wort spüren.

»Jetzt.«

»Ja!« Ihr Verlangen nach einem Kuss überwältigte alles andere, und ihre Hand legte sich um seinen Nacken und zog seinen Mund näher.

Er legte den anderen Arm um sie. »Wir müssen …«

»Ja.« Sie wusste, was Sehnsucht war, wenn sie sich doch nach seinem Kuss verzehrte.

»… jetzt losfahren.« Er versetzte ihr einen nicht allzu sanften Schubs auf die Hinterseite des Karrens zu.

Isabella blinzelte, als sie merkte, dass sie in ihrer Phantasie allein war. In Jordans Augen hatten intensive Gefühle gebrannt, aber nicht jene, die sie verzehrten und sie nur daran denken ließen, wie seine Berührung sie erregt hatte.

»Lady Isabella«, sagte Lord Weirton und streckte ihr die Hand entgegen, »erlaubt, dass ich Euch auf den Wagen helfe.«

Sie starrte seine Hand an, nicht gewillt, ihre hineinzulegen, doch durfte sie einen Mann, den Jordan kannte und respektierte, nicht beleidigen.

Als sie ihre Hand in seine legen wollte, schauderte Lord Weirton leicht zusammen. »Es muss nicht sein, dass Ihr mit einem Leichnam im Wagen fahrt. Ich kann Euch auf Kenwick Castle ein Pferd anbieten.«

»Weirton«, antwortete Jordan, ehe sie sich eine Antwort zurechtlegen konnte, »Lady Isabella und ich wissen es zu würdigen, dass Ihr die Sache mit Gamell aufklärt, doch müssen wir unbedingt nach La Tour.«

»Natürlich, obwohl, wie schon gesagt, meine Schwester sehr enttäuscht sein wird, le Courtenay.« Er warf einen Blick zum Wagen. »Gewiss habt Ihr nichts dagegen, wenn wir der Totenmesse beiwohnen.«

»Wenn Ihr wollt.«

»Odette wird es wollen, also erwartet uns in einem oder zwei Tagen in La Tour. Es wird vielleicht etwas dauern, bis die Sache hier bereinigt ist«, sagte der Baron. Er kniff die Augen zusammen, als er auf den Sheriff zuging.

Isabella hätte nicht erwartet, für Gamell Mitleid zu empfinden, wie sie entsetzt feststellte, denn der Mann hatte immerhin gedroht, Jordan zu hängen, und hätte ihn glatt dem Tod im »Feuer« ausgeliefert. Doch als sie sah, dass Gamell sich wie ein geprügelter Hund duckte, tat er ihr leid.

»Emery«, sagte Jordan und lieferte ihr einen Vorwand, ihren Blick von dem abzuwenden, was sie nicht sehen wollte, »hilf Lady Isabella auf dein Pferd. Eine Lady sollte nicht auf einer Totenbahre fahren. Ich hoffe, diese Aufgabe übernimmst du.«

Sein Knappe zögerte. »Ich tue es gern, Mylord«, sagte er dann.

Einen flüchtigen Moment erwog Isabella, ob sie nicht vorschlagen sollte, die Zügel zu führen, doch war sie erschöpft und hatte keine Lust, das Pferd ständig anzutreiben. Als Emery mit seinen Händen eine Aufstiegshilfe bildete, um sie auf seinen Rappen zu heben, nahm sie dankend an und drehte sich im Sattel um, um zu beobachten, wie Jordan sich schwerfällig auf sein Pferd hievte. Wieder wollte sie vorschlagen, sie sollten warten, bis sie seine Wunde versorgt hatte. Sie sagte nichts. Die Äbtissin hatte ihn als ehrenhaft bezeichnet; Isabella hätte ein anderes Wort gewählt. Stur.

Der breite Bach war so seicht, dass Isabella sich beim Durchwaten nur die Stiefelspitzen benetzt hätte. Allerdings sah sie im Morgenlicht, das durch die Bäume einfiel, dass jemand sich die Mühe gemacht hatte, eine Brücke zu errichten, die für ein einzelnes Pferd breit genug war. Als Stützen dienten in kurzen Abständen zu beiden Seiten aneinandergelehnte, hohe, flache Steine. Eine komplizierte Struktur für einen so leicht zu überquerenden Bach.

»Jemand muss die nassen Stiefel sattbekommen haben«, sagte Emery, als er mit dem Karren an der Stelle angelangt war, wo Jordan mit seinem Pferd oben auf der sanft geneigten Böschung anhielt. »Ich glaube, viel einfacher wäre es gewesen, sie auszuziehen und ans andere Ufer zu tragen.«

»Halte das Pferd nicht an. Bleibt es stehen, bringst du es womöglich nie wieder in Gang«, sagte Jordan mit einer bezeichnenden Handbewegung. Als der Karren weiter über die Uferböschung holperte, setzte er hinzu: »Wir sollten La Tour bei Sonnenuntergang erreichen, damit alles für die Totenmesse bereit ist, wenn Weirton und Lady Odette eintreffen. Wir …« Er fluchte, als er im Sattel ins Schwanken geriet.

Isabella sprang von Emerys Pferd. Sie streckte die Hände aus und stützte Jordan ab, ehe er auf den Boden fallen konnte. Emery machte Anstalten, den Karren wieder zu wenden.

Jordan machte den Mund auf, Isabella aber schnitt ihm das Wort ab. »Emery, Ihr habt gehört, was Lord le Courtenay sagte. Immer in Bewegung bleiben. Wir holen Euch binnen einer Stunde ein.«

»Isabella«, setzte Jordan an. »Ich kann …«

»Ich bin sicher, dass Ihr könnt, doch bezweifle ich, ob *ich* es ertrage, Euch im Sattel schwanken zu sehen wie einen Seiltänzer auf dem Seil.«

Emery lachte leise. Er schnalzte mit den Zügeln und befahl dem Pferd, ins Wasser zu gehen. Sein Lächeln verschwand, als das Pferd sich nicht von der Stelle rührte. Mit einer Reihe von Flüchen, die Isabella noch nie gehört hatte, sprang er vom Karren, packte das Pferd am Zaum und führte es in den Bach.

Isabella lächelte. »Mir scheint, das arme Tier ist eher geneigt, sich die Hufe nass zu machen, wenn jemand anderer auch nass wird. Und was Euch angeht, Jordan …« Plötzlich merkte sie, dass sie sein Bein in dem Rhythmus streichelte, den das Pferd vorgab, das langsam durch den Bach stapfte. Sie riss ihre Finger weg und deutete auf das nähere Ende der Brücke. »Setzt Euch dorthin, damit ich Eure Wunde versorgen kann. Ihr wollt sicher nicht neben Eurem Freund beerdigt werden.«

»Ihr nehmt wohl nie ein Blatt vor den Mund?«

»Ich hätte nicht gedacht, dass Ihr die Wahrheit so schlecht vertragt.« Sie ging zu dem Stein, der mit einem Ende im Ufer steckte. Er war groß genug, um ein ganzes Stück aus dem Wasser zu ragen, das gegen die Böschung schlug. Sie benötigte Zeit, um ihre Fassung wiederzuerlangen. Ihre Erschöpfung war die plausibelste Erklärung für ihre Gefühlsschwankungen. Sicher würde sie diese wieder in den Griff bekommen, wenn sie ausgeschlafen war.

Sie saß da und sah zu, wie Jordan sich langsam aus dem Sattel schwang. Seine Schritte waren von berechnetem Gleichmaß. Da er Schwäche gezeigt hatte, war er nun entschlossen, sich nichts mehr davon anmerken zu lassen. Er konnte nicht wissen, dass viele ihrer Mitschwestern denselben Trick versucht hatten und dass sie ihn durchschaute. Schweigend zu leiden war angebracht, wenn man sich einem Gegner gegenübersah, ob ernsthaft oder während einer von Narikos Trainingsstunden. Sobald aber der Kampf beendet war, konnte dieser Stoizismus gefährlich werden.

»Setzt Euch«, sagte sie und wies neben sich auf den Stein.

»Ihr macht zu viel Aufhebens von einer einfachen Wunde.« Ein finster Blick verhärtete seine Miene. »Ich habe schon viel mehr aushalten müssen.«

»Das sehe ich.«

Es war die falsche Entgegnung. Seine Augen blitzten vor Zorn, als sich Falten in seine Stirn gruben, fast so tief wie die Wunde.

»Tut nicht so, als würde ich Euch beleidigen.« Übermüdung trieb sie zu der scharfen Erwiderung. Aber es war nicht nur der Schlafmangel, sondern die Notwendigkeit, jedes ihrer Worte auf die Goldwaage zu legen. »Was muss ich denn noch tun, um zu beweisen, dass ich Eure Verbündete bei Eurem Vorhaben bin und Ihr bei meinem, wie ich hoffe.«

»Isabella …«

»Seid still und setzt Euch, damit ich mir die Wunde ansehen kann.« Sie ließ ihrem Ärger freien Lauf. »Bei der nächsten Verwundung könntet Ihr mit finsterer Miene durch die Gegend rennen, aber jetzt müsst Ihr wieder ganz auf die Beine kommen, damit Ihr mir helfen könnt. Ich werde nicht dulden, dass sich Euer Zustand aus Unvernunft verschlimmert.« Wieder deutete sie neben sich auf den Stein. »Setzt Euch und seid still.«

Isabella war angenehm überrascht, als Jordan gehorchte. Er setzte sich neben sie und drehte sich wie verlangt zur Seite. Dabei fiel ihr auf, dass die grauen Halbkreise unter seinen Augen zu den Rauchspuren an seinen Kleidern passten.

»Wie lange habt Ihr nicht mehr geschlafen?«, fragte sie leise.

»Ungestört eine ganze Nacht?«

»Ja.«

»Seit einem Jahr oder zweien.«

Sie runzelte die Stirn. »Ich fragte im Ernst.«

»Und ich antwortete ernsthaft. Wenn man mit dem König

und seinen Söhnen reitet, ist Schlaf sehr rar. Alle Plantagenets leben hart und trinken hart und huren hart. Das wird auch von den Männern erwartet, die ihnen dienen.«

»Ich verstehe.«

»Was versteht Ihr?«, fragte er und schockierte sie, da er wie seine Tante klang.

»Ich verstehe, warum Ihr so wenig Schlaf gefunden habt.« Als sie sich bückte und das getrocknete Blut an der rechten Seite seiner Tunika prüfte, konnte sie seinem Blick ausweichen. Alles wäre einfacher gewesen, wenn er nicht so unglaublich *männlich* gewesen wäre.

Männlicher Moschusduft umgab ihn wie eine unsichtbare Aura. Sein Muskelspiel war aufreizend und geschmeidig. Im Unterschied zu ihren Mitschwestern, die trotz täglichen Trainings eine gewisse Weichheit behielten, war sein Körper so hart wie der Panzer, den er im Kampf getragen haben musste.

»Wo ist Eure Halsberge?«, fragte sie, als er seine Tunika über den Kopf zog und zusammenzuckte.

»Ich glaubte, dass ich mein Kettenhemd nicht brauchen würde, wenn ich das Grab meines Freundes besuche, zumal ich der Meinung war, es befände sich in der Priorei.« Er warf die Tunika auf den Stein, ehe er sich nach einer Handvoll Wasser bückte, das er auf die Wunde spritzte. Als das Wasser über seine bronzene Haut rann, sah er sie mit schiefem Lächeln an. »Diesen Fehler werde ich nicht mehr machen.«

Ihr Magen schlug einen Purzelbaum, ihr Herz raste. Nie hätte sie gedacht, wie liebenswert dieser Ausdruck sein Gesicht machen würde. Er vertrieb auch die strengsten Linien und milderte den heißen Zorn in seinen Augen, so dass sie den Menschen vor sich sah, der einen guten Scherz und die Gesellschaft guter Freunde genoss.

Sie wollte mehr über diesen Mann erfahren, doch als er sein Hemd hob und den Schnitt entlang des rechten Rippenbogens enthüllte, hielt sie unwillkürlich die Luft an. Sie hatte schon schlimmere Wunden gesehen, Verletzungen, die sich entzündet hatten, ehe der Verwundete Heilung gesucht hatte, doch war sie erstaunt, dass Jordan so tief getroffen worden war. Er hatte den Schmerz gut verborgen.

»So schlimm?«, fragte er mit einem Anflug von Humor im Ton.

»Ihr lebt noch, stimmt's?« Sie ahmte seinen leichten Ton nach. Mitleid wollte er nicht, also durfte sie keines zeigen.

»Ihr versteht Euch auf Heilkunde, also solltet Ihr nicht fragen, sondern mir etwas sagen.«

»Ihr redet zu viel. Ihr sollt still sein, damit ich mich konzentrieren kann.«

Er lachte leise und zuckte wieder zusammen.

Sie nahm einen Beutel von ihrem Gürtel, öffnete ihn und zog zwei Dinge heraus. Nun spulte sie eine Länge Faden von dem Knäuel ab, den sie immer bei sich hatte. Sie schnitt den Faden mit dem Messer ab und legte den Knäuel weg. Sodann wickelte sie eine Leinenhülle auf, die einen kleinen Glasbehälter schützte. Nachdem sie ihn vorsichtig geöffnet hatte, um die Flüssigkeit nicht zu verschütten, zog sie eine kostbare Metallnadel heraus und schüttelte sie.

»Rieche ich da Wein?«, fragte Jordan.

»Ja.«

»Um den Schmerz der Behandlung zu lindern?«

Sie hielt die Phiole hoch, in der sie die Nadel aufbewahrte.

Sie war zum Teil mit einer tiefroten Flüssigkeit gefüllt. »Wenn Ihr meint, dass der Inhalt reicht, könnt Ihr gern trinken.«

»Warum führt Ihr so wenig mit?«

»Der Alkohol dient nur dazu, meine Nadel vor schädlichen Keimen zu schützen.« Sie tauchte den Faden ins Glas und zog ihn langsam heraus. »Ebenso schützt er den Faden, den ich zum Vernähen des Schnittes verwenden werde.«

»Wie kann Wein schädliche Einflüsse abwehren?«

»Das weiß ich nicht, doch lernte ich es so. Ich hatte nie einen Patienten, der an Fleischfäule litt.« Sie fädelte die Nadel ein. »Es tut mir leid, dass ich nicht mehr Wein habe, um Euren Schmerz zu lindern.«

»Tut, was nötig ist.« Er hob den Kopf und sah sie ruhig an, während ein Lächeln um seine Lippen spielte. »Aber rasch. Ich möchte mich nicht blamieren, wenn ich wehklage wie ein Kind mit einem zerschrammten Ellbogen.«

Isabella untersuchte die Wunde noch einmal. So lang wie ihr längster Finger zog sie sich über seine Rippen und musste ihn bei jedem Atemzug schmerzen. Doch schien er leicht und regelmäßig zu atmen. Ihr eigener Atem stockte, während ihr Blick weiter über seinen festen Leib wanderte, auf dem seine Muskelschichten sich so deutlich abzeichneten wie seine Rippen. Ihre Finger zitterten, als sie sich vorstellte, sie striche über diese festen Muskeln. Würden sie unter ihrer Berührung noch härter werden?

»Ist alles in Ordnung?« Seine Worte strichen über ihr Ohr, heiß und verlockend.

Sie fröstelte und fragte sich, wie etwas so köstlich Warmes Gänsehaut bei ihr hervorrufen konnte. Von dem Wunsch erfüllt, er würde noch einmal etwas sagen, damit das süße Feuer wieder über sie hinwegfegte, wusste sie, dass sie antworten musste.

»*Mir* geht es famos.«

»Ich verstehe.«

Seine knappe Antwort verriet ihr, dass ihr Ton zu scharf war. Sie konzentrierte sich auf ihre Arbeit und zog die Nadel durch seine aufgerissene Haut. Bei jedem Stich zuckte er leicht zusammen. Als sie ihre Hand auf seine linke Seite legte, um ihn ein wenig zu neigen, damit sie die Haut zusammenziehen konnte, spürte sie auf seinen anderen Rippen vernarbte Haut von beträchtlicher Ausdehnung. Unwillkürlich fragte sie sich, ob alle Gefolgsleute des Königs und seiner Söhne so versehrt waren.

»Ihr scheint in der Abtei meiner Tante viel gelernt zu haben«, sagte er, als sie innehielt, um einen neuen Faden in die Nadel einzufädeln.

»Ohne jene Sorgen, wie sie den Rest der Welt plagen, ist es einfacher, sich auf die Studien zu konzentrieren.« Sie hoffte, ihn auch weiterhin mit diesen halben Antworten zufrieden stellen zu können.

»Habt Ihr in der Abtei auch gelernt, wie man trügerischen Rauch ohne Feuer erzeugt?«

Sie war froh, dass sie ihm nicht in die Augen schauen musste, da sie sich auf den nächsten Stich vorbereitete. »Wie kommt Ihr darauf, dass ich dies in der Abtei lernte?«

»Wo dann, wenn nicht dort?«

Statt einer Antwort zog sie eine andere Hautpartie zusammen und vernähte weiter. Er stieß ein gedämpftes Knurren aus, ließ es aber reglos geschehen.

»Ich kenne meine Tante. Sie würde sich nicht damit zufriedengeben, immer nur fromme Bücher zu studieren. Sie ist überzeugt, viel mehr zu können.«

»Ja, allerdings.«

»Was mich zu der Meinung verführt, dass eine Abtei, der sie vorsteht, voll ähnlich denkender Frauen ist, die viel mehr können.«

»Sie wäre mit nichts weniger zufrieden. Deshalb bin ich dankbar, dass ich Gelegenheit hatte, dort im Spital meinen Studien nachzugehen.« Dass sie ebenso froh war, weil sie die Wahrheit sagen konnte, ohne den wahren Grund für die Einzigartigkeit der Abtei zu verraten, ließ sie unausgesprochen. Sie verknotete den Faden und riss ihn ab. »Das war der letzte Stich.«

»Gut.« Er griff nach seinem hinter ihm auf dem Stein liegenden Hemd.

»Wartet. Ich muss eine Salbe auf die Stiche tun.«

»Ihr habt schon so viel für mich getan. Mehr zu verlangen …«

»… würde mir später mehr Arbeit ersparen. Wenn schädliche Keime in den Riss eindringen, könnte die Wunde eitern. Das würde dann viel mehr Zeit und Arzneien erfordern.«

Isabella war froh, dass er nichts weiter einzuwenden hatte. Sie legte die Nadel und den Rest des Fadens auf einen anderen Stein und öffnete den größten Beutel an ihrem Gürtel. Dann zog sie einen Glasbehälter hervor, der in Lammwolle gewickelt war. Sie öffnete ihn und steckte den Finger in die hellbraune Salbe.

»Es könnte schmerzhaft sein, beschleunigt aber die Heilung.«

»Was ist es?«, fragte er.

»Ungesalzene Butter sowie die Pflanzen Ehrenpreis, Günsel und Honig. Ein einfaches, sehr wirksames Heilmittel.« Sie tupfte Salbe dick entlang der Stiche und auf die Haut um die Wunde. »Ich mischte sie, um die Euter der Kühe geschmeidiger zu machen, die Salbe wirkt aber auch bei Zerrungen und Wunden. Ich könnte sie auch auf Euer Handgelenk tun.«

Er hielt ihren Arm fest. »Es reicht, Isabella. Immerhin bin ich ein Mann.«

»Vergebt, wenn ich Euch beleidigte.«

»Mich beleidigt?« Er lachte. »Ihr habt zu lange unter Frauen gelebt.«

»Ich verstehe wohl nicht …«

Er drehte ihre Hand um und drückte seinen Mund auf die Innenfläche. Empfindungen durchzuckten sie. Sein dichtes Haar fiel nach vorne und streifte ihren Arm – hundert einzelne Liebkosungen, und jede eine Köstlichkeit.

»Süß«, flüsterte er.

»Ich sagte ja, dass die Salbe Honig enthält.«

»Ich meine den Duft, den *Ihr* verströmt.«

Sie schloss die Augen und gab sich der Wonne hin, als er ihre Handfläche wieder küsste. Als seine Zunge eine Spur bis zu ihrem Handgelenk zog, wünschte sie sich alle Lust, die er ihr geben konnte. Alles, alles, was sie sich vorstellen konnte, und alles, was ihre Phantasie überstieg.

Ein Stöhnen glitt über ihre Lippen, als er ihren langen Ärmel zurückschob, um sanft an der Innenseite ihres Ellbogens zu knabbern. Sie lehnte sich gegen ihn, mit jedem keuchenden Atemzug seine Männlichkeit einsaugend. So viel nackter männlicher Körper harrte der Entdeckung. Sie strich mit der Hand über die Mitte seiner breiten Brust. Unter ihrer Berührung beschleunigte sich sein Herzschlag wie ein durchgehendes Pferd.

Sie vermeinte zu hören, wie er ihren Namen flüsterte, als sein Arm hinter sie glitt und sie an sich zog. Was immer er sagte, verflüchtigte sich in einem Aufstöhnen, als ihr Ärmel seine wunde Haut streifte.

Isabella schob ihn weg. »Ihr solltet es besser wissen, als solche Sachen zu versuchen, wenn Ihr verwundet seid.«

»Ich?« Er lachte, doch hörte sie den Schmerz durch. *»Ihr* solltet es besser wissen. Ihr seid heilkundig.«

»Ich weiß es besser. Ich konnte nicht klar denken. Das heißt …«

Sie wandte den Blick ab, ehe sie noch etwas ähnlich Dummes sagen konnte. »Ihr sollt Euch nicht anstrengen, bis die Haut verheilt ist.«

»Und dann?«

»Dann müssen wir finden, was die Königin haben möchte, und es ihr bringen.«

Jordan lachte wieder leise, als er einen Finger unter ihr Kinn schob und ihr Blick wieder auf ihn fiel. »Vermutlich habt Ihr während der Ausbildung mit fester Hand über das Spital geherrscht.«

Ihre Hand war alles andere als ruhig, als er sie berührte. Ihre Finger zitterten so heftig, dass ihre Vorräte ins Wasser zu fallen drohten. Bei diesem Gedanken drehte sie sich nach ihrer Nadel um. Sie tauchte sie ins Wasser, um sie vom Blut zu säubern, ehe sie sie wieder in den Glasbehälter tat. Als sie diesen einwickelte, sagte sie: »Wenn wir abends ein Feuer machen, werde ich sie richtig säubern.«

»Säubern? Wie denn?«

»Hält man sie ins Feuer, werden alle Keime aus Eurem Blut vernichtet. Es sind Keime, die Euch nicht krank machen, die aber, wenn sie in die Wunde eines anderen Menschen gelangen, tödlich sein können.« Sie hob ihre Beutel auf, befestigte sie an ihrem Gürtel und stellte einen Fuß auf einen der Stützsteine. Es zog sie mit jeder Faser in seine Nähe, deshalb musste sie Abstand wahren. »Das alles weiß ich aus Schriften, die vor fast hundert Jahren in Italien von einer Ärztin namens Trotula verfasst wurden. Sie schrieb über Krankheiten und Leiden von Frauen, doch fand ich heraus, dass ihre Lehren im Grunde ebenso für Männer gelten.«

»Ihr habt also große Erfahrung mit Männern?«

»Warum dreht Ihr mir die Worte im Mund um?« Sie runzelte die Stirn. »Eure Tante nannte Euch einen Ehrenmann, doch finde ich nichts Ehrenhaftes an der Art, wie Ihr mich bloßstellt, nachdem ich Eure vielen Fragen beantwortete und Eure Wunde versorgte.«

Damit entfernte sie sich. Sollte er doch die Pferde durch den Bach führen. Sie war von dem irrationalen Wunsch erfüllt, ihn zu erwürgen. Ein Gedanke, der sie schockierte. Als Heilkundige hatte sie gelobt, einem Menschen, den sie behandelte, niemals mit Absicht Schaden zuzufügen. Freilich hatte sie dieses Gelöbnis abgelegt, ehe sie Jordan le Courtenay begegnet war.

Eine breite Hand packte ihren Arm, sie wurde zu Jordan umgedreht. Ihr Fuß glitt zwischen zwei Steinen aus, sie kämpfte um ihr Gleichgewicht, doch hielt er sie fest. Als sie sicher war, nicht im Wasser zu landen, schob sie seine Finger von ihrem Arm.

Sein Gesicht war so hart und ausdruckslos wie die Steine

zu ihren Füßen. Als er eine Hand auf sein Schwert legte, sah sie ihn ebenso eisig und finster an wie er sie. Dennoch baute sich Hitze zwischen ihnen auf. Nicht nur vor Zorn. Da war mehr. Es war, als hätte sein Kuss einen Feuersturm entfacht, der nun in wilder Hemmungslosigkeit wütete und dessen Gewalt von ihnen beiden genährt wurde.

»Lauft nicht allein durch die Gegend«, befahl er.

»Ich wäre nicht auf und davon, hätte mich Eure grobe Sprache nicht erzürnt.«

»Grob?« Er schien ehrlich erstaunt.

»Ich brauche nicht viel Erfahrung mit Männern, um zu wissen, dass man eine Dame nicht rüde behandelt«, sagte sie.

»Ihr seid eine Frau, bei der man sich verdammt schwer entschuldigt.«

»Entschuldigen? Ihr wollt Euch entschuldigen? Warum habt Ihr das nicht gesagt?«

»Weil Ihr mir nicht die Gelegenheit gebt.«

Sie zog eine Braue hoch. »Jetzt habt Ihr Gelegenheit.«

»Dann lasst mich sagen, dass ich bedaure, wenn Ihr meine Frage missverstanden habt. Ich wollte Euch nicht verdächtigen. Ich wollte vielmehr wissen, wie viele Männer Ihr innerhalb der Mauern von St. Jude's Abbey behandeln konntet.«

»In der Abtei arbeiten Männer. Sie leisten oft sehr schwere Arbeit und verletzen sich dabei. Ich habe mitgeholfen, sie zu heilen.« Sie senkte ihren Kopf. »Ich glaube, wir beide sind für Wortgefechte zu erschöpft, Jordan. Unser Verstand ist als Waffe nur mehr bedingt tauglich.«

»Da gebe ich Euch Recht. Ihr hättet letzte Nacht in der Priorei bleiben und Euch ausruhen sollen.«

»Auch da überlegte ich nicht klar, da ich hätte wissen müssen, dass man nach Lord Weirton schicken würde. Gewöhnliche Sheriffs urteilen nicht über Mörder.« Ein Kichern kam ihr über die Lippen, und sie hielt sich den Mund zu.

»Was ist so lustig?«

»Nun, lustig ist es nicht. Gamell sollte mir leidtun, doch freut es mich, dass der Baron ihn straft.«

Jordan lächelte. »Der Sheriff hat bereits unter Eurer erstaunlichen Verteidigung des Karrens zu leiden gehabt. Sobald meine Wunde verheilt ist, würde ich diesen Abwehrtrick gern lernen.«

»Den bringe ich Euch gern bei.«

»Wo habt Ihr das gelernt?«

»Wenn man vier Brüder hat …« Sie sprach nicht weiter und hoffte, er würde aus ihren Worten den falschen Schluss ziehen.

»Ich verstehe.« Er bedeutete ihr, zu den Pferden zu gehen. »Und Ihr sollt wissen, Isabella, dass Ihr im Falle weiterer gefährlicher Situationen mir die Initiative überlassen müsst, während Ihr hinter festen Mauern wie jenen der Priorei bleiben sollt.«

»Das kann ich nicht versprechen, selbst wenn ich in der Priorei hätte bleiben können.«

»Soll das heißen, dass Ihr dort nicht willkommen wart?«

»Ja.«

»Warum?« Jordan sprang von der Brücke und streckte die Arme nach ihr aus.

Sie ignorierte seine Geste, sprang hinunter und landete neben ihm. Er durfte seine genähte Wunde nicht gefährden. Und, ebenso wichtig, sie durfte nicht riskieren, sich in seiner erregenden Umarmung zu verlieren.

Sie zog den Dolch hervor, den sie in Ryces Grab gefunden hatten, und legte ihn auf seine Handfläche. »Deswegen.«

»Der Prior versagte Euch wegen eines Messers seine Hilfe?«

»Weil es der Bruderschaft gehört.«

Seine Miene verfinsterte sich. »Falls Ihr damit andeuten wollt, dass Ryce es aus der Priorei entwendete, irrt Ihr Euch.«

»Das will ich keineswegs andeuten. Ich machte den Fehler anzunehmen, dass es jemandem aus der Mönchsbruderschaft der Priorei gehörte. Es gehört aber – wie der Prior ausdrücklich betonte – *der* Bruderschaft.«

»Wer oder was ist das?«

»Ich hatte gehofft, Ihr würdet es wissen.« Sie tippte auf das im Griff eingravierte Wappen. »Ich nehme an, dass dies das Erkennungszeichen der Mitglieder der Bruderschaft ist.«

Er hielt es schräg und sagte: »Das Wappen zeigt einen Ritter hoch zu Ross, dessen Pferd von einem Knappen geführt wird. Ansonsten aber ist der Dolch nicht außergewöhnlich.«

»Er sieht gewöhnlich aus, doch zeigte der Prior Angst vor dem, was er darstellt.«

»Angst? Seid Ihr sicher?«

»Ganz sicher. Der Ärmste war so entsetzt, dass es ihm die Rede verschlug. Allein die Art, wie er das Wort Bruderschaft aussprach, jagte mir Schauer über den Rücken.« Es überlief sie kalt, als sie an ihm vorüber zu den Bäumen am Bach und den Schatten darunter blickte.

»Was aber könnte einen Prior außer der Sorge um seine unsterbliche Seele dermaßen ängstigen?«

»Auch das weiß ich nicht, doch was immer es ist, es muss

mit dem Messer und der Bruderschaft zusammenhängen. Wenn dieses Etwas unsere Aufgabe gefährdet, sollten wir es meiden.«

»Die Bruderschaft zu meiden ist ein ausgezeichneter Plan.«

»Da gebe ich Euch Recht, doch wie können wir einer Sache ausweichen, die wir nicht erkennen?«

»Die Bruderschaft hat an uns kein Interesse.«

»Sie hatte Interesse an Eurem Freund, der vielleicht sogar der Gruppierung angehörte. So könnte das Messer in sein Grab gelangt sein.«

Er strich mit dem Finger über den Griff. »Oder einer seiner Mörder ließ es dort fallen.«

»Zufällig oder als Warnung für jeden, der das Grab öffnet?«

»Ich weiß es nicht.« Sein Mund wurde ein gerader Strich. »Aber ich werde es herausfinden.«

Ein sonderbares Gefühl erwachte in ihr, als er diese Worte wie ein heiliges Gelübde aussprach. Es war ein Gefühl, das sie selten empfunden hatte.

Es war Angst.

7

Jordan zügelte sein Pferd in der schattigen Mitte des Hofes von La Tour du Courtenay. Nieselregen trübte den ersten Blick auf seine vertraute heimatliche Umgebung. Schafe und Rinder liefen auf dem Hof durcheinander, und die Bewohner der Burg fuhren in ihren Tätigkeiten fort, die nie ein Ende fanden, auch nicht, wenn es auf den Abend zuging.

Er fragte sich, welchen Eindruck Isabella wohl von dem runden Hauptturm hatte, der auf einer Erhebung an einer Seite des Hofes aufragte, wo die Mauer auf einem steil abfallenden Uferstück saß. Zwei Jahre zuvor, nur einen Monat nach der Vermählung von Jordans jüngster Schwester, war sein Vater verstorben, und La Tour war an ihn gefallen. Diese zwei Jahre hatten einige Veränderungen gebracht – einen neuen Brunnen, Steine an Stelle des Strohdaches auf dem Stall, eine Tür vor der Küche. Alle anderen Neuerungen waren aufgeschoben worden, als der junge Prinz Richard ihn zu den Waffen rief. Einige Teile der Wehranlagen fehlten noch immer. Er hatte geplant, die Holz- und Erdwälle durch Stein zu ersetzen, Zeitmangel hatte ihn daran gehindert, mit den Arbeiten zu beginnen.

Er lachte freudlos. Trotz ihrer veralteten Verteidigungsanlagen hatte die Burg die Kriege der Plantagenets besser überstanden als er.

»Braucht Ihr Hilfe beim Absitzen, Mylord?«, fragte Emery in einem Ton, der kaum mehr war als ein Flüstern.

Jordan warf einen Blick zu dem Jungen neben dem Karren. Emery, stets beflissen und bereit, ihm zu dienen, dachte immer erst an Jordans Bedürfnisse. Er hatte zuvor einem anderen Herrn gedient, doch war jener bei einem Raubzug getötet worden. Jordan konnte sich nicht erinnern, bei welchem. Es war, nachdem sein eigener Knappe an einer schrecklichen Auszehrung gestorben war. Emery hatte einen anderen Herrn gesucht, und Jordan hatte sein Dienstangebot angenommen, eine Entscheidung, die er nie bereut hatte.

»Es geht schon, Emery. Die Wunde verheilt gut.« Er tätschelte seine Seite und schwang sein Bein über das Pferd. Als sein Knappe wegblickte, legte er seine Hand sachter auf seine Seite, wo sich die Stiche bei jeder Bewegung spannten. Er warf Isabella einen Blick zu.

Sie sah neugierig um sich. Rauchspuren hingen noch immer an ihren Kleidern unter dem Umhang, und ihre Wange zierte ein Schmutzfleck, der ihre Rundung betonte. Oder war es die Schramme, die Gamell ihr zugefügt hatte? Er schluckte seine Wut bei diesem Gedanken hinunter, befriedigt, dass Weirton Gamell eine gehörige Lektion erteilen würde. Isabellas Haar umgab wirr ihr Gesicht, doch saß sie aufrecht im Sattel. Alle Spuren der Erschöpfung waren verschwunden, als sie sich La Tour näherten. Es war die Pose des Kriegers, der gewillt ist, sich jedem Gegner voll und ganz zu stellen, auch wenn der einzige Feind die eigene Müdigkeit ist.

»Wenn Ihr sicher zurechtkommt, Mylord …« Emery zog das dem Karren vorgespannte Pferd zu der kleinen Kapelle, die an die Palisade des Burghofes angebaut war.

Jordan vermutete, dass der Junge seine Zweifel hatte. Es war ja gut und schön, dass sein Knappe sich seinetwegen Sorgen gemacht hatte, doch wollte Jordan nicht, dass Isabella ahnte, wie stark ihn die in Aquitanien erlittene Kopfwunde geschwächt hatte. Eigentlich hätte er daran sterben müssen.

Seine Finger umfassten den Vorderteil seines Sattels, als er sich langsam zum Boden herabließ. Jetzt schoss kein Schmerz mehr sein rechtes Bein hoch, und er hinkte nicht mehr wie damals, als er das Glück gehabt hatte, Aquitanien lebend, wenn auch versehrt und unter Qualen zu verlassen.

»Willkommen daheim!«

Jordan lächelte, als ein gebeugter Mann herbeieilte. Der schwere Umhang flatterte hinter ihm her und ließ ihn wie eine monströse Fledermaus aussehen, doch war nichts Böses an dem Alten, der La Tour als Steward gedient hatte, seit Jordan zurückdenken konnte. »Lew, ich hätte wissen müssen, dass Ihr der Erste sein würdet, der mich zu Hause willkommen heißt.«

Der Alte, der ungelenk auf die Knie fiel, griff nach Jordans Händen und drückte sie auf seinen nahezu kahlen Kopf. Er schluckte schwer, als er aufblickte und die Narbe an Jordans rechter Schläfe anstarrte.

»Lew, es hieß, ich hätte noch Glück gehabt.« Er bedeutete dem Steward aufzustehen. »Und vielleicht hatte ich wirklich Glück, da ich nicht gemeinsam mit meinen Kameraden in einem namenlosen Grab landete.«

»Es war Gottes Wille, der Euch am Leben ließ und nach Hause führte.«

Er wollte nicht widersprechen und sagen, dass er während der Überfälle, bei denen nicht einmal heilige Stätten verschont geblieben waren, nur die Hölle gesehen hatte. »Ich könnte jetzt etwas gebrauchen, um mir den Reisestaub aus dem Mund zu spülen.« Er drehte sich um und wies auf Isabella, die mit unerwarteter Geduld auf ihrem Pferd saß. »So wie mein Gast auch.«

»Habt Ihr eine Gemahlin mitgebracht?«, fragte Lew mit jener Offenheit, die er sich dank seines langjährigen Dienstes in der Familie le Courtenay erlauben durfte. »Ihr habt eine sehr schöne gewählt, Mylord.«

»Lady Isabella ist nicht meine Gemahlin.«

»Eure Verlobte?« Hoffnung färbte den Ton des Alten. Als

einziger überlebender Sohn seiner Eltern hatte Jordan nach Lews Ansicht die Verpflichtung, für einen strammen Erben für La Tour zu sorgen.

Jordan versenkte dieses Gespräch in die Tiefen seines Bewusstseins. »Ich traf sie gestern unweit Kenwick Priory, Lew. Ich möchte nicht, dass sie durch eine übertrieben begeisterte oder irrtümliche Bemerkung in Verlegenheit gebracht wird.«

»Ihr könnt mir vertrauen, Mylord.«

»Das kann ich.« Er schlug dem Alten leicht auf den Rücken, wiewohl er argwöhnte, dass Lew höchstens ein heftiger Meeressturm umzuwerfen vermochte.

Er ging zu Isabella, die noch immer im Sattel saß. »Willkommen auf La Tour du Courtenay.«

»Es ist großartig!« Ihre Worte kamen atemlos, als er ihre Mitte umfasste und seine Hände ein wenig höher gleiten ließ, da ihre zahlreichen, am Gürtel hängenden Beutel ihn hinderten, fest zuzupacken.

»Es freut mich, dass es Euch gefällt.« Er staunte, dass die banalen Worte der Wahrheit entsprachen, und war erfreut, dass ihr die Burg gefiel … und wie ihre schlanke Gestalt perfekt in seine Hände passte.

Als sie sich vorbeugte, um ihre Hände auf seine Schultern zu legen, damit er ihr aus dem Sattel helfen konnte, waren ihre Augen fast auf gleicher Höhe, wie in dem Moment, als sie zusammen im Qualm vor der Schänke gestanden hatten. Die mächtigen Emotionen in ihr waren dieselben wie damals, als er nicht widerstehen konnte, sie zu küssen. Wie gebannt von der Erwartung, jede dieser starken Leidenschaften zu erkunden, zog er sie behutsam herunter. Sie glitt vom Pferd und streifte ihn – eine langsame, gleichmäßige Liebkosung verlockender Kurven, die einen Mönch dazu verleiten konnten, an seinem Gelübde zu zweifeln. Sie war eine herrliche Frau, und die Spannung, die ihn von Kopf bis Fuß erfasste, verriet ihm nur, was er ohnehin wusste.

Er wollte sie.

Er wollte sie in der Abgeschiedenheit seines Bettes, wo ihr Haar sich wie eine goldene Flut über sein Kissen ergießen würde, während sie ihre Arme hob und sie um seine Schultern legte. Er würde seinen Hunger nach ihren Lippen stillen und dann ihre Brüste und die feste, flache Linie ihres Unterleibes auskosten, ehe er sich an ihren intimeren Reizen labte. Allein die Berührung seiner Zunge würde bewirken, dass sie sich vor Verlangen stöhnend öffnete und ihn tief in ihrem Inneren willkommen hieß.

Ein Stöhnen brach den Bann, als einer ihrer Beutel über die Wunde schürfte, die sie genäht hatte. Er ließ sie los und runzelte die Stirn, als sie mit einem dumpfen Geräusch auf dem Boden auftraf.

»Seid Ihr immer so galant?«, wollte sie wissen. »Ihr habt jeden einzelnen Zahn in meinem Mund klappern lassen.«

Er wusste, dass eine Entschuldigung angebracht war, und sagte nichts. Er hatte es satt, sich zu entschuldigen, zumal sie sehr oft Recht hatte. Er schuldete ihr noch eine Entschuldigung, weil er sich nicht genauer überzeugt hatte, ob Zane der Besitzer des Karrens war. Aber wie sollte er sich rechtfertigen? Sollte er ihr sagen, was in seinem Kopf vorging, wenn sie mit ihren herrlichen Augen zu ihm aufblickte, während er sich mit ihr bewegte und sie beide sich in Ekstase steigerten … Nein, davon konnte er nicht reden.

»Isabella, ich bin müde, durstig und am Verhungern. Euch muss es ebenso gehen. Wir können hier stehen und streiten, oder Ihr geht in die Halle und findet etwas gegen den Durst sowie Brot gegen den Hunger.«

»Ich?« Ihr Ärger verflog. »Und was ist mit Euch?«

»Ehe ich mich ausruhen kann, gilt es, noch einige Pflichten zu erfüllen.«

Sie sah zu dem Karren hin, den Emery vor die kleine Kirche mit einem Kreuz am Dach gezogen hatte. Besorgnis verdunkelte ihre ausdrucksvollen Augen. »Wenn Ihr wollt …«

»Ich will mich satt essen und trinken, bis mein Gehirn ersäuft ist, und schlafen, bis ich keine Sekunde länger schlafen kann.« Jetzt war die Reihe an ihm, verärgert zu sein, doch war er vielleicht ständig verärgert, seitdem er ihr begegnet war. Sicher konnte er dessen nicht sein, und er wollte keine Zeit damit verlieren zu zählen, wie oft sie ihn geärgert hatte. »Aber ich muss meinen Pflichten nachkommen. Wenn Ihr wirklich helfen wollt, geht hinein, damit ich alles erledigen kann.«

»Ich würde lieber mit Euch gehen.«

»Warum?«

»Wenn Ihr auf die Nase fallt, kann ich daneben stehen und Euch daran erinnern, dass ich Euch sagte, Euer Freund würde Euch gewiss verzeihen, wenn Ihr zuerst esst, ehe Ihr die Totenmesse vorbereitet.«

»Nur weil Ihr mich vernäht habt, seid Ihr nicht verpflichtet, über mich zu wachen.« *Ihr könnt Euch nicht annähernd die wahren Wunden, die in mir schwären, vorstellen.* Äußerte er diese Worte laut, würde sie ihn mit Fragen quälen, bis er bereute, sie ausgesprochen zu haben.

»Sehr gut. Wenn Ihr nicht Vernunft annehmen wollt, lasst Euch von mir helfen.«

»Isabella …«

»Wir können hier streiten, bis die Sterne sich zeigen, oder wir können uns um die Arrangements für Sir Ryce kümmern.«

Ahnte sie denn, wie aufreizend und begehrenswert sie war, wenn sie vor ihm stand, die Lippen zur nächsten Antwort geöffnet? Diese Lippen waren unter seinen so süß gewesen.

Beim Blut des Erlösers, er durfte nicht an diese Dinge denken. Sie würden mehrere Tage bis nach Lincoln brauchen und ein paar weitere, um die Schriftstücke für die Königin zu finden, sowie mindestens eine Woche, um Isabella zurück nach St. Jude's Abbey zu begleiten, damit sie ihre Studien im Klosterspital fortsetzen konnte. Sie würden also mindestens zwei Wochen zusammen sein. Ließ er zu, dass sein Körper seinem Verstand diktierte, würde es viel länger dauern, da er jede Gelegenheit nützen würde, sich in einen versteckten Winkel mit ihr zurückzuziehen, um ihren verlockenden Körper zu erkunden. Ein Mann mit nur einem Funken Verstand – und er hielt sich für einen solchen, obwohl er zugelassen hatte, dass ihm in Aquitanien ein Gegner einen Hieb auf den Schädel versetzte – würde alles tun, um die Reise zu beschleunigen, um die gemeinsame Zeit nicht über Gebühr zu verlängern.

Er winkte ihr, ihm zu folgen, und ging zu Lew, tat aber nichts, um die Neugierde seines Stewards zu befriedigen, der zu gern gewusst hätte, was sie besprochen hatten.

Lew fiel mit ihm in Gleichschritt und reichte ihm einen Humpen. Der Steward musste ihn schon vorbereitet haben. Jordan fasste danach und trank in tiefen Schlucken. Der Hopfen, der auf diesen sanften Hügeln gedieh, war unvergleichlich. Er kostete jeden einzelnen Zug aus.

Er nickte bekannten Gesichtern zu, doch näherte sich ihm niemand. Fürchteten sie, dass Hautfäule sie beim Anblick seiner Narben befallen würde? Wenn sie geahnt hätten, wie es um die inneren Narben bestellt war …

Er verdrängte seine hasserfüllten Gedanken, während Lew von den für die Burg geplanten Änderungen sprach, und versuchte zuzuhören, in Gedanken bei den quälend langen Monaten, als er geglaubt hatte, er würde niemals nach La Tour zurückkehren.

Als Jordan ihm den leeren Humpen reichte, sagte Lew: »Ihr seid bleich, Mylord.«

»Hinter uns liegt ein langer Weg.« Er warf einen Blick über die Schulter. Isabella hatte sie nicht eingeholt. Trotz ihrer Erschöpfung wollte sie nicht ruhen, ehe ihr Patient nicht zur Ruhe kam. Er war erleichtert, als er sah, dass sie auch einen Humpen bekommen hatte und daraus trank, während sie ihnen folgte.

»Wenn Ihr hungrig seid, kann ich etwas bringen lassen.«

»Lew, ich mag es nicht, wenn Ihr mich wie ein übereifriges Kindermädchen bemuttert. Ich habe schon jemanden, der diese Rolle übernimmt.«

»Die Lady ist besorgt um Euch, Mylord.«

Jordan gab keine Antwort, da Isabella ausrief: »Seht nur!«

Mit der Hand am Schwertgriff fuhr er herum. Als er sah, dass sie zum Himmel starrte, fluchte er leise. Was machte sie *jetzt* wieder? Lew sah ihn erschrocken an, doch tat Jordan, als sei ihm der Blick des Stewards entgangen. Isabella war auf La Tour sein Gast, und es ziemte sich, dass er sie entsprechend behandelte, was nicht einfach war, da er sich keine andere Frau vorstellen konnte, die sich so benahm wie sie.

Oder keine andere Frau, die er in seinem Bett festhalten wollte.

Er schüttelte dieses Bild ab und hob den Blick zu der Stelle am Himmel, auf die sie deutete. Farben wölbten sich im Bogen am Firmament, strahlend in der Mitte, blasser in Erdnähe.

»Es ist nur ein Regenbogen«, sagte er.

»Nur? Ist er nicht staunenswert?« Sie zeichnete den Bogen in der Luft nach. »Habt Ihr Euch nie gefragt, was diesen herrlichen Anblick hervorruft?«

»Eigentlich nicht.«

Sie sah ihn ungläubig an. »Jordan, wieso seid Ihr, ein Mensch von Verstand, nicht neugierig auf die Welt, die uns umgibt?«

Lew lachte leise.

Nicht gewillt, sich gleichzeitig mit beiden abzugeben, sagte Jordan: »Lew, Lord Weirton und seine Schwester treffen morgen ein. Lasst alles für ihre Ankunft vorbereiten.«

»Wie Ihr wünscht, Mylord.« Er konnte ein Grinsen nicht verbergen. »Und ich werde selbst dafür sorgen, dass alles so ist, wie Ihr es für Euch und Lady Isabella wünscht.«

»Sehr liebenswürdig«, sagte Isabella, ehe Jordan antworten konnte.

Lew neigte den Kopf, schenkte Jordan aber ein Einverständnis verratendes Lächeln, ehe er zur Brücke ging, die zum Tor führte, das sich zum Hauptturm öffnete.

Jordan ging um den nun leeren Karren herum und griff nach dem Ring an der Kirchentür. Er passte zu den schweren Eisenangeln, die quietschten, als er die Tür öffnete.

Weihrauchschwaden und der Geruch flackernder Kerzen wehten heraus, für ihn ein Zeichen, das Gefühl auszukosten, dass er sein Gelübde erfüllt hatte. Die Kapelle war nicht breiter als das Torhaus. Zwei kleine Fenster waren in die dicke Mauer eingelassen. Der Altar war aus unbehauenen Steinen, die von einem Steinkreis unten am Fluss stammen sollten. Ein von seiner Mutter besticktes Tuch und zwei schlichte goldene Kerzenständer waren der einzige Schmuck.

»Was für eine schöne kleine Kirche«, sagte Isabella hinter ihm. »Sie lädt zu Gebet und Einsamkeit ein.«

»Einsamkeit, ja.«

»Soll ich gehen?«, fragte sie, und zum ersten Mal hörte er Erschöpfung aus ihren Worten heraus.

Verdammt! Sie hatte ihm geholfen, sein Gelübde zu erfüllen, das Ryce galt. Sie hatte ihn mit der Barmherzigkeit einer Samariterin behandelt und an seiner Seite mit dem Geschick eines Kriegers gefochten. Mit mehr als mit dem üblichen Kampfgeschick, da sie den Sheriff mit einem gezielten Tritt, wie er ihn noch nie gesehen hatte, zu Boden warf. Und dafür war er dankbar, doch stellte sie eine ständige Erinnerung an die Kämpfe zwischen den Plantagenets dar, in die er nie wieder verstrickt werden wollte.

»Nein.« Er ging auf den Altar zu, ehe Isabella weitere Fragen stellen konnte. Als er zu den Dachsparren blickte, wo Vögel im letzten, durch die Fenster einfallenden Licht zwitscherten, sah er Bewegung am Altar. Die sterblichen Überreste seines Freundes ruhten auf einem Tisch neben dem Altar. Ein kleiner, korpulenter Mann umschritt, ein Gefäß schwenkend und in stark duftende Weihrauchschwaden gehüllt, den Tisch.

»Myrrhe«, flüsterte Isabella, als sie neben ihm stand.

»Ich weiß.«

Sie schob ihre Hand in seine. »Der denkbar traurigste Duft.«

Er umfasste ihre Finger und gab sodann der Versuchung nach, ihre Hand an seine Lippen zu führen und sie sacht zu küssen. Trotz des schwachen Lichts sah er, dass ihr Tränen in die Augen stiegen.

»Warum trauert Ihr?«, fragte er. »Ihr seid Ryce nie begegnet.«

»Ich bin traurig, weil ich weiß, wie schwer es Euch fällt, ihm Lebewohl zu sagen.«

Jordan wurde einer Antwort enthoben, als der Priester das Weihrauchfass hinstellte und auf sie zukam. Mit seinem Watschelgang ähnelte er in seinem weißen Messgewand einer Ente.

»Vater Eloi«, sagte er, »das ist Lady Isabella de Montfort.«

»Mylady«, sagte Vater Eloi mit einer leichten Verneigung. »Mylord, Ihr beweist Edelmut, Euren Freund zu ehren, indem Ihr ihn an der Seite Eurer Eltern und Altvorderen bestattet.«

»Er soll in geweihter Erde ruhen.« Jordan erklärte, was er in Kenwick Priory entdeckt hatte.

Vater Eloi runzelte die Stirn. »Die Mönche taten nicht Recht, Mylord. Sir Ryce war ein guter Mensch. Er verdient eine würdige Grabstätte.«

»Es freut mich, dass wir einer Meinung sind.«

»Dieser dumme Prior«, grollte der Priester. »Die Sorge um seine Seele lässt ihn vergessen, dass er bereits für tot gilt.«

»Was?«

Isabella sagte: »Ein Mönch wird für tot erklärt, sobald er in ein Kloster eintritt, als Zeichen dafür, dass sein Anspruch auf weltliches Gut erlischt.«

Jordan lockerte seine Schultern. Er ließ sich zu leicht in Aufregung versetzen. Zwar hatte er dafür gute Gründe, doch sollte er willens, ja begierig sein, gern alles und noch mehr zu ertragen.

»Danke, dass Ihr mich daran erinnert«, sagte er mit dem besten Lächeln, das ihm gelingen wollte.

Es musste wie eine Grimasse gewirkt haben, da sich ihre Brauen senkten. »Fühlt Ihr Euch nicht wohl?«

»Mir ist wohl, danke.« Er hob die Stimme, als er dem Priester antwortete: »Ich wünsche mir die Messe morgen nach der Mittagsstunde.« Er ließ den Blick durch die leere Kapelle wandern. »Wenn jemand für Ryces Seele beten möchte, wird dafür genug Zeit sein.«

»Wie Ihr wünscht, Mylord.«

»Ich komme wieder, nachdem ich dafür gesorgt habe, dass Lady Isabella eine leibliche Stärkung bekommt.«

Vater Eloi lächelte traurig. »Ihr solltet auch etwas zu Euch nehmen, Mylord. Sir Ryce würde wollen, dass Ihr der vielen Male gedenkt, die Ihr gemeinsam herzhaft getafelt habt.«

Jordan wurde die Kehle eng. Hätte er an jenem letzten Abend, als Ryce auf La Tour weilte, seinen Freund eindringlicher befragt, hätte er ihn vielleicht überreden können, mit ihm in Prinz Richards Dienst zu treten. Sein Mund wurde hart. Warum hätte er seinem Freund dieses Los wünschen sollen? Ryce hätte in Aquitanien ebenso sinnlos sterben können wie beim Turnier. Hier hatte er wenigstens um einen ersehnten Preis gekämpft. Und wofür hätte Jordan beinahe sein Leben gelassen?

Er bedeutete Isabella, vor ihm aus der Kirche zu gehen, und bot ihr seinen Arm nicht an. Nur ein Narr hätte sie so dicht an sich herangelassen, dass ihr ätherischer Duft ihn überwältigte, und Jordan le Courtenay wollte niemals wieder Narr genannt werden. Dies hatte er sich damals geschworen, als ihm klar wurde, dass er überleben würde.

8

Als Isabella das dämmrige Schlafgemach im obersten Geschoss des runden Bergfrieds von La Tour du Courtenay betrat, freute sie sich, das jemand ihren Sack ausgepackt und ihn mitgenommen hatte, um ihn zu säubern. Ihr Reservekleid hing an einem Haken, ein sauberes Hemd wartete am Fuß des Bettes. Es gehörte nicht ihr. Der Minze- und Nelkenduft, den das Leinen verströmte, ließ ahnen, dass es vor kurzem einem Wäscheschrank entnommen worden war.

Sie ging zum Bett und gab Acht, den Stuhl neben dem Tisch nicht umzustoßen. Das einzige Fenster war überraschend breit. Das Binsenlicht auf dem Tisch lieferte so viel Helligkeit, dass sie alles sehen konnte, wenn auch die hohe Decke sich im Dunkel verlor.

Geschnitzte Efeublätter, Blumen und Trauben zierten das Bett, vom hölzernen Betthimmel hingen dunkelgrüne Vorhänge, die mit den gleichen Früchten und Blumen bestickt waren. Unter ihren Füßen raschelten Binsen, Düfte nach getrocknetem Lavendel und Rosmarin umschwebten sie.

Sie lächelte. Die Düfte erinnerten sie an ihre Kräuter. Würde sie Zeit haben, die hiesige Kräuterkammer aufzusuchen? Ihr Lächeln erlosch, als ihr einfiel, dass sie und Jordan sich auf den Weg machen mussten, sobald Sir Ryce bestattet worden war, da bereits zwei Tage verloren waren. Sie mussten schleunigst nach Lincoln.

Regen prasselte ans Fenster. Sie drehte sich um und schloss die Fensterläden. Dann hielt sie inne und starrte hinaus in die Nacht. Im Licht, das aus der Halle fiel, glänzte die hölzerne Zwischenmauer feucht, Stimmen, schwach und nicht zu unterscheiden, drangen vom Hof herauf. In der Nähe hörte sie Schritte und gedämpfte Reden von der äußeren Mauer des Bergfrieds, auf der Jordans Wachposten das Verstreichen der Nachtstunden markierten.

Sie setzte sich an den Tisch und stützte das Kinn in die Hand. Zu erschöpft, um sich zu bewegen, waren ihre Gedanken so aufgewirbelt wie Staub unter Pferdehufen. Wie sollte sie einschlafen, wenn sie ständig an Jordan denken musste? Er war ein Rätsel. Er legte eine entschiedene Abneigung gegen Kämpfe an den Tag; und doch war seine Burg gut bewacht, Beweis dafür, dass er die Notwendigkeit von Verteidigung einsah. Wenn ein Dummkopf wie Gamell glaubte, kraft seiner Autorität einen Mann ungerechtfertigt festnehmen zu können, war dies ein Beweis für Misstrauen und Niedergang in der Kette der Loyalität vom Untertan zum König.

Gelänge es ihr, die Formel für das im fernen Osten bekannte Sprengpulver zu finden, waren der König und seine Söhne vielleicht davon zu überzeugen, dass eine Fortsetzung ihrer Kämpfe zu gefährlich war. Sie war erstaunt, dass sie den ganzen Tag über nicht an das Experiment gedacht hatte. Meist verfolgte ein ungelöstes Problem sie wie ein Juckreiz mitten auf dem Rücken.

Stattdessen aber hatte sie an Jordan gedacht. Seine Berührung, seine Küsse ließen sie ahnen, dass mehr an ihm war, dass er nicht nur ein Mensch war, der seine Gefühle völlig im Zaum hielt.

»Denk lieber an deine Aufgabe«, sagte sie zu sich, während sie die Rinnsale anstarrte, die unter den Fensterbalken eindrangen.

Isabella stand auf und löste den Gürtel um ihre Mitte. Behutsam legte sie ihre Beutel auf den Tisch und schlang die Peitsche um die Stuhllehne. Der Dolch mit dem seltsamen Wappen steckte noch im Gürtel und ersetzte ihr eigenes Messer, das sie irgendwo verloren hatte. Sie zog die Klinge aus dem Gürtel, brachte sie zum Bett und hob das Kissen. Der Gedanke, mit einem Gegenstand zu schlafen, der in einem Grab gelegen hatte, machte ihrem Magen zu schaffen, dennoch strich sie das Polster darüber glatt.

Sie löste die Verschnürung vorne an ihrem Gewand und schob es über die Schultern hinunter. Es roch nach Rauch und Schweiß, und sie musste niesen, als sie es ganz abstreifte und auf den Boden gleiten ließ. Zu gern hätte sie es gesäubert, obwohl es sinnlos war, da es auf dem Weg nach Lincoln wieder verschmutzen würde.

Sie zog die Stiefeletten aus und stellte sie auf die geschnitzte Truhe am Fuß des Bettes. Ihr Blick fiel auf einen Hasen auf der Flucht vor Jägern, doch konzentrierte sie sich darauf, ihre Socken auszuziehen, die sie neben ihre Stiefeletten fallen ließ. Die rechte Socke hatte ein Loch in der Ferse. Sobald sie sich gewaschen hatte, wollte sie es vor dem Zubettgehen stopfen.

Als sie einen Eimer Wasser neben dem kalten Kamin auf der anderen Seite des Bettes sah, zog sie ihr Hemd aus, das vor Rauch ganz rau war. Kein härenes Hemd hätte unangenehmer sein können, und der Ruß hatte gerötete Stellen an der rechten Brust und linken Hüfte hinterlassen. Zuletzt schob sie das Band mit dem Schlüssel über den Kopf und legte ihn sorgsam auf das Bett.

Sie kniete nieder und griff in den Eimer, um sich mit dem kalten Wasser das Gesicht zu waschen. Ein Tuch und ein stark riechendes Stück Seife lagen neben dem Eimer. Sie machte das Tuch nass und wusch sich, vor Wonne seufzend, als sie endlich den Schmutz loswurde.

Dann fuhr sie mit den Fingern durch ihr Haar und löste, was von ihren Flechten übrig war. Rußteilchen wirbelten um sie herum, deshalb steckte sie den Kopf in den Eimer, ehe sie ihr Haar einseifte. Im selben Wasser spülte sie ihr Haar und hoffte, damit alle Rauchspuren entfernt zu haben. Als sie das lange Haar über dem Eimer ausdrückte, hatte sie das Gefühl, Sauberkeit noch nie so genossen zu haben. Sie warf ihr Haar zurück und ließ es über den Rücken fallen, ohne Rücksicht auf die Pfützen, die sich hinter ihr bildeten.

»Was soll denn *das?*«

Beim Klang von Jordans Stimme hob sie mit einem Ruck den Kopf. Sie schlang die Arme um sich, obwohl die nur wenig Deckung boten. Sie schob sich zum Bett hin, ergriff den Vorhang und zog ihn um sich.

So stand sie da, den Vorhang zwischen sich und seinen Augen. Unwillkürlich schnappte sie nach Luft, als sie sah, dass er nur seine Breeches trug, die seine muskulösen Hüften umspannten. Wassertropfen glänzten auf den deutlich sichtbaren Konturen seiner Brust, als er ihr Kleid über den Stuhl warf, auf dem sie ihre Peitsche hinterlassen hatte.

Nun erst sah er in ihre Richtung. Seine Worte kamen schleppend, als er sagte: »Falls Ihr hier seid, um mich zu schelten, dass meine Stiche nass wurden, so könnt Ihr beruhigt sein, dass ich mein Bestes tat, sie zu schützen.« Er hob den rechten Arm über den Kopf und lachte leise: »Kommt und seht selbst, wenn Ihr mir nicht glaubt.«

»Ihr seid betrunken!«

»Ich hätte gedacht, Ihr als Arzneikundige würdet wollen, dass ich den Schmerz betäube, den ich empfand, nachdem ich eine Stunde bei meinem toten Freund saß.«

Isabella wagte es nicht, ihre Empörung zu dämpfen. Sie konnte ihm den Verlust nachempfinden, das änderte aber nichts an der Tatsache, dass er halb bekleidet und angetrunken in ihr Gemach eingedrungen war.

»Was wollt Ihr hier?« Sie zog den Bettvorhang näher zu sich, ließ davon aber ab, als sie die Fäden, die ihn am Baldachin festhielten, reißen hörte.

»Dasselbe könnte ich Euch fragen.«

»Das könntet Ihr, aber warum gebt Ihr nicht erst Antwort auf meine Frage?«

Er setzte sich auf den Stuhl. Sich vorbeugend, so dass er seine Finger zwischen seine Knie stecken konnte, sagte er: »Wie Ihr wollt. Ich bin hier, weil ich hier schlafe, wenn ich auf La Tour bin.«

»Das ist Euer Gemach?«

»Ja.«

»Aber man brachte mich hierher.« Sie deutete auf das Hemd, das auf dem Bett lag. »Dies erwartete mich, und das kann nicht Euer Hemd sein.«

»Nicht sehr wahrscheinlich. Ich schlafe nicht in Weiberhemden.« Er zog die Brauen verwegen hoch. »Wollt Ihr nicht wissen, was ich im Bett trage?«

»Nein.«

Er zog die Schultern hoch. »Ich hielt Euch für neugieriger, Isabella.«

»Nicht auf Eure Nachtkleidung.«

»Ihr müsst Eure Phantasie auf neue Gebiete ausdehnen.« Als sie keine Antwort gab, sagte er mit einem Blick zum Hemd: »Das scheint mir die passende Größe für Euch zu sein.« Seine Stirn furchte sich nachdenklich. »Obwohl fast so groß wie ich, seid Ihr in den Schultern und um die Mitte entschieden schmäler.« Er musterte sie von oben bis unten. »Das nehme ich jedenfalls an, da man es nicht genau sehen kann, solange Euch dieser schwere Vorhang einhüllt.«

»Falls das ein Scherz sein soll …« Ihr Ärger ließ sie stottern, so dass sie nicht weitersprechen konnte.

»Sucht keine böse Absicht, wo es sich nur um irregeleitete Absichten handelt.«

»Wessen Absichten?«

Er lachte leise. »Schießt mit Euren Augen keine Dolche auf mich ab, Isabella. Hätte ich Euch herauflocken wollen, hätte ich nicht veranlasst, dass eine Dienerin Euch begleitet. Lew muss mich missverstanden haben, als ich ihn bat, dafür zu sorgen, dass Ihr Euch auf La Tour wie zu Hause fühlt.« Er griff nach dem Hemd und warf es ihr zu. »Meine Entschuldigung, Isabella.«

Sie fing das Hemd auf, fragte sich aber, wie sie es anziehen sollte, ohne den Vorhang loszulassen. Als hätte sie diese Frage laut geäußert, drehte er ihr den Rücken zu.

»Ihr könntet gehen«, sagte sie.

»Ich könnte zuschauen.«

Da ihrer Meinung nach in diesem Fall keine Antwort die beste Antwort war, zog sie hastig das Hemd über den Kopf und strich es glatt, während sie sich vergewisserte, dass er sich nicht umdrehte. Sie hob die Decke vom Bett und legte sie um ihre Schultern. Die schwere Decke schleppte hinter ihr her, als sie hinter dem Bettvorhang vortrat, reichte aber nicht so weit hinunter, um ihre Fesseln zu bedecken. Sie zuckte mit den Schultern, um die Decke besser zu platzieren, dabei aber fiel diese zu Boden.

»Braucht Ihr Hilfe?«, fragte er, ohne sich umzudrehen.

»Ich komme zurecht.«

»Eine unbestrittene Tatsache, aber braucht Ihr Hilfe?«

Hitze ließ Isabellas Gesicht erglühen. Sie konnte nur hoffen, dass es nicht die Röte der Verlegenheit war. Bei St. Jude! Sie war eine der Ladys der Abtei. Sie durfte sich von einer störrischen Decke nicht ins Bockshorn jagen lassen.

Sie hob die Decke auf und legte sie sich wieder um, diesmal so, dass sie ganz verhüllt war. »So, fertig«, sagte sie.

Er drehte sich um, und sein Blick glitt über sie, von ihrem nassen Haar, das über die Decke fiel, bis zu ihren Zehen, die darunter hervorsahen. »Seid nicht beleidigt, wenn ich sage, dass Ihr mir anders besser gefallt.«

»Ihr habt zu viel getrunken.«

»Und Ihr redet zu viel.« Er verschränkte die Arme vor der Brust, eine Bewegung, die seine Stiche spannte, wie sie befürchtete.

»Das mag stimmen, doch seid Ihr betrunken von zu viel Wein und zu wenig Schlaf.«

»Ihr seid wohl immer die besorgte Pflegerin?«

»Wie kann ich etwas anderes sein als das, was ich bin? Könnt Ihr etwas anderes sein als ein Lord im Dienste des Königs?«

»Diesen Luxus kann ich mir nicht leisten.« Sein Ton wurde härter. »Ihr solltet Eure Sachen nehmen und gehen, Isabella.«

»Und wohin?«

»Herrgott, Ihr seid die verflixt logischste Frau, die mir jemals über den Weg lief! Bleibt, wenn Ihr wollt.«

»Aber es ist Euer Gemach.«

»Benutzt es oder nicht, ganz nach Wunsch.« Er ging zur Tür. »Ich suche mir anderswo einen Schlafplatz.«

Sie wusste nicht, was sie sagen sollte. »Danke. Sicher habt Ihr Euch schon auf das eigene Bett gefreut.« Etwas anderes wollte ihr nicht einfallen.

An der Tür blieb er stehen und sah sie an. »Wollt Ihr mich bitten, dass ich bleiben soll?«

»Wie kommt Ihr darauf?«

»Ihr redet in einem fort, seitdem ich sagte, dass ich gehe.«

Er ging zu ihr, jedes Wort im Rhythmus mit seinen Schritten. »Ihr sprecht vom Komfort meines Bettes und wie sehr ich mich darauf gefreut haben muss.«

Jeden Instinkt ignorierend, der ihr sagte, dass sie wenigstens eine Armeslänge Abstand wahren sollte, rührte sie sich nicht von der Stelle. »Jordan, Ihr seid zu erschöpft, um klar denken zu können. Ich habe getrocknete Mohnkapseln dabei. Wenn ich sie zerdrücke und in Wein auflöse, werdet Ihr gut schlafen.«

»Und wenn ich gar nicht schlafen möchte?« Er schob die Finger unter ihr nasses Haar und legte sie um ihren Nacken.

»Jordan …« Kein anderes Wort wollte über ihre Lippen, als er ihr seinen Mund näherte. Ein Beben glitt über ihr Rückgrat bis zu ihren Zehen, die sich in den Binsen auf dem Boden krümmten.

Er hob seinen Mund und sah sie schweigend an, ehe er einen Schritt zurücktrat. Sie streckte die Hände aus, um ihn aufzuhalten. Als ihre Finger die Haut berührten, die sich straff über seine Brust spannte, schob er sie auf seine Schultern und rückte wieder näher. Aufstöhnend zog er sie an sich und nahm ihre Lippen in Besitz.

An seinem Kuss war nichts Sanftes. Er schmeckte nach Wein, und sie war wie trunken von seiner Einlass fordernden Zunge. Sie verweigerte ihm – oder sich – nicht das Vergnügen. Als seine Lippen von ihrem Mund abglitten, hinterließen sie einen Pfad spielerischer Knabberspuren an ihrem Kinn, ehe er zu ihrem Ohr überging.

Sie vernahm ein leises »Oh!« und merkte erst hinterher, dass es von ihren Lippen gekommen war, als er jede Ohrwindung mit der Zunge nachzeichnete. Hitze flammte auf, wo sie einander berührten. Sie schlang die Arme um seine Schultern. Die Decke glitt zu Boden, und nur das dünne Leinen trennte seine nackte Haut von ihrer, die sich danach verzehrte, ihm noch näher zu sein.

Als seine Hand von ihrer Taille höherglitt, um ihre Brust zu umfassen, wurde sie von den Feuern, die seine Berührung entflammte, verzehrt. Sein Daumen spielte mit der Spitze, während er seinen Kuss vertiefte, bis sie an seinem Mund aufstöhnte. Er stieß ein leises heiseres Lachen aus, ehe er seine Arme hinter ihre Knie legte und sie hochhob.

Ihr Fuß stieß gegen den Stuhl, und sie hörte etwas dumpf auf den Boden fallen. *Meine Peitsche,* wisperte ein Stimmchen in ihrem Hinterkopf, doch konnte sie nur daran denken, wie wundervoll seine Haut schmeckte, als ihre Lippen die harte Linie seines frisch rasierten Kinns erforschte.

»Ich wusste nicht, dass etwas so erstaunlich schmecken kann«, flüsterte sie.

Sie strich durch sein Haar, zog seinen Mund wieder auf ihren. Er gab ihr einen Kuss, der allzu flüchtig war. Sie wollte schon protestieren und entdeckte dann, als sie die Bewegung seines Körpers an ihrem auskostete, dass er sie durch den Raum trug. Er legte sie auf das Bett und breitete ihr Haar auf dem Kissen aus. Er beugte sich über sie, um sein Gesicht in der Beuge ihres Halses zu begraben, wo ihr Puls raste.

Als sie ihn an sich ziehen wollte, hielt er ihre Hände fest. Er schüttelte den Kopf, während die Leidenschaft in seinen Augen Bedauern wich.

»Nein?« Ungläubig starrte sie ihn an.

»Du bist zu erschöpft, um klar zu denken«, sagte er und strich ihr Haar aus dem Gesicht. »Ich aber bin nicht so betrunken, wie du behauptest, da ich es hören kann.«

»Hören?« Sie war verblüfft.

»Du sagtest, du hättest diese Gefühle noch nie empfunden.« Seine Hand glitt zu ihrer Brust, ehe er sie entfernte und sie hinter sich legte. »Deine Worte riefen mir in Erinnerung, dass du keine Frau bist, die sich für billigen Tand verkauft. Wichtiger noch, ich darf dir deine Hilfe bei der Erfüllung meines Gelübdes nicht vergelten, indem ich dir heute deine Jungfräulichkeit raube.« Er nahm die Decke und legte sie über sie, obwohl sie sich zum Sitzen aufrichtete. Er drückte sie wieder in die Kissen zurück. »Schlaf wohl, Isabella.«

»Jordan …«

Er legte einen Finger auf ihre Lippen und küsste sie leicht. Dann blies er die Kerze auf dem Tisch aus und verschwand in der Dunkelheit.

Sie setzte sich auf und wollte seinen Namen rufen. Sie presste die Lippen zusammen. Was, wenn er zurückkäme? Seine Lippen und Fingerspitzen hatten sie dermaßen in Verzückung versetzt, dass ihr Verstand aussetzte. Jetzt aber war der Bann gebrochen, und die Tatsachen waren simpel. Sie gehörte in die Abtei, den einzigen Ort, wo sie hoffen konnte, ihre Studien fortzusetzen und die Antwort auf ihre Experimente zu finden. Jordans Leben war hier auf La Tour, und sobald sie ihre Mission im Dienst der Königin erfüllt hatte, würden beide dorthin zurückkehren, wohin sie gehörten.

Sie ließ sich auf das Kissen zurücksinken und starrte hinauf zum Betthimmel, der sich in der Dunkelheit verlor.

Deine Worte riefen mir in Erinnerung, dass du keine Frau bist, die sich für billigen Tand verkauft. Wichtiger noch, ich darf dir deine Hilfe bei Erfüllung meines Gelübdes nicht vergelten, indem ich heute deine Jungfräulichkeit raube.

Jordan hatte Recht. Sie redete zu viel.

Isabella erwachte und rührte sich nicht. Ihre noch mit den letzten Resten des Schlafes behafteten Gedanken kämpften darum zu verstehen, was ihr Körper bereits wusste. Wieder prasselte Regen gegen die Fensterbalken, doch war es nicht dieses vertraute Geräusch, das sie geweckt hatte. Dann merkte sie, dass das Fenster nicht auf der Seite des Raumes war, wo es sein sollte. Sie liebte ihr Gemach in der östlichen Ecke des Kreuzganges, wo sie von den ersten Sonnenstrahlen geweckt wurde.

Dieses Fenster aber sah nach Norden, und das Bett war so weich, wie sie es in der Abtei nicht kannte.

Binsen raschelten so leise, dass ihr das Geräusch nicht aufgefallen wäre, hätte sie in ihrem eigenen Bett gelegen. Jemand befand sich im Raum. Nicht in ihrem Raum. In Jordans Schlafgemach.

Sie griff unter ihr Kissen und zog langsam das Messer hervor, das sie dort verborgen hatte. Sie hielt es unter der Decke, als sie die letzten Schlafreste wegblinzelte.

Dann sah sie eine schattenhafte Bewegung.

Ein Mann. Er stand neben dem Tisch und machte sich an ihren Beuteln zu schaffen. War er verrückt? Wenn er einige der Stoffe mischte, konnte es eine unkontrollierte Explosion geben wie in der Scheune der Abtei!

»Hände weg!«, rief sie und sprang mit gezücktem Messer aus dem Bett.

Er fuhr herum und traf ihren Arm. Das Messer entglitt ihren Fingern und verschwand in der Dunkelheit. Auflachend drang er mit seiner eigenen Klinge auf sie ein.

»Wo ist es?«, herrschte er sie an. Seine Stimme war ein heiseres Kratzen.

»Wo ist was?« Sie sprang zurück, als er abermals mit seinem Messer ausholte.

»Ihr wisst, was ich will.«

»Keine Ahnung.«

»Lügnerin!«

Wieder sprang sie zur Seite und stieß gegen die Kiste am Fuß des Bettes. Sie fiel um, raffte sich rasch auf und schrie laut, als er sie wieder mit dem Messer bedrängte. Sie zögerte nicht und versetzte ihm einen Tritt unters Kinn, der ihn zu Boden warf. Er traf hart auf und glitt auf den Binsen aus, ehe er mit der Schulter gegen die Wand prallte. Es folgte ein Stöhnen, dann verstummte er.

Licht durchflutete den Raum, und Isabella drehte sich um und sah Jordan in der Tür. Hinter ihm ein paar Leute, Männer und Frauen, die an ihm vorüberspähten, um zu sehen, warum sie geschrien hatte. Einer von ihnen – vielleicht Lew, doch konnte sie an Jordan nicht vorbeisehen – hielt eine Fackel.

Mit wenigen Schritten durchquerte Jordan den Raum. Er blickte von ihr zu dem am Boden Liegenden, packte sie an der Schulter und fragte: »Isabella, alles in Ordnung?«

»Ja«, sagte sie. Oder, um ehrlich zu sein, versuchte sie es zu sagen, doch hörte es sich eher wie das Zischen einer Schlange an, unsicher und auf- und abschwellend.

»Was ist geschehen?«

»Ich erwachte und ertappte ihn, wie er umherschlich.« Sie verschränkte die Arme, um das Zittern zu unterdrücken, das sie bei dem Gedanken überkam, wie leicht er sie im Schlaf hätte töten können. Hielt sie die Arme nicht eng an sich gedrückt, würde sie sie um Jordan schlingen, und sie war nicht sicher, wie er in Gegenwart seines Gesindes reagieren würde.

Sie sagte sich, dass es sich auf das Geschehene zu konzentrieren galt, und setzte hinzu: »Ich dachte, er wäre ein Dieb, doch weiß ich nicht, was er wollte.«

Über seine Schulter fragte Jordan: »Lew, erkennt Ihr ihn?«

»Nein.« Der Alte betrat vorsichtig den Raum, gefolgt von der Dienerin, die Isabella zuvor in das Gemach gebracht hatte. Keiner der beiden begegnete ihrem Blick.

Isabella wollte ihnen sagen, dass sie mehr im Sinn hatte als ein Missverständnis. Sie drehte sich um und machte sich auf die Suche nach dem Messer, das ihr aus der Hand geschlagen worden war. Sie legte es auf den Tisch und öffnete den Arzneibeutel an ihrem Gürtel, dem sie nur ein einziges Päckchen entnahm. Dann schloss sie den Beutel und legte ihn auf den Tisch.

Sie ging zu Jordan, der neben dem Mann hockte und ihn wachzurütteln versuchte, und bedeutete ihm, ihr Platz zu machen.

Er blieb in der Hocke. »Isabella, er hat dich einmal attackiert. Wenn du erwartest, ich würde zuschauen, während …«

»Er ist schon mehrere Minuten bewusstlos. Wenn er zu sich kommt, wird er benommen sein, und die Kopfschmerzen, die er hat, werden verhindern, dass er jemanden angreift.« Sie zeigte auf die Stelle an seinem Kinn, die bereits anschwoll. »Vermutlich wird er Eure Fragen erst beantworten können, wenn die Schwellung zurückgeht.«

»Während er bewusstlos ist, kann er ohnehin kein Wort sagen.«

»Wenn Ihr beiseitetreten würdet, kann ich Abhilfe schaffen.« Sie zerdrückte das Päckchen, das sie dem Beutel entnommen hatte, und hielt es dem Mann unter die Nase.

Er würgte.

»Was soll das?«, fragte Jordan.

»Starker Geruch bringt sogar einen Bewusstlosen wieder zu sich.« Sie schwenkte das Päckchen wieder unter der Nase des Mannes, und er riss die Augen auf. Sie warf die Kräuter auf den Boden und fragte: »Wie fühlt Ihr Euch?«

Er murmelte etwas vor sich hin und schloss die Augen.

Sie warf einen Blick über die Schulter, als sie hinter sich jemanden husten hörte, und sah, dass Lew zum Fenster ging und die Läden aufriss. »Ich sagte ja, dass es ein durchdringender Geruch ist«, sagte sie lächelnd.

»Was ist da drinnen?«, frage Jordan.

»Hammoniacus sal. Eure Tante nennt es Riechsalz.«

»Da hat sie Recht.« Er stand auf, ging durch den Raum und warf das Päckchen aus dem Fenster.

»Ich …« Sie würgte, als ein Arm sich um ihren Hals schlang und sie an einen nassen Körper gedrückt wurde.

Jordan zog seinen Dolch, als der Mann sie zwang aufzustehen. Sie hörte unterdrückte Schreckensrufe von der Tür her, konnte aber nur geradeaus blicken, da sie zu fest umklammert wurde.

Der Arm des Mannes umschloss ihre Kehle, als er forderte: »Her mit dem Messer, Mylord.«

Jordan warf ihm seine Klinge vor die Füße. »Lasst sie los.«

»Nicht dieses Messer!«

»Ein anderes habe ich nicht.«

»Wenn Ihr den Dummen spielt, Mylord, wird Eure Lady sterben.« Er drückte ihr die Kehle zusammen.

Um sie herum wurde es schwarz, ihr Kopf schien von einem sanften Lüftchen fortgeweht. In die Wirklichkeit zurückgerissen wurde sie erst, als sie Jordan mit dem Mann sprechen hörte, dessen Ton zunehmend verzweifelter wurde. Sie kämpfte darum, ihren Blick auf irgendetwas zu konzentrieren, doch befand sich eine Hand vor ihren Augen. Die Hand des Mannes. Sie musste das Bewusstsein verloren haben, und er hatte ihren Kopf wieder an sich gedrückt.

Sie blinzelte ungläubig. Auf dem Handgelenk des Mannes war eine Tätowierung auszumachen. Ein Bild. Sie kämpfte darum, es deutlicher zu sehen. Ein Pferd und ein Mann. Nein, zwei Männer, von denen einer das Pferd führte.

Dasselbe Emblem wie auf dem Dolch.

»Dann muss sie sterben!«, schrie gellend der Mann hinter ihr. Seine Hand glitt von ihrem Gesicht, sie sah, dass er sein Messer hob.

Die Dienerin stieß wieder einen Angstschrei aus und musste wohl nach Lews Arm gegriffen haben, da das Licht der Kerze auf den Wänden heftig auf und ab schwankte.

Das war für Isabella Ablenkung genug. Sie rammte dem Mann ihren Ellbogen rücklings in den Leib und verkrallte sich in den Arm um ihren Hals. Er ächzte, und sein Arm lockerte sich unmerklich, für sie die Chance, eine blitzschnelle Wendung zu vollführen. Ihre Handfläche traf sein Kinn dort, wo zuvor ihr Fuß gelandet war. Er taumelte, stöhnte und spuckte Blut.

Er holte gegen sie aus, sie aber duckte sich unter seinen Arm, den sie packte, um den Ärmel zurückzuschieben.

»Was ist das?«, fragte sie.

Aus seinem Gesicht wich die Farbe. Er stieß sie von sich, so dass sie gegen Jordan taumelte. Ihre Beine gerieten zwischen seine, beide fielen zu Boden.

Der Mann brachte das Messer vom Tisch an sich und warf ihre Arzneivorräte unter Triumphgelächter auf den Boden.

Isabella sprang auf. Jordan und Lew schrien auf, als sie sich auf den Mann stürzte, der sich mit dem Messer in der Hand zu ihr umdrehte. Sie wich in einem Bogen aus und war nun außerhalb seiner Reichweite. Er bückte sich nach einem ihrer Behälter und schleuderte ihn ihr entgegen. Als sie sich duckte und er das Bett traf, stoben aromatisch riechende Kräuter in alle Richtungen.

Er drehte sich um und wollte davonlaufen. Da ergriff sie die über dem Stuhl hängende Peitsche und traf mit lautem Knall den Mann am rechten Arm. Er schrie vor Schmerz auf, das Messer fiel zu Boden und sprang davon, in die Finsternis.

Entsetzen raubte dem Mann den letzten Rest Gesichtsfarbe. Hastig zog er ein Fläschchen aus seinem Schwertgürtel, entkorkte es und leerte es in einem Zug. Mit dem Ruf »Semper minax, nunquam submissus!« wollte er zur Tür, kehrte um, als er den Weg durch die anderen blockiert sah, und erklomm flink das Fensterbrett. Er stieß die Läden weit auf und beugte sich hinaus.

»Nicht!«, rief sie, doch war der Mann schon verschwunden.

Die Dienerin stieß abermals einen Schrei aus und fiel mit dumpfem Aufprall zu Boden.

Isabella stürzte ans Fenster und sah hinaus. Auf dem Steilabfall des Burghügels lag im schwachen Licht leblos eine dunkle Gestalt.

Jordan rief Lew zu, Wachen sollten den Mann festnehmen.

»Zu spät«, flüsterte sie und umklammerte den Rand des Fensters. »Semper minax, nunquam submissus. Immer fordernd, niemals bescheiden. So wie auf dem Wappen des Messergriffs.«

Seine Tollkühnheit hatte dem Mann nur den Tod gebracht. Wäre er am Leben und unversehrt, hätte er fliehen können. Selbst wenn jetzt noch Atem in ihm war, war sein Körper so zerschmettert, dass er das Tageslicht nicht mehr erleben würde. Morgen würde man zwei Tote auf dem Kirchhof bestatten. Ob jemand den Mann betrauern würde, der lieber tot war, als seinen Verfolgern in die Hände zu fallen?

Tränen stiegen tief aus ihrem Inneren auf, von dort, wo Kummer ihre Seele aufgerissen und eine kaum verheilte Wunde zurückgelassen hatte. Kummer darüber, dass alles und alle, die sie geliebt hatte, ihr in einem einzigen Augenblick genommen wurden, Vater, Mutter, Heimat. Dieser verzehrende Verlust kam ihr wieder zu Bewusstsein und überflutete sie unaufhaltsam und unbeherrschbar mit tiefem Kummer. Sie stellte sich vor, wie jemand vergeblich auf die Rückkehr dieses Mannes wartete und nie erfahren würde, warum er nicht kam.

Als Jordans Arm sie vom Fenster wegdrehte und sie an sich zog, legte sie ihr Gesicht an seine Schulter und weinte um den Toten, um diejenigen, die ihn liebten, und um den Schmerz, den sie noch immer nicht vergessen konnte.

9

Jordan wusste, dass er mit Kopfschmerzen aufgewacht wäre … wenn er Schlaf gefunden hätte. Als er die ausgetretenen Stufen zum Torhaus hinunterging, die den Hauptturm mit dem unteren Hof verbanden, hämmerten zu viele Fragen in seinem Schädel, von denen jede einzelne seine Aufmerksamkeit forderte. Er hatte versucht, sie mit einer und dann noch einer und einer dritten Flasche Wein zum Schweigen zu bringen. Nichts hatte die Verdammungsurteile ersticken können, die sein eigenes Gewissen wie eine Reihe geübter Bogenschützen auf ihn abfeuerte.

Isabella war Gast auf La Tour, und er hatte es kaum geschafft, sich zu beherrschen. Dass sie sich in seinem Gemach befunden hatte, von ihm nur durch eine Stoffschicht getrennt, war keine Entschuldigung, sich so zu benehmen, als sei sie eine Soldatendirne. Als Dienerin der Königin gebührte ihr die Achtung, die er den Männern des Königs zollte.

Und sie kämpfte mit der Geschicklichkeit eines Kämpfers des Königs. Während der langen Nachtstunden, als er versucht hatte, dieses Bild zu verdrängen, hatte er immer wieder vor sich gesehen, wie sie den Dieb nicht einmal, sondern zweimal vor seinen Augen bezwungen hatte.

Jordan le Courtenay – ein Earl, dem König durch einen Gefolgschaftseid verpflichtet und bereit, nötigenfalls für ihn sein Leben zu lassen – hatte zugelassen, dass eine Frau – *sein* Gast – einen Eindringling selbst abwehrte. Wurde ruchbar, wie der Kampf in seinem Schlafgemach verlaufen war, war er dem allgemeinen Gespött preisgegeben! Aber es würde niemand davon erfahren, weil Lew den Mund halten und dafür sorgen würde, dass auch die Dienerin das Vorkommnis für sich behielt. Und was Isabella betraf, stand zu vermuten, dass die Rolle der Heldin für sie nicht weiter ungewöhnlich war.

Er stieß eine leise Verwünschung aus. Sie war eine Heldin, die sich selbst und wer weiß wie viele andere gerettet hatte, falls der Eindringling noch andere Beute gesucht hätte. Warum hatte dieses Ungeheuer den Dolch aus Ryces Grab haben wollen? Wenn die Bruderschaft die Klinge in ihren Besitz bringen wollte, hätte sie nur danach fragen müssen.

Als er ein »Guten Morgen« hörte, antwortete er automatisch den Leuten auf dem unteren Hof. Er merkte, dass er zur Kirche ging, und wandte sich ab. Wieder meldete sich sein schlechtes Gewissen. Er hätte die ganze Nacht über Totenwache an der Bahre seines Freundes halten und für dessen Seele beten sollen. Auch die Gewissheit, dass Ryce ihn für närrisch gehalten hätte, weil er es nicht vorzog, diese Zeit in Gesellschaft einer schönen Frau zu verbringen, konnte sein schlechtes Gewissen nicht besänftigen.

Auf dem unteren Hof herrschte reges Leben und Treiben. Unweit der Kirche machten ein paar Kinder Jagd auf Hühner. Es musste sich um ein Spiel handeln, da in der Fastenzeit kein Fleisch, auch nicht Geflügel, auf den Tisch kommen durfte. Ihre aufgeregten Rufe hätten ein freudiger Willkommensgruß in dem Leben sein sollen, das er in La Tour hinter sich gelassen hatte, doch als er weiter in die entgegengesetzte Richtung ging, fasste er sie nur als Beweis auf, dass er sich nicht einmal zu Hause unbelastet fühlte.

Als er den Blick abwandte, sah er etwas golden aufblitzen. Isabella hockte mit dem Rücken zu ihm auf dem Boden. Ehe er in einer anderen Richtung weitergehen konnte, schaute sie auf. Der Schmutz in ihrem Gesicht verbarg ihre aufgeschürfte Wange. Ihr Haar, das ihr lose über den Rücken fiel, ließ sie aussehen, als wäre sie von Gold eingerahmt.

»Guten Morgen!«, rief er, um einen munteren Ton bemüht.

»Ich hätte nicht erwartet, Euch vor der Seelenmesse zu sehen.« Sie richtete sich langsam auf. Ihr von der Reise ziemlich mitgenommenes Gewand war am Saum nass, das Leibchen trug noch Schmutz- und Rauchspuren der Befreiungsaktion in der Schänke. Sie hatte für ihn bereits mehrfach ihr Leben aufs Spiel gesetzt. Sein Blick wanderte zu ihrer Wange, und die rote Hitze seiner Wut ließ ihr Gesicht verschwimmen. Er bezwang sich. Das Recht auf Vergeltung stand Isabella und nicht ihm zu.

Ein Gedanke, der ihm willkommen hätte sein sollen, da er gelobt hatte, sich nie wieder von der verletzten Ehre eines anderen kopfüber zu einem Kampf verleiten zu lassen. Er war ihm nicht willkommen. Er hatte es sich selbst geschworen, als er Prinz Richards ehrlosen Raubzug überlebt hatte. Damals hatte ihn Blutdurst erfüllt. Nun aber ... Die Leidenschaft, wenn Isabella ihn mit echter Sympathie ansah, war noch viel mächtiger als das Verlangen, seinem Lehnsherrn zu dienen und für seine Tapferkeit Lob und Ehre zu erringen.

Er riss seinen Blick von ihr los. Er wollte nicht, dass ihr Mitgefühl ihn anrührte, weil er dann auch andere Dinge hätte fühlen müssen. Andere Dinge wie den Kummer, der an ihm nagte, und bodenloses Bedauern.

Jetzt erst fiel ihm auf, dass sie den Inhalt der Beutel , die sie an ihrem Gürtel trug, ausgebreitet hatte. »Wie ich sehe, seid

Ihr beschäftigt. Da überlasse ich Euch lieber Eurer Arbeit.« Er sah, wie sich ihre Miene verhärtete, und wünschte, er hätte nichts gesagt, doch war es zu spät, und er ging fort.

»Jordan.« Mehr sagte sie nicht. Es genügte, dass er sich umdrehte.

»Ja?«

»Danke.«

Er machte ein finsteres Gesicht, das Anzeichen von Schmerz zeigte. »Danke wofür?«

»Weil Ihr mir nicht vorwerft, was mit dem Dieb geschah.«

»Vorwerfen?« Er war erstaunt. »Ihr habt einen Eindringling gestellt. Warum sollte ich Euch Vorwürfe machen?«

»Ehe ich auszog, um mich mit Euch zu treffen, sagte man mir, dass Männer das Kämpfen gern selbst übernehmen. Nun habe ich dies durchkreuzt und verhindert, dass Ihr tun konntet, was Ihr Euch vielleicht gewünscht habt.«

»Wenn Ihr glaubt, ich hätte mir gewünscht, mich mit einem Dieb anzulegen, der sich in mein Schlafgemach schlich, dann irrt Ihr Euch.«

»Ich weiß, dass Ihr mit ihm ebenso wenig kämpfen wolltet wie ich.«

Er hatte nicht geahnt, wie leicht er zu durchschauen war. »Warum glaubt Ihr das?«

»Als ich sagte, wir könnten einen Krieg zwischen dem König und seinen Söhnen verhindern, wart Ihr rasch zur Hilfe bereit.« Lächelnd legte sie ihre Finger auf seinen Arm.

Dieser doppelte Angriff auf seine Sinne ließ seine Muskeln hart werden, während sein Puls in seinem Schädel dröhnte und den Schmerz vertrieb, an dem er gelitten hatte, um ihn durch einen anderen zu ersetzen. Dieser Schmerz erwuchs aus den Tiefen seines Inneren, da er sich nach den Tiefen ihres Inneren verzehrte. Sein Verstand hatte ihn letzte Nacht daran gehindert, mit ihr das Bett zu teilen, doch allmählich wuchs in ihm die Überzeugung, dass der Verstand weit überschätzt wurde. Er wollte spüren, wie ihr goldenes Haar sich über ihn ergoss, während sie ihn mit ihrer Wärme einhüllte.

»Deshalb weiß ich zu schätzen, was Ihr gestern getan habt«, sagte sie in unverändert leisem, bestrickendem Ton. »Ich weiß, wie schwer es für Euch war.«

Meinte sie, dass er ansehen musste, wie dieser Schuft ihr ein Messer an die Kehle hielt, oder dass er weggegangen war, obwohl er die Nacht mit ihr hatte verbringen wollen?

»Es ist vorüber«, sagte er.

»Das ist es.« Sie blickte an ihm vorbei zum Fenster seines Gemaches hoch über ihnen auf. »Ich verstehe von Männern überhaupt nichts.« Sie hielt sich die Hände an die Lippen und machte große Augen.

Wohl wissend, dass ihr etwas herausgerutscht war, was sie nicht hatte sagen wollen, bedachte er sie mit einem schiefen Lächeln. »Damit sind wir einander ebenbürtig.«

»Ihr versteht nichts von Frauen?«

Zu seinem eigenen Erstaunen lachte er. »Ich glaube, von Adams Zeiten an hat kein Mann von Frauen etwas verstanden. Aber das meinte ich gar nicht. Ich meinte vielmehr, dass ich meine Mitmenschen nicht verstehe.«

»Das müsst Ihr genauer erklären.« Ein Lächeln milderte die Anspannung ihrer Miene. »Ich verstehe von Männern nur, wie man ihre Wunden heilt.«

Heile meine, hätte er am liebsten ausgerufen. Sein Körper

spannte sich in Erwartung ihrer Berührung, die ihn, solange er sie festhielt, vergessen lassen konnte, was ihn verfolgte.

Er zog sich ein Stück zurück, so dass er der Versuchung nicht nachgeben und sie in die Arme nehmen und damit fortsetzen konnte, woran sein Verstand ihn am Abend zuvor gehindert hatte. »Ich spreche von Menschen, die den Wert dessen, was sie besitzen, nicht würdigen, und nach dem Besitz anderer streben«, sagte er.

»Ihr sprecht vom König und seinen Söhnen.«

»Unter anderem.«

»Ich möchte nicht von Kriegen und Schlachten und Kämpfen innerhalb von Familien sprechen.«

»Ich verstehe. Als einzige Schwester unter vier händelsüchtigen Brüdern wart Ihr gewiss hin- und hergerissen, wenn jeder Euch auf seine Seite gegen die anderen ziehen wollte.«

Sie starrte ihn verblüfft an. Sie wollte etwas sagen und machte den Mund wieder zu.

»Was ist?«, fragte er.

»Nichts Wichtiges.«

Sie log. Er war seiner Sache so sicher, wie er sicher war, dass er sie in die Arme nehmen wollte. Warum war sie nicht ehrlich bei einer solchen Frage, wenn sie doch bei anderen, viel wichtigeren Themen die Wahrheit gesagt hatte? Ein halbes Dutzend Fragen schoss ihm durch den Kopf, als er an die Geschichten dachte, die man sich über ihre gewalttätigen Brüder erzählte. Kein Wunder, dass sie ins Kloster gegangen war, um die Heilkunst zu studieren. So war sie nicht nur den Familienfehden entgangen, sie hatte auch Wissen erworben, das sie vielleicht benötigen würde, um einen ihrer Brüder zu retten.

Sie kniete nieder und sammelte die kleinen Beutel ein. Als sie diese in den Sack tat, den sie getragen hatte, als sie einander begegneten, fragte sie: »Meint Ihr, dass Eure Ansicht über den König und seine Söhne Eure Tante bewog, mir zu raten, ich solle Eure Hilfe suchen?«

»Meine Tante und ich haben seit der Beerdigung meines Vaters vor zwei Jahren kein Wort mehr miteinander gewechselt.«

»Und doch muss sie einen Grund gehabt haben, als sie mich bat, Euch zu suchen. Eure Tante sieht mit sehr klaren Augen.«

»Wollt Ihr damit sagen, meine Tante wäre Mystikerin?«

»Nein, sie ist nur sehr scharfsichtig.« Auf den Fersen hockend blickte sie zu ihm auf. »Ihr seid ihr ähnlich, Jordan. Sie überlegt alle Fakten gründlich und lässt sich von der Meinung anderer nicht beeinflussen, selbst wenn ihre eigene nicht genehm ist.«

»Richtig. In diesem Punkt gleichen wir einander.«

»Kein Wunder, dass sie eine so hohe Meinung von Euch hat.« Sie nahm den Sack und stand auf. »Hoffentlich habt Ihr auch Ihren Scharfblick. Habt Ihr den linken Arm des Diebes gesehen?«

»Ich sah zu, wie Emery und einige andere der Jungen den Leichnam fortschafften, wenn Ihr das meint. Ich kann Euch beruhigen, dass er tot ist.«

»Nein, das war es nicht, was ich meinte. Auf seiner Haut war ein Symbol eingebrannt, unter seinem Hemd verborgen, bis sein Ärmel zurückglitt.«

»Isabella, Ihr wart kaum bei Bewusstsein. Wenn Ihr Euch geirrt habt und ein Geburtsmal so …«

»Es war kein Irrtum. In seine Haut war ein Symbol eingebrannt.« Sie warf den Sack über die Schulter und griff nach seinem linken Arm, um seinen Ärmel zurückzuschieben. Sie tippte auf eine Stelle über der Handwurzel. »Genau hier. Es war identisch mit dem Symbol auf dem Messer in Ryces Grab.«

»Das Symbol der Bruderschaft.«

Sie nickte.

»Das sagt uns nichts, was wir nicht schon wissen.« Er entzog ihr seinen Arm, da er ihre Berührung, und sei es eine unverfängliche, nicht lange ertragen konnte, ohne ihr zu zeigen, wie wenig sie Männer verstand. Wieder unterdrückte er die verlockenden Traumbilder ihrer an ihn gepressten Nacktheit.

»Eines ist Euch vielleicht entgangen, Jordan. Es war nicht nur der Sturz, der den Mann tötete. Er starb an Gift.« Sie zog ein zerbrochenes Fläschchen aus ihrem Sack. »Es verströmt einen intensiven, blumigen Geruch. Vermutlich ein aus Maiglöckchen hergestelltes Gift.«

»Aber warum sollte er sich vergiften, ehe er aus dem Fenster sprang?«

»Er wollte den sicheren Tod.«

»Das ist verrückt. Kein vernünftiger Mensch würde das tun.«

»Ganz recht. Kein vernünftiger Mensch.« Ihr Schaudern war so stark, dass er es sehen konnte »Was ist die Bruderschaft?«

»Das weiß ich nicht, wenn aber die Bruderschaft das verdammte Messer zurückhaben möchte, soll sie es haben.«

»Aber …«

»Es gibt kein Aber, Isabella. Kein Messer ist ein Menschenleben wert, auch nicht das Leben eines Diebes. Wenn ihm so viel daran lag, soll er damit begraben werden.«

Als sie auf seinen barschen Ton hin zurückwich, wollte er sich entschuldigen. Aber wie konnte er ihr sagen, dass er nur dank der Missstimmung zwischen ihnen sein Verlangen nach ihr zügeln konnte?

Er ging fort, erklomm eilig die Steigung zum Tor und stürmte hindurch. Niemand sprach ihn an, als er die den Turm umgebende Mauer hinaufstieg. Oben angekommen blieb er an der Stelle stehen, von der aus man am weitesten über das Land der La Tour du Courtenay blicken konnte.

Das sanft gewellte Hügelland lief in eine Ebene aus, die sich bis zum Horizont und darüber hinaus bis zur See erstreckte. Waldstücke unterbrachen die Weite des Landes. Man sah Äcker, die bereits umgepflügt waren, andere warteten noch darauf, bestellt zu werden. Die vereinzelt daliegenden Bauerngehöfte sahen aus wie von einem Kind über die Fluren verstreut.

Dies und nur dies sollte seine Sorge sein. Er hatte es gelobt, als er in Aquitanien mit Gott um sein Leben feilschte. Nun aber fragte er sich, ob er stattdessen nicht mit dem Teufel paktiert hatte, der ihm einen Vorgeschmack auf die Hölle bot, die ihn erwartete.

Das Geräusch leichter Schritte ließ Jordan von den Abrechnungen aufblicken, die Lew ihm zur Prüfung übergeben hatte. War es Isabella, die ihn aufsuchen wollte? Hoffnung flammte in ihm auf, Hoffnung, ihr Lächeln zu sehen, ihre Hand zu liebkosen, dem Wohlklang ihres Lachens zu lauschen.

Eine Dienerin stand in der Tür zu seinem Arbeitsraum neben seinem Schlafgemach, und die Hoffnung erlosch. »Mylord, Lord und Lady sind da«, sagte sie mit einem Knicks.

Momentan wusste er nicht, was sie meinte, dann fiel ihm ein, dass es sich um Weirton und seine Schwester handeln musste. »Ich will sie in der großen Halle empfangen.«

Sie knickste wieder und ging.

Jordan stand auf und rieb sich die Augen, wobei er gegen ein Gähnen ankämpfte. Er war froh, dass Weirton wie versprochen zur Totenmesse gekommen war. Noch erfreuter war er allerdings, dass Weirton von seiner Schwester begleitet wurde. Gewiss würde sie Isabellas Gesellschaft suchen und mit ihr über Dinge plaudern, die für Damen von Interesse waren. Das würde ihm erlauben, zu Isabella Abstand zu wahren, eine Vorstellung, die ihm heftig widerstrebte, wenn er auch hoffte, auf diese Weise wieder Schlaf zu finden und zu verhindern, dass sein Verlangen ihn schier wahnsinnig machte.

Als er die geschwungene Treppe in der großen Halle hinabschritt, sah er das Gesinde beisammenstehen und leise miteinander reden. Als die Leute bei seiner Annäherung auseinanderstoben, wusste er, dass sie über Weirton und dessen Schwester getuschelt hatten. Früher, als noch nicht die Pflichten eines Burgherrn auf ihm lasteten, hatte er sich an diesem Klatsch oft beteiligt.

Die große Halle ragte zu hölzernen Balken empor, die die Decke kreuzweise durchzogen, Bogentüren führten in angrenzende Räume. An jedem der Kamine, die halb so hoch wie die Eingänge waren, war Holz gestapelt. Feuer verbreiteten Rauch und Eichenholzgeruch. Die an einer Wand prangenden Trophäen vergangener Jagden waren der ganze Stolz seines Vaters gewesen. Tische standen am anderen Ende vor einer erhöhten, nur bei festlichen Gelegenheiten benutzten Tafel. Drei kreisförmige Lüster, jeder mit einem halben Dutzend Kerzen bestückt, hingen von der Decke. Sie brannten nicht, da Sonnenlicht durch schmale Fensteröffnungen nahe der Decke an beiden Enden und durch zwei Fenster auf beiden Längsseiten der Halle einfiel.

Als Jordan durch die Halle schritt, raschelten zu seinen Füßen die Binsen, aus denen ein unangenehmer Geruch aufstieg. Nach der Begrüßung der Gäste wollte er für frische Streu sorgen.

Weirton schritt auf ihn zu und ergriff seinen Arm. »Wie schön, Euch wieder auf La Tour zu sehen, le Courtenay.«

»Ja, es ist schön, daheim sein zu können.«

»Ihr werdet doch nicht wieder so närrisch sein …«

»Närrisch?« Jordan wusste, dass er an Weirtons Worten nicht Anstoß nehmen sollte, und doch tat er es.

»… mit diesem jungen Toren Richard in den Krieg zu ziehen.«

Jordan nickte. Er konnte der Wahrheit nichts entgegenhalten, hatte aber keine Lust, sich über die Vergangenheit zu äußern. »Hoffentlich verlief Eure Reise glatt.«

»Mit Odette verläuft keine Reise glatt.«

»Und warum ist das so?« Er hoffte, Ansprüche und Hochmut der Dame würden sich in Grenzen halten.

»Seht selbst.« Er hob seine Stimme. »Odette, so komm doch und begrüße unseren Gastgeber, Jordan le Courtenay.«

Eine Frau trat ins Licht, und Jordan starrte sie an. Er konnte nicht anders.

Hinreißend.

Es gab kein anderes Wort, um ihr gerecht zu werden. Feine Züge und feuerrote Locken machten sie zu einer Frau, die geschaffen war, die Gedanken eines Mannes völlig zu beherrschen. Sie reichte ihm kaum bis zur Schulter, und als sie ihren Umhang aufhakte, um ihn einem Diener zu übergeben, starrte er ihre schmalen Hände an, die so klein waren, dass er beide in einer Handfläche halten konnte. Ihr Busen wölbte sich erstaunlich voll, wenn man ihre schmale Taille bedachte.

»Meine Schwester Lady Odette«, sagte Weirton mit einem Lächeln, das andeutete, ihre Schönheit wäre ihm zu verdanken. Er nahm den Käfig aus Flechtwerk, den sie trug, und stellte ihn auf den Boden.

»Mylady.« Jordan neigte den Kopf, überzeugt, dass Müdigkeit sein Urteilsvermögen trübte, so dass er unwirkliche Vollkommenheit zu sehen glaubte.

»Wir wissen Euer Willkomm zu schätzen, Lord le Courtenay.« Ihre Stimme war leise und deutete an, dass sein Anblick ihr den Atem geraubt hatte.

Die Vorstellung reizte ihn zum Lachen. Er präsentierte sich nicht im Bestzustand und vermutete, dass sie Männer gewöhnt war, die sie mit allen Mitteln zu beeindrucken trachteten, um mit einem Lächeln beschenkt zu werden.

»Kommt«, sagte er, auf einen der Tische in der Nähe deutend, »und spült den Reisestaub in Euren Kehlen hinunter.«

»Zu liebenswürdig, Mylord.« Sie hob die Hand, und er schob seine darunter. Sie rückte näher und lächelte ihm zu, als hätte sie ihr Leben lang auf diesen Moment gewartet.

Ein beunruhigender Gedanke. Ehe er antworten konnte, hörte er, dass Weirton überrascht Luft holte. Er folgte Weirtons Blick und sah Isabella die Halle betreten, ihren Sack lässig über der Schulter. Ihre Peitsche schlug bei jedem Schritt gegen ihren Schenkel.

»Lady Isabella«, frohlockte Weirton, »wie schön, Euch wiederzusehen.«

Isabella hielt mitten im Schritt inne und sah sie an. Ihre Augen wurden groß, doch lächelte sie, als sie auf sie zukam.

Jordan konnte nicht umhin, die zwei Frauen zu vergleichen. Die kleine, zierliche Odette und Isabella, die etwa so groß wie er war und bewiesen hatte, dass sie sich und jeden anderen verteidigen konnte. Während Lady Odettes rotes Haar sie wie eine Sonnenuntergangswolke umschwebte, waren Isabellas goldene Locken vom Wind zerzaust und durcheinander. Lady Odette war die verkörperte Vollkommenheit, doch kehrte sein Blick zu Isabella zurück, während Weirton sie seiner Schwester vorstellte.

»Lady Isabella de Montfort, das ist Lady Odette Weirton.«

»Es freut mich, Euch kennen zu lernen, Lady Odette«, sagte sie, ehe sie Weirton anschaute. »Wie gütig, Mylord, dass Ihr gekommen seid, um an diesem Tag bei Jor – bei Lord Courtenay zu sein.«

Isabella schalt sich, weil sie Jordans Namen beiläufig benutzt hatte. Lady Odettes Befremden war ihr nicht entgangen. Sie hob den Sack von der Schulter und legte ihn auf eine Bank. Bei dem fatalen Zwischenfall unweit Kenwick Priory war die Hälfte ihrer Kräuter ruiniert worden.

»Auch ich kannte Ryce de Dolan gut«, sagte Bouchard Weirton, als er ihre Hand ergriff und sich darüberbeugte. Er drückte sie. »Ihr werdet gewiss gern hören, dass Gamell wegen seines Missgriffs gebührend bestraft wurde.«

Da sie nicht sicher war, was sein Händedruck zu bedeuten hatte, entzog sie ihm ihre Hand. »Das höre ich gar nicht gern, Mylord.«

»Nein?« Er sah Jordan an in der Hoffnung, dieser würde erklären, was sie meinte.

Sie versagte es sich, dem Baron zu sagen, dass sie es ihm sehr gut selbst erklären konnte »Ich höre immer ungern, dass jemand leiden musste.«

»Ihr habt ein weiches Herz, Mylady.«

»So sind wir Heilkundigen eben.«

Lady Odette warf ein: »Ihr seid sehr groß für eine Frau. Sind alle Frauen in Eurer Familie Riesinnen?«

»Ich habe nur Brüder.«

»Sind die auch Hünen?«

»Ja«, sagte sie, obwohl sie keine Ahnung hatte. Sie wusste nicht, warum die Lady sie zu reizen versuchte, doch wollte sie sich nicht verleiten lassen, etwas zu sagen, was ein schlechtes Licht auf St. Jude's Abbey werfen konnte. Auf La Tour wusste zwar niemand, dass sie von der Abtei kam, doch spielte das keine Rolle. Sie wusste es.

»Ich kann die unerhörten Geschichten nicht glauben, die ich über Euch hörte, Lady Isabella. Einen Mann so erbarmungslos zu verfolgen, dass er schließlich aus dem Fenster fällt.« Ihre hellgrünen Augen weiteten sich, als ein kleiner Schauer sie überlief. »Versteht mich nicht falsch, aber ich bin ja so froh, dass Ihr es wart, die angegriffen wurde, und nicht ich. Mir wäre nichts anderes übrig geblieben, als zu warten, bis Lord le Courtenay zu meiner Rettung herbeigeeilt wäre.« Sie lächelte ihm zu.

Isabella runzelte die Stirn. Woher wusste die Dame von

dem Vorfall? Und warum hatte Jordan das schreckliche Ereignis bagatellisiert?

Als er seinen Gästen bedeutete zuzugreifen und sich einen der Humpen vom Tisch zu nehmen, sagte er leise: »Lew konnte die Geschichte wohl nicht für sich behalten. Da er Weirton seit langem kennt, sah er vermutlich keinen Grund, Eure Geschicklichkeit nicht zu rühmen. Aber schließlich war diese für Weirton keine Überraschung. Er erlebte Euch und Emery in der Schänke in Aktion.«

Sie entspannte sich. Er hatte Recht, und sie hatte übertrieben reagiert. Sie nahm den Humpen entgegen, den Jordan ihr reichte, und ließ sich ihre Atemlosigkeit nicht anmerken, als ihre Finger sich berührten. Er bewegte seine Hand, so dass seine Finger die ihren ganz unmerklich bedeckten, doch genügte es, dass Sehnsuchtsschauer bis zu ihren Zehen rieselten. Als sie das Verlangen in seinem Blick sah, musste sie sich zurückhalten, um ihm nicht mit der freien Hand übers Gesicht zu streichen, während er ihr seine Lippen näherte.

Ein Aufschrei riss Isabella aus ihren Phantasien, und Jordan nahm jäh eine Hand weg und griff nach seinem Schwert. Sie fasste nach der Peitsche, hielt aber inne, als ihr klar wurde, dass der Schrei von einer Dienerin kam, die einen Käfig aus Flechtwerk anstarrte.

»Was ist denn *das?*«, rief die Dienstmagd und wich angstvoll von dem Tisch zurück, auf den man den Käfig gestellt hatte.

»Lass das!«, befahl Lady Odette. »Du ängstigst ihn.«

»Wen?«, fragte Isabella.

»Peppy.«

Lord Weirton übernahm die Initiative, als wäre er der Gastgeber. »Le Courtenay, ich möchte einiges mit Euch unter vier Augen besprechen. Überlassen wir doch die Damen ihrem Geplauder, während wir unsere Gespräche führen.«

»Aber gewiss.« Jordan verbeugte sich vor ihnen. »Meine Damen, wenn Ihr mich entschuldigen wollt ...«

Lady Odette ließ einen leisen Seufzer hören, als Jordan sich mit ihrem Bruder entfernte. »Ein erstaunlicher Mann.«

Isabella wollte ihr beipflichten, wurde aber von der Miene der Dame aus dem Konzept gebracht. Sie erinnerte sie an eine der Schwestern in der Abtei, wenn sie im Begriff stand, sich mit ihrem Können zu messen – entschlossen, um jeden Preis zu gewinnen. Was Lady Odette zu gewinnen erwartete, war klar. Sie wollte Jordan und war nicht gewillt, ihn entwischen zu lassen. Lord Weirton musste ihr Interesse teilen, weil er sie nach La Tour mitgenommen hatte.

Hatte Jordan ein Interesse an der Dame? Er hatte deren Hand gehalten, als Isabella die Halle betrat; doch hatte sie das Verlangen in seinen Augen, das ihr selbst galt, nicht missverstehen können. Oder doch? Hatte sie nur eine Reflexion ihrer eigenen Gefühle darin gesehen?

»Na, kommst du endlich heraus, Kleines?« Lady Odette hielt eine Nuss in der Hand, während sie mit der anderen nach der Käfigöffnung griff.

»Was ist da drinnen?«, fragte Isabella.

»Mein zahmes Eichhörnchen.«

»Ein Eichhörnchen?« Sie rümpfte die Nase.

»Das ist mein lieber Peppy.« Die Lady öffnete den Käfig.

Isabella sah erstaunt zu, als ein großes Eichhörnchen den Arm der Lady entlanglief. Es nahm eine Nuss von ihr entgegen und setzte sich auf ihre Schultern. Dort hockte es, emsig kauend, wobei seine Äuglein mit sichtlichem Argwohn auf Isabella gerichtet waren.

»Ihr habt ein Eichhörnchen als Schoßtier?«, fragte sie.

Lady Odette streichelte den Kopf des Tieres, eine Liebkosung, die diesem nicht behagte, da es nach ihr schnappte. »Alle Damen besitzen diese niedlichen Tierchen. Ich dachte, das wüsstet Ihr.«

»Ich war so stark mit meinen Studien beschäftigt, dass ich leider keine Zeit für die Interessen anderer hatte.«

Lady Odette bedachte sie mit einem breiten Lächeln. »Dann gestattet, dass ich Euch alles beibringe, Lady Isabella.«

»Das ist eigentlich nicht nötig.« Sie versuchte sich die Reaktion ihrer Mitschwestern vorzustellen, wenn sie mit irgendeinem Tierchen auf der Schulter in die Abtei zurückkehrte.

»Doch, es ist nötig. Bouchard sagte, dass wir wegen dieses dummen Sheriffs in Lord le Courtenays und Eurer Schuld stehen. Wenn ich Euch nützen kann, indem ich Euch wichtige Hinweise gebe, ist es nur eine kleine Entschädigung für erlittene Unbill.«

Isabella wollte schon widersprechen, dann fiel ihr ein, dass sie, sobald die Briefseiten gefunden waren, das kostbare Päckchen Königin Eleanor persönlich übergeben mussten. Einen Fauxpas am Hof der Königin zu begehen, wäre nicht nur für sie selbst eine Schande, sondern auch für die Abtei. Wenn Isabella aus Lady Odettes Belehrungen Nutzen ziehen wollte, musste sie eine aufmerksame Schülerin sein.

»Das ist sehr gütig von Euch, Mylady«, sagte Isabella.

Lady Odette hob das Eichhörnchen von ihrer Schulter und nahm es wie ein Kind auf den Arm. Das Tier produzierte wütende Schnarrlaute, die sie ignorierte. »Dann fangen wir mit der vertraulichen Anrede an, mit der Ihr Lord le Courtenay ansprecht. Ihr könnt von Glück reden, dass nur Bouchard und ich Zeugen Eures Fehlers waren.«

»Aber Jordan fragte …«

»Ihr müsst zuhören, Mylady, nicht widersprechen.«

Isabella sagte nichts, als Lady Odette sämtliche Gründe anführte, die es einer Frau verboten, den Vornamen eines Mannes zu benutzen. Während sie den zahlreichen, ihr sinnlos erscheinenden Regeln zu folgen versuchte, fragte sie sich, ob sie zu rasch in die Lektionen eingewilligt hatte. Für diese Belehrungen hatte sie zwar nicht ihre Seele dem Teufel verkauft, doch wusste sie, dass es teuflisch sein würde, sie zu befolgen.

Einerlei.

Sie hatte zu viele Lektionen in der Abtei geschwänzt. Wäre sie so geübt wie viele ihrer Mitschwestern, hätte sie den Mann vor dem Tod bewahren und herausfinden können, warum er das Messer wollte. Sie argwöhnte, dass sie auf der Suche nach den Dokumenten und bei deren Übergabe an die Königin alles brauchen konnte, was die Lady ihr beibrachte. Daran sollte sie denken und nicht an den nach erfolgreichem Abschluss ihrer Mission drohenden Abschied von Jordan … von *Lord le Courtenay,* korrigierte sie sich. Die schwerste Lektion würde es sein zu lernen, ihn wieder so förmlich anzusprechen.

10

Vater Eloi schwenkte das Weihrauchfass um den Steinsarg mit Ryces sterblichen Überresten. Als der Priester die Segensformel über der verhüllten Gestalt auf dem Boden vor dem Sarg wiederholte, verkrampften sich Jordans Finger so sehr, dass er sicher war, das Knacken wäre in der ganzen Kapelle zu hören.

Der namenlose Schuft verdiente es nicht, dass seine Totenmesse gemeinsam mit jener für Ryce de Dolan gelesen wurde. Ryce war ein Ehrenmann gewesen und hatte nach ritterlichen Idealen gestrebt, während die verhüllte Gestalt jene eines gemeinen Diebes war, der vor einem Mord nicht zurückgeschreckt wäre, hätte Isabella ihn nicht überwältigt.

Ein Vogel zwitscherte in den Dachsparren.

Er sah Sonnenstrahlen durch das Strohdach einfallen. Wie die ganze Burg, so war auch die Kirche renovierungsbedürftig. Er wünschte, er hätte bleiben und sich um die notwendigen Arbeiten kümmern können, doch hatte er Isabella versprochen, sie nach Lincoln zu begleiten.

Er senkte den Kopf und spähte nach rechts, wo sie stand, den Blick auf den Boden gerichtet. Sie bewegte die Lippen, um Vater Elois Worte nachzusprechen. Sie trug ihr verschmutztes Gewand. Beide hatten sie sich nicht umkleiden können, da der Priester darauf bestand, die Messe ohne Verzug zu lesen, nachdem er von der Ankunft Weirtons erfahren hatte. Auch in dem vor Schlamm starrenden und zerrissenen Kleid beanspruchte sie seine Aufmerksamkeit. Nein, beanspruchen war das falsche Wort. Niemals war sie auf Bewunderung aus. Auch in dieser Hinsicht unterschied sie sich von anderen Frauen.

Er wusste um die Gefahr, wenn er zuließ, dass sein Blick zu lange an ihr hing. Herrgott, als er sie beinahe in Besitz genommen hatte, hatte er so ehrlos gehandelt wie der namenlose Dieb. Um ihn zu retten, hatte sie ihr Leben aufs Spiel gesetzt, und er hatte sie wie ein Freudenmädchen behandelt.

Freudenmädchen. Er hatte nicht geahnt, dass so viel Leidenschaft in ihr schlummerte, ehe er sie geküsst hatte. Er hätte es wissen müssen, da er selbst seit seiner Rückkehr aus Aquitanien seine Gefühle vor allen verbarg.

Eine tiefere Stimme, die die Gebete nachsprach, ließ ihn nach links blicken, wo Weirton und Lady Odette standen. Auch der Reisestaub konnte nicht von Lady Odettes ätherischer Schönheit ablenken.

Weirton hatte ihm zu verstehen gegeben, dass seine Schwester großen Wert darauf gelegt hatte, mit ihm zusammenzutreffen. Nur Jordans Hinweis, dass der Anlass ihres Kommens eine Beerdigung war, hatte Weirton davon abgehalten, unverblümt vorzuschlagen, Jordan solle eine Ehe mit Lady Odette in Betracht ziehen. Nach der Messe würde Weirton sicher wieder auf das Thema zu sprechen kommen.

Als der Priester seine Gebete beendet hatte und sich zum Segen umdrehte, sah Jordan zum Sarg seines Freundes hin. Gleich würden die Trauergäste zum offenen Grab schreiten, wo der Sarg in die Erde gesenkt werden sollte. Nach weiteren Gebeten würde alles vorbei sein. Wieder war ein Menschenleben der absurden Jagd nach Ruhm und weiblicher Gunst zum Opfer gefallen.

So dumm würde er nicht sein. Das hatte er sich an dem Tag

geschworen, an dem er von Ryces Tod erfuhr, und er hatte die Absicht, seinen Schwur zu halten. Er wollte sein Isabella gegebenes Versprechen erfüllen und sodann nach La Tour zurückkehren, wo er sich auf die an der Burg notwendigen Reparaturen zu konzentrieren gedachte, ehe er sich mit einer Ehefrau belastete, bei deren Wahl er mit großer Vorsicht vorgehen wollte. Er würde nicht sein Leben wegwerfen, um eine Frau zu gewinnen, die sich beeilte, in das Bett eines anderen Mannes zu kommen, ohne eine Träne an seinem Grab zu vergießen.

Wieder ein Schwur. Ein Lächeln spielte um seine Lippen. Er musste mit diesen Versprechungen aufhören.

»Alles in Ordnung?«, fragte Isabella leise flüsternd.

»Ja.«

»Das freut mich zu hören.«

Die Kälte, die ihn seit Monaten umgab, verging unter dieser sanften Güte ein wenig. Er hatte keine Zeit für eine Antwort, als er sich zu den anderen gesellte, die dem Sarg auf den Kirchhof folgten. Er sah, dass sie Lady Odettes Arm nahm und sie und Weirton so rasch weiterdrängte, dass die beiden keine Möglichkeit hatten, mit ihm zu sprechen. Er war dankbar, dass sie sein Verlangen nach Einsamkeit erahnte.

Am offenen Grab sprach Vater Eloi nur wenige Worte. Als der Geistliche vom Rand des Grabes zurücktrat, umfasste er wortlos Jordans Arm, ehe er zur Kirche und seinen anderen Pflichten zurückeilte.

In der Stille, die dem Weggang des Priesters folgte, sagte Isabella: »Lady Odette, sicher würdet Ihr nach der langen Reise von Kenwick Castle her gern ein wenig ruhen. Lord Weirton, ich weiß, dass Ihr noch etwas von Lord Courtenays Bier kosten wollt.«

»Ihr kennt viele Wege, auf Menschen Eurer Umgebung heilsam einzuwirken«, sagte Weirton. »Ihr habt Eure Lektion in St. Jude's Abbey gut gelernt.«

Isabella wurde aschfahl, vor Schreck, wie Jordan wusste, da der Baron entdeckt hatte, wo sie ausgebildet worden war. Für Jordan war es keine Überraschung. Weirton war ein kluger Kopf, der gern alles über seine Umgebung in Erfahrung brachte. Warum war sie so erschüttert? Jordan gegenüber hatte sie sehr bald erwähnt, dass sie in der Abtei seiner Tante studiert hatte.

Ihr Lächeln zeigte sich rasch wieder, und er fragte sich, ob er sich geirrt hatte. An einem Grab zu stehen genügte, um jemanden erbleichen zu lassen.

»Es gibt viele Arten der Heilung«, gab sie zurück. »Jeder Mensch ist anders.«

»Wie schon gesagt, Mylady, Ihr habt Eure Lektionen gut gelernt.« Weirton und seine Schwester wandten sich um und verließen den Kirchhof. Isabella wollte ihnen folgen, hielt aber inne. Ihre Hand suchte jene Jordans, und sie drückte sie leicht, ehe sie sich zum Gehen wandte.

»Isabella?«, rief Jordan leise.

Sie blickte zurück.

»Danke«, sagte er.

»Gern geschehen.« Sie schenkte ihm ein trauriges Lächeln.

Er blieb stehen und sah ihr nach, als sie zum Tor ging, das zum oberen Turm führte. Auch als sie schon außer Sicht war, starrte er über den unteren Hof und fragte sich, warum er die Wahrheit nicht erkannt hatte. Er hatte so viele Schwüre geleistet, deren Einhaltung bedeutete, dass er andere brechen musste. Er hatte gelobt, sich aus den tödlichen Spielen der Plantagenets herauszuhalten, hatte nun aber eingewilligt, Isabella beizustehen, die der Königin diente. Er hatte gelobt, dass kein Mensch ihm so viel bedeuten sollte wie seine Eltern und Ryce, weil er nie wieder einen solchen Verlust erleiden wollte. Und doch war Isabella in so kurzer Zeit Teil seiner Gedanken geworden.

»Was soll ich tun, Ryce?«, fragte er, wiewohl er wusste, was sein Freund geantwortet hätte.

Frauen! Fluch und Segen für Männer.

Er fragte sich, ob er den wahren Sinn der Worte seines Freundes erst jetzt richtig verstand.

Die Explosion fiel nur schwach aus, genügte aber, um Isabella zu Boden zu werfen. Eine Rauchwolke stieg im Dämmerlicht auf und nahm die Sicht auf den Abendstern. Von überall her waren Schreie zu hören. Sie rollte sich über den feuchten Boden ab und richtete sich auf. Das Experiment hätte glücken sollen, doch war die Explosion unkontrolliert abgelaufen. Sie hatte noch immer nicht herausgefunden, welche Substanzen gemischt werden mussten, um die Verbindung zu bilden, deren Wirkung Nariko im fernen Osten erlebt hatte. Allmählich gewann sie den Eindruck, es würde leichter sein, den Stein der Weisen zu finden und Blei in Gold zu verwandeln.

Die Säure, die sie aus einer Mischung von Schwefel und Wasser in einem offenen Gefäß hergestellt hatte, war explodiert, als sie Eisen hinzufügte. Sie hatte nicht einmal Zeit gehabt, Holzkohlestückchen beizumischen. Seufzend ging sie daran, die kleinen Brandherde im frischen Gras zu löschen. Wie viele Versuche standen ihr noch bevor, ehe sie die richtige Mischung entdeckt hatte?

Sie hätte es besser wissen müssen und mit dem Säuregemenge nicht so achtlos umgehen dürfen. Hätte sie klar überlegt, wäre sie nicht so unvorsichtig vorgegangen, doch hatte sie bei den Vorbereitungen ständig an Jordans Gesicht bei der Beerdigung denken müssen. Sie hätte ihm gern Trost gespendet, kannte aber kein Heilkraut und keinen Wunderstein zur Linderung seines Kummers.

»Lady Isabella?«

Als sie ihren Namen hörte, drehte sie sich um und sah Lew, der so rasch herbeieilte, wie seine Säbelbeine es zuließen.

»Was ist geschehen?«, fragte der Steward atemlos.

»Ein Unfall.« Sie wollte keine Erklärungen abgeben, zumal ihr Experiment völlig missglückt war.

»Seid Ihr verletzt?«

Ein Blick auf ihre zerkratzten Hände, und sie verbarg sie in ihrem schmutzigen Kleid. »Nein, ich bin unversehrt.«

»Das freut mich aber.« Er setzte sich auf einen Baumstamm. »Verzeiht einem alten Mann seinen Mangel an Manieren. Der Tag war lang, und meine alten Knochen können den Frühling kaum erwarten.«

»Wir alle sind erschöpft.« Ihr Lächeln misslang. Sie bückte sich und sammelte die Glasbehälter ein, die nicht zersprungen waren. Diese stellte sie beiseite und suchte nun die Scherben der Schüssel, in die sie die Mischung getan hatte.

»Nun wird es vielleicht ruhiger, da Lord le Courtenay seinen Freund hier bestattete. Er kann sich jetzt Zeit zur Erholung nehmen.«

Sie wickelte die Glasbehälter in Schafwolle und tat sie in ihren Sack. »Wenn er sich schont, kann die Seite, die ich nähte, gut heilen.«

»Diese Wunden meine ich nicht. Ich spreche von anderen.«

»Ich sah seine Narben.«

Der Alte rieb sich die Hände, wie um sie zu wärmen. »Lord le Courtenay zögerte nie, wenn der Ruf zum Dienst ihn ereilte, doch kam er jedes Mal verändert zurück. Er lacht weniger und bleibt für sich.«

»Was Krieger sehen und hören und tun, erfordert, dass sie ihr Herz verhärten, damit sie ihrem Schwerteid gerecht werden können.«

»Mag sein, dass Ihr Recht habt, doch gibt es einen wichtigeren Grund für ihn, zu Hause zu bleiben. Er hat hier eine Verpflichtung zu erfüllen. Ohne einen Erben hat La Tour keine Zukunft. Für einen Erben aber braucht er eine Frau, und wie kann er um eine Frau werben, wenn er nie da ist?« Lews Miene erhellte sich ein wenig. »Aber dieses Problem scheint gelöst.«

»Warum sagt Ihr das?« Sie hatte nicht gesehen, dass jemand in ihr Gemach gelugt hatte, als Jordan sie mit seinen heißen Küssen erregt hatte. Jordans Erscheinen in der Tür zugleich mit seinem Diener hätte Lew zeigen müssen, dass sie mit dem Dieb allein gewesen war.

»Ist das nicht offenkundig?« Lew lachte leise auf. »Lady Odette. Aus welchem anderen Grund sollte Lord Weirton sie nach La Tour bringen?« Er rappelte sich auf. »Ich sollte Euch nicht länger mit meinem Gerede aufhalten, Mylady, da ich Euch suchte, um zu melden, dass das Abendessen fertig ist.«

Isabella war erleichtert, dass sie nun einen Vorwand hatte zu gehen, ehe der Steward ihre Reaktion bemerkte. Er bestätigte, was sie sich selbst schon gedacht hatte, doch von Lew laut zu hören, dass der Baron und seine Schwester mit Hintergedanken gekommen waren, machte die Situation allzu real. Ob Jordan es argwöhnte? Er war ein hellsichtiger Mann, dem Lord Weirtons Pläne nicht verborgen bleiben konnten. Vielleicht war der bevorstehende Besuch der Grund, warum Jordan sich letzte Nacht ihren Armen entzogen hatte.

Lord Weirton! Wie hatte er erfahren, dass sie ihre Kenntnisse in St. Jude's Abbey erworben hatte? Wie schon an Ryces Grab ermahnte sie sich, nicht in Panik zu geraten. Eine beiläufige Bemerkung von Jordan oder von ihr selbst, obwohl sie sich nicht daran erinnern konnte, mochte die Wahrheit enthüllt haben. Lord Weirton würde gewiss annehmen, sie hätte als Laienschwester in der Abtei studiert.

Als sie durch das Torhaus und die Stufen hinauf zum Turm eilte, konnte sie ihren Gedanken nicht entkommen, die in diese Richtung gingen und wie ein Blatt inmitten von Steinen in einem Bach hüpften. Sie musste einen Weg finden, wieder zu ihrer Haltung zu finden, ehe sie sich beim Abendessen zu den anderen gesellte.

Sie warf einen Blick in die große Halle. Ein paar Bediente machten sich gemächlich zu schaffen, an der Hochtafel aber, die ein mit Gold- und Silberfäden kunstvoll besticktes Tuch deckte, saß niemand. Wenn sie die Halle durchquerte, konnte sie Jordans Gemach erreichen und sich rasch umziehen.

Die Diener starrten sie erstaunt an, als sie eintrat. Vermutlich sah sie noch schlimmer aus, als sie es sich vorstellte. Erleichtert, dass es keine polierte Fläche gab, die ihr Spiegelbild zeigte, eilte sie durch die Halle.

Plötzlich erfüllte Gesumm wie von einem aufgeregten Bienenschwarm die Halle. Als alle Diener nach rechts blickten, tat Isabella es ihnen gleich. Eingerahmt von einer Bogentür, standen Jordan und Lord Weirton mit seiner Schwester da, deren zartes, engelhaftes Gesicht auffallend mit ihren wilden roten Locken kontrastierte. Für den Baron und Lady Odette hatte Isabella nur einen Blick übrig, ehe sie Jordan anschaute, als sie langsam in die Mitte der Halle trat.

Seine Tunika war von etwas hellerem Rot als das Haar der Lady, die Ärmel zeigten an den Rändern das gleiche Muster in Gold und Silber wie das Tafeltuch. Der Griff seines Schwertes schimmerte, wo er an seinem Ledergürtel hing, der seinen kampfgestählten Leib umschloss. Stiefel umspannten seine Unterschenkel und enthüllten eine Kraft, von der sie wusste, dass sie tatsächlich vorhanden war. Noch nie hatte er einem Earl ähnlicher gesehen.

Isabella tat einen Schritt auf die Tür zu und blieb dann stehen. Sie sah, wie Lady Odette sich auf die Zehenspitzen stellte und Jordan etwas zuflüsterte, ehe sie seinen Arm nahm und sich ihm in Erwartung seiner Antwort zuneigte.

Isabella spürte einen Stich. So stark, dass sie fast an sich hinuntergeblickt hätte. Es war nicht nötig, da sie das grässliche, verhasste Gefühl der Zurücksetzung erkannte. Selbst wenn sie das schönste Kleid getragen hätte, das es in der Abtei gab, hätte sie sich nicht mit der Pracht der Gewänder Jordans und der Weirtons messen können.

Sie richtete sich auf und umfasste den Griff ihrer Peitsche, während sie sich sagte, dass sie die Vertreterin der Königin auf La Tour war. Es spielte keine Rolle, wie sie gekleidet war. Es zählte nur, dass sie das tat, was sie gelobt hatte.

Außerdem hätte sie darauf gefasst sein sollen. Die Äbtissin hatte von dem eigentümlichen Werbungsritual gesprochen, das zwischen Männern und Frauen stattfand, wenn sie eine Heirat ins Auge fassten – zumindest wenn einer sie ins Auge fasste. Davon zu wissen oder es selbst zu beobachten waren jedoch völlig verschiedene Dinge. Nie hätte sie sich vorstellen können, dass eine Frau sich so vollständig auf die Eroberung eines Mannes konzentrieren konnte.

Lächelnd ging sie durch den Raum. »Guten Abend, Mylords, Lady Odette.«

»Was ist denn Euch zugestoßen?«, fragte Lord Weirton und kniff die Augen zusammen. »Ihr seht ja aus, als hätte man Euch durch einen Kuhstall geschleift.«

Ihr Lächeln fiel kühl aus. »Zum Glück rieche ich nicht danach.«

Lady Odette führte ihre Hand geziert an die Nase. »Ich spüre einen eigentümlichen Duft.«

»Der vergeht wieder.« Sie sah Jordan an. Warum sagte er nichts? War er entsetzt, dass sie sich so in der Halle zeigte? Schlimmer noch, ekelte es ihn vor ihr?

Lord Weirton ergriff ihre Hand und beugte sich wie vorhin darüber. »Lady Isabella, gestattet mir die Bemerkung, dass Ihr immer für eine Überraschung gut seid.«

»Danke.« Eine andere Antwort fiel ihr nicht ein.

»Ein Jammer, dass Euer reizendes Kleid ruiniert ist«, murmelte Lady Odette. »Es hat aber auch sein Gutes, da Ihr es nun los seid. Dieser Stil ist nicht mehr in Mode.«

Isabellas Lächeln blieb unverändert. Entweder war Lady Odette in ihrer Wortwahl ungeschickt, oder sie war entschlossen, jede andere Frau neben ihrer makellosen Schönheit herabzusetzen. Isabella wusste nicht, was zutraf, doch würde sie sich von der Dame nicht zum Zorn reizen lassen.

»Ein wahres Glück«, erwiderte sie, »dass sich immer wieder die Möglichkeit bieten wird, ein so zauberhaftes Kleid zu tragen.«

Lord Weirton lachte auf. »Ein Glück für uns alle.«

»Wenn Ihr mich entschuldigt, verlasse ich Euch jetzt, um mich zu säubern.«

»Aber Ihr kommt doch wieder?« Der Baron bot ihr seinen Arm. »Darf ich Euch durch die Halle geleiten, Lady Isabella?«

»Danke.« Sie wunderte sich, dass Jordan stumm blieb.

Als sie ihre Hand auf Lord Weirtons Arm legte, führte er sie fort von seiner Schwester und Jordan. Isabella war sicher, dass es zum Plan des Barons gehörte, die beiden allein zu lassen.

»Trotz der Schmutzspuren in Eurem Gesicht seht Ihr nach den Mühen und Hindernissen der Reise sehr gut aus«, sagte Lord Weirton.

»Eine Täuschung, mehr nicht«, erwiderte sie und widerstand dem Drang, zu Lady Odette und Jordan zu sehen. »Es war die schwierigste Woche meines Lebens.«

»Gewiss auch die ungewöhnlichste.«

»Warum?«

Er lachte leichthin. »Rettet Ihr öfter zu Unrecht Beschuldigte auf so dramatische Weise, oder schützt Ihr Burgen vor Eindringlingen?«

»Nein.« Sie lächelte und ermahnte sich, hinter einer harmlosen Bemerkung nicht das Schlimmste zu vermuten. »Tatsächlich war mein bisheriges Leben sehr beschaulich.«

»Eine Äußerung, die ich von einer de Montfort nie erwartet hätte.«

»Ihr sprecht von meinen Brüdern, nicht von mir. Wir unterscheiden uns auf mancherlei Weise.«

Lord Weirton hielt an der Tür neben der zu den Privatgemächern führenden Treppe inne. »Das sehe ich, Mylady. Ich hörte einige Äußerungen meiner Schwester, die zu blutigen, sich über Generationen hinziehenden Fehden zwischen unseren Familien geführt hätten, wären diese vor Euren Brüdern gefallen.«

»Wie gesagt, bin ich anders.«

»Le Courtenay sagte, dass Ihr nach Lincoln wollt.«

»Ja«, erwiderte sie, erleichtert, dass es eine Frage war, die sie nicht unerwartet traf. »Unter den Ordensbrüdern zu Lincoln gibt es einen berühmten Medikus. Er soll ein Mittel gegen die Auszehrung gefunden haben, die so viele Opfer fordert. Ich hoffe, von ihm etwas zu lernen.«

»Damit Ihr das Gelernte an Eure Lehrerin zu St. Jude weitergeben könnt?«

»Da ich dort ausgebildet wurde, erscheint es mir nur logisch, dass ich sie über neue Methoden unterrichte.«

»Sehr gütig von Euch, Mylady. Ihr erfüllt Eure Aufgabe mit Geschick und mit einem Pflichtgefühl, der Tochter eines Lords würdig.«

»Danke.« Sie hoffte, dass ihr Lächeln nicht so gezwungen wirkte, wie sie selbst es empfand. »Lord le Courtenay zeigte sich seiner Tante zuliebe bereit, mich zu begleiten.«

»Das ist allerdings sehr großzügig von ihm«, sagte der Baron. »Die Strecke zwischen hier und Lincoln kann tückisch sein. Es ist sehr ratsam, wenn wir vier uns mit unseren Gefolgsleuten auf den Weg machen.«

»Vier?«

»Meine Schwester wird kein Interesse haben, hierzubleiben, sobald Ihr … sobald wir aufbrechen. Ich versprach ihr« – er lächelte in Lady Odettes Richtung – »das Vergnügen anderer Gesellschaft als der meinen. Zudem werden Strauchdiebe von einer größeren Gruppe abgeschreckt.«

Und deine Schwester hat mehr Zeit, Jordan eine Heirat schmackhaft zu machen. Dies sprach Isabella nicht aus. Solche Dinge zu denken war unwürdig. Sie hätte erleichtert sein sollen, dass sie die einsame Straße nicht allein bewältigen mussten.

»Hoffentlich werden Euch so anstrengende Wochen wie diese in Zukunft erspart«, fuhr Lord Weirton fort. »Stimmt es, dass der Eindringling es auf ein in Ryce de Dolans Grab gefundenes Messer abgesehen hatte?«

Sie zuckte mit den Schultern, als sie den Türbogen durchschritt. »Was er wollte, werden wir nie erfahren, da er starb, ehe er die Wahrheit enthüllte.«

»Es spielt auch keine Rolle mehr. Das Messer befindet sich dort, wo es hingehört. Es wurde mit de Dolan begraben.«

»Es ist …« Sie zögerte, als sie ein leises Kichern von der anderen Seite der Halle her vernahm.

Lady Odette hatte ihre Hand auf Jordans Arm gelegt. Sie lachte hell und neigte sich zu ihm, dass ihre vollen Brüste seinen Ärmel streiften. Über ihren Kopf hinweg blickte er zu Isabella hin.

Die ganze Länge der Halle schrumpfte zusammen, als ihre Blicke sich trafen. Das melodische Lachen der Lady ging im Hämmern von Isabellas Herzschlag unter, als sie sah, wie seine Züge sich unter seiner Gefühlsaufwallung anspannten. Verlangen erwachte in ihr, als hätte er sie in die Arme genommen. Ja, dort wollte sie sein. Der Halbwahrheiten und Vorwände war sie überdrüssig.

Falls Lord Weirton noch etwas sagte, ehe er zu seiner Schwester und Jordan ging, entging es ihr. Sie sah, dass Lady Odette an Jordans Seite durch den Raum schlenderte. Der Mund der Lady bewegte sich, es war anzunehmen, dass sie mit Jordan sprach. Auch als er der Lady zunickte, unterbrach er den Blickkontakt mit Isabella nicht, bis sie die Stufen zur erhöhten Tafel erreichten.

Als er wegblickte, atmete Isabella langsam und unsicher aus. Hatte sie die ganze Zeit über den Atem angehalten? Oder waren nur Sekunden vergangen, die die Spannung zwischen ihnen in die Länge gezogen hatte?

Sie konnte sich nicht mit Lady Odettes höfischem Schliff messen, den man in St. Jude's Abbey nicht erlernte. Ein Lächeln rührte an Isabellas Lippen. Nun ja, dafür konnte die Dame es mit ihr nicht aufnehmen, was die Kenntnis von Kräutern und Grundsubstanzen betraf.

Jeder Mensch besitzt ihm eigene Gaben, es ist daher töricht und nutzlos, seine Fähigkeiten mit denen anderer zu vergleichen. Es waren die Worte der Äbtissin an eine Novizin, die zweifelte, ob sie alles bewältigen würde, was man von einer Schwester erwartete.

Wie schon zuvor musste sie sich dies immer wieder in Erinnerung rufen.

11

Isabella verschloss das letzte Päckchen und stellte ihren Sack auf den Tisch der verlassenen Vorratskammer. Sie hatte sich in den gut bestückten Raum neben der Küche zurückgezogen, während die anderen speisten. Die ganze vergangene Stunde hatte sie damit zugebracht, ihre medizinischen Vorräte zu ergänzen, auch ein Vorwand, um nicht in die große Halle gehen und mit ansehen zu müssen, wie Lady Odette Jordan kokett und einladend zulächelte.

Sie hob den Sack und verstaute die Beutel in jenem Teil, wo sie die Kräuter von den Stoffen für ihre Experimente getrennt hielt. Sie hatte nun wieder Dill für Magenbeschwerden; Rosmarin gegen Übelkeit und um böse Geister abzuwehren; getrocknete Molche und Käfer gegen Zahnschmerzen; Fenchel gegen Fieber und Alraunwurzel gegen Kopfschmerzen und für ruhigen Schlaf.

»Und Zungenfarn«, flüsterte sie, als sie den letzten Beutel in den Sack tat. »Um unzüchtige Gedanken zu verhindern.« Sie hatte das Kraut noch nie zu diesem Zweck verwendet. In der Abtei hatte sie es gegen Schluckauf eingesetzt. Nun war sie versucht, es einzunehmen, um nicht ständig an Jordan denken zu müssen.

Sie warf den Sack über die Schulter, hüllte sich in ihren Umhang und ging hinaus in die Nacht. Draußen starrte sie zurück zur Halle, in der die Lichter noch brannten. Jordan würde wissen wollen, warum sie nicht bei Tisch erschienen war und ihm und den anderen Gästen nicht Gesellschaft geleistet hatte. Sie würde einen Weg finden müssen, aufrichtig zu sein, ohne ihre Gefühlsverwirrung einzugestehen. Sie ging zu der Pforte, die zur Treppe und dem unteren Hof führte, und hielt inne, als sie auf der anderen Seite der Mauer hervortrat. Auf dem Steilhang des Burghügels verlief ein schmaler Sims, der wohl verhindern sollte, dass die Mauer ins Torhaus abrutschte, doch bot er einem Angreifer gewisse Vorteile, da man Leitern und schmale Belagerungstürme an die Mauern lehnen konnte.

Als sie den Abhang hinunterblickte, sah sie, dass schwere Leitern und Teile einer Belagerungsmaschine nur mit großer Mühe den steilen Hang hinaufgeschleppt werden konnten. War das Gras nass, hätte man ebenso gut versuchen können, einen gläsernen Berg zu erklimmen. Vier oder fünf Fuß ebener Boden vor der Mauer stellten keine Gefahr dar.

Isabella lehnte sich an die unbehauenen Steine. Über sich hörte sie die Stimmen der Wachen, die auf der Wehrmauer patrouillierten. Einer nannte Lady Odettes Namen, ein anderer reagierte mit einem Auflachen. Sie zwang sich, nicht weiter zuzuhören.

Nebel stieg von den frisch umgepflügten Äckern auf und machte den Burgturm zu einer Insel in einer Wolke, beschienen von Mond und Sternen. Sie ging den Sims zwischen Mauer und Steilabfall in dem trockenen Graben entlang und entfernte sich ein Stück von den schwatzenden Posten. Da das Gras taufeucht war, musste sie auf jeden Schritt achten. Der kalte Wind wollte einfach nicht in seiner Winterkraft nachlassen. Sie hüllte sich enger in ihren Umhang, als sie innehielt und zu den Sternen blickte.

Sie bewegten sich in demselben Tanz wie jede Nacht, seitdem sie mit ihren Beobachtungen auf dem Dach des Refektoriums der Abtei begonnen hatte. Zahllose Nächte hatte sie gegen den Schlaf gekämpft, während sie die Bahnen der Gestirne über das Firmament aufzeichnete. Sie hatte entdeckt, dass die Bahnen sich mit den Jahreszeiten änderten, sich aber Jahr für Jahr wiederholten.

»Hört ihr Musik, die für uns unhörbar ist?«, fragte sie leise. »Spielt der Mond eine wundersame Weise? Wie ...«

»Sprecht Ihr immer mit den Sternen?«

Erschrocken blickte sie nach rechts. »Jordan, was treibt Ihr hier draußen?«

»Dasselbe könnte ich Euch fragen.« Seine Worte kamen ein wenig schleppend, als hätte er wieder zu viel getrunken.

»Ich beobachte den Sternenhimmel zu gern.«

»Und sprecht mit den Gestirnen?« Er blieb im Dunkel, so dass sie ihn kaum sehen konnte.

»Es war ein Selbstgespräch.« Sie wollte noch etwas sagen, hielt aber den Atem an, als eine Sternschnuppe über den Himmel fegte, einen Moment lang strahlend, dann erloschen. »Dort!« Sie deutete zum Himmel.

»Was? Ich sah ein Aufblitzen.«

»Eine verglühende Sternschnuppe. Jeder Stern hat nur eine gewisse Strahlkraft. Wenn diese verbraucht ist, erlischt er.«

»Woher wisst Ihr das?«

»Ihr habt es ja selbst gesehen. Augen aufmachen und beobachten – so entdeckt man die Geheimnisse des Himmels.«

»Und die Geheimnisse der Erde?« Er kam näher, aus dem Dunkel heraus, und stützte sich auf die dicke Steinmauer. Im Mondlicht wirkte sein Gesicht so bar aller Gefühle, dass es die Totenmaske seines Freundes hätte sein können.

»Ich weiß es nicht. Kommt auf die Geheimnisse an.«

»Vermutlich.« Er starrte hinaus auf den vom Mondschein beschienenen Nebel unter ihnen.

Sie vermeinte Lews Stimme zu hören. *Lord le Courtenay scheute sich nie, dem Ruf der Pflicht zu folgen, aber immer wenn er fort war, kehrte er verändert zurück. Er lacht weniger und bleibt mehr für sich.* Sie wusste wie sein Steward, dass Jordans äußere Wunden im Vergleich zu dem Schmerz, der seine Seele zerriss, geringfügig waren. Sie streckte einen Finger aus und zeichnete die narbige Linie an seiner rechten Schläfe nach.

Er fasste nach ihrer Hand und schob sie weg. »Ihr habt es zuvor vermieden, diese Stelle zu berühren.«

»Das war mir nicht bewusst.«

»Mir aber schon.«

Sie konnte nicht schlucken, flüsterte aber: »Es tut mir leid.«

»Euch braucht nichts leidzutun.«

»Und Ihr braucht Euch wegen nichts zu schämen. Unfälle passieren immer wieder. Und …«

»Und zuweilen«, warf er ein, »passieren Dinge mit Absicht.«

»Oder zu einem bestimmten Zweck.«

»Welchen Zweck könnte eine solche Wunde haben?«

»Ich weiß es nicht. Was ist passiert?«

Seine Finger streichelten die empfindliche Haut unter ihrem Handgelenk. »Nichts Außergewöhnliches. Prinz Richard war entschlossen, einige seiner Vasallen zu bestrafen, die sich gegen ihn aussprachen. Wir ritten gegen eine Burg in Aquitanien wie schon zuvor. Ein Hieb spaltete meinen Helm, ich verlor mein Bewusstsein. Man hielt mich für tot und ließ mich liegen, während die anderen Ritter die Rache des Prinzen vollzogen. Als ich wieder zu mir kam, war das Wüten vorüber, die Bewohner der Burg waren tot oder wünschten, sie wären es gewesen. Die einzige Ehre des Tages gehörte jenen, die den Tod fanden, ehe das Rauben und Schänden begann.«

Sie entzog ihm ihre Hand, als sein Mund schmal wurde. »Ihr könnt Euch für die Taten anderer nicht schuldig fühlen.«

»Ich war einer von ihnen.«

»Ihr wart bewusstlos.«

»Während dieses Kampfes schon.«

Sie zuckte zurück. »Ihr hattet Euch an Raub und Gewalt zuvor beteiligt?«

»Ich versuchte nie, es zu verhindern, daher bin ich ebenso schuldig wie alle, die unter dem Banner des Prinzen ritten.«

»Sich kampflustigen Kriegern in den Weg zu stellen kann selbstmörderisch sein.«

»Ist mein Leben mehr wert als jenes der Ermordeten?«

»Das kann ich nicht beantworten.« Sie trat näher. Lew hatte Recht. Jordans innere Verletzungen waren nicht verheilt, sondern schwärend und offen. »Aber ich weiß, dass die Äbtissin Euch einen Ehrenmann nannte.«

»Und Ihr glaubt ihr?«

Sein Zorn verblüffte Isabella. Er gab so selten seine wahren Gefühle preis, dass sie umso schockierter war, wenn er es tat.

»Ich stelle die Meinung der Äbtissin nicht in Frage«, sagte sie, da sie wusste, dass eine Entschuldigung seinen Zorn womöglich noch schärfen würde.

»Hätte sie Euch das nicht gesagt, würdet Ihr mir glauben, wenn ich Euch mein Wort gebe, dass ich Euch helfen werde?«

»Warum stellt Ihr eine so absurde Frage?«

»Weil Ihr zu glauben scheint, dass ein Kampf auf Leben und Tod ehrenhaft ist, nur weil man gelobt hat, ihn zu führen.« Um seinen Mund zuckte es, dann knurrte er bissig: »Oder den Tod im Turnier zu suchen.«

»Den Tod suchen? Ich dachte, ein Turnier wäre Sport.«

Er verschränkte die Arme und starrte zum Himmel empor, während der Wind seinen Umhang bewegte. »Ihr wisst offenbar nichts von Turnieren.«

»Ich weiß nur, dass junge Männer sie schätzen, um ihre Kampfkunst zu üben.«

Er blickte sie an. »Ihr habt also selbst nie zugesehen?«

»Nein.«

»Es ist ein Chaos wie in einem echten Kampf. Männer hoch zu Ross stürmen gegeneinander los, es folgt ein Kampf.«

»Sie kämpfen doch mit stumpfen Waffen?«

»Nein, denn wie könnten sie ihre Fähigkeiten beweisen, wenn kein Blut fließt?«

Sie legte die Hand auf den Leib, der alles von sich zu geben drohte. »Das ist barbarisch!«

»Mehr, als Ihr ahnt. Wenn ein Turnierkampf nicht auf das dafür bestimmte Feld beschränkt bleibt, kann er sich in ein Dorf oder zwischen die Stallungen eines Bauerngehöftes verlagern und gefährdet somit auch die Bewohner der betroffenen Gebäude.«

»Ihr scherzt! Kein Ritter würde einen Unschuldigen töten, nur um zu beweisen, dass er ein großer Krieger ist. Nicht in einem *Spiel!*«

Er griff nach einer Strähne ihres Haares, wickelte diese um seinen Finger und zog sie zu sich. Weingeruch ging von ihm aus. »Meine liebe Isabella, süße unschuldige Isabella, Ihr habt keine Ahnung, was ein Mann tut, um seine Fähigkeiten auf dem Schlachtfeld oder darüber hinaus zu beweisen.«

»Aber Menschen zu töten, die nichts verbrochen haben und nur im Weg standen …«

»Oft ist das Verbrechen genug.«

Sie starrte ihn an und suchte nach Anzeichen dafür, dass er ihr nur eine Geschichte erzählen und sehen wollte, wie viel sie schlucken würde, ehe er nicht mehr an sich halten konnte und losprusten würde. Sie fand keine. Er meinte es ernst.

»Das ist barbarisch!«, flüsterte sie abermals.

»Jetzt könnt Ihr verstehen, warum ich gewillt bin, Euch zu helfen.«

»Würde dem Sterben wirklich ein Ende gemacht, wenn uns Erfolg beschieden ist? Gewiss, ein Krieg zwischen dem König und seinen Söhnen könnte verhindert werden, doch würde man im Frieden umso mehr Turniere abhalten.«

»Ein Problem nach dem anderen, meine liebe Isabella.«

Sie entzog ihr Haar seinem Finger. »Ihr sollt mich nicht so ansprechen.«

»Wäre es Euch lieber, wenn ich Euch als Lady Isabella anspreche?«

»Nun, es wäre passender.«

»Passender?« Sein Auflachen klang wenig belustigt. »Wenn schon, dann wäre die Anrede *Schwester* Isabella wohl am passendsten.«

Sie wich zurück. »Woher wisst Ihr das? Seit wann kennt Ihr die Wahrheit?«

»Ganz sicher wusste ich es bis jetzt nicht, da Ihr gesagt habt, Ihr wäret keine Nonne.«

»Ich bin keine, werde aber in der Abtei Schwester genannt.« Isabella schloss die Augen und seufzte. Sie hatte genau das Gegenteil dessen getan, was die Äbtissin wollte. Sie schlug die Augen auf und fragte: »Womit verriet ich die Wahrheit?«

»Ihr habt die Wahrheit gut verborgen. Weirton säte den Keim des Verdachtes, als er sagte, niemand hätte seit dem Tod Eures Vaters etwas von einer de-Montfort-Tochter gehört und Eure Mutter wäre kurz nach dem Tod ihres Gemahls in ein Kloster gesteckt worden.«

»Ihr dürft niemandem sagen, was ich Euch anvertraute.«

»Das wird nicht nötig sein. Wer würde denn glauben, dass eine Nonne die Dinge tut, die Ihr tut?« Er hob ihre Peitsche und strich über deren geflochtenen Griff. »Seid Ihr in der Abtei einzigartig, oder steht meine Tante einem ungewöhnlichen Orden vor?«

»Ihr stellt Fragen, die ich nicht beantworten soll.«

»Wer hindert Euch daran? Meine Tante?« Er zog die dunklen Brauen hoch. »Oder gar die Königin?«

»Ich sagte schon, dass ich Fragen dieser Art nicht beantworten darf. Bitte, fragt mich nicht weiter.«

»Ich bin nicht der Einzige, der sie stellt.« Er blickte zum Himmel auf. »Euch sind interessante Tischgespräche entgangen. Weirton brennen viele Fragen auf der Seele – was Euch nach Kenwick Priory führte, wenn Euer Ziel doch Lincoln ist.«

»Und was sagtet Ihr?«

»Dass Frauen mit der Wahrheit meist erst herausrücken, wenn es ihnen passt. Und wir dummen Männer lassen uns verleiten, Frauen nachzulaufen in der Hoffnung, die Wahrheit zu finden. Zu oft gerät man in einen Sumpf, dem man lieber ausgewichen wäre, da die Frauen sich irren, wenn sie glauben, wir würden mehr als Verlangen nach ihnen empfinden.«

Seine Worte durchschnitten sie, jedes einzelne scharf wie eine geschliffene Klinge. »Als Ihr mich im Schlafgemach küsstet, war Euch bewusst, was Ihr tatet. Auch wenn Ihr die Wahrheit leugnet, habt Ihr nicht nur Verlangen gespürt, andernfalls Ihr nicht Schluss gemacht hättet.«

»Darin irrt Ihr, teure Isabella! Ich empfinde weder für Euch noch für andere etwas.«

Sie packte seinen Arm und drückte fest zu.

»Autsch!« Er schüttelte ihre Hand ab.

»Ihr habt also doch Gefühle.«

Seinen Arm reibend knurrte er: »Wie viel von diesem Unsinn muss ich noch ertragen?«

»So viel ich ertragen musste, als Ihr sagtet, Ihr hättet bei dem Kuss nichts empfunden.«

»Falls ich neben Lust noch etwas verspürte, handelte es sich um einen Irrtum.«

»Sehr großzügig, dies jetzt einzugestehen, nur glaube ich es nicht.«

»Nein?«

Sein Mund glitt über ihren, als er sie an sich riss. Verzweiflung verbrannte seine Lippen mit eisigem Feuer. Er drückte sie an die Mauer und legte seine Hände um ihre Mitte, um sie sodann zu ihren Brüsten gleiten zu lassen, die er umfasste. Sie hätte ihn von sich stoßen sollen, hätte ihm knapp sagen sollen, dass sie mehr wollte als Lust, doch stöhnte sie in seinen

Mund, ehe seine Zunge in ihren vorstieß. Sie klammerte sich an seine Ärmel und streichelte seine Zunge mit der ihren.

Sein Geschmack sagte ihr, wie gierig sie nach mehr war. Seine Haut war rau unter ihren Lippen, als sie seine Wangen und seinen Hals berührte, die kratzig von seinem Tagesbart waren.

Sein Atem versengte ihr Haar, als sie sein Ohrläppchen in den Mund zog und sanft daran knabberte. Sie hörte sich keuchen, als seine Daumen die Spitzen ihrer Brüste durch ihr Gewand hindurch reizten. Er löste die Verschnürung ihres Oberteils, griff darunter und ließ ihre Haut erglühen. Den Schlüssel, der ihm im Weg war, schob er beiseite. Mit der anderen Hand hob er ihren Rock und schmiegte sich enger an sie. Sie war nun gefangen zwischen den harten Steinen und seinem ebenso harten Körper.

Ein wortloser Protest entrang sich ihr, als er seine Hand von ihrer Brust wegzog. Er erstickte ihn mit einem tiefen Kuss und griff nach der anderen Seite ihres Rockes und hob diesen, bis die kühle Nachtluft ihr nackte Haut oberhalb der Strümpfe berührte.

Er schob das Kleid hoch, strich über ihre nackten Schenkel und schob diese langsam auseinander. Nun war es um sie geschehen, und sie verlor alle Hemmungen. Seine Berührung, die Erfahrung verriet, drängte sie, sich rückhaltlos dem Taumel hinzugeben, den er auslöste.

Als seine Hände ihre Beine hinaufglitten, schob er seine Finger über ihre Hüften, um ihr Gesäß zu umfassen. Er hob sie gegen sich. Ihre Beine schlangen sich um ihn, als ihr Kleid zwischen sie fiel. Der Stoff konnte seine an sie gedrückte Härte nicht verbergen. Dass er sie mit so viel Verlangen küsste, um zu beweisen, dass er ihr nicht mehr als Lust bot, war bedeutungslos. Sie wollte diese Lust mit ihm erleben.

»Lord le Courtenay!«

Der Ruf hallte von der Mauer wider. Als wieder Jordans Titel und Name gerufen wurde, erkannte Isabella Emerys Stimme.

Sie strich mit dem Mund über Jordans Hals und flüsterte an seinem Ohr: »Er soll gehen!«

»Nein.« Er stellte sie auf die Füße und strich ihren Rock um sie herum glatt. Sie hörte, dass er den Atem anhielt, als er seine Hände zurückzog und diese anstarrte, als könne er nicht glauben, dass sie ihn verführt hatten, sie wieder zu berühren.

»Ich muss ihm antworten.«

»Jordan …«

»Sag nichts.« Die Verzweiflung, die sie in seinem Kuss gespürt hatte, war nun in seinem Ton zu hören, als er seine Hände ausstreckte, damit sie nicht näher käme. »Tu nichts, um mein Verlangen zu steigern.« Er griff nach dem Sack, der ihr unbemerkt von der Schulter geglitten war, und hielt ihn ihr hin.

Wortlos nahm sie den Sack entgegen.

»Es tut mir leid«, sagte er, ehe er auf seinen Knappen zuging, der den schmalen Sims entlanggelaufen kam.

»Dass du anfingst oder dass du aufhörtest?«

Er hielt so lange inne, um zu sagen: »Beides.«

Jordan durchmaß unruhig sein Schlafgemach. Als er die Treppe von der großen Halle herauf erklomm, nachdem er sich Weirton gewidmet hatte, der Emery nach ihm ausgeschickt hatte, war er nicht erstaunt zu entdecken, dass der Raum leer war und Isabella um ein anderes Gemach gebeten hatte.

Herrgott! Jordan zweifelte nicht daran, dass er jetzt mit Isabella im Bett gewesen wäre, hätte Emery sie nicht unterbrochen. *Schwester* Isabella! Ob sie die ewigen Gelübde abgelegt hatte oder nicht, sie gehörte der Abtei seiner Tante an.

Ein Gedanke, der ihn bis in die Tiefen seines Seins erschütterte.

»Mylord?«, fragte Lew vom Eingang her.

Jordan war verblüfft, dass der Steward nicht eintrat. Dann ging ihm auf, dass Lew nicht stören wollte. Am liebsten hätte er gelacht. Er hatte dafür gesorgt, dass Isabella ihm mit dem kühlen Misstrauen begegnen würde, das sie Weirton gegenüber an den Tag legte. Würde er jemals den Schmerz in ihrer Miene vergessen können, als er sie von sich gestoßen hatte?

»Tretet ein, Lew«, rief er. Er wies auf den Tisch, auf dem eine geöffnete, aber unberührte Weinflasche stand. »Bedient Euch, wenn Ihr Durst habt«, setzte er hinzu.

Lächelnd schenkte Lew sich ein Glas großzügig ein. »Auch für Euch, Mylord?«

»Ich hatte schon mehr als genug.«

Der Alte sah zu einem Stuhl hin.

»Setzt Euch«, sagte Jordan.

Lew, dessen Lächeln breiter wurde, folgte der Aufforderung. Und trank einen Schluck. »Lord Weirton und seine Schwester sind nun in Gemächern untergebracht, die ihrem Geschmack eher entsprechen«, sagte er.

»Sehr gut.« Er hatte nicht wenig gestaunt, als Emery ins Freie gestürzt war und seinen Namen laut gerufen hatte, nur weil Lady Odette ein Gemach ohne Fenster wollte. Sie hatte

Angst, ihr Eichhörnchen könnte entwischen. Die Sache hätte vom Steward oder sogar vom Knappen geregelt werden können. Hätte Emery ihn nicht gestört ... er schüttelte den Gedanken ab.

»Auf diese Weise werdet Ihr sie nicht los, Mylord«, sagte Lew und führte das Glas zum Mund. »Keine Frau ließ sich jemals aus dem Kopf eines Mannes verbannen, weil er es möchte.«

»Hoffentlich irrt Ihr Euch.«

»Ich habe in diesem Punkt Recht, Mylord, da mich solche Gedanken schon viel länger plagen als einen jungen Mann wie Euch. Sie ist eine Frau, die man nicht vergisst.«

»Recht habt Ihr.« Er ging ans Fenster und verschränkte die Arme auf dem tiefen Fenstersims wie schon unzählige Male in der Vergangenheit. Mit einer Verwünschung stieß er sich wieder ab. Von diesem Fenster hatte sich der Eindringling in die Tiefe gestürzt.

»Deshalb werdet Ihr sie nicht vergessen.«

Er fing wieder an, auf und ab zu laufen. »Wieder habt Ihr Recht.«

»Warum tut Ihr dann nicht, was für Eure Gemütsverfassung und La Tour am besten ist, und heiratet sie?«

Jordan blieb jäh stehen und sah Lew an. »Das ist die ungeheuerlichste Bemerkung, die Ihr je gemacht habt. Soll ich mich um meinen Gemütszustand oder um Euren sorgen?«

Lew nahm einen tiefen Schluck und fuhr sich mit dem Handrücken über den Mund. »La Tour braucht einen Erben, wenn die Gerüchte stimmen und es zwischen Prinz Richard und seinem Vater Zwistigkeiten gibt, werdet Ihr womöglich wieder in den Kampf ziehen. Ihr müsst an La Tour denken,

Mylord, und für einen legitimen Erben sorgen. Als wir Euch für tot hielten …« Der Alte schauderte so heftig zusammen, dass man seine letzten Zähne klappern hörte.

»Ich blieb am Leben und werde nicht wieder fortgehen.«

»Ihr brecht bei Tagesanbruch auf.«

»Es geht nach Lincoln und nicht in den Krieg.«

Lew stand auf und stellte sein Glas auf den Tisch. »Auf der Strecke nach Lincoln lauern Gefahren besonderer Art. Wenn Ihr heil zurückkehrt … was werdet Ihr tun, wenn der Ruf der Pflicht wieder an Euch ergeht?«

»Ich erwog, ihm nicht zu folgen.«

»Scherzt nicht über diese Dinge, Mylord!« Angst ließ die Stimme des Alten mit jedem Wort lauter werden. »Erfüllt Ihr Eure Pflicht nicht, könnte man Euch enteignen und Euer Gesinde von La Tour vertreiben.«

»Leiser, sonst weckt Ihr das halbe Haus auf.« Jordan nahm seine Wanderung wieder auf. »Wenn der Ruf an mich ergeht, werde ich meine Entscheidung treffen. Wenn ich Glück habe, kommt er nicht.« *Wenn ich Glück habe und wenn Isabellas Mission erfüllt ist,* setzte er insgeheim hinzu.

»Aber Ihr müsst bereit sein zu gehen, und wie könnt Ihr fortgehen, wenn Ihr keinen Erben gezeugt habt?«

»Lew, Ihr führt Euch auf wie eine alte Glucke. Ich bin nicht Euer einziges Küken, also macht Euch keine Sorgen um mich.«

Der Steward trat vor Jordan hin und verschränkte die Arme vor der Brust. »Nicht nur ich sorge mich. Mylord, seht Euch selbst an. Die Dame geht Euch nicht aus dem Sinn, weil sie nicht in Eurem Bett ist. Warum heiratet Ihr sie nicht und macht ihr ein Kind? Damit wären alle Probleme gelöst.«

»Aus Eurem Mund hört sich das sehr einfach an, Lew.«

»Es ist einfach. Vater Eloi traut Euch binnen einer Stunde, und sie kann heute Nacht Euch gehören.« Er senkte die Stimme zu einem vertraulichen Flüstern. »Denkt an das alte Sprichwort: ›Hochzeit im April bringt Freude ihr und ihm.‹«

»Und wie wär's mit ›Hochzeit in der Fastenzeit bringt allen nichts als Leid.‹«

Lew ließ die Schultern hängen. »Ach ja, das muss man bedenken. Wir haben bald Ostern. Wenn Ihr hierbleibt, könnt Ihr richtig um die Dame werben. Sie könnte schon guter Hoffnung sein, wenn Ihr vor den Priester tretet. Kommt dann das Kleine ein paar Tage zu früh, wird es niemandem auffallen.«

»Nein, wir brechen wie geplant im Morgengrauen auf.«

Der alte Mann schien in sich zusammenzusinken.

Jordan ging seufzend an den Tisch. Er schenkte Wein nach und brachte Lew das Glas. »Macht Euch keine Sorgen, Lew. Ich bin mir meiner Verpflichtungen bewusst, aber so einfach, wie Ihr meint, ist das alles nicht. Die Lady hat eigene Verpflichtungen.«

»Die Verpflichtung zu heiraten, und sie hat sich für Euch entschieden. Lady Odette …«

»Lady Odette?«, wiederholte er verblüfft. »Ihr sprecht von Weirtons Schwester?«

»Ihr nicht?« Lews Triefaugen wurden groß. »Nein, offenbar nicht. Ihr dachtet, es ginge um Lady Isabella, so ist es doch? Sie ist die Frau, die Euch um den Schlaf bringt? Sie kleidet sich wie ein Bengel, sie experimentiert mit Feuer und …« Er bekreuzigte sich. »Sie hat Euch verhext!«

»Das reicht, Lew! Sie hat mich nicht behext. Ich tue meiner Tante einen Gefallen, indem ich sie nach Lincoln begleite.« Er drehte sich um und schalt sich. Mit Äußerungen über seine Tante mußte er vorsichtig sein. Wenn er – mit zu viel Wein, der seinen Kopf benebelte – die Wahrheit erkannte, konnten es andere auch. »Einerlei. Ich heirate heute keine von beiden.« Er hob abwehrend die Hand, als er hörte, dass Lew zu einer Antwort ansetzte. »Auch nicht in absehbarer Zukunft. Kein Genörgel, Lew. Ich kenne meine Pflicht seit dem Tag, als es sich zeigte, dass ich der einzige überlebende Sohn meines Vaters sein würde.«

Lew stieß einen tiefen Seufzer aus. »Wie Ihr wünscht.«

»Nehmt die Flasche mit.«

»Danke, Mylord.«

Er lauschte Lews Schritten, die sich langsam entfernten. Als der Steward die Tür erreichte, sagte Jordan: »Ich danke Euch für Eure Treue zu La Tour.«

»Es ist auch mein Zuhause.«

»Ich verstehe.« Er ging auf den Steward zu und legte ihm seine Hand auf die Schulter. »Ich will Eure Worte überdenken.«

»Und Lady Odette in Betracht ziehen?« Hoffnung blitzte in Lews Augen auf.

»Ich werde alles in Betracht ziehen, was Ihr gesagt habt.«

Lew hob die Flasche zu einem stummen Gruß, ehe er sich zum Gehen wandte.

Jordan blieb in der offenen Tür stehen. Er brauchte nur hinaus auf den Gang zu treten, ein halbes Dutzend Schritte nach links zu gehen und würde Isabellas Gemach erreichen. Ihr Haar würde sich wie ein golden schimmerndes Wellenspiel über das Kissen ergießen, und ihr Körper würde so warm sein, dass das Eis tief in seinem Inneren schmolz. Er stöhnte auf.

Vielleicht sollte er Weirton die Antwort auf die Frage geben, die der Baron ihm vor weniger als einer Stunde gestellt hatte. Er konnte Lady Odette heiraten und seine Verpflichtung La Tour gegenüber erfüllen. Die Dame war willig, und es war eine einfache Lösung.

Er wollte kein Gelübde mehr leisten, ehe nicht erfüllt war, was er bereits gelobt hatte. Er musste Isabella helfen, die Kassette mit den Briefen für die Königin Eleanor zu finden. Danach konnte sie als Schwester Isabella zu ihren Studien in die Abtei zurückkehren, und er konnte eine andere Frau heiraten, die der Burg einen Erben schenken würde.

Es war, entschied er, als er die Tür schloss, ein perfekter Plan, logisch und im besten Interesse aller. Warum also fühlte er sich, als hätte ihm jemand eine Faust in den Leib gerammt?

12

Isabella, die in der Kühle vor dem Morgengrauen vor dem Stall wartete, verlagerte den Sack von einer Schulter auf die andere. Was mochte Jordan und die Weirtons aufhalten? Immer wieder blickte sie den steilen Abhang hoch und hoffte, Lord Weirton und seine Schwester würden vor Jordan erscheinen. In den letzten Stunden, während sie vergeblich um ein paar zusätzliche Minuten Schlaf vor der Reise kämpfte, hatte sie sich ausgemalt, was sie zu Jordan sagen konnte. Es war eine Ironie, dass Worte ganz zwanglos zwischen ihnen geflossen waren, als sie Fremde waren, und ihnen jetzt nur mühsam über die Lippen kamen. Sie hoffte, sich in einem Irrtum zu befinden, als sie sich fragte, ob es das war, was sie wollte, weil er zugegeben hatte, dass er nichts für sie empfand.

»Nichts außer Lust«, flüsterte sie.

»Mylady?«, fragte ein Junge, der ein Pferd aus einem der niedrigen Ställe führte. »Was habt Ihr gesagt?«

»Ach, nichts von Bedeutung.« Sie ging um den Rappwallach herum und schüttelte den Kopf. »Für den Ritt nach Lincoln brauche ich ein ausdauernderes Pferd.«

»Mylady, dieses war das bevorzugte Reittier von Lord le Courtenays Mutter.« Um seinen Mund zeigte sich ein hartnäckiger Zug. »Eine Lady sollte ein frommes Pferd reiten.«

»Wir werden nicht viele Pausen machen, deshalb brauche ich ein Pferd, das der Reise gewachsen ist. Wie wäre es mit diesem hier?« Sie deutete auf einen Schimmel in einer Box in Türnähe.

»Der Hengst? Das ist kein Damenpferd.«

»Ich werde mit ihm fertig. Sattle ihn für mich.«

Der Junge zögerte und blickte unsicher nach links und rechts. Sie wusste, dass er jemanden suchte, der ihm half, sie umzustimmen und das ruhigere Pferd zu nehmen. Widerstrebend nickte er dann und ging, um den Hengst zu satteln, wobei er den Wallach zurückließ, wohl in der Hoffnung, Isabella würde ihre Meinung ändern.

Sie tätschelte den Rücken des Rappen. »Du verdienst leichtere Ritte als diesen.«

Das Tier drehte den Kopf und blickte sie an. Isabella lächelte. Als der Wallach leise wieherte, wagte sie zu glauben, dass er verstanden hatte und ihr dankte, weil sie sich für ein anderes Pferd entschieden hatte.

Eine Hand fasste nach Isabellas Schulter. Sie griff hin, erstarrte jedoch, als sie hörte, wie der Stallbursche atemlos den Namen Lord Weirtons hervorstieß. Sie hielt in der Bewegung inne, die den Baron auf dem Boden hätte landen lassen, und ließ seinen Arm los. Als sie ihn anblickte, rieb er seinen Arm.

»Verzeiht«, sagte sie.

»Ich hätte Euch nicht überrumpeln sollen.« Lord Weirton massierte seinen Arm. »Eure Reaktion bei unserer ersten Begegnung blieb mir allzu deutlich in Erinnerung. Ihr seid eine gefährliche Frau, wie mir scheint.«

»Eine Frau muss auf die Gefahren gefasst sein, die auf den Straßen lauern.« Eine nichtssagende Entgegnung, doch die beste, die sie geben konnte. Wie viele Schnitzer würden ihr noch unterlaufen, ehe sie die Metallkassette mit den Schriftstücken fand? Nariko hatte den Schwestern eingehämmert, erst zu denken, ehe man reagierte, weil die Taktiken, die sie lehrte, Verletzungen nach sich ziehen konnten. Isabella hatte diesen Ermahnungen wie auch vielen anderen Lektionen zu wenig Beachtung geschenkt.

»Sehr klug, Mylady. Ihr scheint nicht nur in der Heilkunst bewandert zu sein.«

Sie machte kein Hehl aus ihrem Ärger. Hatte Jordan sein Versprechen gebrochen und dem Baron verraten, was sie anderntags über die Abtei preisgegeben hatte? Nein, Jordan hielt sein Wort. Sie durfte sich vom Baron nicht so verunsichern lassen, dass sie sich selbst verriet.

»Im Leben gilt es viele Lektionen zu lernen.« Sie war stolz auf diese unverfängliche Antwort.

Er ließ seinen Blick über sie gleiten und furchte die Stirn. »Tragt ihr den Dolch, der sich in de Dolans Grab befand?«, fragte er mit einer gewissen Schärfe im Ton.

»Ja.« Sie berührte die in einer Scheide steckende Klinge an ihrem Gürtel. »Ich muss ihn Lord de Courtenay zurückgeben.«

»Ich dachte, Ihr hättet gesagt, er sei mit de Dolan begraben worden.«

»Die Möglichkeit einer Antwort hatte ich nicht, wie Ihr gewiss noch wisst.«

Lord Weirtons Lächeln zeigte sich wieder. »Richtig. Hoffentlich ergibt sich auf dem Ritt nach Lincoln Gelegenheit zu ungestörten Gesprächen. Ich muss sagen, dass Ihr gut ausgeruht ausseht. Odette fand letzte Nacht nur wenig Schlaf.«

»Fürchtet sie den Ritt nach Lincoln?«

»Unter anderem.«

Isabella wandte ihren Blick ab und streichelte das Gesicht des Rappen. Wollte der Baron sie mit seinem geheimnisvollen Lächeln aus der Ruhe bringen?

»Sobald wir unterwegs sind«, sagte sie, »wird Lady Odette sehen, dass sie keinen Grund zur Sorge hat. Sie ist in guter Hut.«

»Das weiß sie, aber …« Er seufzte. »Verzeiht mir. Ich sollte lieber unerwähnt lassen, wie sehr le Courtenay sich verändert hat. Er ist nicht mehr derselbe, der er einst war.«

Sie starrte den Baron mit offenem Mund an. Sie hatte nicht geahnt, dass er das Gespräch in diese Richtung lenken würde.

»Ihr scheint erschrocken, Mylady.«

»Das bin ich«, gab sie zu.

»Über die Veränderungen an le Courtenay? Ich dachte, Ihr hättet ihn nicht gekannt, ehe er zu seinem letzten Einsatz nach Aquitanien aufbrach.«

»Nein, wir kannten uns nicht.«

»Dann könnt Ihr nicht wissen, wie freudig er König Henry oder einem der Prinzen folgte, wenn diese ihre Gefolgsleute zur Verteidigung des Königreiches aufriefen. Nun aber scheint er jeden Kampf zu scheuen.« Er ergriff die Zügel eines dunklen Braunen, den ihm ein anderer Stallbursche zuführte. »Auch wenn es darum geht, eine holde Dame zu retten.«

»Wenn Ihr den Zwischenfall mit dem Sheriff meint, kann ich Euch versichern, dass er die Situation keineswegs als gefährlich einschätzte. Ich war diejenige, die sich irrte.«

»Das meinte ich nicht, ich dachte vielmehr an das, was an dem Abend Eurer Ankunft in La Tour geschah.«

Sie schaute den Baron an und las nur aufrichtige Neugierde in seiner Miene. »Er tat alles in seiner Macht Stehende, um mein Leben zu retten, konnte den Eindringling aber nicht daran hindern, sich das Leben zu nehmen. Hätte einer von uns nicht rasch reagiert, hätte es uns beide das Leben kosten können.«

»Deshalb habt Ihr reagiert.«

»Wie gesagt, geschah alles sehr schnell. Wäre es mir nicht gelungen, den Mann zu entwaffnen, würde Jordan …« Sie bemerkte, dass der Baron an ihr vorüberblickte.

Ein Blick über die Schulter zeigte ihr Jordan und Lady Odette. Die Lady hielt in einer Hand den Käfig mit ihrem zahmen Eichhörnchen, die andere lag in Jordans Armbeuge.

Sie lächelte triumphierend, während Jordans Miene Anspannung verriet.

»Lasst Euch nicht unterbrechen«, sagte er. »Man hört nicht oft, dass eine Dame Heldin ihrer eigenen Geschichte ist.«

»Mehr gibt es nicht zu sagen.« Sie betrachtete ihn so kühl wie er sie. »Die Situation nahm ein trauriges Ende.«

Lady Odette schwenkte ihre Hand vor dem Gesicht und schnappte nach Luft. »Sollte mir jemals dergleichen zustoßen, müsste mich ein wackerer Mann retten.«

»Ihr würdet anders denken«, erwiderte Isabella, als sie sah, dass Lord Weirton zu den Worten seiner Schwester nickte, »wenn Ihr wüsstet, dass Euch niemand zu Hilfe kommen kann. Jede Bewegung Lord le Courtenays hätte meinen Tod bedeutet. Das wusste ich so gut wie er. Und deshalb musste ich mich selbst retten.«

»Stünde mir kein Retter bei, ich müsste sterben.«

»Ohne auch nur den Versuch zu machen, Euch selbst zu retten?«

»Was könnte ich denn tun, das ein tapferer Mann nicht könnte?« Sie strich mit den Fingern über Jordans Arm. »Gern stürbe ich, wäre dieses hübsche Gesicht der letzte Anblick, der sich mir bietet.«

Isabella lachte laut über diese lächerliche Bemerkung der Dame.

Lady Odette wich zurück. Sie schürzte die Lippen, während sie Jordan ansah, der sie so ausdruckslos anschaute, wie er Isabella angeschaut hatte. Wieder war Isabella nach Lachen zumute. Erwartete Lady Odette etwa, er würde Isabella dafür rügen, dass sie die Wahrheit aussprach?

Naserümpfend drehte Lady Odette sich um. Ihr Rock

schwang hinter ihr aus und zeigte die Wut, die sich nach Isabellas Vermutung in ihrer Miene abzeichnen musste. Sie blieb stehen, als der Stallbursche mit dem Schimmelhengst um die Ecke kam.

»Ich kann dieses Untier nicht reiten!«, stieß die Dame hervor.

»Es ist für Lady Isabella bestimmt.« Der Junge setzte mit einem Blick zu Isabella hinzu: »Der Rappe ist für Euch, Mylady.«

Isabella biss sich auf die Zunge, um nicht enttäuscht aufzustöhnen, als Lady Odette sich überschwänglich bedankte. Ihr hätte klar sein müssen, dass die Dame nicht bereit – oder imstande – sein würde, ein lebhafteres Tier zu reiten. Während sie sich fragte, um wie viele Tage sich die Reise bei so langsamem Tempo verlängern würde, streichelte sie den Hengst und überprüfte den Sitz des Sattels, um sich zu überzeugen, dass er für sie passte.

»Lasst Euch helfen, Mylady«, sagte Jordan hinter ihr.

Isabella sah, wie er Lady Odette in den Sattel des schwarzen Wallachs half. Die Dame kicherte und schnatterte wie ihr zahmes Eichhörnchen. Nachdem Lord Weirton aufgesessen war und sich im Sattel zurechtgerückt hatte, reichte seine Schwester ihm den Käfig, den er an einem Brett hinter seinem Sattel befestigte.

Jordan kam zu Isabella und fragte: »Braucht Ihr Hilfe?« Um seine Lippen zuckte es. »Ich kenne Eure Antwort ohnehin, da ich weiß, dass Ihr lieber alles selbst macht.«

»Meine Antwort lautet nein, da Ihr die Stiche in Eurer Wunde nicht über Gebühr strapazieren sollt, indem Ihr mich in den Sattel hebt.«

»Ich bewies bereits, dass meine Stiche es aushalten, wenn ich Euch hebe.«

Ihre Wangen brannten, als seine Antwort die Glut ihrer fieberhaften Küsse wiedererweckte. Ließ ihn ungerührt, was geschehen war, oder verbarg er abermals die Wahrheit? Eines jedenfalls wusste sie genau. Sie wäre eine Närrin, ihm zu erlauben, seine breiten Hände um ihre Taille zu legen und sie in den Sattel zu heben. Die vergangene Nacht hatte den Beweis gebracht, dass sie sich nicht beherrschen konnte, wenn er sie berührte.

»Danke, ich schaffe es«, sagte sie.

»Wie Ihr wünscht.« Er ging zu seinem Grauen und schwang sich behände auf dessen Rücken.

Isabella schnallte ihren Sack am Sattel fest, ehe sie aufsaß und den Hengst beruhigte, der nervös unter ihr tänzelte. Vor ihr hörte sie inmitten des halben Dutzends Bedienter, die mit ihnen ritten, Lady Odette und ihren Bruder, die Jordan ausfragten, welche Erneuerungen er an der Burg vornehmen wollte. Die Bemerkungen der Dame ließen erkennen, dass sie ihre Zukunft auf La Tour sah.

Sie vergewisserte sich kurz, ob ihr Kräutersack sicher hinter ihr befestigt war, dann trieb sie ihr Pferd an und ritt hinter den anderen durch das Tor des unteren Burghofes.

Sie war die Einzige, die zum Abschied einen Blick zurück warf.

Isabella saß auf einem Stein und wickelte das Proviantpaket aus, das Emery ihr gegeben hatte, als sie eine Rast einlegten, kurz nachdem die Sonne ihren Zenit erreicht hatte. Der Knappe war wortlos wieder zu den anderen gegangen, um sie zu bedienen. Bei Lord Weirton blieb er länger, als wäre er der Knappe des Barons und nicht jener Jordans. Zu jedem Wort Lord Weirtons nickte Emery beflissen.

Sie entnahm ihrem Proviantpaket trockenes Brot und würzig riechenden Käse. Hoffentlich bereute Emery nicht seinen Entschluss, in Jordans Dienst zu treten. Es war verständlich, dass der Junge einem Ritter dienen wollte, der nicht zögern würde, in den Kampf zu ziehen und Emery Gelegenheit zu bieten, seinen eigenen Kampfesmut zu erproben.

Lady Odette, die möglichst nahe bei Jordan saß, plapperte unaufhörlich, wie sehr sie sich freue, diese Reise mit Lord le Courtenay und ihrem Bruder unternehmen zu können. Isabella entging nicht, wie die Dame Jordan mit zarten Fingern immer wieder berührte.

Isabella nahm ihren Proviant und stand auf. Die Bedienten, vier Männer und eine Frau, sahen zu ihr hin, aber weder Jordan noch die Weirtons schienen es zu bemerken. Sie schlenderte zwischen den Bäumen zu einem Bach, um sich dort auf einer kleinen Erhebung niederzulassen. Das Plätschern des Wassers über die Steine übertönte die Stimmen hinter ihr. Es übertönte auch Schritte, wie sie verspätet feststellte.

»Ihr sollt Euch nicht so weit von den anderen entfernen«, sagte Jordan, als er sich neben sie hockte. »Wenn ich böse Absichten hätte …«

»Wenn?«

»Wir haben nichts Böses getan.«

»Wollust ist eine der sieben Todsünden.«

»Sünden sind nicht schlecht, sie sind nur Fehler.«

Die Schärfe ihres Lachens schmerzte in der Kehle. »Wenigstens etwas, in dem wir uns einig sind.«

»Ebenso sind wir uns einig, dass Ihr Lady Odette durch Euer Lachen beleidigt habt.«

»Falls sie Euch zu mir schickte, um mir sagen zu lassen, ich müsse mich entschuldigen, hätte sie es sich sparen können.«

»Ihr wollt Euch nicht entschuldigen?«

»Natürlich werde ich es tun.« Sie biss vom Käse ab. »Ich muss einen Weg finden. Zeit genug habe ich ja, da wir seit unserem Aufbruch von La Tour erst eine Meile zurücklegten. Wir werden Lincoln erst in der Karwoche erreichen.«

»Ihr scheint Euch damit abgefunden zu haben.«

»Gejammer würde nichts nützen. Lady Odettes Pferd schafft nur kleine Etappen. Wir werden langsamer vorankommen, als ich hoffte.«

Er setzte sich auf einen Stein. »Eine sehr logische Einschätzung der Situation.«

»Das klingt ja, als wäre Logik schlecht.«

»Das ist sie, da sie Euch blind macht für die Mehrheit der Menschen auf der Welt, die von Verlangen und Ängsten beherrscht werden. Ich verstehe diese starken Leidenschaften. Ich verstehe sie nur zu gut, wie Ihr sehen konntet.«

Sie legte den Käse auf das Brot auf ihrem Schoß. »Ich hätte nicht erwartet, dass Ihr das sagt.«

»Was habt Ihr denn erwartet, dass ich sage?«

»Dass Ihr wünscht, Ihr könntet logisch sein und alles ignorieren, was Ihr denkt oder fühlt.«

Er lächelte kühl, seine Augen aber loderten vor Gefühl. »Ihr seid eine verdammt scharfsinnige Frau, deshalb müsst Ihr sehen, dass ich Euch auch eine Entschuldigung schuldig bin.«

»Ihr habt Euch bereits entschuldigt.« Sie stand auf, da sie

diesen bitteren Moment an der Mauer nicht wieder aufs Tapet bringen wolle. Sie hatte während der Nacht zu lange jeden Augenblick immer wieder Revue passieren lassen. »Wir sollten aufbrechen, wenn wir den Trent morgen bei Sonnenuntergang überqueren wollen.«

»Ja.« Er stand auf und bedeutete ihr, zu den Weirtons und den Pferden vorauszugehen.

Sie machte ein paar Schritte und blieb dann jäh stehen. Um nicht gegen sie zu prallen, legte er seine Hände auf ihre Schultern. Als ihr Herz einen Sprung machte und wie Donner in ihrem Kopf dröhnte, versuchte sie, die Geräusche zum Schweigen zu bringen.

»Horcht«, flüsterte sie und hoffte, er könne das leise Geräusch hören, das nun unter ihrer Reaktion auf seine Berührung unterging.

»Worauf?«, fragte er ebenso leise, und als sein warmer Atem über ihren Nacken glitt und mit ihren Haaren spielte, die dem Zopf entschlüpft waren, wusste sie, dass sie wieder einen Fehler begangen hatte.

»Ich dachte, ich hätte etwas gehört.«

»Ich höre nur den Bach und uns.« Er nahm die Hände von ihren Schultern und trat vor sie, damit er sie ansehen konnte. »Was ist, Isabella? Eure Stimme bebt.«

»Ihr habt Recht.« Sie sagte es in ruhigem Ton, als sie an ihm vorüberging. »Es war nichts.«

Seine Worte waren ein harter Schlag gewesen. Er war aufrichtig, als er gesagt hatte, er empfände nur Verlangen nach ihr. Warum konnte sie das nicht glauben, anstatt zu hoffen, sie würde auch sein Herz berühren?

Sein Herz? Sie war so töricht wie Lady Odette. Falls Jordan le Courtenay echte Gefühle für eine Frau empfand, hatte sie davon nichts bemerkt.

Isabella sagte kein Wort, als sie, gefolgt von Jordan, dorthin ging, wo Lord Weirton seiner Schwester aufs Pferd half. Der Baron machte einen Scherz darüber, dass Isabella im Interesse der allgemeinen Sicherheit die Rolle des Spähers übernommen hätte, aber nur Lady Odette lachte.

Wieder bot Jordan Isabella seine Hilfe an. Wieder lehnte sie ab. Sie übernahm die Zügel ihres Hengstes von Emery und saß auf. Lord Weirton gab das Zeichen zum Aufbruch, doch hielt sie inne, als das leise Geräusch, das sie bereits am Bach vernommen hatte, wieder ihr Ohr streifte.

»Ist etwas?«, fragte Jordan, als er sein Pferd neben ihres lenkte. Er fasste nach ihren Zügeln. Zwischen seinen und ihren Fingern war eine Handbreit Abstand, doch erschien ihr die Bewegung zu intim. Sie zog ihre Hände zurück und sah sein Stirnrunzeln.

Sie seufzte. Sie hatte ihn nicht kränken wollen.

»Ich hörte ...« Sie ließ ein Schulterzucken folgen. »Es ist nichts. Wir müssen fort.«

Sie glaubte, er würde weitere Fragen stellen, doch ritt er rasch den anderen nach. Nach einem Blick rundherum wollte sie ihm folgen, als Schreie durch das Wäldchen hallten.

Ein Dutzend Männer brach zwischen den Bäumen hervor, in den Händen Messer und Lanzen, die sie gegen die Reiter schwangen. Lady Odette schrie vor Angst laut auf.

»Los!«, rief Isabella ihrem Pferd zu, als sie ihren Kräutersack vom Sattel löste und ihn über die Schulter schwang. Hoffentlich würde sie ihn nicht brauchen. Mit einer Hand die Zügel haltend griff sie mit der anderen nach ihrer Peitsche. Sie ließ sie unter lautem Schnalzen über ihrem Kopf kreisen.

Ein Mann stieß einen Schmerzensschrei aus. Wer es war, konnte sie nicht sehen, da ihr Pferd sich von der Peitsche erschreckt aufbäumte und sie Mühe hatte, das angstvoll wiehernde Tier zu zügeln. Zwei Männer schlugen mit den langen Lanzen auf das Pferd ein. Mit einem Fluch, von dem sie nie geahnt hatte, dass sie ihn in den Mund nehmen würde, schwang sie die Peitsche. Die Männer wichen vor der Peitsche und den wirbelnden Hufen des Pferdes zurück, das sich wieder verängstigt aufbäumte.

Lady Odettes Hilferufe übertönten das Durcheinander von Geräuschen und Lauten.

»Los!«, rief Isabella wieder.

Diesmal gehorchte das Pferd. Sie lenkte es zu der Stelle, wo Lady Odette von Männern umzingelt war, die an ihrem Kleid zerrten und versuchten, sie vom Pferd zu ziehen.

Isabella zögerte nicht. Sie sprang aus dem Sattel und ließ die Peitsche auf die Angreifer der Lady niedersausen. Sie stoben auseinander wie die anderen Strolche. Nun stürzte sie vor und schlug mit der Hand fest auf die Kruppe des Wallachs. Das Pferd sprengte mit der sich verzweifelt anklammernden Lady Odette davon. Sie sah, dass Weirton die Verfolgung aufnahm.

Die anderen …

Sie fuhr herum, als sie wieder eine Frau vor Angst schreien hörte. Die Dienerin! Isabella rannte dorthin, wo die Frau von ihrem Pferd gezerrt wurde. Ihr Fuß verfing sich, sie stolperte und stürzte. Ihre Peitsche fiel in das kurze Gras am Straßenrand. Schmerz durchschoss ihren Fuß, sie spürte heißes Blut.

Ein Blick nach unten zeigte ihr, dass ihr linker Stiefel oben durchgeschnitten war, ihre Haut darunter ebenso … Auf der Erde lag ein Schwert.

Sie griff danach und sprang auf. Ihr linkes Bein knickte unter ihr fast zusammen, doch schaffte sie es, ihr Knie zu festigen, indem sie ihr Gewicht auf das andere Bein verlagerte. Das Schwert lag nicht gut in ihrer Hand, da eine kleine Auswölbung auf dem Griff sie störte.

Ehe sie sich entscheiden konnte, in welchen Kampf sie sich stürzen sollte, packte Jordan ihren Arm und zog sie an den Straßenrand. Sie versuchte hinter ihm her zu taumeln, fiel aber auf ein Knie.

»Seid Ihr verletzt?«, rief er.

Sie stand auf und hob das Schwert. »Hinter mir, Jordan!«

»Was?«

»Wir geben uns gegenseitig Rückendeckung!«

Er erwiderte etwas, doch hörte sie nichts, da ihr Schwert ein anderes traf. Sie musste sich auf jeden Hieb konzentrieren. Wieder in der Abtei, würde sie mit Nariko eifriger trainieren müssen.

Ihr Gegner war noch ungeschickter als sie, und sie wandte einen der wenigen Tricks an, die sie beherrschte, und ließ sein Schwert im Gebüsch am Straßenrand landen. Als er um seine Waffe lief, ging ein anderer mit seinem Schwert auf sie los. Sie versuchte ihn abzuwehren, während sie ihren Rücken an jenen Jordans drückte, doch musste sie einen Schritt zur Seite machen, um dem Messer auszuweichen, das fast so lang war wie ein Schwert. Jeder Versuch, wieder zu Jordan zu gelangen, wurde vereitelt, als der Mann auf sie einstach. Blut entströmte dem Schnitt an ihrem Fuß. Sie glitt aus und fiel auf ein Knie. Stoff zerriss, wieder schoss Schmerz von ihrem Knie aus durch ihr Bein.

Plötzlich drehte der Mann sein Messer, und ihr Schwert flog ihr aus der Hand und hinterließ einen Kratzer, da die Unebenheit auf dem Griff sie aufschürfte. Der Mann kam näher und leckte sich die Lippen.

»Isabella!«, rief Jordan.

Sie warf ihren Sack auf den Boden und riss ihn auf. Ihre Finger fanden das gesuchte Päckchen und öffneten es, um seinen Inhalt auf die Handfläche rieseln zu lassen. Dann hielt sie die Hand hoch und blies hinein. Eine schwarze Wolke erhob sich und traf den Mann.

Ein Niesreiz packte ihn. Er rieb sich die Augen und brüllte vor Schmerz wie ein Tier. Seine Kumpane konnten es nicht fassen. Wieder hob sie die Hände, und die Männer ergriffen die Flucht.

Jordan und Emery hieben auf die Männer ein, die unter Warnrufen, die sie einander zuschrien, so rasch im Wald verschwanden, wie sie aufgetaucht waren. Emery rief laut zur Verfolgung auf.

»Lass sie laufen«, sagte Jordan, sein Schwert senkend. »Wir können die anderen nicht schutzlos zurücklassen.«

»Sie sind nicht schutzlos.« Der Junge fuhr sich mit einer Hand über seine blutige Wange und zuckte zusammen. »Lady Isabella kann sie beschützen.« Seine Stimme sank zum Flüsterton herab. »Wie hat sie die Kerle nur in die Flucht geschlagen?«

»Ich weiß es nicht, werde es aber herausfinden. Suche die anderen zusammen und sieh, wie es ihnen geht.« Jordan steckte sein Schwert ein, als er zurück zu Isabella ging, die auf dem

Weg saß. Ihr zerfetzter Rock war um sie gebreitet und ließ sie aussehen wie eine vom Unwetter ramponierte Blume.

Sie hob den Kopf und begegnete seinem Blick. »Sind sie fort?«

»Ja.«

»Wurde jemand ernsthaft verletzt?« Ihr Antlitz war bleicher, als er es an ihr jemals gesehen hatte.

»Emery sieht nach ihnen.«

»Er wird ein hübsches Stück laufen müssen, um Lady Odette und den Baron zu finden.«

Auf ihre unausgesprochene Anschuldigung hin kniff er die Lippen zusammen. »Weirton musste sich vergewissern, dass seine Schwester in Sicherheit ist.«

»Ich verstehe.« Sie verschob ihre Stellung und zuckte zusammen. »Wir hätten sein Schwert im Kampf gut gebrauchen können.«

»Dank Euch haben wir uns gut geschlagen.« Er hob das Schwert auf, das ihr aus der Hand geschlagen worden war. Als er eine Verwünschung hervorstieß, fragte sie, was los sei. Er antwortete: »Dies.«

Sie nahm das Schwert und strich mit dem Finger über das kleine runde Wappen auf dem Griff. Es war das vertraute Symbol der zwei Männer – einer zu Pferd, der zweite, der es am Zügel führt.

»Waren *sie* Mitglieder der Bruderschaft?«, fragte sie. »War es ein Irrtum anzunehmen, die Bruderschaft bestünde nur aus Rittern und Lords?«

»Diese Wappen zeigen Reiter und Nichtberittene, vielleicht Symbole für zwei Schichten von Mitgliedern innerhalb der Bruderschaft. Wessen Schwert das ist, werden wir wohl nie erfahren.« Er schloss die Finger um den Griff. »Es gehört Euch, Isabella ... ehrlich im Kampf errungen.«

»Ehrlich wohl kaum. Ich stolperte darüber, als ich Lady Odette zu Hilfe eilen wollte.« Sie reichte es ihm zurück. »Ich habe mit Schwertern wenig Übung.«

Emery, der hinter Jordan stand, warf ein. »Dafür habt Ihr andere Fertigkeiten. Was habt Ihr gegen diesen Mann angewendet, Mylady? War es Zauberei?«

»Zauberei?« Lachend legte sie eine Hand auf ihr Herz.

Jordan konnte seinen Blick nicht abwenden, als Isabellas Brüste sich rasch hoben und senkten, während ihr melodisches Lachen ihn gefangen nahm. Sie sah wundervoll aus mit ihrem Haar, das ihr halb geflochten, halb offen um die Schultern fiel. Es juckte ihn in den Fingern, über ihre köstlichen Rundungen zu streichen und ihren Mund und die Freude in ihrem Lachen zu kosten.

Emery beugte sich zu ihm. »Ist sie vor Angst verrückt geworden?«

»Wohl kaum.« Er sah, wie sein Knappe unter seinem barschen Ton zusammenzuckte, doch war ihm eine Entschuldigung unmöglich.

»Sie glaubten, ich wäre eine Zauberin?«, fragte Isabella, als sie sich beruhigt hatte.

Der Knappe nickte so heftig, dass sein Kinn fast seine Brust berührte. »Als wir ihnen nachsetzten, sah ich, dass sie die Zeichen gegen Zauberei machten.« Er grinste. »Die dachten wohl, wir wären die Häscher Satans, erschienen, um sie zu holen, damit sie in alle Ewigkeit im Höllenfeuer schmoren. Wie habt Ihr das gemacht, Mylady?«

Sie holte zwischen den Falten ihres Rockes ein Lederpäckchen hervor und wies auf die schwarzen Punkte, die darauf zu sehen waren. »Pfeffer. Ich blies ihm Pfeffer ins Gesicht. Es brennt in den Augen und kitzelt die Nase. Von Zauber keine Spur.«

»Nur das Wissen, wie man den Gegner ins Bockshorn jagt.« Emery lachte leise. »Gut gemacht, Mylady.«

»Emery«, sagte Jordan und stand auf. »Deine Pflichten warten.«

Sein Knappe wurde ernst und machte sich daran, die Waffen einzusammeln, die vom Angriff zurückgeblieben waren.

Isabella blieb auf dem Boden sitzen. »Warum habt Ihr ihn zurechtgewiesen? Er fand die Dummheit lustig.«

»Die Anschuldigung der Zauberei ist keine Dummheit.«

»Wenn man gewöhnliche Kräuter benutzt, schon.«

Er packte ihre Schultern und beugte sich zu ihr hinunter. »Herrgott, Isabella! Wie willst du sie jemals von der Wahrheit überzeugen, wenn sie so einfältig sind, dass sie eine Prise Pfeffer für Zauberei halten? Dummköpfe klammern sich an ihre Einfalt, selbst wenn sie mit der Wahrheit konfrontiert werden. Es ist für sie viel tröstlicher, als zuzugeben, dass sie sich irrten.«

»Meint Ihr die Angreifer oder jemand anderen?«

»Ich habe bereits angeboten, mich wieder zu entschuldigen. Muss ich es stündlich wiederholen?«

»Vielleicht.«

Er starrte sie an, dann zuckten seine Lippen. Sie zog eine Braue in die Höhe, und er lachte. Er erinnerte sich nicht, wann er zuletzt so aufrichtige Belustigung in sich hatte aufsteigen spüren. Die Verwunderung in ihrem Blick ließ ihn nach ihrer Hand greifen.

Als er ihr half aufzustehen, taumelte sie und stöhnte. Seine gute Laune war wie weggeblasen, als er nun erst die Blutflecken auf ihrem Kleid bemerkte. Er kniete nieder und stützte sie gegen sich. In Kniehöhe war ein Riss. Das Blut trocknete bereits, deshalb hob er den Rocksaum, um den Fleck dort zu untersuchen. Er fluchte laut, als er Blut durch einen Riss im Oberleder ihres Stiefels dringen sah.

»In meinem Sack ist ein mit zwei roten Kreisen gekennzeichnetes Päckchen«, sagte sie, wobei ihre Stimme mit jedem Wort schwächer wurde. »Es enthält Lauchblätter. Mit etwas Honig und Mehl gemischt, stillen sie die Blutung.«

Jordan hielt den Arm um sie gelegt, als sie sich auf den Boden gleiten ließ. Als ihr Kopf gegen seine Schulter fiel, rief er nach Emery und Lady Odettes Dienerin – wie hieß sie doch gleich? – Dedia. Er wiederholte Isabellas Anweisungen, und sie eilten davon, um unter den Vorräten nach Honig und Mehl zu suchen.

Vorsichtig durchsuchte er den Sack, erstaunt, wie viel verschiedene Dinge er enthielt. Er fand ein kleines Päckchen mit zwei aufgestickten roten Kreisen.

»Haltet die Augen offen«, befahl er, als ihre schweren Lider sich senkten.

»Ich bemühe mich.«

»Ich weiß.« Er strich ihr mit dem Daumen übers Kinn. Wie oft hatte sie es ihm entgegengereckt, wenn sie Widerspruch äußerte? Es kümmerte ihn nicht, als er die weiche Wärme ihrer Haut spürte.

»Schluss damit!«, zischte sie. Sie riss die Augen auf und sah ihn finster an.

Wie er es erhofft hatte. Sie war zu Recht wütend auf ihn,

da er sie nicht mit dem einer Lady, zumal einer aus der Abtei seiner Tante, gebührenden Respekt behandelt hatte.

Als Emery und Dedia mit Mehl und Honig kamen, mischten sie diese Zutaten nach Isabellas Anweisung mit den Lauchblättern. Sie strichen die Paste auf die Wunden an ihrem Fuß und Knie. Sie biss sich auf die Unterlippe, doch kam ihr kein Laut über die Lippen, nur ein Dank, als sie ihren Fuß sauber verbunden hatten.

Jordan legte ihren Arm um seine Schulter und half ihr behutsam auf die Beine. Er nieste. Er duckte sich unter ihrem Arm hervor, nahm ihre Hände und drehte die Handflächen nach oben. Als er mit den Fingern darüberstrich, flogen schwarze Körnchen in alle Richtungen.

»Ihr stellt für alle um Euch eine Gefahr dar, auch für Eure Verbündeten«, sagte er lächelnd.

Sie humpelte ein Stück und bückte sich nach ihrer Peitsche. »Sind wir das? Verbündete?«

»Ich würde es gern glauben, weil uns eine gemeinsame Aufgabe verbindet.«

»Dann ist es lächerlich, wenn wir uns anfauchen und in den simpelsten Bemerkungen nach verborgenen Bedeutungen suchen.« Sie rollte die Peitsche ein und hakte sie an ihrem Gürtel ein, ehe sie den Sack nahm, den er ihr reichte.

»Das stimmt.« Er pfiff nach seinem Pferd. Als es auf ihn zutrottete, dicht gefolgt von dem weißen Hengst, fragte er: »Schlagt Ihr einen Waffenstillstand vor?«

»Wir sind zwei vernünftige Menschen, die zusammenarbeiten müssen. Wir sollten einen Weg finden, unsere niedrigen Instinkte zu unterdrücken.«

»Das ist leichter gesagt als getan.« Er legte seinen Arm unter ihre Knie und hob sie hoch. Er hörte, wie ihr Atem einen Zug aussetzte, als sie über seine Brust glitt, in seine Arme gebettet.

Ihre Stimme war unsicher, als sie sagte: »Ihr seid ein willensstarker Mann, und ich bin eine willensstarke Frau. Wir haben schon zuvor Herausforderungen überstanden. Warum können wir es jetzt nicht auch so halten?«

»Wieder eine simple Frage.« Er atmete tief ein und ließ die Luft durch seine angespannten Lippen hinausströmen, als ihr Haar seine Wange kitzelte und der weiche Druck ihrer Brüste ihn total verwirrte. »Unsere Arbeit muss auf Vertrauen und Verlässlichkeit beruhen, und ein Waffenstillstand ist der einzige Weg, diese zu erreichen.«

»Dann müssen wir ihn einhalten.« Nach ihrem Sattel fassend saß sie mit Jordans Hilfe auf und sah ihn mit ihren schönen Augen an, die an die Farbe eines Gewitterhimmels gemahnten. »Ich will mein Bestes tun, damit unser Waffenstillstand hält. Ihr auch?«, sagte sie.

»Das werde ich.« Wieder ein Gelöbnis! Herrgott, er wollte kein Versprechen mehr geben, zumal keines, bei dem er sich schon fragte, ob er es halten konnte, während er es aussprach.

13

Als Isabella erwachte, schmerzte ihr ganzer Körper. Von ihrem hämmernden Fuß bis zu ihrer Schulter, die noch immer protestierte, wenn sie die Peitsche schwang, war sie in miserabler Verfassung. Sie nahm sich vor, in Milch gekochten Leinsamen auf alle schmerzenden Stellen aufzutragen, sollte es ihr am Abend nicht besser gehen.

Lady Odettes Zwitscherstimme war da keine Hilfe. Die Schöne benahm sich, als hätte sie am meisten zu leiden gehabt, und nahm Isabellas Verletzungen kaum zur Kenntnis. Lord Weirton hatte sich mit Glückwünschen und Mitgefühl eingestellt, ließ aber lieber unerwähnt, dass er sich sehr viel weiter vom Schauplatz des Kampfes entfernt hatte, als es die Sicherheit seiner Schwester erfordert hätte. Stattdessen kam er auf das Schwert, das sie auf der Straße gefunden hatte, zu sprechen.

»Es ist ganz klar, warum wir noch am Leben sind«, ließ der Baron mit breitem Grinsen verlauten, als er mit dem Daumen über den Schwertgriff strich. »Schutzengel wachten über uns.«

»Falls es so war, habe ich niemanden von der Bruderschaft gesehen, der uns zu Hilfe gekommen wäre«, erwiderte sie, verärgert, dass er nicht jene würdigte, die den Angriff abgewehrt hatten.

»Er hinterließ sein Schwert, damit wir wissen, dass wir nicht allein waren.«

Der Baron ließ sich auch durch Tatsachen nicht von seiner Meinung abbringen. Jordan musste dies schon gewusst haben, da er nichts sagte, während sie Brot und Honig und frisches Wasser aus dem nahen Bach als Frühstück zu sich nahmen. Er putzte sein Schwert mit einem dicken Tuch, dann nahm er sich das Schwert mit dem Wappen vor. Auf Lord Weirtons Bitte hin gab er es dem Baron zurück, der sich beeilte, es an seinem Sattel zu befestigen, um bereit zu sein, falls sie wieder angegriffen wurden.

Die Sonne war kaum über den Horizont gestiegen, als Isabella zu ihrem Hengst humpelte, der gesattelt auf sie wartete.

Emery kam gelaufen. Als sie sich am Abend zuvor in Decken gehüllt auf dem kalten, feuchten Boden zur Ruhe gelegt hatten, hatte Jordan seinem Knappen das Versprechen abgerungen, dass ihr kein Schaden mehr zugefügt würde.

»Gestattet, Mylady.« Er bückte sich und verschränkte die Finger.

»Danke.« Sie legte die Hände auf den Pferderücken und hob den linken Fuß auf seine verschränkten Hände. Ehe er sie in den Sattel heben konnte, zog sie den Fuß zurück und blickte zu einer Stelle zwischen den Bäumen, wo das Sonnenlicht etwas aufblitzen ließ. »Was ist dort?«

»Wo?«

Sie zog ihr Messer. Sie wollte möglichst vermeiden, ihre Peitsche einzusetzen, ehe der Schmerz in ihrer Schulter nicht nachgelassen hatte. »Kommt mit, Emery.«

»Wohin?«

»Ich sah etwas in der Sonne blitzen. Stahl war es wohl nicht, doch möchte ich mich überzeugen.«

Er zögerte, als er über die Lichtung zu Jordan blickte, der mit Lord Weirton sprach. »Erlaubt, dass ich Lord le Courtenay rufe.«

»Nein!«

»Nein?«

»Lady Odette soll nicht beunruhigt werden.« Sie bewegte sich langsam auf die Bäume zu und bedeutete ihm mit dem Messer, ihr zu folgen. »Folgt mir.« Sie wartete nicht, ob er ihr gehorchte, da sie wusste, dass es der Fall sein würde.

Isabella hatte nur wenige Humpelschritte gemacht, als sie lächelnd den Dolch einsteckte. »Es ist ein Steinkreuz aus grauer Vorzeit.« Sie betrachtete das Monument, das so hoch war, dass sie sich auf die Zehenspitzen hätte stellen müssen, um das obere Ende zu erreichen. »Ich wäre Euch sehr verbunden, wenn Ihr nicht verlauten lasst, dass ich mich von Quarzgeglitzer aus der Ruhe bringen ließ.«

»Wenn Ihr nicht weitersagt, dass ich versuchte, Euch von der Begegnung mit einem Steinkreuz abzuhalten.« Der Junge umrundete das verwitterte Kreuz und begutachtete es von allen Seiten.

Sie lachte. »Ein fairer Handel.« Während sie über den rauen Granit strich, fragte sie sich, wie man es hier zwischen den Bäumen hatte aufrichten können. Aber vielleicht hatte das Kreuz schon eher als die Bäume dagestanden.

Sie bückte sich nach den Blättern einer Pflanze, die am Fuß des Kreuzes wuchs. Gundelrebe, wie ihr die sprießenden herzförmigen Blätter verrieten. Erst im nächsten Monat würde man das Kraut pflücken können.

Emery räusperte sich. »Ich hörte, wie Ihr und Mylord von der Bruderschaft gesprochen habt.« Er stand breitbeinig da, die Hände im Rücken verschränkt.

»Und Lord Weirton?«

Er nickte.

»Wisst Ihr etwas über sie?«, fragte sie.

Er blickte in beide Richtungen und senkte die Stimme. »Genug, um zu wissen, dass es unklug ist, offen von ihr zu sprechen. Lord Weirton war auf der Hut und nannte sie nicht namentlich.«

»Sie will nicht, dass man ihren Namen kennt?«

»Sie sucht keinen Ruhm wie die Tempelritter oder die Johanniter.«

Sie richtete sich auf. »Dann ist die Bruderschaft ein Ritterorden?«

»Ja, es sind Ordensritter, die lieber England dienen, als übers Meer zu segeln und in einem Kreuzzug zu kämpfen.«

»Wie kommt es, dass Ihr so viel über die Bruderschaft wisst, wenn doch Lord le Courtenay so wenig weiß.«

»Knappen reden untereinander.«

»Und einige der Knappen, mit denen Ihr gesprochen habt, dienen Rittern, die der Bruderschaft angehören?«

Sein Gesicht wurde aschfahl. »Ich … ich darf nichts sagen. Die Mitglieder der Bruderschaft sollen nur einander bekannt sein.«

»Das«, sagte Jordan, als er hinter dem Steinkreuz hervortrat, »macht es nicht leicht, Mitglied zu werden, wenn man die Neigung dazu verspürt.«

Emery schluckte. »Wenn Ihr der Bruderschaft beitreten wollt, Mylord …«

»Dann sollst du der Erste sein, der es erfährt.« Eine Hand auf dem Kreuz, fragte er: »Was weißt du noch über die Bruderschaft, Emery?«

»Die Bruderschaft wurde gegründet, um England zu schützen, wenn König Henry auf dem Kontinent weilt. Die Brüder sind darauf vereidigt, dem König mit allen Mitteln zu dienen.«

»Auch wenn Raub und Überfälle auf unschuldige Reisende nötig sind?«

»Aber sie haben uns nicht angegriffen! Sie haben uns beschützt!«

»Als der Strolch Isabella ein Messer an die Kehle hielt, sah es nicht danach aus, als hätte er ihren Schutz im Sinn.«

Isabella schenkte Emerys gestotterter Antwort keine Beachtung. Seiner Beschreibung nach war die Bruderschaft das Gegenstück zu St. Jude's Abbey. Als die Königin eingekerkert wurde, nachdem sie sich mit ihren Söhnen gegen den König verschwor, hatte man befürchtet, die Abtei würde aufgelöst, da die Schwestern gelobt hatten, mit ihrem Leben für die Königin einzustehen. *Tut, was nötig ist, um zu dienen.* Das Gelübde der Bruderschaft hätte ebenso gut für die Damen von St. Jude's Abbey gelten können.

Als Jordan zurück zur Gruppe ging, war sie erleichtert, dass er langsam ausschritt, damit sie mithalten konnte. Er hatte sich an diesem Morgen nicht nach ihrem Befinden erkundigt, konnte sich jedoch denken, wie es ihr ging, da er die Narben noch schlimmerer Verletzungen an sich trug.

Sie zuckte zusammen, als sie einen üblen Fluch und ein schmerzliches Gewieher hörte, dann drängte sie sich an Emery vorüber, der vor ihr stehen geblieben war. Fassungslos sah sie zu, als Lord Weirton einen dicken Ast aufhob und damit auf sein Pferd einhieb.

Wut ließ sie ihre Schmerzen vergessen, als sie über die Lichtung rannte. »Aufhören!«

Er beachtete sie nicht. »Nichtsnutziges Biest!« Wieder hob er den Ast.

Sie packte das Stück Holz, und als sie es ihm entreißen wollte, drehte er sich mit erhobenem Stock zu ihr um. Nun packte sie seinen rechten Arm und drehte sich um, um ihm ihre Hüfte in die Seite zu rammen und ihn über ihren Rücken zu schleudern. Er fiel hart auf den Boden. Der Stock holperte über den Boden und blieb zu Füßen seiner schockierten Schwester liegen.

»Mylord«, sagte Isabella und ging, um den Ast aufzuheben, »behandelt Euer Reittier nie wieder so übel.« Sie zerbrach den Stock über ihrem Knie und warf die Stücke zu den Bäumen. »Und wenn Ihr es tut, werde ich dafür sorgen, dass Ihr ebenso heftig leidet, das schwöre ich.«

Ohne die entsetzten Blicke des Gefolges zu beachten, ging sie zu dem armen Tier, das sich erst beruhigte, als sie sanft seinen Rücken tätschelte und seine Nüstern streichelte.

»Ich muss Euch um das Versprechen bitten«, fuhr sie in der eingetretenen Stille fort, »dass Ihr nie wieder Euer Pferd oder ein anderes Tier so gemein schlagt. Ich weiß, dass es fraglich ist, ob solche Geschöpfe Gefühle wie wir haben, doch empfinden sie Schmerz wie wir.«

Lord Weirton stand langsam auf und schüttelte den Schmutz aus seiner Kleidung. Er blickte von ihr zu Jordan, der wieder einmal eine ausdruckslose Miene zeigte. »Sollte sie mich wieder so zu Fall bringen, werde ich vergessen, dass sie eine Frau ist, und sie mit meinem Schwert durchstoßen.«

Sie fuhr fort, das Pferd zu beruhigen, trat aber beiseite, als der Baron es ihr bedeutete. Sie hielt seinem Blick mit einer Miene stand, die ebenso gleichmütig war wie jene Jordans. Lord Weirton senkte als Erster den Blick, dann schwang er sich auf sein Pferd und befahl, man solle Lady Odette in den Sattel helfen. Isabella rührte sich nicht von der Stelle, als die Weirtons und ihr Gefolge von der Lichtung ritten. Auch als sie hörte, dass Jordan zu ihr kam, blieb sie reglos stehen.

»Weirton nimmt es nicht auf die leichte Schulter, wenn er zum Narren gemacht wird«, sagte Jordan.

»Ich habe ihn nicht zum Narren gemacht, sondern ihn als jenen Unhold gezeigt, der er ist, wenn er sein treues Pferd so grausam behandelt.«

»Er ist ein angesehener Baron mit vielen Freunden unter den Ratgebern des Königs. Er wurde in seiner Treue zur Krone nie schwankend, auch nicht während des Aufruhrs, der mit der Gefangenschaft der Königin endete. Andere Barone hätten die Chance zur Machterweiterung genutzt, Weirton aber war unbeirrbar in seiner Unterstützung König Henrys.«

Sie nickte und ließ ihre angespannten Schultern sinken. »Ihr habt Recht. Ich muss mich entschuldigen, dass ich ihn zu Boden warf.«

»Er wird nicht glauben, dass Ihr es ehrlich meint.«

»Weil ich es nicht aufrichtig bedaure, dass ich ihn davon abhielt, sein Pferd zu schlagen, doch werde ich mein Bedauern für meine Reaktion ausdrücken.« Sie sah ihn an. »Ich tue es nur, weil er Euer Freund ist.«

»Danke, Isabella.« Er lächelte.

Es kostete sie ihre ganze Selbstbeherrschung, um nicht ihren Mund auf dieses Lächeln zu drücken. Die frühe Morgensonne fiel auf sein dunkles Haar und betonte den kurzen Bart an seinem kantigen Kinn – er war so begehrenswert, dass sie sich fragte, wie sie der Leidenschaft widerstehen sollte, die bei jedem Blick aus seinen Augen sprach.

»Gern geschehen.« Ahnte er, dass die schlichten Worte viel mehr bedeuteten? Sie sehnte sich danach, ihm zu sagen, dass er sie gern mit glühender, sie versengender Leidenschaft küssen durfte.

Schluss damit! Sie hatte den Waffenstillstand zwischen ihnen vorgeschlagen, jene Vereinbarung, die sie zu Verbündeten machte – und nicht mehr. Und er hatte eingewilligt. Sie konnte ihn nicht nach einem Tag brechen.

Als sie zu ihrem weißen Hengst ging, fasste Jordan nach ihrem Arm und riss im selben Moment seine Hand wieder zurück. Ihr Herz hatte bei seiner Berührung ausgesetzt, so jäh, dass sie glaubte, es würde nie wieder schlagen. Nun hätte sie etwas sagen sollen, da er sie nur wortlos anstarrte. Sie wünschte, er würde sprechen oder sich rühren, um diesen Zauber zu brechen. Sie konnte es nicht. Den Rest ihrer Tage und Nächte nur damit zuzubringen, in seine Augen zu schauen, hätte für sie den Gipfel des Glücks bedeutet.

»Wenn wir unser Nachtlager aufschlagen«, sagte er wieder in einem Ton bar jeder Gefühlsregung, »würde ich es zu schätzen wissen, wenn Ihr mir zeigt, wie Ihr ihn zu Fall gebracht habt.«

»Wie ich schon zu Lord Weirton sagte, ist es ein einfacher Trick.«

»Ihr könnt ihn mir also rasch beibringen.«

Sie erwog, ihn an sich zu ziehen wie Lord Weirton, und eine Woge der Hitze durchflutete sie. Auch als sie nickte, wusste sie, dass sie einen Weg finden musste, die Lektion zu umgehen. Es würde schwierig sein, da sie es kaum erwarten konnte, ihn wieder zu berühren.

Der Bach strömte ungestüm zwischen seinen Ufern dahin. Von den Frühlingsregen noch angeschwollen, schoss das Wasser über große Steine, die zu jeder Jahreszeit schwierige Hindernisse dargestellt hätten. Das Bachbett war zu breit, um mit einem Pferd darüber hinwegzusetzen, zudem bot der dichte Wald am anderen Ufer wenig Platz für eine sichere

Landung, auch wenn jemand so kühn gewesen wäre, einen Sprung zu wagen.

Jordan zügelte sein Pferd und schüttelte den Kopf. »Hier können wir den Bach nicht überqueren.«

»Weiter südlich gibt es eine Furt«, sagte Weirton.

»Der Süden ist die falsche Richtung«, wandte Isabella ein. »Lincoln liegt im Norden.«

»Das ist mir klar, Mylady«, sagte Weirton in dem knappen Ton, den er schon den ganzen Tag ihr gegenüber angeschlagen hatte.

»Mit großer Vorsicht könnten wir die Pferde dort drüben durch das Wasser führen.« Sie deutete mit dem Finger einen Weg zwischen den Felsblöcken an.

»Das wäre möglich.« Jordans Ton verriet Bewunderung, wiewohl ihn Isabellas praktische und logische Denkweise längst nicht mehr überraschte.

»Natürlich ist es möglich. Warum queren wir den Bach nicht hier?«

»Seid nicht töricht, Mylady. Die Pferde könnten ausgleiten und uns abwerfen.« Als Lord Weirton ihr den Rücken kehrte, wurde Isabella wütend.

Jordan legte seine Hand auf ihren Arm, ehe sie den Zorn in ihrem Blick äußern konnte. Warum war sie, die doch immer rational vorging, jetzt irrational?

Ihre Finger bedeckten seine, und das vertraute unerfüllte Sehnen nagelte ihn fest. Er beugte sich zu ihr, hielt jedoch inne, als sie seine Hand von ihrem Arm hob. Sie schaute ihn nicht an, und er wusste, dass er dankbar hätte sein sollen. Wenn er wie am Morgen das Verlangen in ihren Augen sah, war zu bezweifeln, ob er dem Drang widerstehen konnte, sie in die Arme zu nehmen. Isabella, die vom Pferd glitt, zog die Peitsche aus dem Gürtel. Sie ließ sie auf den Boden fallen, um die geflochtenen Lederstränge zu entwirren.

»Was macht Ihr da?«, fragte er.

»Ich überquere den Fluss.« Sie hob die Peitsche mit einer einzigen flinken Bewegung. Das Leder schoss durch die Luft, bis das Ende sich um einen Ast schlang. Sie zog fest daran. Verblüfft sah er zu, wie sie sich über den Wasserlauf schwang und auf dem Ufer gegenüber landete. Sie machte den Peitschenstrang nicht los und warf ihm den Griff über das Wasser zu.

Jordan fing ihn lächelnd auf. Nahmen die Überraschungen, die Isabella für sie hatte, denn kein Ende?

»Warum versucht Ihr es nicht, Lady Odette?«, rief Isabella.

»Ich?« Lady Odette schauderte zusammen. »Das könnt Ihr von mir nicht erwarten. Keine richtige Lady würde das tun.«

Er hoffte, Isabella hatte die beleidigenden Worte der Dame nicht hören können, denn beleidigend waren sie. Isabella besaß zwar nicht das damenhafte Benehmen, das Lady Odette perfektioniert hatte, doch war sie viel interessanter. Sie war neugierig auf die Welt und der Königin treu ergeben. Und ihre Bewegungen entzündeten eine Flamme, die nur gelöscht werden könnte, wenn er sie so lange liebte, bis sein Begehren von neuem erwachte.

Isabella rief vom anderen Ufer her: »Überlegt es Euch, Lady Odette. Es macht Spaß.«

Die Lady errötete.

»Wir wollen den Fluss auf eine dir gemäße Weise überqueren«, entgegnete ihr Bruder und legte ihr den Arm um die Schultern.

Jordan blickte von Isabellas geschockter Miene zu den Weirtons. Als Emery neben ihn trat, übergab er dem Jungen den Peitschengriff. Emery segelte mit einem Freudenschrei über den Bach und warf die Peitsche wieder Jordan zu.

Der Hufschlag der Pferde der Weirtons wurde immer schwächer. Es würde über zwei Stunden dauern, bis sie die Furt erreicht hatten und wieder zu der Stelle gelangten, wo Isabella stand. Die vielen Gelübde, die er abgelegt hatte, entlockten ihm eine Verwünschung. Er hatte keine andere Wahl, denn das eine Versprechen – dafür zu sorgen, dass der Schwester seines Freundes nichts zustieß – hatte Vorrang vor allen anderen, sogar vor jenem, das er der Dame der Königin gegeben hatte.

Er griff nach den Zügeln des Schimmelhengstes und jenen von Emerys Pferd. »Emery«, rief er über das tosende Wasser hinweg, »sorge für Lady Isabellas Sicherheit, bis wir euch erreichen.«

Isabella machte große Augen. »Ihr quert den Bach nicht hier?«

»Ich gelobte, Lady Odette zu beschützen.« Er warf ihr die Peitsche zu.

Wut und Kränkung blitzten aus ihren ausdrucksvollen Augen. »So wie Ihr gelobt habt, mir bei der Erfüllung meines Gelöbnisses beizustehen.«

»Das werde ich tun, da wir unseren Weg nach Lincoln fortsetzen, sobald wir Euch eingeholt haben. Das dürfte nachmittags der Fall sein.«

Er gab ihr nicht die Chance einer Antwort. Seinem Pferd

mit der Hand auf die Flanke schlagend, führte er die zwei anderen Pferde mit sich, den Weirtons nach. Er wusste, dass der Umweg viel mehr Zeit beanspruchen und viel komplizierter sein würde, als er es sich je vorgestellt hatte.

14

Unter den Bäumen hielten sich in der Frühlingsdämmerung Kühle und Feuchtigkeit. Nach dem Ritt über offene Fluren hoffte Jordan, sie würden den Wald in seiner gesamten Länge ohne Begegnung mit den Strauchdieben hinter sich bringen, die im Dickicht und auf den Lichtungen ihr Unwesen treiben sollten. Er war zuversichtlich, er und Weirton – und nicht zuletzt Isabella – würden Lady Odette im Ernstfall schützen können. Sogar Emery war ein brauchbarer Schwertkämpfer, wenn er kühlen Kopf bewahrte und nicht so wild um sich hieb, dass er sich selbst mehr gefährdete als jeden Feind.

Dennoch war Jordan erleichtert, als in der zunehmenden Dämmerung die Lichter eines Wirtshauses auftauchten. Schon eine Stunde zuvor hatte er vorgeschlagen, eine Pause einzulegen, Weirton aber hatte unbedingt bis zu dieser Schänke reiten wollen. Den Baron schien die Erschöpfung seiner Schwester nicht zu kümmern, und Jordan wollte Lady Odette nicht in Verlegenheit bringen, indem er auf einer Rast bestand.

Der leere Hof vor der Schänke verriet nicht, dass hier viele Reisende Station machten, wenngleich das Haus nicht an der Hauptstraße nach Lincoln lag, ein Umstand, der Jordan verwunderte. Sie waren von der Straße abgebogen, als Weirton vorschlug, das strohgedeckte Wirtshaus aufzusuchen. Der Name des Hauses war nach Jahren, in denen es Wind, Regen und Sonne ausgesetzt gewesen war, so gut wie verblichen.

Als er aus dem Sattel gestiegen war und sich streckte, sah Jordan aus dem Augenwinkel, dass Isabella ihr Pferd um ihn herumlenkte. Sie hatte wenig gesagt, seitdem er sie und Emery überraschend geduldig am Bachufer wartend angetroffen hatte. Weirtons arrogantes Lächeln, das er zunächst zur Schau trug, war rasch verschwunden, als sie sich von seinen spitzen Bemerkungen unberührt zeigte.

Jordan streckte die Hände aus, um Isabella beim Absteigen zu helfen.

Sie schüttelte den Kopf, und ihr Haar glänzte im letzten Tageslicht wie pures Gold. »Kümmert Euch um Lady Odette. Sie ist zu müde, um allein abzusitzen.«

»Ihr wollt, dass ich ihr und nicht Euch helfe?«

Ihre Finger umfassten die Zügel fester, doch war ihr Ton ruhig, als sie sagte: »Das fordert Eure Ehre, Jordan.«

Er überlegte, was er darauf sagen sollte, doch hätte alles, was ihm in den Sinn kam, kleinlich geklungen. Sie verhielt sich, wie sie es versprochen hatte, und behandelte ihn wie einen geschätzten Verbündeten, während er derjenige war, der hin und her schwankte und dem Abkommen am liebsten ein Ende bereitet hätte.

Er ging zu Lady Odette, die ungeduldig mit den Fingern auf den Sattel trommelte. Er versuchte sich vorzustellen, wie Isabella auf fremde Hilfe wartete, ein Gedanke, den er verdrängte, als Lady Odette strahlend und einladend lächelte.

»Wie freundlich von Euch, Mylord«, gurrte sie, als er sie aus dem Sattel hob und hinstellte. »Bouchard hatte ganz Recht, als er Euch einen ritterlichen Gentleman nannte.« Ihr Lächeln deutete an, dass sie die passende Frau an der Seite eines solchen Mannes wäre.

Er wollte ihr diese Illusion nicht rauben und bot ihr seinen Arm, um sie zum Eingang zu führen, wo der Wirt – ein feister Kerl, dessen rote Nase verriet, dass er seinem eigenen Ale gern zusprach – Isabella begrüßte. Als er sie unverschämt beäugte, war sein Lächeln so breit wie sein Umfang, doch schien seine Bewunderung sie kaltzulassen.

Nicht so Lady Odette. »Seht Euch diesen Schuft an! Wenn er mich so lüstern anglotzt, lasse ich ihm die Augen ausstechen, das schwöre ich.«

Jordan verbiss sich ein Lachen und fragte sich, wie die Dame reagieren würde, wenn der Wirt sie nicht beachtete. Es wäre der Gipfel der Kränkung gewesen.

Wie Lady Odette auf seine Belustigung reagieren würde, sollte er nicht erfahren, da der Wirt an Isabella vorüberblickend eilig die Tür weit aufriss und beiseitetrat, um sie einzulassen.

Jordans Kopf streifte den niedrigsten Balken der unebenen Raumdecke. Der Geruch nach verbranntem Essen und schalen Getränken erfüllte den engen Raum. Auf einem Tisch in der Mitte sah er einige halb geleerte Humpen.

»Habt Ihr noch andere Gäste?«, fragt er den Wirt, der ihnen gefolgt war.

»Nicht über Nacht, Mylord.«

Er war verblüfft wegen der Art, wie der Mann ihn anredete, dann aber fiel ihm ein, dass Isabella dem Wirt ihre Namen genannt haben musste. »Wo sind die Gäste, die ihr Ale nicht austranken?«

Der Wirt blickte von ihm zu Weirton, um sich sodann auf seine Füße zu konzentrieren. »Es steht mir nicht zu, dies zu sagen, Mylord. Wer sich um seinen eigenen Kram und nicht um den fremder Leute kümmert, lebt in den Wäldern am längsten.«

»Ein guter Weg, sein Leben zu leben«, erwiderte der Baron. »Wir brauchen Räume für die Nacht.«

»Ich habe nur drei Kammern.«

»Odette, du und Lady Isabella …«

»… bleiben zusammen.« Lady Odettes Miene ließ ahnen, dass Widerspruch nicht ratsam war. »Sie kann mich vor allem, was angekrochen kommt, beschützen.«

Der Wirt protestierte und sagte, dass es bei ihm kein Ungeziefer gäbe, doch ignorierte ihn die Lady und heftete ihren Blick auf ihren Bruder, während sie mit der Fußspitze ungeduldig auf den Boden klopfte.

»Das hört sich gut an«, sagte Isabella lächelnd. »Wenn Ihr uns nun unsere Kammer zeigen wollt, Walter …«

Jordan sah dem Wirt nach, der die Treppe hinauflief. Isabella konnte sich um Lady Odette kümmern, doch beunruhigte ihn die plötzliche Leere der Schänke. Da Weirton es hingenommen hatte, dass der Wirt keine Erklärung lieferte, hatte Jordan von weiteren Fragen abgesehen.

Zwei Türen lagen einander an einem so engen Gang gegenüber, dass er staunte, wie der Wirt es schaffte, sich durchzuzwängen. Eine dritte Tür lag ein Stück weiter am Gang. Der Wirt öffnete eine Tür und ließ sie eintreten.

Es war nicht so schlimm, wie Jordan erwartet hatte. Zu

dem frischen Geruch einer vor kurzem gestopften Matratze auf dem Bettgestell gesellten sich Besenspuren am Kamin. Der Raum mit nur einem einzigen kleinen Fenster und dicken Deckenbalken war vor kurzem gereinigt worden.

»Nein.« Weirton hatte für den Raum nur einen Blick übrig. »Das wird dir nicht genügen, Odette. Hoffentlich sind die anderen Räume komfortabler.« Naserümpfend erklärte er, als er das Bettgestell und dann den Wirt ansah: »Meine Schwester schläft nicht in diesem Schmutz und Unrat.«

»Ich nächtige hier«, sagte Jordan, verärgert über Weirton.

»Ihr sollt hier nicht unnötig leiden.« Weirton deutete auf die Tür. »Ihr könnt das Hinterzimmer haben, wenn Ihr wollt.«

»Unsinn. Mir reicht das hier.« Er hakte seinen Umhang auf und warf ihn auf die Matratze.

»Wie Ihr wollt.« Der Baron bedeutete seiner Schwester, mit ihm zu kommen.

Isabella blieb neben dem Kamin stehen, als die anderen hinausgingen. Sie strich mit den Fingern über die Steine. »Darf ich noch einen Moment bleiben?«, fragte sie.

»Schmerzen Euch die Ohren?«

Sie lächelte, als man hörte, wie die Lady dem Wirt laut Anweisungen gab, wie er den Raum auf der anderen Seite des Ganges ihren Ansprüchen gemäß herzurichten hätte.

»Lady Odette weiß genau, was sie möchte«, sagte er.

»Und von wem sie es möchte.« Sie setzte sich auf den Rand der Feuerstelle und sah ihn mit einem breiter werdenden Lächeln an. »Jordan, seid auf der Hut.«

»Ich weiß.« Er stützte die Ellbogen auf den Sims oberhalb ihres Kopfes. »Ich weiß die Warnung zu schätzen.«

»Ihr seid mein Verbündeter, und ich möchte nicht, dass

Euch eine schöne Frau ablenkt, ehe wir unsere Aufgabe erfüllt haben.«

»Könnt Ihr nicht wenigstens einen Hauch Eifersucht zeigen?«

»Ich kann mir nicht vorstellen, wie sie zu sein, so wie umgekehrt sie sich nicht in mich hineinversetzen kann.« Isabella lachte und schaute zu Jordan auf, als er nicht in ihr Lachen einstimmte.

Er beobachtete sie mit unverhohlenem Verlangen. Rasch wich er ihrem Blick aus, doch wusste sie, dass es ihm ebenso schwerfiel wie ihr zu vergessen, was sie geteilt hatten.

Sie strich mit den Fingern über die Steine des Kamins. Sie musste ständig auf der Hut sein, ihn nicht zu berühren, da auch eine zufällige Berührung die Mauer zwischen ihnen niederreißen konnte.

Sie wechselte das Thema und sagte: »Walter, unser Wirt, hat Angst.«

»Nicht unbegründet.« Er atmete zwischen zusammengebissenen Zähnen aus. »Der Frieden ist brüchig, und falls es wieder Bürgerkrieg gibt, werden es Menschen wie unser Wirt sein, die zwischen die Fronten geraten.«

»Vielleicht wird dies die Bruderschaft verhindern.«

»Urteilt nicht auf Grund dessen, was Emery sagte. Er ist ein Junge, der mit anderen Burschen und Küchenmädchen Klatsch austauscht. Warum hält sich die Bruderschaft verborgen, wenn ihr Englands Zukunft so am Herzen liegt? Die Tempelritter und die Johanniter tun ihre Arbeit ganz offen.« Sein Lächeln zeigte sich wieder. »Ich würde es vorziehen, mich darauf zu verlassen, dass Ihr Eure Aufgabe erfüllt, Isabella. Königin Eleanor weiß um die Gefahren weiterer Kämpfe zwischen Vater und Söhnen. Die Gründung von St. Jude's Abbey war ein kluger Schachzug.«

»Pst!« Sie legte den Finger an die Lippen. »Gebt Acht, was Ihr sagt.«

»Das werde ich, Ihr aber riskiert, die Wahrheit jedes Mal zu verraten, wenn Ihr etwas Überraschendes tut, wie den Fluss zu überqueren oder Weirton zu Fall zu bringen.«

Isabella stand auf. »Ihr wolltet wissen, wie ich Lord Weirton zu Fall brachte.«

»Allerdings.«

Sie war froh, dass er den abermaligen Themenwechsel zuließ. »Der Zeitpunkt ist so gut wie jeder andere.«

»Im Regen?«

»Es regnet?«

Er nahm ihren Arm und steuerte sie zum kleinen Fenster. Er griff hinter sie und öffnete die Läden. Wasser sprühte auf ihr Kleid.

»Das tut mir leid.«

Sie lächelte. »Unsinn. Das hilft mit, den Reisestaub abzuwaschen, damit ich nicht wie eine Vogelscheuche aussehe, wenn wir in Lincoln ankommen.«

»Ich bezweifle, ob dies möglich wäre, Isabella.«

Als sie gewahrte, dass seine Hand noch auf ihrem Arm ruhte und ihn liebkoste, rückte sie ab. Sie tat so, als hätte sie sein Kompliment nicht gehört. »Wenn Ihr Schlamm nicht scheut, zeige ich Euch gern, wie ich Lord Weirton zu Fall brachte.«

»Und auch, wie Ihr Gamell mit einem Tritt außer Gefecht gesetzt habt. Eine einzige Bewegung, und er war kampfunfähig.« Er blickte aus dem Fenster. »Sieht aus, als wäre das Unwetter fast vorüber.«

»Frühlingsregen kommen und gehen rasch.« Triviale Bemerkungen wie diese hielten sie davon ab, ihre wahren Gedanken auszusprechen.

Jordan musste ähnlich empfunden haben, weil er das alberne Geplauder beibehielt, als sie die Treppe hinunterschritten und hinaus ins Freie traten, nachdem er einen der Humpen vom Tisch hatte mitgehen lassen. Die Nachtluft war kühler als zuvor.

»Hier?« Er öffnete ein Tor, das sich auf eine kleine Grasfläche öffnete.

»Das reicht.« Sie leerte den Humpen, ehe sie ihn auf die oberste Querlatte des Zaunes stellte. Sie hängte den Riemen ihres Sackes über das Tor und sah Jordan an.

»Was soll *ich* tun?«

Isabella lächelte, als er die Frage stellte, die auch sie gestellt hatte, als sie bei Nariko lernte, die alle Übungen überwachte, auch jene der Mädchen, die sie nicht persönlich unterrichtete. Groß und schlank, trug Nariko ihr schimmerndes schwarzes Haar in einem einzigen Zopf zusammengefasst. Ihre Kleidung war stets makellos weiß, auch wenn sie stundenlang trainiert hatte.

Während der letzten Trainingsstunden mit Nariko hatte sie mehr geplaudert als geübt. Nariko hatte gewusst, dass sie es vermied, einen Bogen zu benutzen.

»Du wirst vielleicht eine Mistel von einem hohen Baum herunterschießen müssen«, sagte Nariko mit gespieltem Ernst. »Denk doch, wie nützlich er dann sein kann.«

Isabella lachte. »Nariko, du siehst bei jedem Problem die positive Seite.«

»Und du die negative.«

»Das will ich nicht hoffen!«

Narikos Lächeln ließ Fältchen um ihre mandelförmigen Augen entstehen. »Weißt du nicht, dass alle Mitschwestern vor dir großen Respekt haben?«

»Respekt haben sie vor dir.«

»Mag sein, doch bewundern sie, was du gelernt hast und was du ihnen beibringst. Was sie von mir lernen, hilft ihnen im Kampf, aber von dir lernen sie Überleben und das Heilen von Verletzungen, wenn sie fern der Abtei sind.«

»Wann soll das sein? Seitdem Avisa, Elspeth und Mallory dem Ruf der Pflicht folgend die Abtei verlassen mussten, sind mindestens ein Dutzend Jahre vergangen.«

»Sie dienten der Königin, wie wir alle es müssen. Es sollte uns eine Ehre sein, die geforderten Opfer zu bringen, auch wenn dies bedeutet, dass wir unsere geliebte Heimat verlassen müssen.« Sie seufzte und blickte nach Osten.

Isabella dachte an den Schock, den sie verspürte, als sie sich fragte, ob Nariko einsam sein mochte. Narikos geliebter Vater, ihr einziges Verbindungsglied zu ihrem Heimatland am Ende der Welt, war vor Jahren verstorben. Und ihre Tochter Zuki war ebenso Teil Englands wie Narikos Ehemann.

Isabella hatte nicht gefragt. Manche Dinge waren kein Thema unter den Schwestern, und dazu gehörte das Leben, das sie vor ihrem Eintritt in die Abtei geführt hatten.

»Isabella?«

Jordans Stimme riss sie aus ihren Gedanken. Blinzelnd richtete sie ihren Blick auf ihn. Jetzt lag ihr Leben nicht in der Abtei. Jetzt stand sie im Dienst der Königin. Ehe sie nicht ihre Mission erfüllt hatte, konnte sie nicht in den sicheren Hafen zurückkehren, den die Abteimauern für sie darstellten.

Falls sie denn zurückkehrte …

»Beugt die Knie«, befahl sie und hoffte, sie würde sich in der Lektion verlieren können und den unangenehmen Gedanken vergessen.

»So?«

Sie schüttelte den Kopf und stellte sich neben ihn. »Ihr müsst so tief in die Knie gehen, dass Euch Bewegungsspielraum nach oben und unten bleibt.«

»So?«, fragte er wieder.

»Tiefer.« Sie bückte sich und legte ihm eine Hand hinter jedes Knie. »Und jetzt tiefer, bis Ihr meine Hände berührt.«

Er tat, wie ihm geheißen.

»Denkt an dieses Gefühl«, sagte sie zurücktretend. »Und jetzt versucht dies.«

Sie nahm die Stellung ein, die sie von ihm gefordert hatte. In die Höhe schnellend hob sie das linke Bein und schwang es vorwärts. Die Fußkante traf den Humpen, der scheppernd hinter den Zaun fiel. Sie landete so leichtfüßig wie möglich, doch schoss ein grausamer Schmerz durch ihren linken Fuß. Sie schenkte ihm keine Beachtung. Zur Selbstverteidigung gehörte es, sich von Schmerzen nicht ablenken zu lassen.

»Das soll ich nachmachen?« Er schüttelte mit bedauerndem Lächeln den Kopf. »Nach tausend Versuchen könnte es vielleicht glücken.«

»Ich glaube, ich musste es mindestens so oft üben.« Die Hände hinter sich verschränkend sagte sie: »Es ist die Bewegung, mit der ich den Sheriff ins Knie traf. So hoch zielte ich mit meinem Fuß gar nicht.«

»Kein Wunder, dass Gamell jetzt humpelt.«

»Diese Taktiken im Verein mit anderen Waffen verschaffen einem gegenüber anderen Kämpfern einen Vorteil.«

»Auch einer Kämpferin?«

»Besonders einer Kämpferin.« Sie kostete die Kameradschaft zwischen ihnen aus. Sie wünschte, es würde ihr genügen, doch wollte sie sich nichts vormachen. Sie sehnte sich danach, dass er sie die Wunder lehrte, die Mann und Frau teilten.

Er blickte auf ihren Fuß hinunter. »Ihr solltet vorsichtig sein.«

»Das bin ich immer.«

»Ja, aber jetzt ganz besonders.« Er zog seine Tunika aus und enthüllte, dass er über einem wattierten Wams ein Kettenhemd trug. Er fiel auf ein Knie, um den Panzer über den Kopf zu ziehen, und ließ ihn auf den Boden fallen, dass die Kettenglieder klirrten. Dann richtete er sich auf und zog seine Tunika wieder über das gefütterte Hemd. »Bis nach Lincoln sind es noch einige Tage. Ihr müsst bei der Ankunft gesund sein.«

»Das werde ich. Meine erste Pflicht – und die Eure ebenso – ist es, König und Königin zu dienen.«

Er hob das schwere Kettenhemd auf und legte es über den Zaun, der unter dem Gewicht ächzte, das er scheinbar mühelos getragen hatte. »Ihr braucht mir nicht zu sagen, was ich sehr gut weiß. Ich habe meine Pflicht nie vernachlässigt. Wenn mich der König wieder ruft, werde ich nicht zögern, dem Ruf zu folgen.«

»Sagtet Ihr nicht, dass Ihr hofft, der Aufruf zum Kampf würde nie wieder ergehen?«

»Hofft Ihr das nicht auch?«

»Doch.«

Er bewegte seine Finger und sah Isabella an. »Und jetzt zeigt mir, wie Ihr Weirton zu Fall brachtet, dass er wie ein Käfer zappelnd auf dem Rücken liegen blieb.«

Isabella ermahnte Jordan, er solle wegen seiner Stiche vorsichtig sein, schonte ihn andererseits aber nicht, als sie ihm die einzelnen Schritte zeigte, die dazu führen sollten, jemanden auf dem Boden landen zu lassen. Er versuchte ihre Bewegungen nachzuahmen und stellte unzählige Fragen. Immer wieder versuchte er, sie zu Fall zu bringen. Und immer wieder hinderte sie ihn daran und ließ ihn auf dem Rücken landen. Er stand wieder auf und zeigte, dass er zu einem neuen Versuch bereit war, bis sie ihn mindestens zum zehnten Mal zu Fall gebracht hatte. Diesmal blieb er liegen.

Isabella kniete nieder und strich über sein Haar, das von der Anstrengung feucht geworden war. »Für das erste Mal reicht das.«

»Nicht ein einziges Mal konnte ich Euch umwerfen.« Er drehte sich auf den Rücken. »Ist Euch klar, wie schmählich es für einen kampferprobten Krieger ist, von einer Frau bezwungen zu werden?«

»So schmählich, wie es für mich wäre, von Euch bezwungen zu werden.«

Er lachte leise auf. »Das ist nur fair. Jetzt verstehe ich, warum die Wahl für diesen Auftrag auf Euch fiel.«

Sie blickte zu den ersten Sternen auf, die die Dämmerung durchbrachen. »Es erschien mir so einfach, als mich die Äbtissin bat zu beschaffen, was die Königin suchte.«

»Meine Tante und nicht die Königin äußerte das Ansinnen?« Er setzte sich auf und sah sie an.

»Der König lässt die Königin genau beobachten. Sie benutzt Mittelsmänner, um ihre Wünsche kundzutun.«

»Ihr seid der Königin nie begegnet?«

»Nein.«

»Dann steht Euch noch etwas Besonderes bevor, Isabella.«

»Ihr kennt sie?«

Er nickte. »Ich war damals ein Kind, aber ich weiß noch genau, wie penibel meine Eltern auf jede Einzelheit bedacht waren, als die Königin eine Nacht auf La Tour verbrachte. Damals konnte ich von weitem einen Blick auf sie werfen. Sie war die bemerkenswerteste Frau, die ich jemals sah.« Er zwinkerte. »Bis ich Euch begegnete.«

»Jordan, spart Euch die Komplimente für Lady Odette. Keine Frau auf der Welt könnte sich mit der Königin messen.« Sie legte ihre Hand auf den Magen, als dieser knurrte. »Es ist längst Zeit fürs Abendessen.« Sie stand auf und reichte ihm die Hand. Als er sie ergriff, zuckte er zusammen. »Schmerzen?«

»Ihr habt mich wohl einmal zu viel zu Boden geschickt.«

»Glaubt Ihr, dass Ihr um den Schlaf kommen werdet?«

Er streckte den Arm und verzog das Gesicht, als er aufstand. »Es fühlt sich an, als sei jeder einzelne Stich gerissen.«

»Lasst mich nachsehen.«

Er hinderte sie daran, nach seiner Tunika zu greifen. »Nein, Isabella, das wäre nicht klug.«

Sie wollte schon sagen, dass sie wüsste, wie man Wunden untersucht, ohne jemandem Schmerzen zuzufügen, hielt aber den Mund. Er warnte sie vor der Gefahr, ihn zu berühren. Auch eine züchtige, gut gemeinte Berührung mit den Fingerspitzen, die auf seine Haut auftrafen, konnte ein Inferno entfesseln.

Sie griff in ihren Sack und zog ein Päckchen mit einem aufgestickten blauen Kreuz heraus. »Nehmt nur ganz wenig von dem Pulver in ein Glas Wein.« Sie drückte ihm das Päckchen in die Hand. »Nur eine Prise zwischen zwei Fingern, da es sonderbare Phantasien hervorrufen kann. Es lindert Schmerzen und lässt einen schlafen.«

»Es gibt eine andere Möglichkeit, meine Schmerzen zu lindern.« Er umfasste ihr Gesicht mit beiden Händen und zog es an sich. »Mir wäre lieber, du würdest mir ein Stück von dir verschreiben.«

»Du weißt, dass es unmöglich ist«, flüsterte sie, auch als ihr Körper sie drängte, dem Taumel nachzugeben, den seine Augen verhießen.

»Nicht ganz unmöglich. Du brauchst nur ja zu sagen.«

»Und was dann?«

Er glitt mit seinem Mund über ihre Lippen. »Du kennst die Antwort darauf, Isabella.«

Allerdings. Sie entzog sich seinen Armen, schob die Träger ihres Sackes über ihre Schulter und durchschritt das Tor.

Ihr ganzer Körper, wenn auch nicht ihr Verstand, sehnte sich danach, zu ihm zu gehen. Als sie die Tür der Schänke erreichte, lief sie bereits. Sie lief die Treppe hinauf, betrat das Zimmer, das sie mit Lady Odette teilte, und schloss die Tür.

An die Tür gelehnt, sank sie zu Boden. Wie lange konnte sie seinen leidenschaftlichen Küssen noch widerstehen? Sie kannte die Antwort. Solange sie musste.

Schlafen war unmöglich. Isabella hatte Hunger, da sie nicht zum Abendessen erschienen war, doch war es nicht ihr knurrender Magen, der sie wach hielt. Ihre Gedanken schweiften immer wieder ab, und sie sah Jordans vor Leidenschaft lodernde Augen vor sich. Als er sie vor dem Hauptturm von La Tour in den Armen gehalten hatte, hatte es keinen Gedanken an Gut oder Schlecht gegeben. Es hatte nur das Verlangen gegeben. Das Verlangen nach seinen Küssen, nach seiner Berührung, nach allem, was sie teilen konnten, ein Verlangen, genährt von dem Wissen, dass die kühnsten Phantasien vom Aufruhr ihrer Gefühle in seiner Umarmung übertroffen würden.

»Schluss damit«, befahl sie leise.

Sie stopfte das dünne Kissen unter ihren Kopf und versuchte, es sich auf dem Boden bequem zu machen. Lady Odette hatte das Bett beansprucht, den Eichhörnchenkäfig auf eine Seite gestellt und sich selbst auf die andere Seite gelegt. Anstatt zu streiten, hatte Isabella sich glücklich geschätzt, eine Decke ergattern und diese auf den Boden breiten zu können.

Aber der Schlaf wollte sich nicht einstellen. Wenn sie in der Abtei schlaflos dagelegen hatte, war sie in die Scheune gegangen und hatte an Experimenten gearbeitet, da sie wusste, dass sie ungestört bleiben würde.

Sie stand auf und sah zu dem Bett hin, in dem Lady Odette leise schnarchte. Rasch zog sie sich an und unterdrückte ein Stöhnen, als sie ihren verletzten Fuß in den zerrissenen Stiefel zwängte. Sie tastete im schwachen Mondlicht nach dem Sack und schlich hinaus.

Isabella warf einen Blick auf die Tür gegenüber und lief die

Treppe hinunter und aus dem Haus. Verweilte sie länger, würde Jordan womöglich öffnen. Konnte sie wieder nein sagen?

Die Nacht war kühl und feucht, als sie eine der Laternen neben der Tür herunterhob. Sie hatte keine Ahnung, wie die Substanzen unter diesen Bedingungen reagieren würden, da sie immer bemüht gewesen war, ihre Scheune sauber und trocken zu halten. Einige Grundstoffe eruptierten geradezu, wenn man Wasser hinzufügte, und sosehr sie sich abmühte, hatte sie diese Detonationen nicht verhindern können. Sie wollte unbedingt jene Kombination finden, die zuließ, dass sie Zeitpunkt und Kraft der Explosion bestimmen konnte.

Gerüche aus dem Kuhstall zogen sie dorthin. Es war wenig wahrscheinlich, dass sich jemand dorthin verirren würde.

Ihre Knie wurden nass, kaum dass sie sich hingekniet und ihren Sack auf einen unbenutzten Steintrog gelegt hatte. Das Licht reichte kaum aus, dass sie die Päckchen finden konnte, die sie suchte.

Sie grub eine kleine Vertiefung. Sorgfältig mischte sie gleiche Mengen Schwefel und Holzkohle und hoffte, die Mischung würde nicht explodieren, ehe sie festgestellt hatte, ob es das richtige Mengenverhältnis war. Sie hob einen Zweig auf, öffnete die Laterne und zündete ein Ende an.

Sie ging auf Abstand, als sie den Zweig an die Mischung hielt. Funken sprühten. Nur einen Moment, mit einem scharfen Knall, der sie erschreckte. Sie drückte die Hände ans Gesicht, um keinen Triumphschrei auszustoßen, und hielt inne. Ihre Finger brannten wie nach einem Bienenstich.

Sie hob die Laterne hoch und blickte zu der Stelle, von der Rauch aufstieg. Kleine weiße Kristalle glänzten im Licht. Sie blickte von ihnen zu ihren Fingern. Das Brennen und das

Glitzern konnten nur eines bedeuten. Der Boden musste als Folge der Tierhaltung Salpeter enthalten.

Konnte Salpeter der Bestandteil sein, der ihr bis jetzt gefehlt hatte? Wer hätte geahnt, dass ein so minderer, in Misthaufen und Latrinen produzierter Stoff die Antwort zu ihrem Rätsel liefern würde?

Ihre Freude bekam einen Dämpfer. Sie hatte keine Ahnung, wie viel Salpeter sich im Boden befunden hatte. Die Explosion war zu klein und unwirksam, nicht mehr als eine Kuriosität. Vor ihr lag noch viel Arbeit, doch hatte sie einen erstaunlichen Fortschritt erzielt.

Am nächsten Tag wollte sie nach Sonnenaufgang wieder einen Versuch machen. Jordan würde früh aufbrechen wollen, doch würde Lady Odette beim Frühstück sicher trödeln. Damit blieb Isabella Zeit, noch mehr und größere Detonationen auszuprobieren.

Sie sprang auf und drehte sich um. Geschafft! Sie würde nun immer mehr in Erfahrung bringen und nach ihrer Rückkehr in die Abtei ihren Schwestern und der Äbtissin ihre Entdeckung vorführen können.

Aber sie musste diese Aufregung *jetzt* mit jemandem teilen!

Er war der Einzige, der einschätzen konnte, wie aufregend dieser kleine Funke für sie war. Sie nahm Sack und Laterne und lief zur Schänke. Die Laterne hängte sie an ihren Haken, ehe sie die Treppe hinauflief.

Ihre freudige Erregung legte sich ein wenig, als sie sich Jordans geschlossener Tür gegenübersah. Sollte sie anklopfen? Sie hob die Hand und ließ sie wieder sinken. Was dachte sie sich eigentlich? Sie war eine Närrin, wenn sie sein Zimmer betrat, nur weil sie feiern wollte, weil sie sich keine bessere Art zu feiern vorstellen konnte als in seinen Armen.

Sie griff nach der Klinke zu dem Raum, den sie mit Lady Odette teilte. Wieder hielt sie inne. Lady Odette würde entsetzt sein, dass Isabella sich unweit eines Misthaufens betätigt hatte.

Jordan hatte sich für ihre Studien in der Abtei seiner Tante interessiert. Sie hatte ein Risiko auf sich genommen, als sie das Experiment wagte. Nun nahm sie das Risiko auf sich, ihr Verlangen zu bezwingen, damit sie die wunderbare Neuigkeit mit ihm teilen konnte, ehe sie vor Freude zersprang.

Lächelnd klopfte sie an. Es gab Dinge, für die sich ein Risiko lohnte.

Das hoffte sie jedenfalls.

15

Die ledernen Türscharniere knarrten, und Jordan hörte die Katze vom Bett herunterspringen und leichtfüßig hinaushuschen. Unfassbar! Er befand sich mit zwei erlesenen Schönheiten auf einer Reise, und das einzige weibliche Wesen, das sein Bett teilte, war eine Katze.

Als wären seine Gedanken zum Leben erwacht, hörte er: »Jordan, darf ich eintreten?«

Isabella!

»Herein«, antwortete er, heiser vor Schlaf. Er hob den Kopf vom Kissen … oder er versuchte es wenigstens. Sein Schädel fühlte sich an, als laste sein Kettenpanzer mit vollem Gewicht darauf. Vor seinen Augen verschwamm alles. War das noch immer die Wirkung von Isabellas Kräutern, die ihn ganz benommen gemacht hatten, nachdem er das Gebräu geschluckt hatte?

Im Licht der Feuerstelle erblickte er Isabellas reizvolle Silhouette. Lautlos wie eine Katze trat sie auf Zehenspitzen ans Bett. Nun stutzte sie und deutete fassungslos auf die andere Seite des Bettes.

»Was ist denn?« Wieder versuchte er, den Kopf zu heben. Und wieder nagelte ihn etwas auf dem Bett fest. Er drehte sich ein wenig und starrte ungläubig die Rothaarige an, die neben ihm lag. Lady Odettes Arm schlang sich um seine Mitte, ihr Kopf ruhte an seiner Schulter. Sie kuschelte sich enger an ihn und rückte ihren üppigen Körper zurecht.

Als Isabella zur Tür ging, war jeder einzelne Hüftschwung Ausdruck ihrer Entrüstung. Er musste sie aufhalten, ehe sie annahm ... Was hieß annahm? Die Wahrheit war hier vor seinen und ihren Augen.

Er schob Lady Odette so sanft als möglich von sich und schwang die Beine aus dem Bett. Der Boden schien unter ihm zu schwanken, und er zweifelte, ob er einen Schritt würde gehen können. Eile tat not. Mit jedem Schritt, den Isabella sich entfernte, sanken seine Chancen, sie aufzuhalten.

Irgendwie schaffte er es, vor ihr an der Tür zu sein. Sein ausgestreckter Arm hielt sie auf.

»Fahrt zur Hölle!«, fauchte sie ihn an.

»Isabella, Ihr müsst mir zuhören.«

»Wozu denn? Sie liegt in Eurem Bett!«

»Für mich überraschend.« Er gähnte.

»Wie bitte?«

»Sie muss hereingeschlüpft sein, nachdem ich eingeschlafen war.«

»Und Ihr erwartet, dass ich diese Geschichte glaube?«

Er zog die Schultern hoch und gähnte wieder. »Ob Ihr es glaubt oder nicht, ich schwöre, dass es die Wahrheit ist. Meine Wunde schmerzte nach dem Training mit Euch, deshalb nahm ich etwas von Euren schlaffördernden Kräutern.«

»Etwas?« Ihr Zorn ließ nach. »Ich sagte ja, Ihr solltet vorsichtig sein und nur wenig davon nehmen.«

»Nur eine kleine Prise in den Wein. Das war es doch?«

»Ja.«

»Ich trank ein paar Schlucke. Danach erinnere ich mich undeutlich, dass ich mich hinlegte, doch hätte ich es mir gemerkt, wenn schon jemand im Bett gelegen hätte.«

»Wirklich?«

Er lachte. »Vielleicht. Vielleicht auch nicht. Ich weiß jedenfalls, dass ich mich erinnert hätte, wenn *Ihr* darin gelegen hättet.«

»Das reicht, Jordan.« Sie ging um das Bett herum zu Lady Odette, die auf dem Rücken lag, eine Hand dorthin ausgestreckt, wo er gelegen hatte. In leisem Flüsterton fragte sie: »Warum steht Ihr hier? Helft mir lieber.«

»Was wollt Ihr?«

Sie legte sich Lady Odettes schlaffen Arm über die Schulter und richtete die Dame zu einer sitzenden Position auf. »Helft mir, wenn Ihr nicht wollt, dass ihr Bruder auf einer Heirat besteht, da Ihr mit ihr im Bett wart.«

»Ich sagte, ich hätte nicht …«

»Ich glaube Euch vielleicht, aber wird es auch Lord Weirton tun?«

Jordan zögerte mit seiner Antwort, erstaunt, dass sie sein Wort auf seinen Schwur hin akzeptierte. Sie kannte ihn erst kurz und hatte doch viel Vertrauen in ihn gezeigt. Nur ein Mensch hatte ihm jemals so vertraut: Ryce de Dolan. Und nur einem Menschen hatte er so vertraut wie Ryce: Isabella de Montfort. Nicht, weil sie von St. Jude's Abbey kam, sondern weil nichts – auch nicht gesunder Menschenverstand – sie davon abhalten konnte, ein gegebenes Versprechen zu brechen.

Und er musste es ebenso halten.

Er näherte sich dem Bett und bedeutete Isabella, beiseitezutreten. Lady Odette sank wie eine welkende Blume aufs Bett zurück. Er hob sie hoch und drückte sie an seine Brust. Sie wirkte so zart wie ein totes Blatt. Er blickte auf ihre vollkommenen Züge hinunter, verwundert, dass er kein Verlangen nach ihr empfand. Sie war der Typ Frau, den er bevorzugte – bereitwillig und fügsam –, anders als Isabella, die nie das tat, was er erwartete. Hätte Weirtons Schwester Isabella in seinem Bett entdeckt, hätte es wütendes Gekreisch gegeben. Ebenso, wenn Weirton seine Schwester in Jordans Bett entdeckt und zur Rettung ihres Rufes auf einer Heirat bestanden hätte. Hatte es die Lady darauf angelegt? War sie mit der Absicht in sein Bett geschlüpft, eine Ehe zu erzwingen?

Als hätte er diese Frage laut gestellt, sagte Isabella: »Lasst Euch nicht zu lange Zeit, sie in ihr eigenes Bett zu legen. Wenn Lord Weirton einen Blick in ihr Zimmer wirft …« Sie brauchte nicht auszusprechen, was beide wussten. »Braucht Ihr Hilfe?«

»Ich bin jetzt so stabil, dass ich sie tragen kann.«

»Wie gut, dass sie so klein ist.«

Er wollte nicken und unterließ es, weil ihm schwindelte. Er

musste seinen Kopf – und seinen Verstand – bewahren. Der Boden hob und senkte sich wie ein Schiff auf rauer See, doch setzte er einen Fuß vor den anderen und schob sich langsam zur Tür.

Isabella schlüpfte an ihm vorüber, und der Duft ihres Haares ließ seine Knie noch weicher werden. Sie roch nach Frische und nach Nacht und einem Zauber, den zu besitzen sie leugnete. Er hatte nicht gewusst, dass ihr Zauber ein Aroma besaß, und doch war es so – mystisch und verführerisch.

Dann war sie fort. Sie hatte die Tür geöffnet und war so lautlos hinaus auf den Gang getreten, wie sie gekommen war. Rasch ging auch er zur Tür und sah gerade noch, wie sie die Klinke der Tür gegenüber herunterdrückte. Sie öffnete ganz kurz und ließ ihn eintreten.

Es war finster. Als Isabella nahe an seinem Ohr flüsterte, er solle warten, bis sie eine Kerze angezündet hätte, durchschoss ihn ein heißes Zittern vom Kopf den Rücken entlang. Jeder einzelne Muskel spannte sich, als er Lady Odette am liebsten aufs Bett geworfen und Isabella in sein eigenes gebracht hätte, wo sie ihren Zauber um ihn weben konnte, während er sie die besondere Magie lehrte, die die Verschmelzung ihrer Körper bewirkte.

Er verschluckte sein Stöhnen, als er ihre verstohlenen Bewegungen hörte. Seine Phantasien waren eine Qual, doch von dem Moment an, als er sich bereiterklärte, ihr Verbündeter und nicht mehr zu sein, hatte festgestanden, dass sie unbefriedigt bleiben würden.

»Schließt die Augen«, hörte er sie sagen.

Er tat es und öffnete sie langsam, als der Schein eines Binsenlichtes durch seine Lider brannte. Vorsichtig ging er ans

Bett, das schmäler war als sein eigenes. Er legte Lady Odette in die Mitte.

Die Dame murmelte etwas, das verdächtig nach seinem Namen klang, umklammerte das Kissen und begrub ihr Gesicht darin. Sie bot einen wundervollen Anblick mit ihren roten Locken, die malerisch um sie drapiert waren und die Kurven kaum verhüllten, die sich an seine Brust gepresst hatten. Ihre Lippen waren unter den sanften Atemzügen des Schlafes, der ihre festen Brüste bewegte, geöffnet. Sie würde einem Mann als Ehefrau eine köstliche Herausforderung sein, dieser Mann aber war nicht Jordan le Courtenay.

»Ein Problem gelöst«, sagte er, als er sich vom Bett umdrehte.

Isabella befand sich nicht mehr im Raum. Wohin war sie verschwunden und wie war sie unbemerkt hinausgeschlüpft? Sein Verstand arbeitete noch langsamer, als er vermutet hatte. Er musste sie finden, vor allem aber musste er wissen, warum sie in sein Zimmer gekommen war.

Er ging hinaus und schloss die Tür hinter sich. Seine Tür war nur angelehnt. Hoffnung beflügelte ihn, als er sie weiter aufstieß. Er war nicht überrascht, Isabella mit gekreuzten Beinen am Kamin sitzen zu sehen. Als er die Tür schloss, schaute sie auf.

»Kommt und setzt Euch zu mir«, sagte sie und schlug leicht auf die Steine.

Er hätte gern gesagt, dass sie es auf dem Bett bequemer hätten, wusste aber, dass sie die warmen Steine neben dem Kamin gewählt hatte, um sich von seinem Bett fernzuhalten.

Kaum hatte er sich neben sie gesetzt, als sie fragte: »Ist Lady Odette erwacht?«

»Nein. Hat sie von Eurem Schlaftrunk auch etwas abbekommen?«

»Ich gab ihr nichts, doch könnte sie von Eurem Wein gekostet haben, um sich zu stärken, ehe sie Euch verführte.«

Er lächelte. »Ihr meint, sie musste sich stärken?«

»Ihr seid ein sehr einschüchternder Mann.« Sie strich mit einer Fingerspitze über seine Wange. »Und sie möchte Eure Frau werden. Sicher bangte sie um die Gelegenheit, Euch zur Heirat zwingen zu können.«

Er nahm ihren Finger und führte ihn an die Lippen. Als er ihr tiefes Atemholen hörte, ließ er ihre Hand los. War er denn ganz auf den Kopf gefallen? Keiner von beiden brauchte Stärkung, um den anderen zu verführen.

»Ich bin Euch Dank schuldig«, sagte er, während ihm andere Worte auf der Zunge brannten, Worte, die sie anflehten, die Seine zu werden.

»Ihr hättet dasselbe für mich getan.«

»Ihr seid eine erstaunliche Frau, Isabella de Montfort.«

»Ihr seid mein Verbündeter im Dienst der Königin.« Ihr Mund ließ ein müdes Lächeln ahnen. »Und Ihr seid Neffe der Äbtissin von St. Jude's Abbey.«

»Eine Beziehung wie diese ist keine Garantie für Vertrauenswürdigkeit.«

»Wollt Ihr mich überreden, Euch einen Lügner zu heißen?«

Er lachte. »Ich will damit sagen, wie sehr ich Euer Vertrauen in mich zu schätzen weiß.«

»Warum sollte ich kein Vertrauen zu Euch haben?«

Er legte seinen Arm um ihre Schulter. »Die Tatsache, dass Ihr fragt, ist ein Beispiel dafür, dass Ihr eine erstaunliche Frau seid.« Er gähnte.

»Ihr müsst zu Bett. Der Trunk war sehr stark.«

»Das werde ich, sobald ich weiß, warum Ihr hereingekommen seid.«

»Mir fiel etwas Sonderbares auf, als ich zuvor hereinkam.«

»Etwas Sonderbares?«

»Hier.« Sie zeigte auf einen Stein am Rand des Kamins. »Er ist nicht so warm wie die anderen.«

»Steine erwärmen sich bei unterschiedlichen Temperaturen.«

»Das weiß ich, doch ist dieser Stein mit den anderen um ihn herum identisch. Das lässt vermuten, dass es eine sonderbare Bewandtnis mit ihm hat.«

Er ging neben ihr in die Hocke. »Wie kann er gleich und zugleich anders sein?«

»Ich weiß es nicht.« Sie ergriff seine Hand und drückte sie auf einen Stein. »Spürt Ihr, wie heiß er ist?«

»Ja, er ist heiß.« Seine Stimme sank zu einem kehligen Flüstern herab. »Und ich bin auch heiß.«

»Das Feuer …«

»Ist nicht so heiß wie Eure Finger.« Er hob ihre Hand vom Stein und legte ihre Finger über seine. »Eure Finger sind nicht so weich wie jene Lady Odettes, doch vermag ihre Berührung eines Mannes Phantasien und mehr zu erhitzen.«

»Nicht, Jordan.« Sie entzog ihm ihre Hand. »Sagt nicht solche Sachen, wenn Ihr doch wisst, wohin dies führen kann.«

»Ich weiß sehr gut, wohin es führen könnte.«

Sie hob den Blick und sah ihn an. »Zu Lust.«

»Ja.«

»Damit gebe ich mich nicht zufrieden.«

Er stand auf. Mit einer Verwünschung ließ er eine Faust auf die Kaminsteine sausen. »Ich dachte, Ihr wäret nicht wie alle anderen, Isabella.«

»Wie wer?«

»Wie die Frauen, die für die Freuden, die sie bieten, immer einen Gegenwert fordern.«

Sie richtete sich auf. »Jede Freude, die ich Euch bot, wurde frei und ohne Verpflichtungen gewährt. Ich bin nicht Lady Odette. Ich bin Isabella de Montfort von St. Jude's Abbey.«

Seine Wut richtete sich nun gegen ihn selbst. Sie war aufrichtig wie von dem Augenblick an, als sie einander begegneten. Sie hatte ihm auf seine Frage hin sogar die Wahrheit enthüllt und gesagt, dass sie als Schwester in der Abtei war. Und er konnte ebenso aufrichtig sein. Warum nahm er nicht ihre weichen Lippen in Besitz, löste nicht ihr honiggoldenes Haar und ließ es an sich entlanggleiten? Weil er ein Versprechen gegeben hatte und es halten würde, mochte es ihm auch noch so schwerfallen.

»Ihr habt Recht, Isabella.«

»Wirklich?« Ihre blaugrauen Augen wurden groß.

»Warum so erstaunt? Ihr habt öfter Recht als nicht Recht gehabt.« Er kniete neben ihr hin. »Zeigt mir, was Ihr entdeckt habt.«

»Seid Ihr sicher?«

»Das bin ich, Isabella.« Er sprach ihren Namen wie eine Liebkosung aus, voller Verlangen, ihre weiche Haut zu streicheln.

»Dann fangen wir damit an. Spürt Ihr, wie warm das ist?« Sie legte die Finger auf den Stein und nahm sie wieder fort, als er sie berührte.

»Ja.«

»Und jetzt diesen.« Sie zeigte auf den nächsten Stein. »Spürt Ihr den Unterschied?«

»Ja.« Er staunte, um wie viel kühler der zweite Stein war. Er ließ die Finger nun über alle anderen Steine in der Nähe gleiten und stellte fest, dass sie bis auf den einen alle dieselbe Temperatur hatten. »Wisst Ihr, warum?«

»Es gibt nur eine einzig logische Antwort. Etwas muss die Hitze blockieren.«

»Das ist logisch.«

Sie schenkte ihm ein Lächeln, das ihn steinhart zu machen drohte, da es keck und verführerisch war. Sie zog einen großen Beutel aus ihrem Sack, der von ihm unbemerkt auf dem Kamin lag und Werkzeuge enthielt. Lächelnd zog sie einen Metallstab von der Länge ihres längsten Fingers heraus. Diesen reichte sie ihm.

Er trieb das Stemmeisen zwischen die Steine, so wie er sich wünschte, in sie eindringen zu können. Gelockerte Mörtelstücke wurden verstreut und verbreiteten feinen Staub, doch kümmerte es Isabella nicht.

Mit einem Lachen sagte sie: »Demoliert nicht den ganzen Kamin.«

»Ich werde mich bemühen.« Mit zusammengebissenen Zähnen stemmte er sich gegen das Hindernis und wünschte, sie würde nicht aufhören zu reden, damit seine Gedanken nicht verbotene Wege einschlugen.

Verflixter Waffenstillstand!

Der Stein fiel heraus und prallte gegen das Bett, in dem er eine tiefe Kerbe im Holz hinterließ. Der Wirt würde alles andere als erfreut sein. Eine oder zwei zusätzliche Münzen würden des Zorn des Mannes hoffentlich dämpfen können.

Wenn es nur einen Weg gegeben hätte, sein Verlangen nach Isabella zu dämpfen …

Sie streckte sich auf dem Bauch aus und spähte in die Öffnung, die der Stein ausgefüllt hatte. Strähnen ihres widerspenstigen Haares lagen um seine Stiefel und verlockten ihn, sie anzufassen.

»Könnt Ihr etwas sehen?«, fragte er.

»Vielleicht.« Sie griff in die Öffnung und zog einen Beutel heraus, nicht unähnlich jenen, die sie immer mit sich trug. Sie setzte sich auf, löste die Zugbänder und drehte ihn um. Ein kleiner Gegenstand fiel heraus.

»Was ist das?«, fragte er.

»Sieht aus wie eine Pilgermünze. Es ist … Ach, du lieber Himmel, es trägt das Motto *Semper minax, nunquam submissus.*«

»Die Bruderschaft! Was soll das da drinnen?«

»Es könnte zufällig dort gelandet sein. Vielleicht lag das Ding auf dem Kamin und glitt zwischen die Steine. Andererseits könnte es für die Mitglieder der Bruderschaft eine Bedeutung haben. Es könnte als Begrüßung oder Warnung für ihre Gefährten hinterlassen worden sein. Ohne mehr über die Bruderschaft zu wissen, kann man nichts mit Sicherheit sagen.«

Er nahm die Münze und drehte sie um. Wie erwartet zeigte die Rückseite das ihm inzwischen vertraute Symbol der zwei Gestalten – einen Reiter und einen, der das Pferd führte.

»Erst das Messer in Ryces Grab, dann das Schwert und jetzt die hinter Steinen verborgene Münze. Es muss einen Zusammenhang geben.« Er rieb sich die Stirn. » Warum kann ich ihn nicht erkennen?«

Isabella lächelte. »Der Schlaftrunk ist so stark, dass er das klare Denkvermögen trüben könnte.«

»Aber ich muss klar denken.«

»Ihr müsst schlafen.«

Er strich mit den Fingern langsam ihren Rücken hinauf. »Das erscheint mir als Zeitverschwendung.«

»Schlafen empfand ich nie als Zeitverschwendung, da der Schlaf Köper und Geist erquickt.« Sie lachte, und er glaubte, nie ein herrlicheres Geräusch gehört zu haben. Sprach sie, oder sang sie? Einerlei, jede Bewegung ihrer Lippen durchströmte ihn wie Musik.

»Es gibt andere Wege, Körper und Geist zu erquicken«, wandte er ein.

»Wenn Ihr damit andeuten wollt …« Reizvolle Röte stieg ihr in die Wangen.

»Sprecht das Wort aus, und wir können unseren Waffenstillstand neu aushandeln und alle Eure Wünsche berücksichtigen.«

»Und Eure Wünsche?« Sie strich mit dem Finger über seine Wange und seine Lippen.

»Es ist das, was wir beide wünschen.« Er zog sie auf die Füße hoch und führte sie um das Fußende des Bettes herum. »Wir wollen einander.«

Er griff hinter sie und hob ihre Zöpfe so an, dass sie vorn über ihre Brust fielen. Dann löste er sie, indem er mit den Fingern leicht die Flechten entlangstrich. Als seine Fingerspitzen ihre Brüste streiften, hauchte sie erbebend seinen Namen.

Er konnte ihr Einverständnis nicht erwarten. Mit einem

Aufstöhnen zog er sie ins Bett und unter sich. Ihr Gesicht umfassend murmelte er: »Sag das Wort.«

»Jordan, wir sollten nicht …«

»Doch, wir sollten.« Er ließ seine Zunge über ihren Hals gleiten und lächelte, als sie erbebte. »Sag das Wort.«

Er drückte sie noch tiefer ins Bett, während er mit seinen Fingern über ihre Seiten strich. Flirrende Gefühle durchdrangen ihn, als sie sich an ihn klammerte. Isabellas Reaktion auf seine Berührung war überwältigend. Ihre Finger drückten sich in seinen Rücken, als seine Fingerspitze auf gewundenen Pfaden über ihre Brust wanderte. Er beugte sich über sie, um von der sanften Wölbung zu kosten, die der Ausschnitt ihres Kleides freigab, und sie stöhnte laut auf vor verzehrendem Verlangen.

»Ja. Ja, Jordan.«

Schönere Worte hatte er nie vernommen. Er eroberte ihre Lippen und gab ihr nicht die Chance, sie ihm zu entziehen. Als er ihren weichen Körper fester in die Matratze drückte, glitten ihre Finger seinen Rücken hinauf und klammerten sich an ihm fest. Da wusste er, dass sie sich ebenso danach sehnte, Teil von ihm zu sein wie umgekehrt. Sie stöhnte an seinem Mund. Sein Verlangen drohte ihn zu überwältigen, als ihre Zunge ihren Weg zwischen seinen Lippen hindurch fand und ihn mit ihrer feurigen Berührung entflammte. Als er den Geschmack ihres Mundes kostete, wusste er, dass keine andere Frau seiner Werbung so wert war und dass sie ihn erregen würde, wie keine andere es vermocht hatte. Er wollte mit ihr die Ekstase teilen.

Er löste die Bänder an ihrem Kleid, schob das Mieder herunter und enthüllte ihr Batisthemd. Als er ihre Brustspitze streifte, richtete diese sich gegen den Stoff auf. Er befreite sie und strich über die weiche Wölbung ihrer Brust. Sie geriet unter ihm in wollüstige Verzückung, und er sah ihr an, dass ihr Verlangen zu jenem verzweifelten Begehren wurde, an dem er litt, seitdem er in ihre verwirrenden Augen gesehen hatte.

»Sag, dass es das ist, was du willst, meine Süße«, murmelte er und rollte sich auf den Rücken, um ihre Büste von der Hülle zu befreien, während ihr offenes Haar sie beide wie ein goldener Regen umgab.

»Du bist, was ich will.« Ihre atemlose Stimme wurde vom Hämmern seines Herzens gedämpft, als ihre Hand über seine Brust glitt.

Mit jedem heißen Atemzug durchtobte ihn ein Sturm, als sie seinen Mund auf ihren lenkte. Ihre eifrige Erkundung machte an seiner Mitte nicht Halt, sondern glitt weiter, bis er sie aufhielt, indem er ihr Handgelenk umfasste.

Berührte sie ihn jetzt, würde er bersten. Er wollte sie noch auskosten, ehe er sich der höchsten Wonne hingab. Ein Moment nur, und Kleid und Hemd waren heruntergezogen und landeten auf dem Boden. Er drückte seine Daumen auf ihre bebenden Brüste, ehe er mit der Zunge durch die warme Senke dazwischen glitt.

Erbebend flüsterte sie: »Jetzt. Bitte.«

»Noch nicht.« Er setzte sich auf und entledigte sich seiner Kleidung. Langsam zog er sie wieder über sich und genoss das Gefühl, sie zu spüren, Zoll um Zoll.

Sie stieß einen leisen klagenden Laut aus, ehe ihr Mund über seinen Hals glitt. Ihre Lippen hinterließen heißes Prickeln auf seiner Haut. Ihre Beine bewegten sich an seinen, als sie eine Spur von Küssen auf seine Brust und tiefer legte. Ihre

Finger, kühner, als er es sich je vorgestellt hätte, wanderten tiefer und umfassten ihn zwischen den Beinen. Nun war er es, der sich vor unbeherrschtem Verlangen wand.

»Das möchte ich in mir«, flüsterte sie, als sie leicht einen Finger auf und ab gleiten ließ. »Jetzt. Bitte.«

Er schaute in ihre Augen, in denen stürmische Leidenschaft loderte. Ihre Berührung, jede sanfte Liebkosung passte zu seinem Puls. Er konnte nicht länger warten.

Mit einem Aufstöhnen zog er sie unter sich und erhob sich über sie. Sogar im Wahnsinn seines Hungers nach Befriedigung mit ihr vergaß er die Vorsicht nicht, als er in sie eindrang. Ein leiser Schrei entrang sich ihr, den er mit einem Kuss erstickte. Es bedurfte seiner ganzen Willenskraft, sich zurückzuhalten, als er wartete, bis sie sich an das Gefühl, ihn in sich zu spüren, gewöhnte.

Langsam lehrte er sie den Rhythmus der Liebe. Ihre Hände strichen über seinen Rücken hinauf, ehe sie wieder abwärtsglitten, um ihn tiefer in sich zu drücken. Ihre Leidenschaft raubte ihm den Rest seiner Beherrschung. Ihr ekstatisches Stöhnen war das Letzte, was er hörte, ehe er sich völlig der Lust hingab. Es war alles, was er sich erträumt hatte, und mehr.

Isabella flocht ihr gebürstetes Haar und wand es um ihren Kopf. Sie befestigte es mit Haarklammern und griff nach ihrem Sack. Hinter sich hörte sie Lady Odette die Ungeschicklichkeit ihrer Zofe beklagen.

Es war einfach, die Dame zu ignorieren, als sie ihrem Glück nachsann. Was für eine unglaubliche Nacht! Und sie hatte noch keine Möglichkeit gehabt, Jordan die Neuigkeit von ihrer Entdeckung zu verraten. Würde er auch so aufgeregt sein? Sie wusste, dass Nariko es sein würde, da Isabella es, wenn auch zufällig, geschafft hatte, jene Mischung von Substanzen zu finden, die man kontrolliert zur Explosion bringen konnte. Ihre Lehrerin hatte sie immer wieder gedrängt, nicht aufzugeben. Und jetzt, nach so vielen falschen Schritten, hatte Isabella gezeigt, dass sie würdig war, den Schwestern von St. Jude's Abbey anzugehören.

»Seid Ihr schon fertig?«, fragte Lady Odette, als Isabella mit dem Sack über der Schulter zur Tür ging.

»Für heute war ein früher Aufbruch geplant.«

»Ich habe noch nichts zu mir genommen.« Sie streichelte das Köpfchen ihres Eichhörnchens. »Auch Peppy kann mit leerem Magen nicht reisen.«

Das Tier gab eine schnarrende Antwort, die Lady Odette als Zustimmung deutete.

»Wir sehen uns unten.« Isabella war froh um jeden Vorwand, den Raum zu verlassen. Sie hatte letzte Nacht nicht wieder in das Zimmer zurückkehren wollen, aber wenn Lady Odette erwacht wäre und Isabellas Abwesenheit bemerkt hätte, hätte sie endlose Fragen über sich ergehen lassen müssen. Ihr war nicht nach Antworten zumute. Sie wollte nur glücklich sein.

Es nieselte leicht, als Isabella auf den Hof trat, nachdem sie sich vom Wirt ein Honigbrot hatte geben lassen. Nicht einmal ein Wolkenbruch hätte ihre Freude trüben können. Als sie Jordan erblickte, der seinen Sattel überprüfte, lief sie zu ihm.

»Guten Morgen«, rief sie.

Er drehte sich um und stützte einen Arm auf seinen Sattel.

»Es ist ein sehr guter Morgen, da du nun kommst, Isabella.« Sein Lächeln war so bestrickend, dass sie versucht war, alles zu vergessen, was sie ihm sagen wollte, und sich nur in seine Arme zu schmiegen.

»Du siehst aus, als würdest du dich besser fühlen.«

»Viel besser.«

»Ich auch.«

Sein Lächeln wurde breiter. »Das freut mich sehr.«

»Ich wollte es dir schon gestern sagen …«

»Aber du wurdest abgelenkt.«

Sie sah ihn verblüfft an und sagte dann, anstatt Fragen zu stellen: »Jordan, ich wollte dir sagen, dass ich es schaffte! Ich konnte das Experiment zu Ende bringen, an dem ich jahrelang arbeitete.«

»Experiment? Welches Experiment?«

Rasch erklärte sie es ihm, wenn sie auch Narikos Namen nicht erwähnte und verschwieg, wie sie ihre Kenntnisse erlangt hatte. Sie wollte nicht riskieren, dass jemand sie belauschte, daher war es besser, dass sie durchblicken ließ, das Wissen sei von einem aus dem Morgenland heimkehrenden Ritter mitgebracht worden.

»Wie das griechische Feuer?«

Sie sah ihn erstaunt an. »Griechisches Feuer? Was ist das?«

»Ich dachte, du siehst dich als Adeptin der Elemente und ihrer Wirkungen.«

»Das bin ich.« Sie lachte. »Deshalb stelle ich Fragen, wenn ich etwas nicht weiß.«

»So wie du Lady Odette fragst, wie sich eine Dame benimmt?«

Sie tat seine Frage mit einer Handbewegung ab. »Was ist griechisches Feuer?«, fragte sie.

Er kniete nieder und hob einen Stock hoch. Schwefelgeruch stieg von ihm auf, doch schenkte er ihm keine Beachtung, als er die vereinfachte Gestalt eines Mannes in die lose Erde zeichnete. »Einmal sah ich dieses Bild.« Er fügte einen Zylinder von Armeslänge hinzu. »Die Alten benutzten ein Rohr, das eine Flüssigkeit enthielt und Feuer spuckte, so mächtig, dass es in Sekundenschnelle ein Schiff einhüllte.«

Neben ihm kauernd stützte sie ihr Kinn in die Handfläche. »Ich möchte wissen, wie sie das schafften.«

»Das Wissen ging verloren. Ist es das, was du erreichen wolltest?«

»Nein. Ich suchte eine Mischung, deren richtiges Verhältnis garantiert, dass sie explodiert, wenn man sie zündet.«

»Und das hast du in der Abtei meiner Tante studiert?«

»Ja.«

»So wie die Heilkräuterkunde?«

»Ja.«

»Und deine erstaunliche Kampfkunst.« Er strich mit einem gekrümmten Finger über ihre Wange. »Du bist eine tolle Frau, Isabella.«

Sie nahm seine Hand und umfasste sie. »Jordan, das wirklich Wundersame dabei ist, dass ich die Explosion beherrschen konnte. Dafür arbeitete ich jahrelang.«

Er führte ihre Hände an seine Lippen und küsste erst die eine, dann die andere. »Ich bin sehr stolz auf dich, Isabella. Es geschieht nicht oft, dass für jemanden ein Traum wahr wird. Für uns beide war es letzte Nacht der Fall.«

»Für uns beide?« Sie wollte fragen, was er meinte, sah aber

den Wirt aus dem Haus treten. Sie ließ Jordans Hand los. »Ich glaube, wir haben jetzt genug gesagt. Es wäre besser, nicht von dem zu sprechen, was geschah.«

»Du magst Recht haben« Er lächelte spitzbübisch. »Aber ich muss dauernd daran denken.«

»Woran?«

»An letzte Nacht.«

»Wovon redest du?« Es sah ihm nicht ähnlich, in Rätseln zu sprechen.

Sein Lächeln wurde zu einem tiefen Stirnrunzeln. »Isabella, warum bist du so scheu? Du sagtest, du wolltest es ebenso wie ich. Willst du das jetzt leugnen?«

»Ich kann nichts leugnen, wenn ich keine Ahnung habe, wovon du sprichst.«

»Wie du letzte Nacht mein Lager teiltest, nachdem wir fanden ... was wir im Kamin fanden.«

»Dein Bett geteilt? Du glaubst ...du meinst, wir ...« Sie fing an zu lachen.

»Isabella.« Sein Ton verriet Gereiztheit. »Das ist kein Spaß. Nachdem wir über unseren Fund sprachen, kamst du in mein Bett. Als ich erwachte, warst du fort. Warum tust du, als würde ich lügen?«

Sie legte ihre Hände auf seine Wangen, so dass seine Augen ihr nicht ausweichen konnten. »Jordan, ich beschuldige dich nicht der Lüge. Ich bin sicher, dass du glaubst, es wäre Wirklichkeit, was du erlebtest. Du musst aber bedenken, dass die Kräuter, die dir guten Schlaf bringen sollten, dir auch Dinge vorgaukeln, die nicht wirklich sind.«

»Es war also nur ein Traum?«

»Vielleicht kein richtiger Traum, aber etwas Ähnliches. Ich

warnte dich, dass einige der Kräuter sonderbare Visionen hervorrufen, die sehr echt wirken können.«

Der Schock ließ seine Augen groß werden, während sein Mund schmal wurde.

Sein Blick glitt über sie, und sie fragte sich, was er suchte. Als hätte sie die Frage laut gestellt, sagte er: »Ich hätte wissen müssen, dass es nicht wirklich sein kann, da du doch so offen in deiner Leidenschaft warst und dich nicht hinter Pflichten und Verpflichtung verstecktest. Du warst beflissen und kühn und berührtest mich, wie ein Mann berührt werden möchte. Als du dich über mich beugtest und deine nackten Brüste sich an mich pressten und mich anflehten, dich zu lieben, hätte ich wissen müssen, dass es nur Täuschung war.«

Er ging ein Stück weiter, auf das umzäunte Gelände zu, wo sie ihm ein paar der von Nariko erlernten Tricks beigebracht hatte, und schlug mit geballten Fäusten auf das Tor. Anspannung sprach aus jedem Zoll seines Körpers. Nicht nur Anspannung, sondern auch Kummer. Isabella war verwundert, dass ihr Tränen in die Augen stiegen, als sie wegblickte. Sie war von seinen Worten schockiert … und von ihrer Reaktion darauf. Ihre Finger hatten geprickelt, als er davon gesprochen hatte, wie sie ihn berührte. Als er schilderte, wie ihre nackte Haut an seiner lag, hatte es ihr den Atem geraubt.

Nun stand er da, die Schultern so tief gebeugt, als lasteten die Mauern von La Tour auf ihnen. Sie kannte Jordan erst seit ein paar Tagen, in dieser Zeit aber hatte sie ihn zu oft unglücklich gesehen. Sein freudiges Lächeln war so schön gewesen, und jetzt war es verschwunden. Wie sehnte sie sich danach, ihm die Freude zu bringen, die sie erlebt hatte, als ihr Experiment endlich glückte! Als sie ihn fluchen hörte, wusste sie, dass es nur einen Weg gab, ihn von seinem Kummer abzulenken. Sie konnte seine Phantasie wahr werden lassen.

Er sah sie an und sagte: »Es war wundervoll, dich so zu halten, Isabella, auch wenn es nur die Heilkräuter waren, die die Bilder in meinem Kopf entstehen ließen.«

»Wir sollten darüber nicht mehr sprechen.«

»Warum nicht?«

»Weil es nicht wirklich war.«

»Was ist schon wirklich? Das Leugnen dessen, was wir wirklich empfinden?«

»Das müssen wir.«

»Ich bin kein Mönch, der gelobte, Freuden in jeglicher Form zu entsagen.«

Verletzt von seinem brutalen Ton, schlug sie zurück. »Nein, du bist ein Mann, der Angst hat, etwas anderes als Lust und Trauer und Schuld zu empfinden. Wenn das alles ist, was du fühlen kannst, Jordan, dann tust du recht, es zu leugnen. Ich fühle Freude und Hoffnung und Erregung und Liebe, und ich werde alles dies so voll und ausgiebig empfinden, wie ich will.«

Sie ließ ihm nicht die Chance einer Antwort. Nichts, was er sagte, konnte den Abgrund überbrücken, der sich zwischen ihnen aufgetan und ihr Glück verschlungen hatte.

16

Die Stadt Lincoln erschien Isabella auf den ersten Blick geradezu verwirrend, so dass sie erst gar nicht wusste, in welche Richtung sie zuerst schauen sollte. Läden verschiedenster Art drängten sich dicht an dicht mit den Reetdächern der Fachwerkhäuser an der Hauptstraße, während jener Stadtteil, in dem die Schlachter ihre Läden hatten, etwas versteckt und abseits lag. Kirchen, deren eckige Türme über ihren Dächern aufragten, waren Wahrzeichen eines jeden Viertels.

Isabellas Blick galt vor allem den Doppeltürmen an der Westfront der imposanten Kathedrale. Erhöht gelegen, thronten Kathedrale und Lincoln Castle eindrucksvoll über der Stadt. Der große Turm der Burg, der die Wolken zu streifen schien, krönte den imposanten Anblick.

Sie hätte ihn gern noch länger bewundert, musste aber ihre Aufmerksamkeit darauf verwenden, ihr Pferd durch die belebten Straßen zu lenken. Der Markt lag am Fuß des Hügels direkt an der Stadtmauer. Gerüche der Fisch- und Geflügelstände stiegen ihr in die Nase, als Lord Weirton ihnen bedeutete, sie sollten ihm eine steil bergauf führende Straße in Richtung Burg und Kathedrale folgen.

Isabellas Herz schlug so erregt, dass sie schon fürchtete, man würde es ihr ansehen. »Wir sind da«, hauchte sie. »Endlich sind wir da.«

»Habt Ihr geglaubt, ich würde mein Versprechen nicht halten?«, fragte Jordan neben ihr.

»Nein«, erwiderte sie hastig und versuchte ihr Erstaunen

zu verbergen, weil er mit ihr redete. In den vergangenen vier Tagen hatte er nicht einmal ein halbes Dutzend Worte an sie gerichtet. Auch als sie am Tag zuvor die Fäden seiner Stiche gezogen hatte, hatte seine einzige Äußerung sich auf ein knappes »Danke« beschränkt. Sie hatte getan, als würde es ihr nichts ausmachen, doch wurmte seine Kühle sie ebenso wie ihr Unvermögen, die kontrollierte Explosion erneut durchzuführen. Schließlich hatte sie nichts verbrochen, als sie ihm vorschlug, die aus zerstampften Mohnkapseln hergestellte Arznei zu versuchen. An seinem Traum, von dem er geschworen hatte, er wäre Wirklichkeit, war sie unschuldig.

Als er eine Braue hochzog, umspielte die Andeutung eines Lächelns seine Lippen. Nie war ihr ein Anblick willkommener gewesen. Während sie nur das Nötigste gesprochen hatten, musste sie entdecken, wie sehr ihr sein seltenes Lachen und seine spontanen Bemerkungen fehlten.

»Also gut«, sagte sie. »Ich mag ja Zweifel gehabt haben, doch ist das nur menschlich.«

Ehe er darauf antworten konnte, stöhnte Lady Odette Mitleid erregend wie schon die vergangenen Stunden. Als sie den Hügel erklommen, klammerte sie sich an ihren Sattel und stöhnte bei jedem Schritt, den das Pferd machte. Die Lady wollte nichts sagen, als ihr Bruder sie fragte, was ihr zu schaffen mache.

Isabella brauchte nicht zu fragen. Sie erkannte die Symptome, an denen viele Frauen während ihrer Menstruation litten. Die Dame war bleich und hielt ihre Hand immer wieder auf den Unterleib.

Sie drängte ihr Pferd näher an Lady Odettes Reittier und nahm die Zügel, die lose in der Hand der Dame lagen. Scheute der Wallach vor einem Karren oder den Rufen der Händler, konnte Lady Odette verletzt werden.

Leise sagte Isabella: »Ich habe Petersilie dabei, Mylady. Ich werde daraus etwas zubereiten, das Euren Schmerz lindert.«

Die einzige Reaktion der Dame war ein neuerliches Stöhnen.

»Wir sind fast angelangt«, rief Lord Weirton zurück. »Das Haus mit der grünen Tür.«

»Wir sind fast angelangt«, wiederholte Isabella, als Lady Odette sich im Sattel vornüberbeugte.

Eine Hand legte sich auf ihren Arm, süße Glut des Begehrens loderte auf. Sie sah nach rechts, um festzustellen, was Jordan wollte. Mit einem raschen Lächeln gab sie ihm zu verstehen, er solle Lord Weirton nachreiten, da ihre drei Pferde die ganze Breite der Straße einnahmen, die immer schmäler wurde, je näher man der Kathedrale kam.

Er nickte und ritt vor ihr und Lady Odette. Als Lord Weirton links abbog, blickte Jordan zurück, um sich zu vergewissern, dass sie es gesehen hatte. Wieder bedeutete sie ihm, er solle voranreiten.

Ein schmales Tor verband das Haus mit der grünen Tür mit dem Nachbarhaus. Ein Haus auf dem Hügel darüber war ein Steinbau, alle übrigen waren aus verwittertem Holz, ein Zeichen, dass diese Straße viele Jahre lang von Bränden verschont geblieben war.

Der Hof hinter dem Haus war beengt. Ein kleiner Stall hinter dem runden Brunnen bot nicht genügend Platz für ihre Pferde. Sie fragte sich, wo sie Sättel und Zaumzeuge sowie Pferdefutter unterbringen sollten, doch war das nicht ihre Sache. Sie musste sich um Lady Odette kümmern und dann in der Kathedale mit der Suche nach der Metallkassette und den Papieren beginnen.

Lord Weirton saß ab. »Es steht Euch frei, in diesem Haus für die Dauer Eures Aufenthaltes in Lincoln Quartier zu nehmen.«

Jordan schwang sich trotz der langen Stunden im Sattel behände vom Pferd. »Ich wusste nicht, dass Ihr so weit von Kenwick Castle ein Haus besitzt.«

»Es gehört einem Freund. Conrad d'sAlpin.«

»Bruder Conrad?«, fragte Emery, als er aus dem Sattel sprang.

»Bruder?«, fragte Jordan. »Wie in der Bruderschaft?«

Der Knappe trat nervös von einem Fuß auf den anderen und blickte zu Boden. »Ich hätte nicht wiederholen sollen, was andere Knappen munkelten, Mylord. Verzeiht mir.«

Lord Weirtons Lachen durchbrach die Anspannung. »Der junge Mann ist müde. Seinem Mund entströmen Dummheiten.«

»Hat d'sAlpin etwas mit der Bruderschaft zu tun?«, fragte Jordan.

»Warum fragt Ihr mich? Ich höre nicht auf Gerüchte, die von Schildknappen verbreitet werden.« Der Baron breitete die Hände aus. »D'sAlpin ist ein guter Mann, der uns sein Haus zur Verfügung stellt. Wiederholt man Klatsch, wird seine Güte geschmälert.«

Isabella sah, wie Emery sich verdrückte, ihr Pferd und seines am Zügel. Der Ärmste wünschte sich jetzt gewiss, er hätte seinen Mund nicht aufgemacht. Wie viel wusste der Schildknappe wirklich über die Bruderschaft? Als sie sah, dass Jordan Emery nicht aus den Augen ließ, konnte sie sich denken, dass er ebenso neugierig war wie sie. Eine Tür an der rückwärtigen Front des Hauses wurde geöffnet, ein Mann spähte heraus. Klein und dünn, trug er eine braune Tunika, die ihm bis zu den Spitzen seiner abgetretenen Schuhe reichte. Sein helles Haar fiel ihm in die Augen, so dass er aussah, als sei er eben aus einem Nickerchen aufgestört worden. Er stellte sich als Aldus, Diener in Lord d'sAlpins Haus, vor und hielt ihnen die Tür auf.

Lord Weirton half seiner Schwester über drei Stufen in einen sparsam eingerichteten Raum, in dem eine Dienerin bereits wartete. Es gab Kleiderhaken für ihre Mäntel, an einer Wand stand eine Bank. Der Kamin war so groß, dass Isabella aufrecht darin Platz gehabt hätte. Es brannte kein Feuer, die Steine waren gesäubert worden.

Aldus bat sie zu warten, bis er das übrige Gesinde verständigt hätte, und verschwand durch eine andere Tür.

Lord Weirton wartete nicht, bis sich die Tür geschlossen hatte, und grollte: »Unter einem anständigen Willkomm stelle ich mir ein gemütliches Plätzchen zum Sitzen und einen anständigen Trunk vor.«

»Ach, Bouchard, du weißt ja nicht, was richtiges Unbehagen ist«, sagte seine Schwester jämmerlich.

Als der Baron ihr mitfühlende Worte sagen wollte, ließ Lady Odette ihren Umhang von den Schultern gleiten, sicher, dass jemand ihn auffangen würde, ehe er auf dem Boden landete. Die Dienstmagd stürzte vor, um danach zu greifen, stieß aber einen Schrei aus, als Peppy über Lady Odettes Arm lief und auf den Umhang hüpfte.

Isabella legte der jungen Frau beruhigend eine Hand auf die Schulter und schenkte ihr ein mitfühlendes Lächeln. Die

Dienstmagd holte bebend Luft, ehe sie sich zusammennahm und Mantel und Eichhörnchen auf der Bank ablegte.

»Peppy, mein Süßer«, gurrte Lady Odette mit ausgestreckter Hand. Das Tierchen sprang hinauf und huschte zu ihrer Schulter, wo es sich hinhockte und die Magd beschimpfte. »Fasse meinen Peppy nicht an, wenn ich es nicht erlaube.«

»Das werde ich nicht tun.« Die Dienerin knickste, nahm den Umhang an sich und eilte hinaus, ehe die Dame sie noch mehr schelten konnte. Sie wechselte einen unbehaglichen Blick mit Aldus, der eben wieder eingetreten war.

Der Diener trug ein einstudierte Lächeln zur Schau. »Lord Weirton, ich ließ für Eure Begleitung ein Mahl zubereiten.«

»Ein Mahl?«, rief Lady Odette. »Wenn hier Essen serviert wird, wird mir übel.«

Als Aldus sie verdutzt anstarrte, warf Isabella rasch ein: »Lady Odette fühlt sich nicht wohl.«

»Nicht wohl? Wenn sie schlechte Keime mit sich bringt, werden wir …«

»Ihr, Aldus, habt von ihrem Zustand nichts zu befürchten.«

Unter anderen Umständen wäre die Schreckensmiene des Dieners komisch gewesen, und Isabella war versucht, ihn daran zu erinnern, dass auch die Frauen, die in der Küche arbeiteten, ihre Monatsblutung durchmachten, doch wollte sie den Mann nicht noch mehr aus der Fassung bringen.

»Es wäre für alle am besten«, sagte Jordan mit ruhiger Autorität, »wenn man die Dame allein lässt.«

Sie war nicht sicher, ob es Jordans Befürwortung ihrer Bitte war oder ob Aldus zwischen sich und eine blutende Frau möglichst große Distanz legen wollte, der Diener führte sie jedenfalls eilig aus dem Empfangsraum hinaus.

Mit Hilfe von Lady Odettes Zofe brachte Isabella die Lady in einem fensterlosen Gemach im Erdgeschoss zu Bett. Isabella war nicht weiter verwundert, als Lord Weirton vorschlug, seine Schwester solle einen anderen Raum wählen. Ein sonderbar feuchter Geruch stieg von den Schilfmatten auf dem Boden auf. Lady Odette wollte nicht auf ihn hören und beharrte darauf, dass sie keinen Schritt mehr gehen könnte. Er gab nach. Für alle drei bot der Raum samt dem Bett und einer schlichten Truhe unter einer Lampe, die an einem Nagel an der weißen Mauer hing, nicht genügend Platz.

Auf Isabellas Ersuchen hin wurde Wasser in einer kleinen Schüssel gebracht. Sie tat fünf Tropfen Öl aus Petersiliensamen hinein und bot den Trank Lady Odette an. »Trinkt, Mylady. Es wird Eure Krämpfe lindern.«

Lady Odette griff danach und schnüffelte. »Grässlich.«

»Es ist nur ganz wenig. Trinkt, damit Ihr schlafen könnt.«

Die Dame kam der Aufforderung unwillig nach und schlief bald ein.

Isabella ging hinaus auf den Flur, wo Lord Weirton auf einem Stuhl unter einer Dreiergruppe von Fenstern saß, die Ausblick auf die steil ansteigende Straße bot. Die grüne Tür stand offen, um frische Luft einzulassen.

Er stand auf, als sie an dem Gang innehielt, der zu der Treppe ins obere Geschoss führte. »Wie geht es ihr?«

»Morgen wird sie wohlauf sein. Heute braucht sie Ruhe.«

»Wir können von Glück reden, dass Ihr uns mit Eurem Wissen helft, Mylady.«

»Es freut mich, wenn ich helfen kann.«

»Wären alle Frauen so veranlagt, hätte unser König ein leichteres Leben gehabt. Seine Frau hätte lieber den König unterstützen sollen und nicht ihren Lieblingssohn.«

»Ein Urteil über die Königin steht uns nicht zu.«

»Nun, eigentlich überrascht es mich nicht, dass Ihr sie verteidigt, Mylady, da sie Euch sehr ähnlich sein soll – sehr klug und sehr eigensinnig.« Mit einem leisen Lachen setzte er hinzu: »Das war nicht als Beleidigung gemeint.«

»Einen Vergleich mit der Königin fasse ich als Kompliment auf.«

»Das dachte ich mir.« Er lächelte, und sie erwiderte sein Lächeln. Vielleicht hatte sie den Baron falsch eingeschätzt, von dem sie zunächst den Eindruck gewonnen hatte, er dächte in erster Linie an sich selbst. Sie merkte, dass sie sich nicht geirrt hatte, als er hinzufügte: »Ich wünsche Odette eine wundervolle Zukunft.« Sein Blick huschte zu Jordan, der an einem Fenster stand, von dem aus er die Straße überblickte, und sein Lächeln bekam etwas Raubtierhaftes.

Isabella hätte es gleichgültig sein sollen, dass der Baron eine Vermählung seiner Schwester mit Jordan plante. Sie hätte ihm die Weirtons mit Freuden an den Hals wünschen sollen. Sie hätte es in alle Welt hinausschreien sollen, dass die beiden einander verdienten, doch wusste sie, dass es nicht stimmte. Jordan war ein Ehrenmann, wie er bewiesen hatte, als er sich von ihr fernhielt, damit sie nicht ihrer Leidenschaft nachgeben konnten.

»Lord Weirton«, sagte sie leise, »ich glaube, Eure Schwester würde Euch gern sehen, wenn sie erwacht.«

»Ihr erwartet, dass ich hier warten soll, während …«

»Ich weiß, dass Eure Schwester nicht die Einzige ist, die

Eure Besorgtheit um sie zu schätzen wüsste.« Sie blickte zu Jordan.

Der Baron ging an ihr vorüber zu dem Gemach und schloss die Tür hinter sich.

»Manipuliert Ihr die Menschen immer so mühelos?«, fragte Jordan, der näher kam und neben ihr stehen blieb.

»Nein. Deshalb möchte ich Euch rundheraus fragen, ob Ihr morgen mit mir kommt, wenn ich zu einer Unterredung mit dem Stellvertreter des Bischofs gehe?«

»Warum fragt Ihr? Ich war einverstanden, Euch zu helfen.«

»Ich war unsicher, ob Ihr es Euch nicht überlegt habt.« Sie platzte mit den Worten heraus, die sie zurückgehalten hatte.

»Ein gegebenes Versprechen breche ich nicht, Isabella.« Schmerz trübte seinen Blick. »Ich dachte, das wüsstet Ihr.«

»Das weiß ich allerdings.« Mit einem Seufzer fuhr sie fort: »Vergebt mir. Dieses ganze Gerede von der Bruderschaft machte mich unsicher.«

»Nach dem Überfall auf Euch auf La Tour wundert es mich nicht.«

Sie setzte ihren Sack auf den Boden, öffnete ihn und zog ein in der Scheide steckendes Messer heraus. Dieses reichte sie ihm. »Dies solltet Ihr haben. Es gehört nicht mir. Es gehörte Eurem Freund.«

»Ihr habt gegen den Mann gekämpft, um ihn daran zu hindern, es an sich zu bringen. Ryce würde wollen, dass Ihr das Messer bekommt, um Euren Mut zu würdigen.« Er nahm das Messer und tat es zurück in den Sack. »Und auch ich würde mich freuen, weil Ryce nicht in geweihter Erde ruhen würde, hättet Ihr mir nicht das Leben gerettet.«

»Lord Weirton hätte Euch vor dem Galgen bewahrt.«

»Möglich, aber Ihr habt mich aus Gamells Gefängnis befreit. Ryce wusste eine große Geste immer zu schätzen, so ist es nur recht und billig, dass Ihr das Messer behaltet.« Er reichte ihr den Sack und sagte: »Es sieht Euch nicht ähnlich, Angst zu haben.«

»Ich habe keine Angst. Ich bin nur neugierig, was es mit der Bruderschaft auf sich hat.«

»Das sah ich, als wir die Pilgermünze fanden.«

»Pilgermünze? Was für eine Pilgermünze?«

Kopfschüttelnd sagte er: »Vergesst, dass ich das sagte. Es ist Teil des Traumes, den ich in der Schänke hatte.« Er ließ ihr keine Zeit zur Antwort und fragte: »Wenn Euch Emerys Bemerkungen nicht beunruhigen, was dann?«

»Ich befürchte, dass ich die Königin enttäuschen werde. Wie kann ich zurück nach St. Jude's Abbey gehen und mein Versagen eingestehen?«

Er ließ sich mit der Antwort Zeit und fragte dann: »Ihr wollt also dorthin zurückkehren?«

»Es ist mein Zuhause, Jordan, so wie La Tour Eure Heimat ist. Ihr müsst verstehen, wie sehr es mir fehlt, weil La Tour auch Euch gefehlt hat, wenn Ihr in der Ferne wart.«

»So habe ich es nicht gesehen. Ihr scheint für ein Klosterleben so ungeeignet, dass ich annahm, Ihr wäret in der Welt außerhalb der Klostermauern glücklich.« Er trat einen Schritt näher. »Und ich war wohl dumm genug zu glauben, es gäbe für Euch vielleicht andere Gründe, die Euch außerhalb der Abteimauern festhalten könnten.«

»Jordan, was Ihr geträumt habt …« Hitze stieg ihr in die Wangen, und sie wusste, dass sie wieder errötete. Sie wünschte, er hätte ihr nie von seinen Phantasien erzählt. Die Bilder tanzten ihr auch noch durch den Kopf, als sie zu schlafen versuchte.

»Ich weiß. Ich werde es nie wieder erwähnen.«

»Gut.« Sie ging zur Treppe am Ende des Ganges.

Hinter sich hörte sie ihn sagen: »Aber ich werde es nie vergessen.«

Ich auch nicht.

Wo war Jordan? Er hatte versprochen, sich mit ihr vormittags zu treffen, um mit ihr zur Kathedrale hinaufzusteigen. Isabella, die an der grünen Tür auf und ab lief, war bemüht, ihre Wut zu bezähmen. Vorübergehende starrten sie an, doch schenkte sie ihnen keine Beachtung. Sie fühlte sich sonderbar verletzlich ohne ihre Peitsche und ihren Sack mit Kräutern und Chemikalien. Aber sie konnte sich auch nicht vorstellen, mit solchen Dingen eine Kathedrale zu betreten.

Oder in ihrem ramponierten Kleid. Am Abend zuvor hatte sie ihr zweites Kleid hervorgeholt, doch war der schwere Rock total verknittert. Dennoch war das schlichte gelbbraune Kleid mit der hellblauen Bänderverschnürung und der phantasievollen Stickerei das Schönste, das sie jemals getragen hatte. Die Ärmel reichten ihr fast bis zu den Knien und schlossen mit dichten Rüschen ab. Ihr Haar hatte sie unter einem Seidenschleier ordentlich in Flechten um den Kopf gewunden, so dass sie trotz ihrer abgetretenen Stiefeletten nicht besser hätte aussehen können, wie sie wusste.

Glockengeläut ertönte vom Ende der Straße her. Sie hatte nun eine Stunde auf Jordan gewartet, da die Glocken auch geläutet hatten, als sie nach Lady Odette sah, die wieder lautstark jammerte, ehe sie eine Dosis des Petersilienöls schluckte.

Sie raffte ihren Rock höher und ging hügelan. Der Weg war so steil, dass sie langsamer gehen musste, als sie an dem einzelnen Steinhaus vorüberkam. Ein auffallender Bogen, mit sonderbaren eingemeißelten Ornamenten an beiden Enden, krönte den Eingang. Zwei weitere Bogen wölbten sich über Fenstern zu beiden Seiten des Obergeschosses. Jener in der Mitte war schlicht und ohne Verzierung.

Sie wunderte sich, dass man ein Haus auf so steilem Gelände bauen konnte, doch drängte sich auch beidseits der schmalen, gewundenen Straße Haus an Haus. Bäume klammerten sich an kleine Flecken Erdreich, fest entschlossen, hier auszuharren. Als sie sich dem Hügelkamm näherte, zweifelte sie, ob zwei Pferde nebeneinander zwischen den Häusern Platz gehabt hätten.

Der Hügel zog sich in die Länge, war jedoch nur mäßig steil, als sie ein Plateau erreichte, auf dem zwei große Bauwerke einander an zwei entgegengesetzten Mauern der Stadt gegenüberstanden. Ein Blick zur Burg zeigte ihr einen Turm unmittelbar am Steilabfall. Er wurde von einem Holzbau überragt, dessen Fensteröffnungen Aussicht nach allen Richtungen boten. Es war ein Aussichtsturm, der es ermöglichte, sich rechtzeitig auf einen Angriff einzustellen. Der Burg-Steward konnte seine Bewaffneten auf dem gemauerten Zwischenwall postieren, der erst jüngst errichtet worden sein musste, da die Steine nicht verwittert waren wie jene auf La Tour.

Sie wandte der Burg den Rücken zu. Vor ihr erhob sich jenseits der Gebäude auf dem Kamm des steilsten Hügelteiles die wuchtige Kathedrale mit ihren Zwillingstürmen. Sie staunte über die mit Skulpturen und Reliefs geschmückte und reich gegliederte Vorderfront, an der sich über den Eingängen und Fenstern Reihen von Bogen dahinzogen. Unter ihnen sah man Steinfiguren, die für die Allgemeinheit verständlich biblische Szenen darstellten. Kleinere Portale führten zu den Seitenschiffen. Eine Spitze krönte jedes Ende der Fassade, und die Türme zu beiden Seiten des Hauptportals nahmen einem die Sicht auf den Himmel. Vögel umflatterten die Dachtraufen und die Türme, in denen Glocken die Stunden schlugen. Durch die offenen Portale wehte gedämpftes Stimmengewirr heraus.

In der Hoffnung, Jordan zu sehen, blickte sie die Straße entlang. Da sie gemeinsam so weit gereist waren und so viel erlebt hatten, wollte sie ihn bei sich haben, wenn sie die letzten Schritte unternahm, um der Königin zu verschaffen, was nötig war, um England vor einem neuerlichen Krieg zu bewahren.

Er ließ sich nicht blicken.

Isabella seufzte. Sie hatte nicht geahnt, dass das Ende ihrer Mission an Reiz verlieren würde, wenn er nicht bei ihr war, um es zu teilen.

Länger konnte sie nicht warten. Sie hatte versprochen, die Papiere möglichst schnell zu finden und der Königin zu übergeben. Eine Verzögerung war unvermeidlich gewesen, als es darum ging, Jordan zu helfen. Ein Bummel in der Frühjahrssonne aber war keine Notwendigkeit. Entschlossen hielt sie auf das nächste offene Portal zu.

Gesang empfing Isabella, als sie die prachtvolle Kathedrale betrat. Wieder wurde sie von Erregung erfasst, als sie zu der Fensterreihe aufblickte, die sich das Kirchenschiff entlangzog. Die hohen Säulen, die die Tonnendecke trugen, endeten weit über ihrem Kopf.

Sie staunte, wie schön das Sonnenlicht durch die hoch in die Mauern zu beiden Seiten des Kirchenschiffs eingelassenen Fenster einfiel. Vor ihr am anderen Ende des langen Kirchenraumes erstreckte sich das Querschiff mit dem Chor unter dem Einzelturm. Holz und Stein, kunstvoll verarbeitet, wetteiferten um ihre Aufmerksamkeit. Sie wünschte sich ein Dutzend Augen, um alles auf einmal sehen zu können.

»Willkommen«, sagte ein Mann, als er an ihr vorbeilief. Seine Schritte huschten gedämpft über den Steinboden. Ehe sie antworten konnte, verschwand er in einer Seitenkapelle an einer Seite des Eingangs.

Da sie jeden Winkel der Kathedrale erkunden wollte, konnte sie sich den Luxus der Zeitverschwendung nicht leisten. Ihr Ziel war es, die kleine Metallkassette zu finden. Sie umrundete das schlichte Taufbecken, das inmitten dieser Pracht geradezu fehl am Platz wirkte. Auf der anderen Seite des massiven Steinbeckens sah sie einen Mann auf dem Boden sitzen. Er schnitzte ein kompliziertes Muster in eine Platte, die als Abdeckung des Beckens gedacht sein musste.

Er blickte auf und schenkte ihr ein müdes Lächeln.

»Das ist wunderschön«, sagte sie im Flüsterton. Dennoch schienen ihre Worte an Lautstärke zuzunehmen, als sie die Decke erreichten.

»Ich hoffe, dass es dem neuen Bischof gefällt.« Er strich mit der Hand über ein Gebilde, das ein Lamm sein musste. Die Umrisse waren grob, doch die Blume, die es im Maul hielt, sah aus wie echt.

»Wurde schon ein neuer Bischof ernannt?« Sie war unsicher, welche Antwort sie sich erhoffte. Ein neuer Bischof konnte sie zu dem Versteck der Kassette führen, er konnte sie aber ebenso bei ihrer Suche behindern. Wer auch immer ernannt worden war, würde dem König und dem Erzbischof für die Erhebung in dieses angesehene Amt Dank schulden.

»Es gibt noch keinen neuen Bischof«, sagte der Steinmetz und setzte seinen Meißel mit Sorgfalt an den Umrissen des Lammes an. »Er wird kommen, wenn der liebe Gott es für richtig hält.«

Dieser sanfte Hinweis auf Geduld entlockte Isabella ein Lächeln. Hätte sie mehr Geduld besessen, wäre Jordan an ihrer Seite gewesen und hätte diesen letzten Abschnitt ihrer Reise mit ihr geteilt. Sie hätte ihn nicht darum bringen dürfen.

Sie drehte sich um und wollte durch das Portal hinaus, durch das sie eingetreten war. Sie stutzte, als sie Jordan hinter dem Taufbecken stehen sah. Wie sie hatte auch er seine Reisekluft abgelegt und wirkte so eindrucksvoll wie in der großen Halle von La Tour. Hitze schoss in ihr hoch, ehe sie ihre Beine entlang wieder hinunterglitt, dass sie die Zehen in den Stiefeletten krümmte.

Langsam ging sie auf ihn zu, unbekümmert um das, was sie einander versprochen hatten. Sein Blick brannte sich in sie, als sie ihre Hände zu ihm hob, da sie seine festen Muskeln und seine sanfte Berührung neu entdecken wollte.

Er nahm eine Hand, beugte sich darüber und küsste sie mit so wenig Leidenschaft, als wären sie sich fremd. Ihre Vorfreude war wie weggeblasen und machte Enttäuschung Platz. Als er ihre Hand rasch losließ, wollte sie protestieren. Mit einer unmerklichen Kopfbewegung blickte er an ihr vorüber.

»Guten Morgen, Vater«, sagte er.

Isabella erstarrte, rang sich aber ein Lächeln ab, als sie sich zu dem Priester umdrehte. »Guten Morgen, Vater.«

»Guten Morgen. Ich bin Vater Joseph. Kann ich etwas für Euch tun?«

Ihr Lächeln wurde wärmer. Zuerst mussten sie die Kassette finden, und dann konnten sie und Jordan sich ausdenken, wie sie feiern wollten.

»Ich muss jemanden sprechen, der die Amtspflichten des Bischofs bis zur Ernennung eines Nachfolgers übernommen hat«, erwiderte sie.

»Die Kanoniker teilen sich die Pflichten mit dem Dekan.«

»Könnte ich den Dekan sprechen?«

»Er ist nicht da, doch sah ich Kanonikus Anthony in einer der Kapellen. Soll ich Euch zu ihm führen?«

»Ja, vielen Dank.«

»Bitte, folgt mir.«

Jordan nahm ihre Hand und legte sie auf seinen Arm, als sie die eindrucksvolle Länge der Kirche abschritten. Säulen führten zu Bogen, die sich auf Galerien öffneten. Die große freie Fläche wurde nicht von Gestühl unterbrochen, auch nicht vor der Kanzel, die aus demselben glänzenden Holz gemacht war wie der Chor. Den Lettner schmückten Pflanzensymbole.

»Warum habt Ihr nicht auf mich gewartet?«, fragte Jordan so leise, dass der knapp vor ihnen gehende Priester es nicht hören konnte.

»Ich habe gewartet. Eine Stunde, wie mir die Kirchenglocken anzeigten.«

»Ich wurde aus gutem Grund aufgehalten.«

»Sagt es mir, wenn Ihr könnt.« Sie drückte seinen Arm. »Nächstes Mal werde ich geduldiger sein.«

»Ihr? Geduldig?«

»Macht Euch auf Überraschungen gefasst.«

»Das bin ich bei Euch immer, Isabella.« Sein Lachen bezauberte sie und brachte ihnen einen neugierigen Blick des Priesters ein.

Als sie über seinen Arm strich, hoffte sie, sie würden einen Weg finden, den Abgrund zwischen ihnen zu überwinden. Sie war nicht sicher, wie, doch wagte sie zu hoffen, dass es möglich sein würde.

17

Kanonikus Anthony ist hier«, sagte Vater Joseph, als er vor einer kleinen Kapelle seitlich des großen Kirchenschiffes stehen blieb.

»Ich danke Euch«, sagte Isabella.

Er neigte den Kopf in ihre Richtung und ging weiter zur Vorderseite der Kirche.

Ein Mann lag vor einigen Heiligenstatuen auf den Knien. Er hatte eine Tonsur und war so schlicht gekleidet wie die Mönche der Kenwick Priory. Als er sich erhob, ließ das Kerzenlicht vom Altar her die Goldkette glänzen, an der das Holzkreuz auf seiner Brust hing.

»Ihr wollt mich sprechen?«, fragte der Mann.

»Kanonikus Anthony, wir hoffen, dass Ihr uns helfen könnt«, sagte Jordan. »Ich bin Jordan le Courtenay, und das ist Lady Isabella de Montfort. Wir suchen etwas, das dem Bischof zur Verwahrung übergeben wurde.«

»Der Bischof ist nicht mehr da.«

»Das wissen wir, doch hoffen wir, dass Ihr uns helfen könnt.«

»Und was wurde dem Bischof übergeben?«

»Eine Kassette …«

»Eine Metallkassette«, warf Isabella ein.

Jordan blickte sie an und sagte: »Eine Metallkassette, in der sich Schriftstücke befinden. Sie ist nicht groß.«

Der Kanonikus strich sich über die Stirn. »Möglich, dass sie noch da ist. Gehört sie Euch?«

»Meine Tante, Äbtissin einer kleinen Abtei im Süden, schickte uns, um sie zu finden.«

»Eine Äbtissin, sagt Ihr?« Kanonikus Anthony lächelte. »Ihr tut ein gutes Werk, wenn Ihr sie für Eure Tante sucht.«

Auch Isabella lächelte, erleichtert, weil Jordan nicht verraten hatte, dass sie eigentlich im Auftrag der Königin hier waren. Kathedrale und Stadt waren aufs Engste mit König Henry verbunden. Die kirchlichen Würdenträger würden vielleicht nicht bereit sein, der Königin zu helfen.

»Wisst Ihr, wann die Kassette dem Bischof übergeben wurde?«, fragte der Kanonikus. »Ich wurde von Geoffrey, dem natürlichen Sohn des Königs, in mein Amt berufen, als er Bischof von Lincoln war.« Er hielt inne, offenbar in Erwartung einer Bemerkung ihrerseits.

Isabella wusste nicht, was sie sagen sollte, da der illegitime Sohn des Königs sich im Verlauf einer Auseinandersetzung mit seinem Vater, einer der vielen, die er und seine Brüder mit König Henry hatten, als Mann der Kirche zurückgezogen hatte. Sie entschied sich für eine nichtssagende Äußerung. »Ihr seid also mindestens zwei Jahre in Eurer Position.«

»Acht Jahre, Mylady, da Bischof Geoffrey sehr lange Bischof von Lincoln war.«

»Dann seid Ihr mit der Kathedrale vertraut und könnt Euch denken, wo der Bischof eine solche Kassette verwahrt haben könnte.«

»Natürlich.« Er ging an ihnen vorüber. »Gestattet, dass ich Euch durch die Kathedrale führe, während ich einen Bruder mit der Suche beauftrage. Viel kann nicht zurückgeblieben sein, da der Bischof alles von Bedeutung nach Rouen mitnahm.« Er rief einen vorübereilenden Mönch zu sich und gab ihm hastig die Anweisung, sich auf die Suche nach der Kassette zu machen.

Wieder verspürte Isabella eine Aufwallung von Hoffnung. Konnte es denn so einfach sein? Nur eine Frage, und das Gesuchte wurde ihnen übergeben? Sie verschluckte ein Lachen. Würde der Kanonikus entgeistert sein, wenn sie vor Freude tanzte und sang, nachdem der Mönch ihr die Kassette gebracht hatte? Sie legte die Finger auf den Schlüssel, den sie unter ihrem Gewand trug. Sie stellte sich vor, wie sie vor die Königin hintrat und ihr die Metallkassette präsentierte. Jordan würde an ihrer Seite stehen, stattlich aussehend und würdig, ein Lehnsmann des Königs zu sein. Konnte er den Schmerz aus vergangenen Kämpfen überwinden, wenn er sah, dass mit der Übergabe der Kassette an die Königin ein Krieg abgewendet worden war?

»Mylady, Ihr seht jetzt, warum wir stolz auf unseren Chor sind«, sagte der Kanonikus und riss sie aus ihren Überlegungen. »Mehrere Meister der Holzschnitzkunst arbeiteten daran.«

»Er ist wunderschön.« Sie sah die Holzbänke, die einander auf dem Steinboden gegenüberstanden. Säulen prangten in farbenfroher Bemalung, das durch die darüberliegenden Fenster einfallende Licht schenkte dem Raum Wärme. Irgendwie verströmte dieser Bereich der riesigen Kathedrale eine gewisse Intimität.

Jordan deutete auf die Klappsitze. Einige waren aufgeklappt, um zusätzliches Schnitzwerk zu zeigen. »Welcher Meister verbarg sein Werk *unter* dem Chorgestühl?«

»Das sind Miserikordien«, sagte der Kanonikus. »Zum Glück sieht man sie in England selten, während sie meines Wissens auf dem Kontinent oft in Kirchen anzutreffen sind.«

»Was sind Miserikordien?«

»Es sind Notsitze oder Stützen für ältere und gebrechliche Priester und Brüder, denen die Messe zu lange dauert.« Isabella kniete nieder, um sich die aufgeklappte Bank näher anzusehen. »Als Kunstwerke sind sie nicht ernst zu nehmen. Sie zeigen biblische Szenen, die der Künstler nach Gutdünken gestaltet – meist scherzhaft oder grotesk.« Sie legte eine Hand auf den Sitz, hob einen anderen an und deutete auf eine Engelsgestalt, die auf ein Kind in ihren Armen hinunterblickte. »Meist sind diese Miserikordien versteckt, doch während der Gottesdienste, wenn das Chorgestühl geöffnet ist, sieht man die Figuren.«

»Soll das ein Schwein sein?« Jordan ging in die Hocke und lachte. »Es spielt auf einer Flöte.«

Wieder seufzte Kanonikus Anthony. »Die Holzschnitzer nahmen sich zu viele Freiheiten heraus. Bischof Alexander, der hier vor fünfzig Jahren, als die Kirche brannte, das Amt versah, hatte im Gefolge des Brandes so viel zu tun, dass er nicht alle Handwerker überwachen konnte, und das ist das Ergebnis.«

Ein Mönch kam eilends daher, der Mann, der ausgeschickt worden war, um die Kassette zu finden. Als Isabella sah, dass er mit leeren Händen kam, atmete sie bebend ein.

»Ich durchsuchte die Sachen, die der Bischof in seinem Arbeitsraum zurückließ«, sagte der Mönch. »Ich konnte dort keine Metallkassette finden.«

»Gibt es andere Stellen, wo sie sein könnte?«, fragte Isabella mit zitternder Stimme. Sie durfte die Königin nicht enttäuschen. Sie durfte die Abtei nicht enttäuschen!

»Ihr dürft nicht verzweifeln, Mylady«, sagte der Kanonikus tröstend. »Wir werden die ganze Kathedrale und das Domkapitel durchsuchen. Der Bischofspalast ist zwar nicht viel mehr als eine Ruine, aber auch dort werden wir Nachschau halten.«

»Wie lange könnte das dauern?«

»Müsst Ihr diese Kassette aus einem bestimmten Grund so rasch finden?«

»Ja.« Sie versuchte, sich eine Geschichte auszudenken, die keine Lüge war. Dass die Äbtissin darauf bestanden hatte, Isabella müsse die Kassette noch vor Ablauf des Monats, also in knapp vierzehn Tagen, der Königin bringen, konnte sie ihm nicht sagen. Die Eingebung kam ihr, als sie sagte: »Lord de Courtenays Tante bat uns, Ende des Monats April zurückzukehren. Sie muss einen guten Grund für diese Bitte haben.«

»Nun, dann werden wir uns bemühen, das Gesuchte bis dahin zu finden.« Er schenkte ihnen ein glückseliges Lächeln. »Verliert Euren Glauben nicht, Mylady.« Mit einem Blick, der

Jordan galt, sagte er: »Wo sollen wir Euch benachrichtigen, wenn wir das Gesuchte finden sollten?«

»In Lord d'sAlpins Haus an der Ermine Street.«

»Lord d'sAlpin?« Der Kanonikus erbleichte. »Ich wusste nicht … das heißt, wir werden alles tun, um die Kassette schleunigst zu finden.« Ohne ein weiteres Wort entfernte er sich mit dem Mönch.

Jordan runzelte die Stirn. »Ich hatte keine Ahnung, dass d'sAlpins Name bei einem geistlichen Herrn eine solche Reaktion hervorrufen würde.«

Auf dem Weg zum Portal gab Isabella keine Antwort. Sie musste die letzten Reste ihrer Hoffnung zusammenraffen und fest im Glauben bleiben, wie ihr der Kanonikus geraten hatte.

»Es tut mir leid«, sagte Jordan, als sie in die Sonne traten. »Wenn die Kassette nicht in einem oder zwei Tagen gefunden wird, können wir die Suche selbst in die Hand nehmen.«

»Warum sollte unsere Chance, sie zu finden, größer sein? Die Mönche kennen die Kathedrale und alle Nebengebäude bis in den letzten Winkel.«

»Aber uns liegt mehr daran, dass die Suche zum Erfolg führt.«

»Allerdings.« Sie blieb stehen, als sie die Ermine Street erreicht hatten. »Warum wurdet Ihr aufgehalten, Jordan? Wenn Euch so viel an der Kassette liegt wie mir …«

»Ich sprach mit Emery.«

»Über die Bruderschaft?«

Er bot ihr seinen Arm, als sie auf einem Pflasterstein ausglitt. Sie legte ihre Hand darauf, und er bedeckte ihre Finger mit seinen. »Er wich meinen Fragen aus und sagte zu oft, dass er keine Antwort hätte. Der Junge weiß mehr, als er preisgibt.«

»Wenn der Lord, dem er zuvor diente, der Bruderschaft angehörte, hat Emery sicher viel mitbekommen. Und er will das Andenken jenes Lords nicht verraten, indem er jetzt alles weitergibt.«

»Logisch wie immer.«

»Das ist nicht Logik, sondern Einfühlungsvermögen. Er war aufgewühlt, als er von Lord d'sAlpin und der Bruderschaft sprach. Er möchte Euch gut dienen, Jordan, fühlt sich aber durch seinen Diensteid noch immer an den verstorbenen Lord gebunden.«

»Wir alle haben zu viele Eide geschworen.«

Sie gab keine Antwort, als sie halb gehend, halb rutschend die bergab führende Straße hinter sich brachen. Vor dem Haus mit der grünen Tür angelangt, öffnete er und ließ sie eintreten.

»Ich nehme an, Ihr wollt nachsehen, ob Lady …«

Sie verschloss ihm mit dem Finger die Lippen und bedeutete ihm, ihr zu folgen. Er tat es, als sie an der Tür vorüberging, hinter der Lady Odette zu hören war, wie sie ihrer Dienerin etwas befahl. Sie ging die Treppe hoch, öffnete eine andere Tür und betrat den Raum, in dem man sie untergebracht hatte.

Jordan blieb auf dem Gang. »Wenn Ihr über die Suche und ihre Planung sprechen wollt, sollten wir dies anderswo tun.«

»Kanonikus Anthony und die Mönche sollen heute und morgen suchen. Ich möchte darüber nicht nachdenken.« Sie umfasste sein Kinn und küsste ihn leicht auf die rechte Wange. »Ich möchte an uns denken.«

»An jene beiden, die übereinkamen, nur Verbündete und nicht mehr zu sein?«

»Und warum bist du auf ein so törichtes Angebot eingegangen?« Sie streifte seine linke Wange mit ihren Lippen.

»Ich dachte, das wolltest du.«

»Das wollte ich auch, es war eine rationale, auf Tatsachen basierende Entscheidung.« Sanft zog sie sein Gesicht zu sich, als sie zurück in das von Sonne überflutete Schlafgemach trat. »Doch an Verlangen ist nichts Rationales, oder?«

»Nein, gar nichts.« Er lächelte, als er die Tür schloss, dann griff er hinter sich, um den Riegel herunterzudrücken.

Ihre Finger zeichneten eine Spur seine Wangen hinauf. »Mir war jämmerlich zumute, Jordan, als wir einander vorgeblich ignorierten. Du hast mir gefehlt, und ich möchte ohne Versprechungen bei dir sein. Du hast Recht.«

»Inwiefern?«

»Wir haben zu viele Eide geleistet.« Sie flüsterte an seinem Ohr. »Zeig mir, was du träumtest.«

Er umfasste ihr Gesicht mit seinen starken Händen und lenkte ihren Blick auf sich. »Wenn du mir zeigst, was du träumtest.«

»Was lässt Euch denken, dass ich von Euch träumte, Lord le Courtenay?«, fragte sie mit gespieltem Hochmut.

»Deine Augen sagen es mir, denn in ihnen schimmert Begehren.«

»Lass meine Träume wahr werden.«

»Wir werden *unsere* Träume wahr werden lassen.«

Die plötzliche Intensität in seiner Stimme ließ ihren Atem stocken, doch verstummte der Klang, als sein Mund ihre Lippen forderte. Er zog sie an sich und drängte sie zum Bett.

Dort lehnte er sich zurück und zog sie über sich, während seine Zunge jedes Stückchen Wonne, das ihn in ihrem Mund erwartete, auskostete.

Doch auch dies schien nicht genug, da seine Lippen jeden Zoll ihres Gesichts kosteten und eine glühende Spur auf Wangen, Stirn und Lidern hinterließen. Nun lenkte sie seinen Mund wieder zu ihrem. Als sie ihn berührte, steigerte sich ihr Verlangen zu dem Wahn, alles von ihm kennen zu müssen.

Seine Finger suchten die Bänder, die das Oberteil ihres Kleides zusammenhielten, doch löste er sie nicht. Sie starrte in seine Augen hinunter, als er ihr seine Lippen entzog. Wohl wissend, dass er ihr eine allerletzte Chance bot, ihre Absicht zu ändern, war sie erstaunt. Er hatte gesagt, er empfände nur Lust, aber war es denn möglich, dass dieser zärtliche, anziehende Mann sich nach mehr sehnte? Sie wagte das Wort *Liebe* nicht auszusprechen oder einzugestehen, wie leer ihr Herz ohne ihn war.

»Du bist eine erstaunliche Frau, die keinen Kampf scheut. Ich kann der Held nicht sein, den du verdienst«, sagte er, als er abrückte und sich mit dem Rücken zu ihr aufsetzte. »Du verdienst einen Mann, der gewillt wäre, für dich zu sterben.«

»Warum sollte ich mir das wünschen?« Sie strich mit den Fingern seinen Rücken hoch. »Ich möchte einen Mann, der gewillt wäre, für mich zu leben.«

Er sah sie mit erstauntem Stirnrunzeln an. »Das verstehe ich nicht.«

»Ich weiß.« Sie setzte sich und streichelte sein Gesicht. »Du bist entschlossen, dich dem Leben zu verweigern, weil du jeglicher Konfrontation ausweichen möchtest.«

»Mit dir ist das ausgeschlossen.«

»Das kommt daher, dass ich jedes Stückchen Leben auskosten möchte, die Freuden wie die Leiden, Hochgefühl wie Tiefpunkte. Du solltest dasselbe wollen.« Sie kniete sich hin und legte ihre Wange an seine Schulter. »Fürchte dich nicht.«

»Fürchten?«

Sie lächelte über sein Erstaunen. »Es ist nichts an dir, was schrecklich wäre, weder das, was du erlebtest, noch das, was du nicht wieder erleben möchtest. Nichts, was du gelobtest – auch wenn du an deinem Schwerteid gezweifelt hast –, ist falsch, weil du dies alles mit deinem Herzen geschworen hast. Wie kann eine Entscheidung des Herzens falsch sein?«

»Das ist nicht logisch.«

»Deswegen haben wir ja unsere Herzen – sie sollen uns sagen, dass alles möglich ist, wenn wir es nur genug wollen.« Sie fasste in sein Haar, um seinen Mund an sich zu ziehen. »Und ich will dich.«

Er flüsterte mit erstickter Stimme ihren Namen, ehe er von ihrem Mund Besitz ergriff. Als er sie mit einem tiefen, forschenden Kuss in die Matratze drückte, schmeckte sie sein Verlangen nach Heilung, ein Verlangen, das keines ihrer Kräuter, die sie im Sack trug, heilen konnte.

Sie wölbte ihren Nacken, um ihm freieren Zutritt zu gewähren, während seine Lippen ihre Wange entlangglitten. Sein heißer Atem versengte sie, als er die Verschnürung an ihrem Kleid löste und es wegschob.

»Was ist denn das?«, fragte er, als er den Schlüssel aus der Senke zwischen ihren Brüsten hob.

»Errätst du es nicht?«

»Der Schlüssel zu den Geheimnissen deines Herzens?« Sein keckes Lächeln steigerte ihr inneres Beben.

»Ich glaube nicht, dass ich nach dem heutigen Tag noch viele Geheimnisse vor dir haben werde.« Sie schob das Band über den Kopf und legte den Schlüssel auf den breiten Fenstersims. »Im Moment bin ich nicht Dame der Königin.«

»Nein, du bist meine Herzensdame.«

Ihr lautes Atemholen ob seines intensiven Tons wurde zu einem Stöhnen, als seine Zunge die Wölbung ihrer Brust über dem Hemd nachzeichnete. Er zog ihr Kleid herunter, schob einen Finger unter den Hemdträger und zog ihn herunter, so dass das Hemd über das Kleid fiel. Er rollte sich auf den Rücken, zog sie über sich und nahm eine Brustspitze in seinen Mund. Ein Verlangen, heiß und mächtig wie eine Flamme, durchschoss sie und setzte sich in der Leere zwischen ihren Beinen heiß und feucht fest.

Als er ihr Kleid noch tiefer schob, fragte er: »Wo ist deine Peitsche?«

»Ich … ich …«, flüsterte sie, um Worte kämpfend, da ihr Bewusstsein in Wollust ertrank. »Ich wollte sie nicht in der Kathedrale bei mir haben.«

»Eine Dame, die eine Peitsche trägt und gewillt ist, diese zu benutzen, hat etwas sehr Reizvolles – und Ungehöriges an sich.«

Lächelnd zog sie eine Linie über seine Brust, bis sie seinen Gürtel erreichte. »Wenn du möchtest, dass ich sie hole …«

»Nein, da du dir dann den Weg fort von mir freikämpfen könntest.«

»Das brauchst du nicht zu befürchten.« Schmunzelnd setzte sie hinzu: »Ich könnte sie benutzen, um zu erreichen, dass du tust, was ich möchte.«

Mit einer raschen Bewegung brachte er sie wieder unter sich, als er ihr Kleid und Hemd über die Beine hinunterschob. Er strich durch ihr Haar und forderte ihren Mund von neuem.

Sie war überwältigt von den Gefühlen, die sie überfielen. Seine begierigen Lippen, seine heiße Zunge, der grobe Stoff seiner Tunika, der Druck, mit dem er auf ihr lastete, sein Verlangen, in ihr zu sein – jede dieser Empfindungen war eine Pein für sich.

»Ich brauche keine Peitsche, um dich zu zwingen, meine Gefangene zu sein«, knurrte er in ihr Ohr. Er schob ein Knie zwischen ihre Beine, als er ihre Hände seitlich herunterzog. Sie auf das Bett drückend, drückte er ihrer Haut vom Kinn bis zum Nabel die heiße, seidige Spur seiner Zunge auf.

Empfindungen, mächtig und unbeherrschbar, erwachten in ihr, als er seine Erkundung weiter unten fortsetzte. Sie erbebte, als er sanft an der Innenwölbung ihrer Hüfte knabberte. Ein Aufschrei mischte sich unter ihr Stöhnen, als er ihre Beine so weit auseinanderschob, dass seine Zunge wie flüssiges Feuer in sie eindringen konnte. Ihre Finger krümmten sich in seinen Handflächen, als sie sich aus der Umklammerung zu befreien versuchte.

Sein Auflachen streifte sie wie tausend intime Liebkosungen. »Du bist meine Gefangene und wirst tun, was ich will, solange ich will.«

»Loslassen!«

»Nein, nein … ich möchte mit dir immer wieder Ekstase erleben, immer wieder, bis du sanft und friedlich wirst wie ein Frühlingslüftchen.«

Ihre Antwort wurde von einem Stöhnen verschluckt, als er seine Zunge gegen ihre drückte und sie auf eine Weise erregt wurde, die sie sich nie hätte vorstellen können, nach der sie sich nun aber immer sehnen würde. Der erfahrene Angriff auf ihre Sinne ließ sie in höchste Erregung geraten. Jede Berührung hinterließ einen flüssigen Funken in seinem Gefolge. Sein Atem, wenn auch erhitzt, streifte wie eine kühle Brise über sie hin. Er reizte und forschte und liebkoste und hielt immer erst inne, ehe sie den Höhepunkt erreichte, brachte sie aber mit jeder neuen Lustattacke zu neuen Höhen, bis sie ihn um Erlösung anflehte. Sie glaubte, sein befriedigtes Lachen in dem Moment zu vernehmen, ehe sie sich in Verzückung verlor.

Etwas später – sie wusste nicht, wie viel Zeit vergangen war – schlug sie die Augen auf und sah sein Lächeln aus unmittelbarer Nähe. Sie hob ihm ihren Mund entgegen, um seinen Kuss willkommen zu heißen, der den Geschmack ihrer Befriedigung und seines Heißhungers noch ahnen ließ. Träge daliegend sah sie zu, als er aufstand und sich seiner Kleidung mit einer Eile entledigte, die sie mit erneutem Verlangen erfüllte. Sein Körper war, wenn auch von Kampfnarben gezeichnet, schlank und muskulös. Er neigte sich ihr zu, und sie starrte den harten Schaft an, der bald Teil von ihr sein würde. Sie strich neugierig mit dem Finger an ihm entlang, und nun ließ er ein kehliges Stöhnen hören, ehe er ihr das verwickelte Kleid über die Füße zog. Er warf es beiseite, dann zog er ihre rissigen Stiefeletten herunter und warf sie auf die anderen Sachen. Er drückte sie zurück ins Bett. Als sie die Arme ausstreckte, um sie um seine Schultern zu legen, hielt er ihre Hände wieder auf dem Bett fest.

»Lass mich los«, flüsterte sie, da sie nicht die Kraft hatte, lauter zu sprechen.

»Du bist *meine* Gefangene, also sag mir nicht, was ich tun soll. Sag mir nur, was du möchtest.«

»Sagen?« Das Feuer tief in ihr flüchtete sich in ihr Gesicht. »Ich … ich weiß nicht, ob … das heißt, ich weiß nicht, wie …«

»Fürchte dich nicht«, flüsterte er.

»Fürchten?«, fragte sie, wie er es gefragt hatte.

»Was sagtest du zu mir? Dass es nichts an mir gäbe, was schrecklich wäre? Vielleicht, doch kann ich dir sagen, dass an dir viel Wunderbares ist.« Er schob ihre Hände an ihr hoch, und die Rauheit seiner Finger zwischen ihren war wie grobe Asche an ihrer Haut. »Du musst verstehen, wie wundervoll dein Körper ist, wie viel Lust er mir schenkt.« Er strich über ihre Brüste und spielte mit den Brustspitzen. »Hier bist du so weich und üppig, dass ich jede Chance nutze, dich an mir zu spüren.« Nun zog er ihre Hände zu ihren Hüften hinunter. »Hier bist du so stark, wenn du deine Füße fest aufsetzt und dich wappnest, dich einem Gegner zu stellen.« Er strich mit ihren Händen über ihre Beine und murmelte: »Und hier wirst du mich ganz eng umfassen, wenn ich Teil von dir bin.«

»Aber ich möchte nicht, dass du mich berührst.« Ihr leises Stöhnen widersprach seinen Worten, als er, seine Finger zwischen ihren, ihre Schenkel entlangstrich. »Ich möchte dich berühren.«

»Wie du willst.« Er lenkte ihre Finger zu seinen Schultern, dann über seine Brust. »Wie ist das?«

»Wunderbar.«

»Und dies?« Er ließ ihre Hände über die harten Muskeln quer über seinen Unterleib streichen.

»Herrlich.« Mit geschlossenen Augen kostete sie jedes Muskelspiel unter seiner Haut aus.

Als er keine weitere Frage folgen ließ, öffnete sie die Augen. Sein Blick bohrte sich in ihren, als er ihre Hand an den seidigen Schaft drückte, der unter ihrer Berührung pulsierte. Er schloss ihre Finger darum und ließ seine Hand zu ihrem Handgelenk gleiten. Seine Finger strichen an ihrer Hand auf und ab, doch bedurfte sie seiner Führung nicht, während sie ihn streichelte, bis er an ihrem Haar keuchte.

Er zog ihre Hand weg, als er Isabella wieder unter sich zog. Sie rang um Atem, als er ihre Hände aufs Bett presste, doch ehe sie etwas sagen konnte, nahm er ihre Lippen gefangen. Dann war er in ihr. Seine Finger umklammerten ihre, als ihr Köper seinen umgab. Er bewegte sich langsam, so langsam, dass die Lust sie zu verzehren drohte. Sie wollte mehr. Sie musste mehr haben. Doch presste er sie aufs Bett, gab ihr nur, was er wollte, hielt mit seiner und ihrer Lust zurück und steigerte die Vorfreude. Erst als sie nicht mehr an sich halten konnte, verlor sie sich im ekstatischen Höhepunkt. Einmal … dann wieder … und ein drittes Mal. Und jedes Mal, wenn sie durch den Rückfall in die Realität erschauerte, war er über ihr, drückte ihre Hände auf das Bett und ließ sie nicht aus den Augen, während er jeden ihrer Höhepunkt registrierte.

Sie flüsterte seinen Namen, und er schloss die Augen in dem Moment, ehe sein Mund wieder ihren in Besitz nahm. Seine langsamen Stöße wurden tiefer und rascher. Sie passte sich seiner Bewegung an, als die Leidenschaft zwischen ihnen eskalierte. Als er an ihr erschauerte, ergab sie sich noch einmal einer Seligkeit, umso süßer, als er sie diesmal mit ihr teilte.

Isabella schlug die Augen auf, als sie Regen auf das Fensterbrett prasseln hörte. Die Tropfen schimmerten auf Schlüssel und Band, die über den Rand hingen. Sie schloss die Augen wieder und schmiegte sich enger an Jordan. Noch wollte sie nicht, dass ihre Verpflichtungen sie störten. Sie wollte hier mit ihm verweilen … für immer. Hatte er geahnt, als er sie über die Geheimnisse ihres Herzens befragte, dass es ihr größtes Geheimnis war, dass sie ihn liebte? Sie hatte versucht, dies sogar vor sich zu verbergen, doch in seinen Armen konnte sie nicht so tun, als verstünde sie nicht, warum sie so jämmerlich gescheitert waren, als sie versuchten, Distanz zu wahren. Sie legte ihren Arm über seine nackte Brust.

Er lächelte ihr zu. »Ich bin ein Narr, Isabella.«

»Es wird Zeit für dieses Eingeständnis.« Sie lachte beglückt über seinen leichten, neckenden Ton, den er so selten anschlug.

»Möchtet du nicht wissen, warum ich ein Narr bin?« Er küsste sie auf den Kopf, der auf seiner Schulter lag.

»Sag es mir.«

»Ich war ein Narr zu glauben, dass meine Phantasien – von deinem Schlaftrunk inspiriert – so wundervoll sein könnten, wie es sein würde, dich so zu halten. Dich wirklich zu halten.«

»Dann halte mich.«

»Zu gern.«

Der Geräusch des Sturmes vor dem Fenster verstummte, als sie wieder in den Sturm gezogen wurde, den sie mit ihm teilen wollte, solange es ging. Zwei Tage lang brauchten sie nicht an die Suche nach der Kassette zu denken. Sie würde diese Zeit mit Freuden dazu nützen, noch mehr leidenschaftliche Lust mit ihm zu erleben.

18

Ich kann vielleicht helfen«, sagte Isabella, als sie am Nachmittag des nächsten Tages an Lady Odettes Bett stand.

Lady Odette weigerte sich aufzustehen, auch als Isabella ihr versicherte, dass Bewegung ihre Krämpfe lindern würde. Ihre Zofe, die sich in eine Ecke drückte, trug im Gesicht ein helles rotes Mal, wo Lady Odette sie geschlagen haben musste. Das Eichhörnchen schnatterte wie verrückt in seinem Käfig, doch achtete Isabella nicht darauf.

Lady Odette rümpfte die Nase. »Nichts mehr von diesen grässlichen Kräutern. Ich würde alles wieder von mir geben.« Aufstöhnend presste sie die Hand an die Stirn. »Vielleicht muss ich mich ohnehin übergeben.«

Isabella schenkte dem Gejammer der Dame keine Beachtung. Stattdessen öffnete sie den Beutel, den sie bei sich hatte, und kniete am Bett nieder. Ihre Finger erkannten jeden Stein durch Berührung. Sie zog einen roten, nur auf einer Seite glatten Jadestein hervor.

»Was macht Ihr da?«, fragte Lady Odette.

»Ich kann es erklären, oder ich kann Euch helfen.« Sie legte den Stein auf Lady Odettes Unterleib. Als die Dame etwas zu sehen versuchte, ermahnte Isabella sie, ihre Lage nicht zu verändern.

»Was macht Ihr jetzt?«, fragte Lady Odette, als Isabella den Beutel wieder öffnete.

»Ihr habt auch über Kopfschmerz geklagt.« Sie zog einen scharfzackigen Kristall heraus. Die Spitzen waren zu Weiß verblasst, in der Mitte aber hatte sich sein lebendiges Purpur erhalten. »Das kann helfen.«

Die Dame sah sie empört an. »Der Stein ist scharf. Er wird mich schneiden.«

»Wenn Ihr ihn lieber selbst platziert, dann tut es.«

»Ich verstehe nichts von Heilkunde.« Lady Odette schmollte, dann zuckte sie zusammen.

Isabella legte ihr den Stein mitten auf die Stirn. »Schließt die Augen und denkt an das, was Euch Freude bereitet.«

»Etwa an Lord de Courtenay?«

»Wenn er Euch Freude macht.« Sie war erleichtert, dass die Dame ihre Augen geschlossen hielt.

»Wenn er mir Freude bereiten würde, müsste ich vielleicht nicht an meinem monatlichen Fluch leiden.« Sie öffnete ein Auge. »Habt Ihr etwas in diesem Beutel, das bewirken könnte, dass er vor Verlangen nach mir verrückt wird?«

»Mein Fach ist die Arzneikunde und nicht die Zauberei.«

Isabella war unsicher, ob Lady Odette sie gehört hatte oder nicht, da die Dame keine Antwort gab. Sie nahm ihren Beutel und bedeutete der Dienerin, mit ihr zu kommen. Sie schloss die Tür, als sie auf dem Gang vor dem Gemach standen.

»Soll ich etwas für Mylady tun?«, fragte die Dienerin mit verquollenen Lippen.

Isabella hakte einen zweiten Beutel von ihrem Gürtel und schüttete ein paar Blätter in die Hand der Frau. »Nimm das.«

»Petersilie? Um Öl für Mylady zu machen?«

Sie fragte sich, warum die Dienerin einer Frau so treu ergeben war, die sie misshandelt hatte. »Nein, lege diese Blätter auf dein Gesicht, damit die Schwellung zurückgeht.«

»Danke, Mylady. Ihr seid sehr gütig.«

Die Tür zum Gemach wurde so jäh geöffnet, dass sie gegen die Wand knallte.

»Was geht da vor?«, wollte Lady Odette wissen, die im nächsten Moment rücklings taumelnd aufs Bett sank, als hätte das Stehen sie überanstrengt. »Ich leide hier drinnen grässliche Schmerzen, und ihr beide lungert vor meiner Tür herum.«

Isabella duckte sich, als die Dame die Steine nach ihr warf, die klappernd hinter ihr auf den Boden fielen. Sie hörte, dass einer zerschellte. Der Amethyst, den sie sich mit viel Mühe beschafft hatte, war nun zu nutzlosen Splittern zerbrochen.

»Vielleicht«, sagte Isabella und machte dem Zorn Luft, der sich in ihr aufgestaut hatte, seitdem die Dame auf La Tour so verächtlich zu ihr gesprochen hatte, »würde man sich mehr um Euch sorgen, wenn Ihr Eurer Umgebung mit so viel Güte begegnen würdet, wie es sich für eine Dame ziemt.«

»Was wisst Ihr über richtige Damen?« Mit verächtlicher Miene musterte Lady Odette sie von oben bis unten. »Ihr habt Eure Abkunft verleugnet, als Ihr ins Kloster gegangen seid, um Heilkunde zu studieren. Das tut eine Lady nicht.« Sie streckte die Hand nach der Peitsche aus, die an Isabellas Hüfte hing, und ließ sie ausschwingen. »Wie eine Hirtin seht Ihr aus.«

»Nie gab ich vor, etwas anderes zu sein als das, was ich bin.«

»Eine Hure, die versuchte, Jordan le Courtenay in ihr Bett zu locken.« Wieder rümpfte sie die Nase. »Sein Geschmack ist darüber erhaben.«

Isabella lachte. Sie konnte nicht anders.

Lady Odette stampfte mit dem Fuß auf und stürmte an ihr

vorüber die Treppe hinauf, wobei sie schwor, sie würde alles ihrem Bruder sagen. Isabella wollte schon erwidern, dass sie damit warten müsste, da Jordan und Lord Weirton das Haus verlassen hätten, zögerte aber nachdenklich.

Woher war dieses sonderbar hohle Geräusch unter dem Steinboden gekommen?

Sie ging ins Schlafgemach und versuchte den genauen Punkt zu finden, wo Lady Odette mit ihrem Absatz aufgestampft hatte. Sie probierte es selbst an mehreren Stellen, hörte aber nur ein dumpfes Poltern. Sie bewegte sich von der Wand weg zur Mitte und versuchte es abermals.

»Hier!«

Sie schob die Schilfmatten weg. Zwischen den Steinen war in einem Quadrat von etwa zwei Fuß Seitenlänge der Mörtel weggemeißelt. Die entstandenen Fugen ließen darauf schließen, dass sich der Stein bewegen ließ.

Aber wie?

Sie strich mit den Fingern den Stein entlang und spürte eine Vertiefung an der Fuge, daumengroß und rund. In der Hoffnung, auf einen Riegelmechanismus gestoßen zu sein, der es ihr ermöglichen würde, den Stein zu bewegen, drückte sie darauf. Kleine Metallstifte, die in die flache Öffnung ragten, zeigten an, dass es etwas gab, das hier hineinpassen und von den Stiften festgehalten werden musste.

Sie griff nach ihrem Sack und tastete nach dem Beutel mit den Heilsteinen. Sie furchte die Stirn, als sie merkte, dass er sich geöffnet hatte und der Inhalt nun verstreut in ihrem Sack lag. Nun leerte sie den Sack und gab sich Mühe, dass sie von ihren chemischen Grundstoffen nichts verschüttete. Die Steine fielen polternd auf den Boden.

Sie probierte in rascher Folge alle durch. Einige hatten die falsche Größe, andere die falsche Form, die meisten beides. Mit enttäuschtem Seufzen tat sie die Steine zurück in den Beutel. Sie wollte die Beutel wieder im Sack verstauen und erstarrte, als ihr Blick auf das Messer aus Ryce de Dolans Grab fiel.

Ihre eigene Kühnheit raubte ihr den Atem, als sie das Wappen auf dem Griff betrachtete. Es war jenes der Bruderschaft, und der Besitzer des Hauses war angeblich ein Mitglied. War es denn möglich …?

Sie legte das Messer auf die Vertiefung. Das Wappen auf dem Griff passte genau in das Loch. Mit einer leichten Rechtsdrehung drückte sie auf den Stein. Es tat sich nichts, daher versuchte sie es linksherum.

Erstaunt sah sie mit an, als der Stein unter dem leisen Quietschen von Lederscharnieren nach unten ins Dunkel versank. Zwei Steine zu beiden Seiten klappten zurück.

Sie erhob sich, nahm die Lampe von der Wand und hielt sie über das Loch. Ganz langsam ließ sie das Licht in die Dunkelheit hinunter.

Der Lichtschein ergoss sich eine Leiter entlang auf einen Boden, der mehr als mannshoch unter ihr lag. Warum gab es eine Öffnung von diesem Gemach aus zum Keller? Sie bewegte die Lampe und sah, dass die Steinmauern unter ihr sich nach beiden Richtungen verloren. Ein in die Erde gehauener Gang, ein Tunnel, verlief unter dem Haus und setzte sich dann fort.

Sie hob das Messer aus der Vertiefung und starrte es an. Das Wappen war der Schlüssel, um den Stein zu bewegen. Es gehörte der Bruderschaft. Daher musste auch der Geheimgang ihr gehören. Hatte der Mann, der sie auf La Tour überfallen hatte, das Messer gebraucht, um sich Zutritt zum Tunnel zu verschaffen?

Sie zog die Füße unter sich und öffnete wieder ihren Sack, dem sie den Beutel mit den heilenden Steinen entnahm. Sie tat sie in einen anderen Beutel an ihrem Gürtel und steckte das Messer in seine Scheide, ehe sie es neben ihrer Peitsche befestigte. Man konnte nicht wissen, wem man in dem geheimen unterirdischen Reich begegnen würde. Auch wenn sie niemanden traf, konnte sich das Messer beim Öffnen einer Tür sehr nützlich erweisen.

Sie stellte die Lampe auf den Boden neben die Öffnung und schwang die Beine auf eine Leitersprosse. Langsam kletterte sie hinunter und hielt nur inne, um nach der Lampe zu fassen. Erstaunt sah sie, dass an der Unterseite des Steines ein Griff angebracht war, um die Tür von unten öffnen und schließen zu können. Ihr Magen krampfte sich zusammen. Wenn sie nun in eine Falle geraten war …?

Sie wünschte, Jordan wäre ihr zur Seite gestanden. Sie wollte sich ein wenig umsehen – nicht mehr als hundert Schritte in den Tunnel hinein – und dann zurückkehren und auf ihn warten, ehe sie ihre Erkundung fortsetzte.

Sie hängte die Lampe an einer Runge auf und zog vorsichtig balancierend die Steine aus ihrem Beutel, einen nach dem anderen. Sie fasste nach dem Griff am Stein und schob ihn hinauf in die Öffnung, wobei sie die Heilsteine in die Ecke klemmte, damit sich die Öffnung nicht ganz schließen konnte. Mit etwas Glück würde außer den verschobenen Schilfmatten niemandem etwas Ungewöhnliches auffallen.

Nach einem tiefen Atemzug stieg sie durch den kleinen

Lichtkreis ab. Sie versuchte nicht daran zu denken, was die Dunkelheit verbergen mochte.

Die unteren Sprossen waren glitschig. Als sie nach der Leiter fasste, flackerte das Licht heftig. Ihr angestrengtes Atmen war so laut, dass es sie nicht gewundert hätte, es als Echo im Tunnel zu hören.

Als ihr Fuß auf feste Erde traf, stieß sie ein Dankgebet aus. Sie lehnte den Kopf an die Leiter und versuchte zu Atem zu kommen, da ihr zumute war, als wäre sie zweimal die Ermine Street hinaufgelaufen.

Isabella hob die Lampe und hielt Umschau. Die obere Begrenzung des Raumes war feucht, das Wasser sammelte sich in Pfützen auf dem holprigen Boden. Erstaunt sah sie, dass der Raum nicht breiter als ihre ausgestreckten Arme war. Falls es einen Keller unter Lord d'sAlpins Haus gab, war er nicht mit dem Tunnel verbunden.

Sie trat an eine Wand nahe heran und hob die Lampe dicht an den Stein, in dem verschiedene Mineralablagerungen schimmerten. Sie fragte sich, ob die Wände aus Kalk waren. Wie auch immer – das Gestein trug Burg und Kathedrale. Sie brauchte also nicht zu befürchten, dass der Tunnel um sie herum einstürzen würde.

Während sie weiterging und ihre Schritte zählte, registrierte sie, dass es im Tunnel nach Fäulnis und Moder stank. Über sich hörte sie Schritte, doch konnte sie nicht abschätzen, ob sie schon unter Lord d'sAlpins Nachbarhaus gelangt war. Der Boden das Ganges war nach oben geneigt, aber längst nicht so steil wie die Ermine Street. Auch konnte sie nicht beurteilen, ob er parallel zur Straße oder davon abzweigend verlief.

Als sie die Lampe in die Höhe hielt, stockte ihr der Atem.

Eine Wand zu ihrer Linken war farbig. Sie hatte sich nicht vorgestellt, dass es unter der Erde solche Farben gab. Satte Schattierungen von Rot und sogar Blau zogen sich in Wellen an langen steinernen Eiszapfen hinunter. Von den Enden tropfte Wasser und bildete seichte Pfützen. Der Abfluss war für sie unsichtbar, da ihr Licht nicht so weit reichte. Ihr war auch nicht aufgefallen, wo der Tunnel breiter geworden war. Er maß nun die doppelte Breite der Spannweite ihrer Arme.

Sie versagte es sich, die Pfützen näher zu untersuchen. Sie waren nicht der Grund für ihren Ausflug in die Unterwelt.

Ein Gedanke, der bewirkte, dass sie die Lampe senkte. Sie hoffte, dass das Licht unbemerkt geblieben war. Im Tunnel und in den abzweigenden Höhlen konnten wilde Tiere leben.

Einen anderen Gedanken unterdrückte sie. Sie durfte nicht so weit vordringen, dass sie nicht wieder zur Leiter unter Lord d'sAlpins zurückfand. Sie musste geradeaus weiter.

Mit den Fingern die Wand entlangstreichend, fiel ihr eine Veränderung in der Beschaffenheit der Wände auf, als diese wieder enger zusammenrückten. Waren die Teile mit den Pfützen natürliche Höhlen, während die Tunnel Menschenwerk waren? Aber wie war dies unbemerkt bewerkstelligt worden? Man durfte nicht unbedingt davon ausgehen, dass die Bruderschaft die Schächte gegraben hatte. Ihre Mitglieder waren nur die jüngsten Benutzer dieses Höhlensystems, das vielleicht schon vor über einem Jahrtausend von den Römern geschaffen worden war.

Isabella blieb stehen, als ihre Fingerspitzen ihr anzeigten, dass die Mauer sich wieder nach außen neigte. Sie war nun fast hundert Schritte weit gegangen. Weit genug, da sie nicht sicher war, wie lange sie noch unentdeckt weitergehen konnte.

Die Umkehr fiel ihr schwer, da sie ihre Erkundung gern fortgesetzt hätte. Sie lief weiter und zählte ihre Schritte. Wie lange würde sie sich wohl gedulden müssen, bis sie Lady Odette aus dem Raum manövriert hatte, um Jordan allein zu sprechen und den Tunnel mit ihm zu erkunden? Vielleicht würde es ihnen während des Abendessens gelingen, sich unter einem Vorwand davonzumachen.

Als sie unwillkürlich lachte, hallte das Geräusch von den Wänden verzerrt wider. Lady Odette würde alles tun, um sie daran zu hindern, gemeinsam die Tafel zu verlassen.

Das vom Wasser zurückgeworfene Licht ihrer Lampe erschreckte sie. Wieder lachte sie, diesmal unsicher. Der Tunnel beflügelte die Phantasie, deshalb musste sie sich vorsehen und nicht Gefahren schaffen, wo es keine gab.

Hundert Schritte von der Stelle, wo sie umgekehrt war, war die Leiter aber noch immer nicht zu sehen. Entweder hatte sie sich verzählt oder auf dem Rückweg eine andere Schrittlänge vorgelegt. Die Lampe höher haltend, suchte sie den Gang ab.

Plötzlich wurde ihr Handgelenk gepackt. Eine Hand drückte sich auf ihren Mund, ehe sie Atem holen konnte.

Man hatte sie ertappt!

19

Isabella griff nach dem Arm vor ihrem Gesicht. Gelang es ihr, ihren Angreifer bewusstlos zu schlagen, konnte sie unerkannt entkommen. Oder hatte er sie bereits gesehen?

»Isabella, nicht.«

»Jordan?«, hauchte sie in seine Hand.

Sie wurde so rasch herumgedreht, dass sie sich an seinem Arm festklammern musste, um nicht gegen die Wand zu prallen. Er packte ihre Hand, damit die Lampe nicht gegen die Wand schlug; dann zog er sie an sich. Sein Mund auf ihrem weckte in ihr den Wunsch zu vergessen, wo sie sich befanden und was sich im Tunnel verbergen mochte. Sie ließ ihre Finger über seine Brust gleiten, legte ihren Arm um seine Schulter und reizte seine Zunge, die ihre in ihrem Mund zu jagen. Sie zitterte, als er seinen Mund hob, von neuem überwältigt von dem Begehren, das er weckte.

»Was treibst du denn *hier?«,* fragte Jordan, als er ihr die Lampe abnahm und sie in die Höhe hielt, so dass sie einander sehen konnten. Auf seinem Gesicht lag ein komplexes Muster von Schatten.

»Ich sehe mich um.«

»Das ist kein Ort, wo du deine neugierige Nase hineinstecken solltest. Diese Gänge könnten plötzlich einstürzen.«

Sie trat zur Seite und rieb mit den Knöcheln sanft an der Wand. »Ich bezweifle, ob es in ganz England einen Tunnel gibt, der solider gebaut ist als dieser.«

»Nicht nur die Bauweise macht mir Sorgen.«

»Ich weiß. Es geht darum, wer diese Tunnel benutzt.«

Er stellte die Lampe auf einen kleinen vorspringenden Stein. »Wie kannst du so vernünftig sein und zugleich etwas so Riskantes tun?«

»Weil es hier Geheimnisse gibt, aber vielleicht auch Antworten darauf. Wie bist du hier heruntergekommen?«

»Wahrscheinlich auf demselben Weg wie du. Man sagte mir, dass du dich um Lady Odette bemüht hast. Ich ging also in ihr Gemach und traf dort niemanden an, sah aber, dass die Matten zurückgeschoben worden waren. Dabei wurde ein Stein freigelegt, der sich nicht ganz in den Boden einfügte. Strecke deine Hand aus.« Er ließ ein paar kleine Steine auf ihre Handfläche fallen. »Ich nehme an, sie gehören dir.«

Sie erkannte die Steine durch Berührung. »Meine Heilsteine … ich steckte sie in die Falltür, um mich abzusichern, dass ich wieder nach oben gelangen kann. Was, wenn du sie nicht wieder öffnen kannst?«

»Die Rückkehr auf diesem Weg ist ohnehin ausgeschlossen. Ehe ich die Falltür schloss, versuchte ich die Matten darüberzuziehen. Niemand darf wissen, dass wir auf diesen Gang stießen. Weirton reagierte erregt, als seine Schwester auf diesem Zimmer beharrte. Ich nehme an, wir kennen nun den Grund.«

»Das glaube ich auch. Ich kann ihm nicht trauen. Du etwa?«

Sein Kopfschütteln schuf neue Formen in den Schatten auf seinem Gesicht. »Wenn er nicht schon Mitglied der Bruderschaft ist, möchte er es sein. Er lobt und preist sie bei jeder Gelegenheit.«

Sie zog Sir Ryces Messer und deutete auf das Wappen. »Dies diente als Schlüssel zur Falltür.«

»Sehr klug.«

»Ja, nicht wahr. Ein Mitglied der Bruderschaft kann dies tragen, und niemand weiß, dass es Zutritt zu Orten wie diesem gewährt.«

»Ja, die Bruderschaft ist klug.« Er strich über ihre Wange. »Aber ich meinte eigentlich dich. Du bist sehr klug, wenn du erkanntest, dass das Wappen auf den Stein passt.«

Sie lachte. »Ich war so neugierig, was sich unter dem Stein befindet, dass ich alles ausprobierte, um ihn zu heben.« Nach rechts und links blickend fragte sie: »Welche Richtung willst du einschlagen?«

»Ein Stück hinter der Leiter ist eine Wand, also müssen wir in die Richtung gehen, die du erkundet hast.«

»Ich sah keinen Weg hinaus, aber ich ging auch nur hundert Schritte weit.«

Er nahm die Lampe von der Wand. »Es muss andere Eingänge geben. Es wäre nicht unbemerkt geblieben, wenn Leute aus d'sAlpins Haus ständig ein und aus gehen. Es hätte Gerede gegeben.«

»Das Emery gehört hätte.«

»Der Junge hat eine Neigung, alle Gerüchte, wahre und falsche, aufzuschnappen.« Er lachte spöttisch.

»Du hast dich verändert.« Sie zeichnete die starken Linien seines Gesichts mit der Fingerspitze nach und kostete die Wölbung seiner Lippen aus, als sie diese berührte. »Das Lachen fällt dir nun viel leichter.«

»Jetzt habe ich mehr zu lachen.«

»Über mich?«

Er legte seinen Finger unter ihr Kinn und näherte ihre Lippen den seinen. »Ja, über dich.« Sein rascher Kuss war eine

Verheißung weiterer Wonnen, sobald sie die unterirdischen Gänge verlassen hätten. »Gehen wir.«

Isabella trug ihr Messer offen, als sie Jordan ganz dicht folgte. Sie wollte im Lichtkreis bleiben, zudem aber war der Gedanke reizvoll, wie leicht sie ihre Finger heben und seinen starken Rücken streicheln konnte.

Als sie an den Tümpeln mit den phantastischen Farben an der Wand vorüberkamen, ging er nicht langsamer. Sie hatte geglaubt, er würde neugierig sein, was sich unter ihren Füßen befand. Was hatte er ihr vorenthalten? Hatte er mehr über die Bruderschaft erfahren? Oder gab es einen anderen Grund für seine Eile? Sie stellte keine Fragen. Wenn er Grund zur Eile hatte, musste es ein triftiger sein.

Ihre Finger umklammerten das Messer fester, als sie die Stelle passierten, an der sie umgekehrt war. Als sich ein heller Schein vor ihnen zeigte, flüsterte sie: »Vielleicht sollten wir einen anderen Weg suchen.«

Er legte ihr den Finger auf den Mund. »Nicht so laut.«

»Ich flüstere!« Sie schob seine Hand weg. »Ich weiß, dass andere mithören könnten.«

»Ich weiß, dass du es weißt.«

»Warum hast du mich dann gehindert?«

»Ich genieße jeden Vorwand, dich zu berühren.«

Sie staunte, als er ihr zuzwinkerte. Er amüsierte sich. Er war so neugierig wie sie und wollte aufdecken, was die Bruderschaft zu verbergen hatte.

»Wir müssen sehen, wer vor uns ist«, sagte sie.

Als er die Lampe ausblies, umgab sie dichte Dämmerung. Als sie Stahl an Holz hörte, wusste sie, dass er sein Schwert gezogen hatte. Sie steckte Ryces Messer in seine Scheide und machte ihre Peitsche einsatzbereit, da sie eher auf die ihr vertraute Waffe setzte.

Das Licht bewegte sich nicht, als sie langsam näher gingen. Sie spitzte die Ohren, hörte aber nur ihren beschleunigten Herzschlag. Wieder wichen die Wände auseinander, und der Abstand zwischen ihnen wurde größer. Sie bedeutete ihm, er solle an der linken Wand bleiben, während sie sich an der anderen Seite weiterschob. An der linken Wand würde er mit seinem Schwert besser ausholen können, während ihre Peitsche nach allen Richtungen ihre Wirkung tat.

Jordan bedeutete ihr, stehen zu bleiben, während er weiterschlich, bis er um die Ecke spähen konnte. Sie biss sich auf die Lippen, ihre feuchten Hände umfassten den Griff an ihrer Peitsche nicht mit gewohnter Sicherheit.

»Niemand«, flüsterte er, als er sein Schwert senkte und ihr anzeigte, dass sie ihm folgen sollte. Der Raum wurde von zwei Fackeln erhellt. Ein einziger Tümpel lag am Rand des Lichtkreises. Der Boden war nicht geneigt. Sie konnten den Gipfel des Hügels noch nicht erreicht haben.

»Sieh mal!«, flüsterte sie, da sie nicht wusste, wie weit ihre Stimme im Gang hallte.

Sie deutete auf Zeichnungen im Stein. Sie konnte nicht unterscheiden, ob die Linien, die aussahen, als hätte ein großes Tier planlos die Wand zerkratzt, Symbole oder Worte waren oder nur Spuren des über die Wände fließenden Wassers. »Was soll dies deiner Meinung nach symbolisieren?«

»Ich weiß es nicht.« Er atmete scharf ein, als er eine der Fackeln zwischen den Steinen hervorholte und sie ein Stück vor ihr nahe an den Boden hielt. »Hast du *das* gesehen?«

Sie schnappte buchstäblich nach Luft. In den Boden geritzt,

sah sie eine größere Version des Wappens vom Messergriff. Nun konnte sie sehen, dass Ross und Reiter Rüstung trugen, die kleinere Gestalt, die das Pferd führte, jedoch nicht.

Er bückte sich und verfolgte eine Linie, die von dem vor dem Pferd gehenden Mann zum Reiter führte. »Was ist das? Ein Kampfstock?«

»Oder ein Zügel?«

Angewidert verzog er den Mund. »Das lässt an zu viele schreckliche Dinge denken.«

»Etwa, dass die Bruderschaft den Rest der Welt unterwerfen und alle Menschen an der Leine führen möchte?«

»Ja.« Er richtete sich auf. »Du musst hier sofort verschwinden.«

»Warum?«

Wieder schnitt er eine Grimasse. »Ich nehme an, es erübrigt sich zu sagen, dass eine Frau in einem feuchten Tunnel, in dem der Tod lauern kann, nichts zu suchen hat.«

»Deine Annahme trifft zu.«

»Und wenn ich es vorschlagen sollte, würdest du mir sagen, dass *ich* verschwinden sollte, wenn das, was hier lauern könnte, meinen Argwohn weckt.«

»Auch das ist eine richtige Annahme.«

Er streckte seine Hand aus. »Ich hätte sagen sollen, dass wir beide hier unverzüglich verschwinden sollten.«

»Nur eine Minute noch.«

»Isabella …«

Sie ging auf seine Ungeduld nicht ein, als sie sich bückte und das Symbol aus der Nähe betrachtete. »Halte das Licht etwas weiter rechts, damit ich die darunter eingeritzten Worte lesen kann.«

»Wahrscheinlich steht geschrieben, dass sich hier nur ein Idiot länger aufhält.« Er fasste nach ihrem Arm. »So wie Ryce einer war, als er sich mit der Bruderschaft einließ. Ich möchte nicht auch dich noch verlieren.«

»Glaubst du, dass er ein Mitglied war?« Sie hatten eine Stelle erreicht, wo die Wände sich wieder zueinander neigten.

»Nein.«

»Du scheinst deiner Sache sicher zu sein.«

»Hättest du Ryce gekannt, wärest du auch sicher. Er lebte sein Leben mit möglichst wenig Verpflichtungen.«

»Bis auf dich.«

Er nickte. »Jetzt begreifst du, warum *ich* die Beerdigung veranlassen musste.«

»Das wusste ich die ganze Zeit über.« Sie duckte sich, als der Gang niedriger wurde. »Es ist sonderbar, wie das Messer in sein Grab gelangte und warum jemand es so unbedingt haben wollte, dass er sich tötete, als er nicht in seinen Besitz gelangen konnte.«

»Es gibt zu viele offene Fragen um die Bruderschaft.« Er warf einen Blick zurück zu ihr. »Aber die wichtigste Frage ist, wie wir hier herauskommen.«

Als der Gang in einer schmalen Treppe endete, sah Isabella, dass die Stufen in gleichmäßiger Folge nach oben führten. Sie fragte sich, wie viel Zeit vergangen sein mochte, seitdem sie ins Erdreich verschlagen worden waren.

Jordan entzündete die Lampe von neuem, als er seinen Fuß auf die erste Stufe setzte. »Bleib dicht bei mir, Isabella.«

»Endlich! Ein Befehl, den ich nur zu gern befolge.« Sie versuchte ein Lachen, doch fiel es tonlos aus, von dem Unbehagen, das sie erfüllte, gedämpft. Es hatte sich gesteigert, als sie das in den Boden geritzte Wappen passiert hatten. War das Bild eine Warnung umzukehren?

»Es gibt nicht viele Stufen.«

Sie nickte, doch konnte er nichts gesehen haben, da er bereits die Treppe hinauflief. Während sie sich beeilte, ihm zu folgen, nahm sie Gerüche wahr, die herunterwehten und unangenehm waren. Der Geruch von abgestandenem, längst faulig gewordenem Wasser.

Stärker als der Geruch aber war ein Miasma, das man weder sah noch spürte oder schmeckte und roch.

Böses.

Qual.

Schmerz.

Mit einem tiefen Atemzug drängte sie an Jordan vorüber und versperrte ihm mit ausgestreckter Hand den Weg.

»Was ist denn?«, flüsterte er.

»Ich … ich weiß es nicht.« Sie ließ den Arm fallen. Sämtliche Instinkte sagten ihr, dass höchste Vorsicht geboten war, da etwas Grässlicheres als alles, was sie bisher gesehen hatten, am oberen Ende der Treppe lauerte.

»Hast du etwas gesehen?«

»Nein«, musste sie zugeben.

»Und gehört?«

»Nichts!« Sie wollte sich zu ihm umdrehen und hielt inne. Was immer sie oben erwarten mochte – es war dumm, ihm den Rücken zuzukehren. Es konnte aus dem Dunkel auf sie eindringen und sie mit einem einzigen Schluck verschlingen.

»Isabella, was ist? Du bist totenbleich.«

Sie wusste, wie töricht sie klang, als sie sagte: »Dort oben lauert etwas Schreckliches. Kein Toter oder Mensch, sondern etwas, das dort auf die Chance wartet, den Arglosen zu verschlingen.«

»Das klingt wie eine alte Mär, um ungezogene Kinder zu erschrecken.«

»Nie habe ich dergleichen verspürt. Es ist, als kröche ein unsichtbares Tier über meine Haut und hinterließe eine brennende, Furcht erregende Schleimspur.«

Er trat neben sie und legte ihr den Arm um die Schultern. Froh um seine starken Arme, lehnte sie sich an ihn.

»Wir sind zu zweit«, sagte er. »Gemeinsam können wir es mit allem aufnehmen, das uns erwarten mag.«

Sie war versucht zu sagen, dass das, was in der Höhle lauerte, eine Macht besaß, die sie so rasch überwältigen konnte, dass sie ihren nächsten Herzschlag nicht erleben würden. Sie schwieg. Ihr blieb nur die Hoffnung, dass, was immer es war, das Licht fliehen würde.

Die Kaverne war doppelt so groß wie die Höhle darunter. Am Eingang war die Decke hoch über ihrem Kopf, senkte sich jedoch gegen die Wand gegenüber. Die naturbelassenen Wände wiesen farbige Schichtstreifen aus, die im Licht zum Leben erwachten. Der glatte Boden sah aus wie ein Flussbett.

»Besser?«, fragte Jordan.

Sie lächelte reumütig. »Ich finde es nett, dass du mir nicht vorwirfst, wie albern ich war.«

»Nur weil man es nicht sieht, kann man nicht sicher sein, dass sich hier nicht etwas verbirgt.« Er schwenkte seine Fackel in alle Richtungen, um die Höhle bis in den letzten Winkel auszuleuchten. Dem Quieken von Ratten folgte eiliges Getrappel kleiner Füße.

»Von Ratten war nicht die Rede.«

»Die meinte ich auch nicht. Der Weg zur Hölle liegt unter der Erde.«

»Zur Hölle?« Sie schauderte zusammen. »Ich hoffe sehr, dass nicht Satan es war, der sich hier betätigte.«

Sie betraten den nächsten Gang. Wie in der Kaverne waren die Wände naturbelassen. Scharfe Steinspitzen waren so dicht wie Disteln in einem Gestrüpp. Sie stieß daran an, während sie sich bemühte, sich zwischen ihnen durchzuschlängeln. Der Gang führte so steil aufwärts, dass sie sich schon nahe der Oberfläche wähnte. Da sah sie etwas an der Wand. Eine Leiter!

»Jordan?«

»Ich sehe sie auch. Warte, bis ich oben bin.« Er drückte ihr die Fackel in die Hand und erklomm die Leiter.

Sie hatte mehr Sprossen als diejenige, die von Lady Odettes Gemach in die Tiefe geführt hatte. Als er oben angekommen war, trat sie zurück, um ihm Licht zu geben, damit er nach einem Griff zum Öffnen der Falltür suchen konnte. Fand er keinen, würden sie weitergehen müssen.

Er stieg die Leiter herunter und legte den Finger auf die Lippen, als sie etwas sagen wollte.

Er bedeutete ihr, sie solle ihm den Gang entlang folgen. »Ich hörte Stimmen von oben«, flüsterte er.

»Konnte man verstehen, was sie sagten?«

»Sie besprachen, was man dem Hausherrn zum Dinner servieren soll.«

»Sie? Frauen oder Männer?«

»Frauen, glaube ich, doch dämpfte der Stein ihre Worte und verzerrte die Stimmen. Ich bin nicht ganz sicher.«

Sie setzte sich und stellte die Lampe neben ihre Füße. »Ob sie wohl wissen, dass unter ihnen ein Gang verläuft?«

»Sie werden es wissen, wenn wir durch die Falltür plötzlich auftauchen.«

Ein unmerkliches Lächeln entspannte ihre Lippen, ehe sie sagte: »Wir müssen also weiter.«

Er streichelte sie sanft. »Wir können auch zurück.«

»Das Ende ist noch nicht erreicht. Wir können uns entscheiden, wenn wir dort sind.« Er lächelte, als sie aufstand. Er nahm die Fackel und wandte sich zum Gehen, weiter den Gang entlang. Sie warf einen Blick auf die Leiter und seufzte. Sie hätte sich denken können, dass es nicht einfach sein würde.

Der Gang wand sich schlangengleich dahin. Um den Kellern derjenigen auszuweichen, die nicht der Bruderschaft angehörten, oder weil der Fels sich nicht durchbrechen ließ? Vielleicht aber aus einem ganz anderen Grund.

Ihre Lampe flackerte. »Jordan, sie erlischt!«

Er blickte über die Schulter und hielt die Fackel höher. Plötzlich stieß er einen leisen Ruf aus und warf ihr die Fackel zu. Sein Schwert fiel klirrend zu Boden. Die Arme wild schwenkend versuchte er, sein Gewicht auf den hinteren Fuß zu verlagern. Er schwankte vorwärts … und fiel hinunter in ein Loch.

Sie ließ die Lampe fallen, packte seinen Arm und setzte sich. Sie versuchte ihn zu sich zu ziehen, glitt aber auf dem rutschigen Boden aus. Einen Fuß gegen die Wand gestemmt, verhinderte sie, dass sie mitgezerrt wurde. Er fasste mit der anderen Hand nach ihrem Arm. Sie zuckte zusammen, als Schmerz in ihrer Schulter aufflammte. Mit zusammengebissenen Zähnen stemmte sie den anderen Fuß gegen die Wand und versuchte sich nach hinten zu schieben.

Sie konnte sich nicht rühren.

Sie musste etwas anderes versuchen. Also zog sie die Füße unter sich und richtete sich in eine hockende Stellung auf. Schmerz durchzuckte ihre Beine, als sie ihren Körper als Hebel benutzte, um Jordan vom Loch wegzuzerrren. Langsam, so langsam, dass sie geschworen hätte, die Zeit stünde still, konnte sie sich vom Loch fortbewegen.

Steine polterten in einen scheinbar bodenlosen Abgrund, als er sich gegen den Rand des Abgrunds stemmte. Jeder Muskel protestierte, während sie mit langsamen, schmerzhaften Schritten rücklings ging. Dann ließ er ihren Arm los. Sie fiel um und rief seinen Namen.

»Still, Isabella«, mahnte er, als er zu ihr hinkroch. »Dank dir bin ich am Leben.«

Sie schlang ihre Arme um ihn und zog ihn zu sich herunter, zu einem Kuss, von dem sie hoffte, dass er alles sagen würde, was sie nicht ausdrücken konnte. Er schob seinen Arm unter sie und drückte sie an sich.

Nun flackerte das Licht wieder und wurde schwächer. Sie saß da und starrte die Lampe an. Sie hätte mehr als eine mitnehmen sollen. Sie griff nach der noch immer brennenden Fackel und hielt sie so, dass sie in das Loch blicken konnte. Es musste einen Boden geben, doch konnte sie ihn nicht sehen.

Jordan, der sich aufrichtete, fluchte, als seine Knie nachzugeben drohten. Wäre Isabella nicht so flink gewesen, er wäre jetzt tot. Auf sie zuschwankend, hob er sein Schwert auf und steckte es in die Scheide. »Ich danke dir nochmals, Isabella. Du hast mir das Leben gerettet … nicht zum ersten Mal.«

Es wunderte ihn nicht, dass sie so tat, als würde sie ihn nicht hören. Dankbarkeit für etwas, das ihrer Meinung nach jeder hätte tun können, bereitete ihr Unbehagen. Unwillkürlich fragte er sich, was für ein Leben sie in St. Jude's Abbey geführt hatte, um zu dieser Denkweise zu gelangen.

»Was für Menschen sind das, die einen Tunnel bauen und ein Loch im Boden offen lassen?«, fragte sie.

»Leute, die sicher sein wollen, dass niemand ohne den Schlüssel eindringt, der ein Durchschreiten des Tunnels von einem Ende zum anderen ermöglicht.«

»Was hat die Bruderschaft zu verbergen?«

»Diese Frage zu stellen ist zu gefährlich.«

»Die Frage ist weniger gefährlich als die Antwort.« Sie entrollte ihre Peitsche und ließ sie über das Loch im Boden schnalzen.

»Was machst du da?«

»Ich suche einen Vorsprung oder dergleichen, damit wir hinübergelangen.«

»In der Dunkelheit?«

Sie reichte ihm die Fackel. »Halte sie so hoch, dass ich möglichst viel Licht habe.«

Das tat er und sah zu, wie sie mit der Peitsche ausholte und auf einen großen Stein zielte. Sie holte mehrmals aus, doch glitt die Peitsche immer wieder vom Stein, wenn sie an ihr zerrte. Nachdem er es schon längst als hoffnungslos aufgegeben hätte, gelang es ihr, das Ende der Peitsche wieder um den Stein zu wickeln, und als sie diesmal anzog, hielt der lederne Strang.

Als sie einen Schritt zurücktrat, um Schwung für einen Sprung über das Loch zu gewinnen, hinderte er sie daran.

»Ich zuerst«, sagte er.

»Aber Jordan …«

Er erstickte ihren Protest mit einem Kuss, der seine Knie wieder weich werden ließ. Sie empfand ähnlich, wie er wusste, da ihre Finger seine Tunika vorn erfassten. Er sah ihr in die Augen und flüsterte. »Ich springe zuerst, Isabella. Wenn etwas passiert, gehst du zurück zu d'sAlpins Haus.«

»Rede nicht so.«

»Versprich es mir.«

»Das verspreche ich nicht.« Sie fasste nach seinem Arm. »Ich werde …«

»Du musst deine Pflicht im Dienst der Königin erfüllen. Das kannst du nicht, wenn du hier ums Leben kommst.«

Sie nickte mit hängenden Schultern. Dann ließ sie ihn los und überließ ihm den Peitschengriff.

Er ergriff ihn und reichte ihr die Fackel. Dann drehte er sich um und warf einen Blick über den Abgrund, wobei er hoffte, dass auf der anderen Seite nicht eine weitere Falle wartete. Dann schwang er sich in die Luft. Mit einem Aufprall, der nach beiden Seiten des Tunnels widerhallte, landete er und warf ihr den Peitschengriff zu.

Als sie diesen auffing, hob er die Hand. »Wirf erst die Fackel herüber.«

Die Flamme flackerte zischend, als die Fackel auf seine Seite flog. Er fing sie auf und hielt sie in die Höhe. Mit angehaltenem Atem sah er zu, wie sie sich herüberschwang. Fast war sie schon bei ihm, als ein Knacken ertönte. Kleines Geröll rieselte.

Er sprang vor und ließ die Fackel fallen, als er die langen Stoffteile ihrer Ärmel erwischte. Er hörte das Geräusch von reißendem Stoff, doch ließ er sie nicht los, als er sich nach hinten warf. Sie landete taumelnd neben ihm auf dem Boden. Mit einem Aufschrei schnalzte sie scharf mit der Peitsche, ehe der Stein, um den diese sich geschlungen hatte, zwischen ihnen und dem Loch zu Boden polterte.

»Alles in Ordnung?«, fragte er.

»Ich muss mir reichlich Petersiliengrün verschaffen, um alle deine Schrammen zu heilen.« Sie wickelte die Peitsche auf und hakte sie wieder an ihrem Gürtel ein. Ihren Ellbogen reibend stand sie auf.

Auch er stand auf und verzog das Gesicht, als er nach der flackernden Fackel griff. Lange würde sie nicht mehr brennen. Er nahm Isabellas Hand und ging mit ihr weiter, wobei er auf jeden Schritt achtete, weil die Grube vermutlich nicht die einzige Falle war, die es hier gab.

Als der Gang sich wieder zu einer Höhle weitete, war er nicht verwundert, das Emblem der Bruderschaft in den Boden geritzt zu sehen. Er sah ein Licht aufblitzen, und zugleich hörte er, wie Isabella erschrocken Atem holte.

»Wir müssen einen anderen Gang suchen«, flüsterte sie so leise, dass er sie kaum hören konnte.

»Woher weißt du, dass es einen gibt?«

Sie bedachte ihn mit einem finsteren Blick, der ihn an jenen des alten Lew erinnerte, wenn er eine eines Earls unwürdige Bemerkung gemacht hatte. »Wer diese Tunnels schuf, muss zusätzlich Wege nach draußen eingeplant haben, falls ein Teil einstürzt.«

Er nahm ihre Hand und rannte mit ihr zu einer dunklen Stelle an der Wand. Ein Tunnel? Er fluchte insgeheim, weil es ein Tümpel war. Nach einem Blick über die Schulter erstickte er die Flamme der Fackel darin, ehe er vorsichtig ins kalte Wasser trat. Sie tat es ihm gleich. Er kauerte sich nieder und zog sie zwischen sich und die Wand, inständig hoffend, man würde ihn in der Finsternis nicht sehen. Sein Gewand war dunkel, sein Haar auch. Da Isabellas goldene Strähnen hinter ihm versteckt waren, gab es nichts Helles, das auffallen konnte.

Schritte hallten durch die Höhle. Er versuchte abzuschätzen, wie nahe sie waren. Sich darauf zu konzentrieren war nervenzermürbend, während ihr raschen, flachen Atemzüge ihn liebkosten.

Zwei Männer, wie er an den Stimmen unterscheiden konnte. Als sie sich näherten, hörte er, dass sie lachten wie zwei gute Freunde. Verstehen konnte er nichts, da der leere Raum ihre Worte verzerrte.

»Wer sind sie?«, hauchte Isabella.

»Ich weiß es nicht.«

»Kannst du nicht nachsehen?«

»Nein.«

Die Männer kamen näher, und er hielt den Atem an. Wie lange würde es dauern, bis sie vorbeigegangen waren und dann sahen, dass die Falle ausgelöst worden war. Immerhin bestand die Möglichkeit, dass sie annehmen würden, der Eindringling wäre im Abgrund gelandet.

Die Stimmen verklangen in der Ferne. Er riskierte einen Blick über die Schulter und sah Licht aus einem Gang, den er übersehen hatte und der jenem gegenüberlag, aus dem er und Isabella gekommen waren.

Er wartete, bis das Licht fast verschwunden war, dann trat er aus dem Tümpel. Seine Füße fühlen sich nach dem eisigen

Wasserbad sonderbar an. Als er Isabella heraushalf, wusste er, dass ihr nasses Kleid schwer an ihren Beinen haften musste.

»Wir müssen in den Gang, aus dem sie herauskamen«, sagte er, als er mit ihr rasch die Höhle durchquerte, während man noch etwas sehen konnte.

»In der Finsternis?«

»Hoffen wir, dass wir noch eine Fackel finden.« Er blickte zurück. Das Licht wurde immer schwächer.

»Wenn die Bruderschaft entdeckt, dass wir das Tunnelsystem fanden, wird man uns mit diesem Wissen nicht lange frei herumlaufen lassen.«

»Nur, wenn man sicher ist, dass wir es waren, die in ihren geheimen Irrgarten eindrangen.«

»Wenn wir uns über blanken Klingen gegenüberstehen, wird man sicher sein.« Sie nahm seine Hand, als sie den Tunnel betraten. »Lege die andere Hand auf die Wand, wir werden ihr folgen, solange es geht.«

»Solange wir nicht auf Fallen stoßen. Verdammt, wir waren so knapp dran. Einer dieser Männer könnte wissen, warum sich das Messer in Ryces Grab befand.«

»Ich weiß.«

Er hörte ihren Kummer heraus und wollte sich entschuldigen. Wie war es dazu gekommen, dass er seinen Kummer und die Verpflichtung, den Grund für Ryces Tod aufzudecken, ihr aufgebürdet hatte? Er hatte eingewilligt, ihr zu helfen, nicht aber um diesen Preis.

»Wieso kennst du mich so gut, wenn ich dir doch so wenig sage?«, fragte er.

»Es gibt viele Arten, etwas zu erfahren. Zu Beginn meiner

Studien entdeckte ich, dass man erstaunliche Dinge erfährt, wenn man mit allen seinen Sinnen beobachtet.«

»Wenn wir erst diesen verfluchten Tunnel hinter uns haben, musst du mir sagen, was du über mich weißt. Es müsste …«

War das Licht, was sie vor sich sahen? Er zwinkerte mehrmals, das Licht blieb. Es war keine Täuschung.

»Siehst du es?«, fragte sie.

»Ja. Es ist … Isabella!«

Er stieß sie zu Boden. Etwas schlug in die Wand zu ihrer Linken ein. Steinsplitter sprühten, sie stöhnte. Im spärlichen Licht sah er Blut an ihrer linken Hand.

»Isabella?«

»Nichts passiert. Nur ein kleiner Schnitt.« Sie drehte sich auf die Seite und sah ihn an. »Und du?«

»Diesmal unversehrt.« Er kam auf die Beine und strich mit der Hand über einen an einer schweren Kette hängenden Stein.

»Sieh dir die Wand an. Wir sind nicht die Ersten, die diesen Weg nehmen und die Todesfalle auslösen.«

Er sah sich den Kalkstein genau an. Die farbigen Streifen waren nicht nur Gesteinsschichten. Einige, rostig und verstreut, konnten getrocknetes Blut sein. Ihm wurde übel, er wandte den Blick ab.

»Wir müssen gehen«, drängte sie. »Wenn jemand hörte …«

Er nahm ihre Rechte und drängte sie in der Hoffnung weiter, sie würden nicht wieder in eine Falle geraten, doch war eine Umkehr unmöglich.

Zu ihren Füßen änderte sich die Beschaffenheit des Bodens. Blankes Gestein wich behauenen und mit Mörtel zusammengefügten Steinen. Als sie einen großen runden Raum betraten, war dieser leer. Der Fels über ihnen trug das Wappen der Bruderschaft.

»Ketten«, stieß Isabella aufstöhnend hervor. Sie schlang die Arme um sich. »Ketten, Äxte und Klingen.«

Jordan ließ den Blick durch den Raum wandern und sah weitere Blutspuren. »Für Folterungen.«

»Meine Befürchtung bedarf keiner Bestätigung.« Sie versuchte mit bebenden Lippen ein Lächeln. »Wer sind diese Menschen?«

Er trat an einen Tisch, auf dem ein großes, aufgeschlagenes Buch lag, und überflog die Seiten. »Allmächtiger!«

»Was ist denn?«

»Sieh dir das an.« Er fuhr mit dem Finger über die in Rot geschriebenen Lettern und hoffte, dass es sich um rote Tinte handelte. »Sie haben sich verschworen, für Englands Sicherheit zu sorgen, und wollen daher mit allen Mitteln verhindern, dass Richard König wird. Ihrer Überzeugung nach wird er das Land durch ständige Kämpfe in den Untergang führen. Sie geloben, John zur Krone zu verhelfen.«

»Das kann nur geschehen, wenn Richard tot ist.«

Er trat vom Tisch zurück. »Vor Mord schrecken sie offenbar nicht zurück.« Er legte seinen Arm um ihre Schultern. »Wenn ich es nicht bis hinaus schaffe, musst du in der Kathedrale Zuflucht suchen. Das Recht auf Asyl muss auch von der Bruderschaft respektiert werden.«

»Da wäre ich nicht so sicher.« Sie hakte wieder die Peitsche vom Gürtel.

Er zog sein Schwert, als er sie zu einer Tür führte, hinter

der eine nach oben führende Treppe lag. Er zögerte nicht. Die Stufen der Wendeltreppe ließen erkennen, dass sie sich in einem Turm befanden. Er hörte Isabella tief durchatmen, als sie in einen Raum mit schmalen Schießscharten gelangten. Seine Vermutung, dass sie sich in der Burg befanden, hatte sich bestätigt.

Vor ihnen war eine Leiter, die ins Erdgeschoss führte. Sie mussten nun eine Möglichkeit finden, unentdeckt aus dem Turm zu schlüpfen. Eine einflussreiche Person in der Burg musste veranlasst haben, dass die Tunnel mit diesem Turm verbunden worden waren. Entdeckte man ihn und Isabella hier, würde man sie erst foltern und dann umbringen.

Am Fuß der Leiter blieb er stehen. Als sie leise lachte, starrte er sie verblüfft an.

»Ich bin nicht übergeschnappt«, sagte sie zwischen Gekicher.

»Was findest du dann so amüsant an unserer Situation?«

»Dich.«

»Mich?« Wie viele Möglichkeiten würde diese Frau noch finden, ihn in Erstaunen zu versetzen?

»Du kannst dich nicht entscheiden, ob du zuerst die Leiter erklimmen sollst, falls jemand oben wartet, oder ob du mich zuerst hinaufklettern lassen sollst, weil du unsicher bist, ob man uns folgt.« Ihr Humor schwand, als sie ihre Hände auf seine Arme legte. »Was immer auch passiert, wir werden uns allem gemeinsam stellen.«

Er entzog ihr seine Arme, legte einen Arm um ihre Mitte und zog sie an sich. »Lass mich zuerst gehen, Isabella. Wenn jemand durch den Tunnel kommt, bist du gewarnt.«

Er stieg rasch hinauf und blieb oben stehen, während sie

ihm eilig folgte. Er ging an die Tür des kleinen kreisförmigen Raumes und spähte hinaus.

»In unmittelbarer Nähe sind nur ein paar Leute, weiter entfernt sehe ich noch andere«, sagte er.

»Folge meinem Beispiel.«

Ehe er fragen konnte, was sie meinte, rollte sie ihre Peitsche zusammen und befestigte sie an ihrem Gürtel. Lautlos trat sie aus der Tür und kniete nieder. Hatte sie in den dunklen Gängen den Verstand verloren?

Als er aus dem Turm trat, bereit, sie zu verteidigen, richtete sie sich auf und drückte ihm eine Handvoll Grünes in die Hand. Er fing es auf, ehe es zu Boden fallen konnte.

Sie ging ein Stück weiter die Mauer entlang. »Rasch!«, rief sie laut. »Ich brauche viel mehr Gundelrebe, wenn ich alle kranken Mägen in der Ermine Street kurieren soll. Üble Keime wandern rasch von Haus zu Haus.«

Ein Mann mit blankem Schwert kam auf sie zugelaufen. »Was treibt Ihr hier?«

»Zurück! Ich tue alles, um die halbe Stadt vor Krankheit zu bewahren«, rief sie ganz laut. Die Hände erhebend, als flehe sie den Himmel um Hilfe an, fuhr sie unverändert laut fort: »Geht hinein und schließt die Fenster. Krankheitserreger griffen auch mich an. Wenn ich Euch berühre, werden sie sich über Euch verbreiten.«

Der Mann wurde grau und wich einige Schritte rücklings zurück, ehe er sich umdrehte und Reißaus nahm, wobei er Isabellas Anweisungen seinen Kameraden zurief. Sie sahen zu Isabella hin, die sich wie besessen über das Unkraut hermachte. Dann flohen auch sie. Sie raffte ein paar Hände voll von dem Zeug zusammen, ehe sie sich aufrichtete.

Jordan hielt mit seinem Lachen zurück, als sie durch das Tor hinaus auf die Ermine Street traten »Hast du in der Abtei meiner Tante so gut lügen gelernt?«

»Die Äbtissin zieht es vor, wenn wir die Wahrheit sagen.« Sie warf das Unkraut auf die Straße, wo es vom ersten heftigen Regen hinunter auf den Marktplatz gespült würde. Sie hielt inne und blickte zu den Türmen der Kathedrale. Ihr Lächeln verschwand. »Ich hoffe aufrichtig, dass der Kanonikus uns Nachricht schickte, die Kassette sei gefunden worden.«

Ihre Worte trafen ihn wie in Schlag, und seine Hochstimmung, weil er die Wahrheit über die Bruderschaft entdeckt hatte, verflüchtigte sich. Wurde die Kassette nicht gefunden, konnte die Bruderschaft sich die Mühe sparen, Richard zu töten. Der Prinz konnte bei einem Aufruhr den Tod finden, bei einer Revolte, die England verwüsten und zur leichten Beute für die Bruderschaft machen würde.

20

Isabella stand in der Mitte des Kirchenschiffs und fragte sich, was die Äbtissin von ihrem Plan halten mochte. Dass Jordan ihn nicht billigen würde, wusste sie, aber was blieb ihr denn übrig? Noch vor Sonnenaufgang am Palmsonntag hatte einer der Mönche eine Nachricht des Kanonikus überbracht. Er war offenbar nicht sicher gewesen, ob sie des Lesens kundig war, auch als sie sagte, sie könne lesen, und hatte laut vorgelesen.

Teure Lady Isabella,
mit größtem Bedauern muss ich Euch mitteilen, dass wir trotz aller Bemühungen die beschriebene Kassette nicht finden konnten.

Als Unterschrift prangte Kanonikus Anthonys Name auf dem Papier.

»Die Kassette muss hier sein«, sagte Isabella und sah Jordan an. Er hatte den Weirtons seine und ihre Abschürfungen erklärt, indem er behauptete, sie seien das Resultat eines Versuches, einen Dieb daran zu hindern, Isabellas heilende Steine zu entwenden. »Der Kanonikus sagte, dass der Bischof in seinem Haus oder hier in der Kathedrale wichtige Sachen aufbewahrte.«

»Vielleicht wusste er nicht, dass die Kassette wichtig ist.«

Sie schenkte ihm ein spöttisches Lächeln. »Wenn dir die Königin etwas zum Aufbewahren gäbe, würdest du es nicht als wichtig ansehen?«

»Ja, das müsste ich wohl.« Er zeichnete mit dem Daumen ihre Lippen nach.

Sie wollte sich an ihn schmiegen, rief sich jedoch in Erinnerung, warum sie sich in der Kirche befanden. »Jordan, kannst du die Leute ablenken?« Sie löste ihre Peitsche und nahm einen mit der Außenmauer verbundenen Bogen ins Visier. »Wenn ich es dort hinauf schaffe, habe ich einen Blick auf die gesamte Kirche.«

»Dort hinauf? Hast du den Verstand verloren?«

»Das ist möglich, ebenso möglich ist es aber auch, dass es die grandioseste Idee seit Anbeginn der Zeit ist.«

Er schirmte seine Augen mit der Hand gegen das Licht ab, das durch die über dem Bogen gelegenen Fenster einfiel.

»Nein, es ist wahrscheinlicher, dass du den Verstand verloren hast.«

»Versuchen muss ich es, Jordan. Du kannst nicht so besorgt um mich sein, weil wir …« Sie blickte sich in der Kathedrale um und senkte die Stimme noch mehr. »… weil wir Liebende sind.«

»Du verlangst das Unmögliche.«

»Das lernte ich von deiner Tante.« Sie bewegte sich auf den Bogen zu. »Kommt jemand?«

»Nein … warte!« Er gab ihr zu verstehen, sie solle die Peitsche verbergen.

Sie wickelte sie um ihre Taille und verbarg den Griff in den schweren Falten ihres Gewandes, Sekunden, ehe ein Mönch aus den Schatten auftauchte. Sie wünschte einen guten Tag und verschränkte die Hände über dem geflochtenen Lederband, das sie umschlang. Weder Jordan noch sie sprachen ein Wort, als der Bruder durch eine Tür hinausging.

»Sonst noch jemand?«, fragte sie.

Er packte sie und küsste sie innig.

»Aufhören«, bat sie. »Ich muss mich auf das konzentrieren, was ich zu tun habe. Wenn ich an deine Umarmung denke, stürze ich womöglich ab.«

»Ich fange dich auf.«

Sie trat beiseite und blickte zur Bogenwölbung auf. »Jemanden aufzufangen, der aus dieser Höhe fällt, ist gefährlich.«

»Ich weiß, dass ich dir das nicht ausreden kann, also sei vorsichtig, Isabella.«

Sie zog die Peitsche und schleuderte sie hinauf zum Bogen. Das Leder schlang sich um einen steinernen Kopf. Sie zerrte fest daran und lächelte. Es war viel einfacher, wenn sie etwas sehen konnte. Wie in der Abtei immer wieder geübt, kletterte sie am Peitschenstrang hoch.

Sie schwang ihr Bein über den Bogen. Sie fasste nach den Blütenblättern einer an der Seite angebrachten steinernen Blume und kletterte auf den schmalen Sims. Eine Drehung des Handgelenks löste die Peitsche, die sie hochzog, damit sie von unten unsichtbar war.

Ein Blick hinunter zeigte ihr, dass Menschen kamen und gingen. Alles sah so aus, wie es sollte.

Es musste etwas geben, das ihr entgangen war. Es musste etwas geben! Aber was war es? Sie wollte nicht hinunterklettern und Jordan eingestehen, dass sie versagt hatte. Schlimmer noch, sie konnte sich nicht vorstellen, der Königin zu sagen, dass sie versagt hatte.

»Lord le Courtenay, ich hatte nicht erwartet, Euch um diese frühe Morgenstunde hier anzutreffen.« Die Stimme von Kanonikus Anthony dröhnte laut. »Ich bedauerte sehr, dass wir nicht finden konnten, was Lady Isabella suchte. Für Palmsonntag eine enttäuschende Nachricht.«

Sie drückte sich an die Bogenwölbung. Kanonikus Anthony durfte nicht argwöhnen, warum Jordan sich so nahe an der Mauer herumtrieb.

»Sie weiß, dass Ihr Euer Bestes getan habt«, gab Jordan zurück. »Ich bin gekommen, um Gott zu danken, dass der schlimme Winter endlich von uns abließ.«

»Und dass die Karwoche beginnt. Wenn Ihr mich entschuldigt, ich muss mich um die Vorbereitungen für die nächste Messe kümmern.«

Isabella bewegte sich ein bisschen, um den Kanonikus zu

beobachten, der zum Chor ging. Er wirkte klein vor dem reich verzierten Lettner, der Trennwand zum Chor, und den schönen Bänken mit ihren Miserikordien, und sie gewann den Eindruck, dass auch die geschnitzten Holzfiguren ihn beobachteten.

Sie umklammerte den Steinbogen, als sie hinunterstarrte und ihren Augen nicht trauen wollte. Alle geschnitzten Köpfe des Lettners blickten zum Boden des Chores. Das konnte kein Zufall sein. Es musste ein bestimmter Grund dahinterstecken. Waren sie Hüter eines geheimen, nur dem Bischof bekannten Versteckes?

Sie schlang die Peitsche wieder um den Bogen und glitt daran so rasch hinunter, dass sie sich die Haut an ihren Händen aufschürfte. Sie bewegte ihre Finger, um sie zu kühlen, und sagte: »Ich glaube zu wissen, wo die Kassette ist.«

Jordan grinste. »Wo denn?«

»Komm mit.« Sie nahm seine Hand, ohne Rücksicht auf das Brennen ihrer Hände. Sie zwang ihre Füße zu einem Schlendergang, wiewohl sie am liebsten die ganze Länge des Kirchenschiffs entlanggelaufen wäre. Im Chor kniete sie nieder und hob den Sitz einer Bank, um die Miserikordien zu betrachten. Geschnitzte Blumen flankierten einen mit einem Bullen ringenden Mann. Die Blicke beider waren zu Boden gerichtet.

»Es ist eine Miserikordie«, sagte er ungeduldig. »Du hast mir den Zweck bereits erklärt.«

Sie hob die Sitze zu beiden Seiten an. Einer zeigte den Engel und das Kind, den anderen schmückte ein Löwe, der den eigenen Schweif im Rachen hielt. »Siehst du?«

»Was soll ich sehen?«

»Sieh doch, was sie alle mit den Figuren auf dem Lettner gemeinsam haben.«

»Sie alle …« Sein leiser erstaunter Pfiff hallte sonderbar in der hohen Kathedrale wider. »Sie alle blicken zu Boden.«

»Oder auf das, was sich darunter befindet.« Sie fiel auf die Knie und strich mit den Fingern über die Steine. »Lord d'sAlpins Haus ist möglicherweise nicht das einzige, unter dessen Boden sich etwas verbirgt.« Sie zog ihren Dolch und stocherte mit der Spitze zwischen zwei Steinen.

Er fasste nach ihrer Hand. »Isabella, du weißt nicht, welche Steine das Versteck decken, falls eines existiert. Du kannst sie nicht alle umdrehen.«

»Es könnte dem Kanonikus auffallen.«

»Ja, falls der ganze Chor bei der nächsten Messe absackt.« Er ging neben ihr in die Hocke und strich mit der Hand über die Steine.

»Was machst du da?«

»Nachdem ich deinen Schlaftrunk trank, zeigtest du mir im Traum, dass die Temperatur der Steine vom Hintergrund abhängt.« Er lächelte, als seine Hand zwischen zwei eng nebeneinandergesetzten Steinen anhielt. »Diese da sind kühler als die anderen. Es könnte ein Hohlraum darunter sein.«

»Das sagte ich in deinem Traum?«

Er umfasste ihr Kinn. »Alles andere aus dem Traum hat sich erfüllt. Warum nicht auch dies?«

»Ja, warum nicht?« Sie reichte ihm Ryces Messer. »Verwende dies nun für einen guten Zweck.«

»Ryce hätte es gefallen.« Er rammte das Messer in den schmalen Spalt zwischen den zwei Steinen, zog es jedoch sofort wieder zurück, als um sie herum Gesang ertönte. »Ein Gottesdienst beginnt.«

Sie schnitt eine Grimasse. »Wieder ein Zeichen für unser anhaltendes Pech, dass wir diese Erkenntnis ausgerechnet am Palmsonntag hatten.«

»Wir können morgen wiederkommen, wenn es hier ruhiger ist.« Er stand auf und steckte das Messer in den Gürtel. »Es läuft uns nicht davon, Isabella.«

»Hoffentlich hast du Recht.«

Jordan saß im Hauptraum von Lord d'sAlpins Haus auf einem Stuhl. Auf dem einzigen anderen Stuhl wartete Lady Odette darauf, dass er ihre letzte Frage beantwortete. Er wünschte, er hätte noch gewusst, was sie gefragt hatte. Seine Gedanken waren weder bei ihr noch bei der geplanten Zusammenkunft nach der Fastenzeit.

Wo steckte Isabella? Sie hatte nicht gesagt, was sie vorhatte. Seit ihrer abenteuerlichen Wanderung im Tunnelsystem unter dem Hügel war er immer in ihrer Nähe geblieben. In die Kathedrale konnte sie nicht gegangen sein, da dort Teamarbeit gefordert war. Einer musste die Kassette ausgraben, während der andere Wache hielt.

»Mylord …« Lady Odette schenkte ihm ein strahlendes Lächeln. »Jordan, wenn Ihr erlaubt …«

»Ich fühle mich geehrt, wenn Ihr mich beim Vornamen nennt, Mylady.« Er war mit allem einverstanden, nur um das Gespräch manierlich zu beenden.

»Darf ich eine große Gunst von Euch erbitten?«

Er sah sie an. »Natürlich, Mylady.«

»Erzählt mir von Euch selbst.«

Er stieß insgeheim einen Fluch aus. Wenn er so dumm gewesen war, sich von ihr in diese Falle locken zu lassen, verdiente er nichts anderes, als hier mit ihr zu sitzen, anstatt nach Isabella zu suchen. Er machte den Mund auf, um ihr zu antworten.

Da erbebte das Haus, ein Geräusch, laut wie Donnerschlag, rammte sich in seine Ohren. Lady Odette riss den Mund weit auf, so dass anzunehmen war, dass sie schrie, doch konnte er nichts hören, da das Haus wieder bis in die Grundfesten erschüttert wurde. Feuer flammte vor einem der Fenster auf.

Eine Eruption! Isabella!

Jordan, der losrannte und schreckensstarre Diener beiseitestieß, riss die hintere Tür auf. Schwefelgeruch schlug ihm entgegen, als sein Blick auf einen kleinen Feuerkreis fiel. Im Stall bäumten sich die Pferde angstvoll auf, ein paar andere Bediente drückten sich an die Hausmauer.

Und inmitten von allem stand Isabella mit triumphierendem Lächeln. Er lief zu ihr und riss sie von den Flammen zurück, die er zu ersticken versuchte, indem er mit gezielten Fußtritten Erdreich auf die Brandstelle beförderte. Er wunderte sich nicht, als sie sich von ihm losriss.

»Zurück!«, rief er, als sie wieder auf den flammenden Haufen, was immer dieser sein mochte, zulief.

Sie beachtete seine Warnung nicht, und er wollte ihr schon nachsetzen, als er durch den dichter werdenden Qualm sah, dass sie einen Eimer nahm und Wasser auf das Feuer schüttete. Zischend sank es zu einer hellgrauen Rauchwolke zusammen.

»Geschafft!«, rief sie und schlang die Arme um ihn. »Ich habe es wieder geschafft!«

»Deine kontrollierte Explosion?«

»Ja!«

Er drehte sie zu sich um. Als er sie auf die Füße stellte, umfasste er ihr Gesicht und beugte sich vor, um sie zu küssen. Er hielt inne, als er hörte, wie hinter ihm die Tür ins Schloss fiel.

»Was geht hier draußen vor?« Lady Odette stürmte naserümpfend auf den Hof. »Wie das stinkt!«

»Es gab einen Unfall«, erwiderte Jordan. »Zum Glück wurde niemand verletzt. Alle kamen mit dem Schrecken davon.«

»Was war das für ein Unfall, der so großen Krach verursacht?« Sie führte ihre Hand an den Kopf. »In meinen Ohren dröhnt es, als würde das Geläute der Kathedrale darin erklingen.«

Isabella ging zu ihr. »Kommt. Wir holen frisches Brot und zermahlen es ganz fein. Wenn wir es erhitzen und es Euch an die Ohren halten, wird das klingende Geräusch nachlassen.«

»Und auch Ihr stinkt!«, fauchte Lady Odette.

»Das werdet auch Ihr, wenn Ihr Euch länger hier aufhaltet, Mylady. Wir wollen ins Haus gehen und uns um Euch kümmern, ehe das Ohrensausen chronisch wird.« Sie steuerte mit der Lady auf das Haus zu. Im Eingang blieb sie stehen und lächelte Jordan zu. So glücklich hatte er sie noch nie gesehen, außer in seinen Armen in ihrem Bett. Er hoffte, sie würden die Kassette am nächsten Tag finden, da er sie wieder so glücklich sehen wollte.

Isabella betrat gähnend ihr Gemach. Der Raum war dunkel, da sie Stunden am Bett Lady Odettes verbracht und sie beruhigt hatte. Als sie eintrat, sah sie Jordan auf dem Fensterbrett sitzen. Er durchmaß den Raum und zog sie in seine Arme.

»Wie geht es Lady Odette?«, fragte er.

»Laut ihrer oder meiner Aussage?« Sie lachte. »Es geht ihr gut.«

»Und dir?«

»Ich habe es geschafft, Jordan! Ich bewies, dass das Experiment funktionierte, indem ich es wiederholte. Ich nehme gleiche Mengen Holzkohle und Schwefel und fast doppelt so viel Salpeter. Es funktioniert. Es funktioniert wirklich.«

»Jetzt kannst du diese Zusammensetzung auch anderen verraten.«

Sie setzte sich auf das Bett und zog ihre Schuhe aus. »Ich bin nicht sicher, ob das klug wäre. Es kann sehr heftige Explosionen geben.«

»Meine Tante wird dir bei der Entscheidung helfen.«

»Ja.« Sie war froh, dass es finster war und er ihre Miene nicht sehen konnte, als er sich neben sie setzte und ihren Hals küsste. Liebte er sie? Wenn ja, warum tat er dann so, als würde sie in die Abtei zurückkehren und er nach La Tour?

Als er sie ins Bett zog, wünschte sie, sie könnte diese Gedanken so leicht wegschieben wie er ihre Kleidung. Sie wollte heute feiern und morgen wieder, wenn sie die Kassette der Königin unter dem Chor gefunden hatten.

»Isabella?«, fragte er erstaunt. »Was bekümmert dich?«

Wohl wissend, dass sie in ihrer Gedankenverlorenheit abwesend gewirkt haben musste, lächelte sie. »Ich muss über das Zusammensein mit dir noch so viel lernen.«

»Dann will ich dir noch eine Lektion erteilen.« Sein verwegenes Lächeln bezauberte sie, als er ihr zuraunte: »Oder zwei.«

»Vielleicht kann auch ich dir etwas beibringen.« Sie ließ sich von seiner Neckerei aus ihrer Niedergeschlagenheit locken.

»Du?«

»Es gibt ein paar Experimente, die ich gern mit dir durchführen möchte.«

»Hast du nicht gesagt, dass ein Experiment erst dann als gelungen gilt, wenn es mindestens einmal wiederholt werden konnte?«

»Ja.«

»Oder auch öfter?«

»Ja.«

»Dann fangen wir mit deinen Experimenten an, meine Holde.« Lachend ließ sie sich rittlings auf seiner Brust nieder und glitt über seinen festen Torso, bis sie sich vorbeugen und ihren Mund auf seine Lippen drücken konnte. Er stöhnte, als sie sich verschob und mit ihrer Zunge über sein Ohr glitt. An der Innenseite ihrer Schenkel pulsierten seine Seiten unter seinen raschen Atemzügen. Sein Herz hämmerte unter ihren Brüsten, während sein dünner Schweißfilm ihre Haut wärmte.

Sie wollte ihn, und sie wollte das Zusammensein mit ihm genießen, jede einzelne Minute, die sie gemeinsam verbrachten. Und als sie sich mit ihm dem Höhepunkt näherte, fragte sie sich unwillkürlich, wie lange es noch dauern würde, bis sie ihm Lebewohl sagen musste.

21

Die Glocken in den Türmen der Kathedrale hießen den Morgen willkommen und mischten sich mit den Rufen der Händler und dem Geschrei der Fischweiber. Karren holperten rumpelnd über die Pflastersteine, während die Rösser sich die Ermine Street hinauf abmühten.

Isabella trat auf die Straße und sprang beiseite, als ein Fässchen, das einem Bierwagen entkommen war, vorbeirollte. Sie hörte auf die Geräusche des Tages. Etwas stimmte nicht.

Als ihr Haar auf eine Seite gezogen wurde, streiften warme Lippen ihren Nacken. Sie streckte die Arme nach hinten aus und drückte sich an Jordans feste Brust. *Das* war es nicht, was nicht stimmte.

»Wo ist heute dein Lächeln, meine Süße?«, fragte er. »Du hast erreicht, was du schon für unmöglich hieltest. Du … ach, guten Morgen, Weirton.«

Isabella erstarrte, als sie den Namen des Barons hörte, doch als er sie höflich begrüßte, wusste sie, dass auch er es nicht war, mit dem etwas nicht stimmte. Vielleicht verfolgte sie noch das merkwürdige Gefühl, das sie in der Höhle befallen hatte. Es hatte sich als unbegründet herausgestellt, warum also maß sie ihm jetzt noch Bedeutung zu?

»Wohin des Weges an diesem herrlichen Morgen?«, fragte Lord Weirton.

»In die Kathedrale.« Sie sah keinen Grund zu lügen, da der Baron sie beobachten lassen konnte, wenn er wirklich wissen wollte, was ihr Ziel war. »Und Ihr?«

»Den Hügel hinunter und wieder hinauf«, erwiderte er mit

einem Lächeln. »Ich treffe mich mit Freunden.« Er sah Jordan an. »Wie ich schon sagte, würden meine Freunde gern Eure Bekanntschaft machen, le Courtenay. Warum kommt Ihr nicht mit mir, während Lady Isabella sich ihrer Andacht hingibt?«

Jordan war hin- und hergerissen, wie sie an seinem Zögern merkte. Er war versucht, mit Lord Weirton zu gehen, da er hoffte, mehr über die Bruderschaft und Ryces Verbindung zu ihr in Erfahrung zu bringen. Schon wollte sie sagen, er solle gehen, als er antwortete: »Ein anderes Mal, Weirton. Ich versprach Isabella, sie heute zu begleiten.«

»Und das einer Dame gegebene Versprechen darf nicht gebrochen werden, auch wenn meine Freunde schon ungeduldig werden.« Lachend schlug er Jordan auf die Schulter, doch sah sie Ärger in seinen Augen, als er sie anblickte.

»Er ist entschlossen, dich mit seinen Freunden zusammenzubringen«, sagte Isabella, kaum dass Weirton außer Hörweite war.

»Ich möchte lieber nicht.«

»Aber …«

»Wir wollen das finden, was wir in Lincoln suchen, und können dann die Weirtons sich selbst überlassen.«

Sie lächelte, als er ihr seine Hand reichte. »Das ist die beste Idee, die ich heute hörte.«

»Es ist noch früh.« Er ließ ein raues Lachen hören. »Für später habe ich eine noch bessere.«

»Da freue ich mich aber.«

Er zog die Brauen hoch. »Ich auch.«

Als sie hügelan zur Kathedrale gingen, wünschte Isabella sich, dass Jordan mit seinen Scherzen nicht aufhören möge.

Das drückende Gefühl drohenden Unheils hemmte ihre Schritte.

»Ist dir aufgefallen, dass die Vögel nicht singen?«, fragte er.

Sie machte große Augen und blieb stehen. Er hatte Recht. Das übliche Geräusch von Menschen, die sich durch die Stadt bewegten, war nicht von Vogelgezwitscher begleitet. »Um diese Zeit sollten überall Vögel sein.«

»Du studierst die Natur, Isabella. Kennst du einen Grund, warum Vögel plötzlich verschwinden?«

»Ich habe keine Ahnung.« Sie blickte über den unteren Teil der Stadt, der sich unter ihnen am Fluss entlang erstreckte. Die Straßen waren belebt, die Menschen gingen ihren Geschäften nach wie jeden Montag. Da Ostern bevorstand, waren alle mit den Vorbereitungen für die Festlichkeiten beschäftigt, die die religiöse Feier begleiteten.

»Sieh doch!« Jordan zeigte auf einen Kettenhund vor einem Haus.

Der Hund winselte mit eingezogenem Schwanz.

Sie ging hin und versuchte das Tier zu beruhigen. Der Hund jaulte und zitterte. Hatte ihn das Halsband wundgerieben? Sie machte die Schnur los, der Hund rannte den Hügel hinunter.

»Das ist aber sonderbar«, sagte er.

»Ja.« Sie stand langsam auf. »Um deiner Frage zuvorzukommen – ich habe keine Ahnung, warum er sich so verhält.«

»Er hätte dich beißen können.«

Sie legte die Arme um seine Schultern. »Das überlasse ich dir.«

Grinsend zwickte er sie in die Nase. »Lüsterne Worte von der Tochter einer Nonne.«

Sie trat zurück und streckte ihre Hand aus. »Sobald wir das Gesuchte gefunden und es der Königin gebracht haben, möchte ich, dass wir herausbekommen, ob meine Mutter noch lebt und wo sie sich aufhält.« Als er nicht nach ihrer Hand fasste, fragte sie: »Was ist los?«

»Ich wusste nicht, dass du erwartest, ich würde dir auch bei dieser Suche helfen.«

Langsam senkte sie ihren Arm. »Ach.« Etwas anderes wollte ihr nicht einfallen. Gewiss, Jordan hatte nie von der Zeit nach Beendigung ihrer Mission gesprochen, und sie hatte törichterweise angenommen, er wolle, dass sie in seinem Leben blieb. Tränen brannten in ihren Augen. Wollte er zurück in ein Leben, in dem es kein Gefühl gab – keine Freude, keinen Kummer, keine Erregung, keinen Zorn? Ein Leben, in dem von ihm nichts erwartet wurde, so dass er nichts geben musste?

Während sie sich die steile Straße hinaufmühte, wusste sie, dass er ihr folgen würde, um ihr bei der Suche nach der Kassette mit den Briefen zu helfen. Ein solches Gelübde würde er niemals brechen.

Isabella betrat die Kathedrale. Ehe sie durch die innere Tür das Kirchenschiff betreten konnte, trat Jordan vor sie hin. Er nahm ihre Hände und zog sie auf eine Seite des Kirchenraumes.

Während Menschen kamen und gingen, sagte er: »Du hast mir nicht die Chance gegeben, etwas zu sagen.«

»Deine Miene sprach Bände. Du bist entschlossen, nicht mehr zu tun, als du versprochen hast … mir bei der Suche zu helfen und die Kassette der Königin zu bringen, um weiteren Aufruhr zu verhindern.« Sie entzog ihm ihre Finger. »Und du hast Recht. Du hast mir nie mehr versprochen.«

»Du weißt, dass es mehr als das ist. Ich war schon zu lange von La Tour fort. Ich muss die Verstärkung der Mauern und Verteidigungsanlagen überwachen. Wenn der Krieg nach La Tour kommt, müssen wir gerüstet sein.«

»Ist das alles, woran du denken kannst? An Krieg?«

»Sind wir nicht auch deshalb in Lincoln? Um einen Krieg zu verhindern?«

Sie konnte es nicht bestreiten. Sie wollte überhaupt nicht mehr streiten. Er war vernünftig, so vernünftig, wie sie es meist war. Doch wenn ihr Herz betroffen war, erschien ihr Logik wertlos.

»Ich verstehe, Jordan. Ich ...« Sie hielt den Atem an, als ein Grollen rundum ertönte.

Er runzelte die Stirn. »Machst du wieder Experimente mit Schwefel und Salpeter?«

»Nein!«

»Wenn jemand das Zeug zündete ...«

Sie überschrie das Grollen und die Angstschreie der Menschen. »Ich ließ nichts davon zurück.«

Sie packte seinen Arm, als das Geräusch lauter wurde. Es hörte sich an, als würden alle Tiere in der Stadt laut knurren. Über ihnen schwankte der Kerzenreifen, als hätte die Kathedrale Segel gesetzt. Der Lärm wurde lauter, als der Boden zu ihren Füßen schwankte. Hatten sich die Pforten der Hölle aufgetan, um Unheil auszuspeien?

Sie schaute auf, als die Ketten der Lampe warnend ächzten. Sie zog an Jordans Arm und lief zum Westtor. Etwas war mit dem Bau nicht in Ordnung. Er wurde geschüttelt wie ein Fieberkranker.

Als sie in die Vorhalle trat, umfasste er ihre Schultern und drehte sie zu sich um. Sein Mund bewegte sich, doch konnte sie nicht hören, was er sagte. Sie blickte an ihm vorüber und sah, dass einer der Haltebolzen des Kerzenreifens aus der Deckenwölbung zu brechen drohte. Der Metallreif schwang aus und traf die Mauer. Glas brach aus einem Fenster und fiel als gefährlicher Schauer herunter.

»Raus hier!« Da sie nicht sicher war, dass er ihren Schrei hörte, zog sie ihn an seinem Arm mit sich. »Jetzt, Jordan!«

Sie wollte zu der Tür zwischen den zwei hohen Türmen. Plötzlich geriet der Boden unter ihnen wieder ins Schwanken, diesmal viel heftiger. Sie wurde von Jordan weggerissen. Gegen den Boden kämpfend, der sich wie eine sich windende Schlange bewegte, sprang sie vor, um wieder nach seinem Arm zu fassen. Sie hörte Steine ächzen, die darum kämpften, an ihrem Platz zu bleiben.

»Wir müssen hinaus!«, schrie sie, um festen Stand kämpfend.

Er zog sie an sich und stieß sie zu Boden. Als sie wieder schrie, schüttelte er den Kopf. Das Portal war aufgesprungen. Riesige Steinbrocken prasselten auf den Hof. Ein Mönch versuchte rennend dem Stein zu entgehen und verschwand in einer dichten Staubwolke.

Sie stieß ein verzweifeltes Gebet aus, als sie hinter sich blickte und Jordan ihr winkte, mit ihm in die Kathedrale zu flüchten. Der riesige Metallreif fiel mit einem Teil des Daches zu Boden. Stühle und etliche Menschen wurden unter einem Steinregen erdrückt.

Sich auf die Knie aufrichtend, da der Boden zu unsicher war, um aufzustehen, packte sie wild um sich schlagende Hände und zog fliehende Priester, Mönche und Gläubige zu sich in Sicherheit. Ein Schauer von Mörtel und Spinnweben kam von oben. Im Mittelgang warf der Boden Wellen, als hätte sich der Stein in Wasser verwandelt.

Die Bogen, die das Dach trugen, brachen zusammen. Wieder krachten Steine auf den Boden oder trafen die Mauer. Fensterglas barst. Das Taufbecken stürzte um und rollte auf eine Frau zu, die darum kämpfte, ins Freie zu entkommen.

Isabella riss die Peitsche aus dem Gürtel. Sie holte aus und zielte auf die Frau. Diese versuchte, den Lederriemen zu fangen. Isabella zog ihn zurück und holte abermals aus. Diesmal schlang sich das Leder um den Arm der Frau. Mit einem Ruck gab Isabella ihr das Zeichen, die Peitsche als Führung durch den erstickenden Staub zu benutzen.

Die Frau taumelte vor, und Jordan stürzte an ihre Seite, um ihr die letzten Schritte zu erleichtern. Isabella zog die Peitsche ein und führte sie alle in Sicherheit. Als die Frau hysterisch schluchzend zu Boden sank, holte Isabella wieder mit der Peitsche aus und schickte sie in das Durcheinander von Stein, Glas und Splittern.

»Nein!«, rief sie aus und hörte ihre eigene Stimme nicht, als der Rest des Daches einstürzte. Der Boden erbebte unter den riesigen Steinbrocken. Staub traf sie mit unzähligen kleinen Schlägen.

Wieder holte sie mit der Peitsche aus, konnte jedoch nicht sehen, wohin das Leder traf, da Schmutz und Schutt in alle Richtungen aufsprühten. Sie zog leicht daran, in der Hoffnung, jemand würde es sehen, sich an dem Leder festhalten und aus dem Chaos herausfinden.

»Isabella! Wo bist du?«

Sie schnappte nach Luft, als ihr klar wurde, dass sie Jordans Stimme hörte. Der Boden unter ihren Füßen hatte sich beruhigt. Über ihr erklangen im Turm die Glocken, von den Erdstößen in Bewegung gesetzt.

Sie warf sich in seine Arme. »Bist du verletzt?«

»Nein. Und du?«

»Auch nicht.«

»Was ist geschehen?«

Sie rückte so weit ab, dass sie sein mit Staub bedecktes Gesicht streicheln konnte. »Man nennt es Erdbeben.«

»Es war wie der Zorn Gottes.«

Sie wollte beipflichten, als sie einen Schrei hörte. Sie lief zu der Stelle, wo eine Frau auf Hände zeigte, die sich aus dem Schutt emporreckten. Ihr Magen krampfte sich vor Entsetzen zusammen, und sie wollte sich schon umdrehen. Da sah sie, dass die Finger sich bewegten. Sie kniete nieder und versuchte unter den Steinblock zu spähen. War es denn möglich, dass darunter jemand am Leben geblieben war?

Sie griff nach einer Hand und rief: »Drückt meine Finger ganz fest, wenn Ihr könnt.«

Die Hand umfasste sie so fest, dass sie vor Erregung und Schmerz fast aufgeschrien hätte. Dumpfes Gemurmel drang unter dem Stein hervor. »Verlasst mich nicht.«

»Ich werde Euch herausziehen. Wenn Ihr Euch abstoßen könnt, dann tut es.«

Sie vernahm keine Antwort, da wieder Gestein auf den Schutt polterte. Rauch stieg an mehreren Stellen auf. Unter den Steinen mussten Brände aufgeflammt sein. Wer unter dem Schutt steckte, konnte verbrennen, ehe Rettung kam. Ein Stöhnen kam ihr über die Lippen, als die Finger sie noch fester umklammerten, doch ein noch viel tieferer Schmerz kam aus ihrem Herzen.

»Isabella, bist du sicher, dass du nicht verletzt bist?« Jordan kniete neben ihr.

»Ja, mir fehlt nichts.«

»Wir müssen hier weg. Die Außenmauern können jeden Moment einstürzen.«

Sie deutete auf die Hände. »Da liegt jemand unter dem Block. Ich brauche Hilfe, um ihn herauszuziehen.«

Er legte mit Hand an und zerrte fest.

»Nicht zu fest«, sagte sie mit zusammengebissenen Zähnen. »Wir könnten ihn verletzen, außerdem müssen noch andere unter dem eingestürzten Dach liegen. Wir müssen sie finden und herausschaffen, solange es noch geht.«

»Ihr seid heilkundig. Ihr werdet uns sagen, was zu tun ist.«

Uns? Sie blickte über die Schulter. Hinter ihnen standen Leute, alle mit grauem Staub bedeckt, der bei jedem Wort, das sie sprach, zwischen den Zähnen knirschte.

»Zieht ihn vorsichtig heraus«, sagte sie und ließ die Hände los. Sie stand auf. »Sucht nach Überlebenden und hört auf Hilferufe. Bewegt keine Steine, ohne euch zu vergewissern, ob nicht andere Steine ins Rutschen geraten. Es müssen hier noch Überlebende sein. Wir müssen sie finden. Wenn jemand den Bruder Krankenpfleger des Klosters sieht, sagt ihm, dass ich hier bin und helfe.«

Die Leute zerstreuten sich und durchwühlten von den

Rändern her den Trümmerhaufen. Andere Stimmen kamen aus allen Richtungen, und Isabellas Anordnungen wurden für jeden wiederholt, der in die Nähe kam.

Gebückt sah sie zu, wie Jordan langsam an den Händen zog. Sie hörte leises Stöhnen, als ein Mann unter dem geborstenen Stein auftauchte, mit feinem Steinstaub bedeckt, so dass sie sein Alter nicht schätzen konnte. Sein rechter Arm hing schlaff herunter und schleifte über den Boden nach. Jordan, der zwei zerbrochene Holzstücke fand, riss ein Stück von der Tunika des Mannes ab, richtete den Arm ein und schiente ihn.

»Mylady?«, fragte eine zitternde Stimme hinter ihnen.

Sie schaute auf und sah einen älteren Mönch. Eine Gesichtshälfte war aufgeschürft, seine spärlichen Haarsträhnen waren dick mit Staub bedeckt. »Ja?«

»Ich bin Bruder James, der Krankenpfleger.«

»Steht Eure Kräuterkammer noch?«

»Ja.«

»Dem Himmel sei Dank«, stieß sie hervor, während sie bereits aufstand.

»Was benötigt Ihr, Mylady?«

Sie zählte die Kräuter auf. »Geißklee, Schwertlilie, Rotnesselwurz, Wasserschierling, Schlüsselblumen, Mannstreublätter, Pisangblätter, Anis, Kümmel, Fenchel, Wiesenkümmel und ungesalzene Butter.«

»Ich verstehe. Das ergibt eine Heilsalbe, die bei vielen Verletzungen hilft.«

Sie lächelte. »Wir brauchen Schienen für Knochenbrüche sowie sauberen Faden und Nadeln zum Vernähen der Wunden. Während Ihr den Kräuterabsud kocht und mit der Butter vermischt, brecht einige Mohnkapseln auf und fügt sie Wein hinzu. Das verschafft denen Schlaf, die Schmerzen leiden, sowie jenen, die noch unter Schockeinwirkung stehen.«

Sie nahm sich nur Zeit, Jordan zu sagen, dass sie mit dem Mönch für die Versorgung der Verletzten sorgen würde, und nickte, als er sagte, er wolle sich einem Suchtrupp anschließen. Sie wollte ihm noch die Ermahnung mit auf dem Weg geben, er solle vorsichtig sein, wiewohl sie wusste, dass er keine Gefahr scheuen würde, um Leben zu retten.

Mit dem Fortschreiten des Tages wurde Isabella alles an Wissen und Geschicklichkeit abgefordert, was sie in der Abtei gelernt hatte. Der dichte Qualm, der in der Luft lag, verriet ihr, dass die Kathedrale nicht das einzige in Brand geratene Bauwerk war. Ein Blick auf die Stadt unter ihr hatte ihr dicke schwarze Rauchwolken gezeigt. Ob es Überlebende gab, die die Flammen ersticken konnten? Wenn nicht, konnte die ganze Stadt innerhalb der Stadtmauern abbrennen.

Bruder James half mit, als sie bestimmte, wer zuerst behandelt werden musste und wem nicht mehr zu helfen war. Sie hörte aus allen Richtungen des Hofes an der Westfront das Gemurmel der Priester, die das Sterbesakrament spendeten. Menschen kamen aus den eingestürzten Häusern am Abhang des Hügels. Wer nicht mehr gehen konnte, wurde von den Gehfähigen getragen.

Als die Erde erneut erbebte, hörte man aus allen Richtungen Schreie und Gekreisch. Nun fielen wieder riesige Trümmer in die bereits eingestürzte Kathedrale. Wo war Jordan? Sie konnte durch die Staubwolken nichts sehen. Wenn er ums Leben käme … Der Gedanke trieb ihr Tränen in die Augen.

Es blieb ihr keine Zeit, sich Sorgen zu machen. Immer wieder wurde sie gerufen, um nach Verletzten zu sehen. Mönche gingen von einem zum anderen und boten die Kräutermischung an, die sie empfohlen hatte. Sie sah zu, wie einer nach dem anderen sich die Salbe auf Wunden auftragen ließ, den Mohntrunk schluckte und im Schlaf kurz Erholung fand, ehe er sich dem stellen musste, was vor ihm lag.

Es dunkelte schon, als Bruder James ihr mit einer gewissen Strenge, da sie zuvor nicht auf seinen Rat gehört hatte, riet, sich auszuruhen. Er drückte ihr einen Becher Wein in die Hand. »Kommt erst wieder zur Arbeit, wenn Ihr das geleert habt.«

»Wenn ich das auf leeren Magen rasch austrinke, wird mir übel.«

»So ist es.« Er sah sie mit mattem Lächeln an. »Trinkt ganz langsam, Mylady. Ich schicke Euch jemanden mit Brot, damit Ihr etwas zu essen habt.«

Sie bedankte sich und setzte sich auf das Mäuerchen zwischen Kathedrale und Bischofsresidenz. Von Letzterer war nur ein Trümmerhaufen übrig.

Sie stellte den Becher auf die Mauer und stützte die Ellbogen auf die Knie. Dann begrub sie das Gesicht in den Händen und schluchzte hemmungslos. Nach diesem Tag, an dem sie so viel Leid und Tod gesehen hatte, konnte sie nicht mehr an sich halten.

Jemand ließ sich neben ihr nieder. Nicht irgendjemand. Jordan. Das erkannte sie mit einem Sinn, der keinen Namen hatte.

Sie blickte auf und sah ihn an. Eine Schramme in seinem Gesicht verlängerte seine Narbe. Schmutz und Staub hatten sein Haar grau gefärbt wie das Haar eines Greises. Sein Gewand war an einer Schulter zerfetzt, und als er einen Arm um sie legte, sah sie, dass der andere Ärmel ganz abgerissen war.

»Wie geht es?«, fragte sie, als sie ihm den Wein reichte.

Er nahm einen tiefen Schluck und spülte damit den Mund aus, ehe er auf den Boden ausspuckte. »Für jemanden, der sich in einer einstürzenden Kathedrale aufhielt, geht es mir recht gut.«

»Ich war in größter Sorge um deine Sicherheit.«

Er führte den Becher an ihre Lippen und wartete, bis sie einen Schluck getrunken hatte. Dann trank wieder er und schluckte den Wein diesmal hinunter. »Du hattest auch allen Grund. Das Kirchendach und der Mittelturm stürzten völlig ein.«

»Du konntest viele Menschen retten.«

»Und sah noch mehr Tote.« Er seufzte. »Wäre dies gestern geschehen, als die Kathedrale zur Palmsonntagsmesse voll war, hätte es noch mehr Todesopfer gegeben.«

»Das dachte ich mir auch.« Sie stellte den Becher auf die Mauer und rieb sich die Hände.

Er ergriff sie und massierte sie sanft. »Und wie geht es dir, Isabella?«

»Ich bin müde, doch bin ich am Leben – ein Grund, dankbar zu sein.«

»Dank dir können das auch viele andere Menschen sagen.«

»Nicht alle, die wir retteten, werden überleben.«

»Doch kamen sie nicht unter einstürzenden Mauern ums Leben.«

Sie liebkoste seine Wange, wobei sie darauf achtete, wo getrocknetes Blut eine gezackte Spur hinterlassen hatte. »Dank dir.«

»Ein halbes Dutzend von uns krochen über die Überreste der Kathedrale.«

»Wie lange die Brände wohl andauern werden?«

Er runzelte die Stirn. »Sag bloß nicht, dass du in diesem Trümmerfeld nach der Kassette suchen willst.«

»Was bleibt mir denn übrig? Ich gelobte, die Kassette zu finden und der Königin zu überbringen.«

»Wie willst du in diesen Ruinen etwas finden?« Er deutete auf den rauchenden Schutt.

»Ich weiß es nicht.« Sie starrte die Ruinen an. »Ich weiß es wirklich nicht.«

22

Jordan hasste Schwäche, besonders die eigene. Als er am Rand des Bettes saß, in dem Isabella noch immer schlief, griff er nach seinem Kopf und hielt den Atem an, während er wartete, dass sein Schwindelanfall aufhörte. Seit dem Erdbeben und der Zerstörung der Kathedrale war fast eine Woche vergangen, eine Woche, seitdem ihn herabsturzende Steine getroffen hatten, als er versuchte, den Leichnam Kanonikus Anthonys zu bergen. Wie lange würde er noch an diesen Schwächeanfällen leiden?

In Lincoln war man bemüht, in dem Chaos Ordnung zu schaffen, ein schwieriges Unterfangen, da viele Häuser, zumal in der Ermine Street, zerstört worden waren. Hätten die

Mönche ihn und Isabella nicht in einem Raum mit Aussicht auf den Kreuzgang untergebracht, hätten sie wie die anderen unter freiem Himmel nächtigen müssen. Emery schlief in einer Kammer auf der anderen Seite des Ganges. Der Junge hatte sich als große Hilfe bei der Suche nach Überlebenden und später nach Toten erwiesen.

Jordan hatte gehört, dass die Weirtons Zuflucht auf der Burg gefunden hatten, die ohne größere Schäden davongekommen war. In den vergangenen Tagen hatte er Weirton einmal gesehen. Seine Neugierde, ob die Gänge und Höhlen unter dem Hügel dem Erdbeben zum Opfer gefallen waren, hatte er nicht befriedigen können. Vermutlich hatte es Einbrüche gegeben, da etliche Häuser von der Erde verschluckt worden waren. Er vermutete, dass sie über dem von der Bruderschaft angelegten Tunnelsystem gestanden hatten. Sein Vorschlag, Weirton und seine Schwester sollten bei der Pflege der Verletzten helfen, war mit unglaublichem Hochmut abgelehnt worden. Er hatte an das Symbol der Bruderschaft denken müssen, an den Mann, der am Zügel geführt wurde. Die Bruderschaft ließ sich nicht herab, jenen zu helfen, die im Rang tiefer standen. Diese Menschen dienten nur dazu, benutzt zu werden.

Jordan stemmte sich auf die Beine, wobei er darauf achtete, die Matratze nicht so zu bewegen, dass Isabella erwachte. Sie hatte seit dem Erdbeben tagtäglich und auch die meisten Nächte Schwerarbeit geleistet. Er schwankte zur Seite, als wäre die warme, durch das Fenster eindringende Brise ein Sturmwind. Er versuchte auszugleichen, prallte aber gegen die Wand auf der anderen Seite.

»Jordan?«, Isabella setzte sich auf, die Decke an die Brust gedrückt.

»Es geht mir gut«, sagte er.

»Du siehst aber nicht gut aus.« Sie zog ihr Hemd über den Kopf und schlüpfte aus dem Bett.

»Du dafür umso besser.« Er versuchte ein laszives Lächeln, das eher wie eine Grimasse ausfiel.

Isabellas Arm, der um ihn lag, verlieh ihm ein gewisses Maß an Standfestigkeit. Mit Erstaunen stellte er fest, dass sie ihn mit langsamen, gleichmäßigen Schritten am Tisch vor dem Fenster vorbeimanövrierte. Er straffte die Schultern, da er nicht auf den Tisch fallen wollte, der dem Mönch, der diese Kammer bewohnte, als Schreibtisch diente.

»Nein«, murmelte er, als er sah, dass sie ihn zurück zum Bett führte. »Es gibt noch viel Arbeit.«

»Es wird noch monatelang Arbeit geben. Du musst ruhen, bis du wieder zu Kräften kommst.«

»Ich versprach, dass ich die Suche nach der Kassette fortsetzen werde.«

Sie setzte sich mit ihm auf das Bett. Den Kopf an seine Schulter gelehnt, sagte sie: »In drei Tagen ist der Monat zu Ende. Die Königin wird England verlassen haben, und es wird zu spät sein.«

»Das klingt so gar nicht nach dir, Isabella.«

»Ich versuche logisch zu sein.«

»Die Logik sagt, dass die Kassette sich in der Kathedrale befindet. Wenn wir zu der Stelle vordringen, wo der Chor war, können wir sie finden.«

»Unter Bergen von Schutt?«

Es ertönte ein Pochen an der Tür. Als Isabella ihr Gewand über den Kopf zog, es um die Mitte gürtete und nach ihrem Gürtel mit ihren Beuteln und der Peitsche griff, stemmte Jordan sich auf die Beine und ging zur Tür. Er lächelte, da vor ihm Emery mit einem Tablett mit Brot und Fleischschnitten stand, die nach dem Fleischverbot der Fastenzeit umso köstlicher dufteten.

»Tritt ein.« Jordan hielt die Tür auf, als der Junge den Imbiss auf den Tisch stellte. »Was gibt es Neues?«

»Nichts Gutes«, antwortete sein Knappe. »Bei dem Beben von letzter Nacht stürzten auch Häuser auf der anderen Seite des Flusses ein. Wie lange wird die Erde noch beben, Mylady?«

Isabella zog die Schultern hoch. »Ich wünschte, ich wüsste es. Die Gelehrten im alten Griechenland waren der Meinung, dass Erdbeben durch starke Winde hervorgerufen werden, doch gab es hier keinen Wind.«

»Vielleicht, weil sie unter uns eingefangen werden und zu entweichen versuchen.«

»Wie Dampf aus einem Topf? Eine sehr interessante Idee.«

Sie lächelte. »Emery, falls du entdecken solltest, dass das ritterliche Leben dir nicht zusagt, würdest du einen guten Studenten abgeben.«

Als Jordan beim Anblick von Emerys panischem Gesichtsausdruck laut auflachte, ließ Isabella von weiteren Neckereien ab. Sie war selig, als sie Jordan lachen hörte, da er so ernst wie eine der Statuen in der Kathedrale gewesen war. Lachen war ein gutes Zeichen dafür, dass in einen verletzten Körper Gleichgewicht einkehrte. Kranke Körpersäfte vermochten gegen Glückszustände nichts auszurichten.

Sie wählte ein Stück Brot und zwei Scheiben Rindfleisch. Diese reichte sie Jordan, als wieder an die Tür geklopft wurde. Sie bedeutete Emery, er solle sich bedienen, und ging zur Tür, um zu öffnen. Lächelnd begrüßte sie den Mönch, der im Gang stand.

»Mylady, Eure Arzneien sind sehr gefragt«, sagte er. »Wir müssen mehr davon herstellen.«

»Kann Bruder James lesen?«, fragte sie.

»Ja.«

»Wartet hier.«

Isabella ging zum Tisch. Sie öffnete das Tintenfass, brachte rasch die Rezeptur für die Arznei zu Papier und reichte sie dem Klosterbruder. Der Luftzug entriss den Zettel ihren Fingern, und Emery reckte sich, um ihn zu erwischen.

Das Zeichen an seinem Handgelenk war über die ganze Länge des Raumes sichtbar. Sie brauchte nicht eigens näher zu gehen, um das Emblem des Reiters, den ein zweiter Mann am Zügel führt, zu erkennen. Sie zwang sich, rasch wieder wegzusehen. Anders als Lord Weirton hatte Emery seine Verbindung zur Bruderschaft geschickt verborgen. Jordan war dem Wissen des Jungen zwar mit Argwohn begegnet, doch hatte Emery sich immer damit herausgeredet, seine Informationen beruhten auf Tratsch und Gerüchten.

Sie zwang sich zu einem gelassenen Ton. »Sagt Bruder James, dass ich binnen einer Stunde in der Kathedrale sein werde.«

»Er wird sich freuen, dies zu hören, Mylady.« Der Mönch neigte das Haupt und ging.

Schreie kamen vom Kreuzgang her, und sie ging ans Fenster, um zu sehen, was diesen Aufruhr verursacht hatte. Kleine Gruppen von Mönchen sprachen ernst miteinander. Sie hörte Jubelrufe, konnte die Worte aber nicht unterscheiden.

Als Emery anbot nachzusehen, war sie froh, dass Jordan ihn zum Gehen drängte.

Kaum hatte sich die Tür hinter ihm geschlossen, sagte Isabella: »Emery ist Mitglied der Bruderschaft.«

»Er ist zu jung. Es ist eine Organisation von Männern, die dem König und dessen Nachfolger ihrer Wahl Treue schworen.«

Sie zog ihren Ärmel hinauf und tippte auf ihr Handgelenk. »Er trägt das Wappen. Genau hier. Ich sah es, Jordan.«

Jordan, der aufstand, fluchte leise, dann lauter. »Ich hätte es mir denken können. Der Bursche benahm sich in Weirtons Nähe immer so sonderbar.«

»Und was wirst du jetzt tun?«

Die Tür wurde geöffnet, ehe er antworten konnte. Bruder James rief Isabellas Namen und drängte sie zur Eile.

Sie ging mit dem älteren Bruder zum Kreuzgang. Als sie Jordans Schritte hinter sich hörte, hoffte sie, er würde nicht zusammenklappen. Sie schob ihren Arm unter den Jordans, als sie das Erdgeschoss erreichten. Erfreut, dass er sich nicht mehr so schwer auf sie stützte wie vorhin, ging sie mit ihm hinter dem Mönch her, dessen Schritt eines viel jüngeren Mannes würdig gewesen wäre.

»Man hat Überlebende unweit des Chores gefunden«, rief Bruder James ihr über die Schulter zu.

»Überlebende?« Sie war fassungslos.

»Ein wahres Wunder. Als der Boden nachgab, fanden sie Zuflucht in einer kleinen Katakombe unter dem Chor.«

»Welche sind es?«

»Dort drüben.« Er deutete auf einen Strohsack, auf dem ein Mönch mit verbundenem Kopf lag. Neben ihm warteten zwei weitere Männer, dass man sich ihrer annähme. Einer, ebenfalls ein Mönch, der jedoch Laienkleidung trug, saß da und verschlang ein Stück Brot.

Isabella kniete vor dem Sitzenden nieder. Sein Gesicht und seine Hände waren mit Schrammen und Kratzern übersät.

»Wie habt Ihr überlebt?«, fragte sie.

Er hielt im Kauen nicht inne, so dass sie seine Worte nur mühsam verstehen konnte. »Als der Boden unter uns nachgab, stürzten wir in eine Katakombe mit uralten Symbolen an den Wänden. Der Boden war nass, und ständig drang Wasser ein, deshalb hatten wir immer zu trinken. Aber der Hunger war groß.«

»Schildert mir die Katakombe. Gab es dort neben den alten Symbolen noch etwas?«

»Einige Kassetten, Mylady.«

»Von welcher Art?«

»Die meisten waren steinerne Reliquiare, eine Kassette aber war aus mattem Metall. Wir versuchten alle zu öffnen, doch waren sie verschlossen.«

Sie erhob sich lächelnd. »Ihr könnt von Glück reden, dass Ihr noch am Leben seid. Heute sollt Ihr nur Milch und Brot zu Euch nehmen. Morgen gibt es dann Suppe.«

»Die Fastenzeit ist doch vorbei, oder?« Er hielt im Kauen inne. »Mir schwebte eher Fleisch vor.«

»Ihr müsst den Magen nach so langer Hungerzeit erst an Nahrung gewöhnen. Wenn Euch Brot und Suppe gut bekommen, gibt es am Tag darauf Fleisch.«

Ohne seinen Klagen Beachtung zu schenken, in denen er sein übles Los bejammerte, das ihm beschieden war, seitdem er in die Kathedrale gegangen war, eilte Isabella mit Jordan quer über den Kreuzgang. Sie zögerte, als sie die Ruinen erreichten. Seit dem Erdbeben hatte sie den Schutt zwischen der Westfront und dem kleinen, noch einsturzgefährdeten Teil im Osten gemieden. Hier roch es nach Tod, und sie wusste, dass noch weitere Opfer unter dem Schutt lagen.

Sie erwog, Jordan vorzuschlagen, er solle warten, während sie über Schutthalden kletterte, doch ging er ihr voran. Er riet ihr, genau zu beobachten, wohin er trat, und dann ihren Fuß nur dorthin zu setzen.

»Kannst du mir sagen, wo der Chor war?«, fragte sie, die Hände vor sich ausgestreckt, um ihr Gleichgewicht zu halten, als die Steine unter ihr sich bewegten. Gerieten diese vollends ins Rutschen, konnte sie sich etwas brechen, oder es stieß ihr noch Ärgeres zu.

»Ja, da ich zehn Tage lang in diesen Ruinen umherkroch. Das Kirchenschiff war etwa zweihundert Fuß lang, und der Chor lag unweit des Querschiffs.« Er schirmte die Augen ab und blickte über das Trümmerfeld. »Er müsste zwanzig Fuß vor uns liegen, dort, wo diese Steine beiseitegeschoben wurden. Vermutlich an der Stelle, wo man die Männer fand.«

Es dauerte länger, als Isabella geahnt hatte, bis sie diese kurze Strecke überwunden hatte. Bis sie die Stelle erreichte, an der sich die Steine hoch türmten, waren ihre Finger wund, und beide Beine trugen Schrammen von den Knöcheln bis zu den Knien. Doch dies kümmerte sie nicht, als sie in den Raum unter ihr spähte. Er war größer als erwartet und viel tiefer.

»Wie klettern wir hinunter?«, fragte sie.

»Gar nicht. Es ist zu gefährlich, da die Steine sich rasch lockern können.«

»Aber wir müssen die Metallkassette holen.«

»Du musst ein wenig Platz machen, damit ich etwas sehen kann.«

Isabella verbiss sich die Erwiderung, dass sie ebenso gut Nachschau halten konnte und nicht unter Schwindelanfällen litt, weil ein Stein sie getroffen hatte. Sie schob sich vorsichtig herunter und sah zu, wie er sich auf den Bauch legte und mit dem Arm ins Loch griff.

»Ich sehe die Metallkassette!«, rief er.

»Kannst du sie erreichen?« Sie wollte neben ihm wieder hinaufklettern.

»Nein.« Er setzte sich auf und deutete nach links. »Sie ist außer Reichweite.«

»Lass es mich versuchen.«

»Dich? Deine Arme sind kürzer als meine.«

Sie rollte die Peitsche auf. »Lass es mich versuchen.«

Er glitt den Steinhaufen herunter und bedeutete ihr, sie solle hinaufklettern. Dann fasste er nach ihren Knöcheln. Wenn die Steine in sich zusammenstürzten, konnte er Isabella davor bewahren, ins Loch zu fallen.

Ein Blick hinunter in die Leere zeigte ihr, dass auf dem Boden Wasser schimmerte. Sie fragte sich, ob es immer schon eine Quelle unter der Kirche gegeben hatte oder ob diese erst nach dem Erdbeben ausgetreten war. Ihr Lächeln wurde breit, als sie Metall im Sonnenlicht aufblitzen sah. Das musste die Kassette sein. Sie stemmte ihre Füße gegen zwei Steinbrocken, die fest gegeneinander verkeilt schienen. Dann hob sie die Peitsche und ließ das Ende durch die Öffnung wirbeln.

Sie stieß einen Jubelruf aus, als sie vorsichtig an der Peitsche zog. »Sie hat sich um etwas verfangen.«

Vorsichtig zog sie daran und stieß einen enttäuschten Seufzer aus, als ein Brett von der Länge ihres Unterarmes zum Vorschein kam. Sie löste die Peitsche und warf das Holz fort. Wieder zielte sie mit der Peitsche auf die Öffnung. Als sie diesmal daran zog, schepperte etwas im Loch, doch hatte das Peitschenende sich nicht verfangen.

Sie wartete, dass Jordan zu ihr sagte, sie solle Platz machen, damit er einen neuen Versuch wagen könne, doch sagte er kein Wort. Als sie zu ihm schaute, lächelte er ermutigend und gab ihr das Zeichen, es abermals zu versuchen. Es kostete sie zwei weitere Versuche, bis sich das Peitschenende fest um die Kassette schlang.

»Ich habe sie«, sagte sie und fiel auf die Knie.

»Brauchst du Hilfe?«

»Strecke deine Hände aus und fasse die Kassette, wenn ich sie hochziehe. Wenn sie sich irgendwo verfängt, könnte sie wieder zurück auf den Boden fallen.«

Wieder streckte er sich der Länge nach auf dem Bauch aus und griff nach unten, so weit er konnte. Sie rollte langsam die Peitsche ein und wünschte, jemand würde noch immer ihre Fesseln umfassen, damit sie nicht tief unten im Wasser landete.

Er fasste nach der Kassette, kaum dass er danach greifen konnte, zog sie hoch und drückte sie fest an seine Brust. Dann glitt er nieder und lehnte sich an einen großen Stein, auf den etwas gemalt war, das wie eine Kuh aussah. Er stellte die Kassette auf einen Stein, dann stand er auf und machte Platz.

Sie zog den Schlüssel hervor, den die Äbtissin ihr gegeben hatte. Mit zitternden Fingern führte sie ihn in das Schloss ein. Als er seine Hand auf ihre legte, um sie zu beruhigen, lächelte sie. Der Schlüssel glitt hinein und ließ sich mit einem Klicken drehen.

Sie öffnete den Deckel und starrte die beschriebenen Seiten in der Kassette an. Sie griff nach der obersten und überflog sie, während er ihr über die Schulter schaute. Nach einem tiefen Atemzug tat sie die Seite wieder in die Kassette.

»Kein Wunder, dass die Königin verhindern möchte, dass diese Schriftstücke ihrem Gemahl in die Hände fallen«, sagte sie, klappte den Deckel zu und schloss den Behälter ab. »Richard würde von der Kirche und den Baronen für die hier angeführten Verbrechen zur Rechenschaft gezogen werden. Die Plünderung einer heiligen Stätte, die sich sein Bruder zuschulden kommen ließ, ist im Vergleich zu Richards Untaten ein geringfügiges Vergehen.«

Sie warf einen Blick auf das Loch. »Dienen wir England, wenn wir diese Seiten der Königin übergeben und somit zulassen, dass Richard seinem Vater auf dem Thron nachfolgt?«

»Du hast nicht gelobt, England zu dienen, du hast aber gelobt, so zu handeln, wie es die Königin verlangt, um einen neuen Bürgerkrieg zu vermeiden. Was Richard als Prinz tat, mag sich sehr von dem unterscheiden, was er tut, wenn er erst die Krone trägt.«

»Hoffentlich behältst du Recht.«

»Das hoffe ich auch.« Er griff nach der Kassette. »Wenn wir jetzt nach St. Jude's Abbey aufbrechen, werden Stunden vergehen, bis jemand uns vermisst. Meine Tante wird wissen, wo die Königin sich aufhält, so dass du Eleanor die Kassette persönlich übergeben kannst.« Er lächelte. »Ich meine wir. Ich habe meinen Eid nicht vergessen.«

»Das bezweifelte ich keinen Moment.« Hand in Hand kämpften sie sich aus der zerstörten Kathedrale ins Freie. Vor ihnen lag ein langer Weg, doch mussten sie die Königin unbedingt erreichen, ehe Vater und Sohn von Angesicht zu Angesicht aufeinandertrafen, andernfalls ganz England so verwüstet werden würde wie die Kathedrale von Lincoln.

Isabella saß auf einem Stein am Straßenrand und drehte ihre Stiefeletten um. Ein Steinchen fiel in den Straßenstaub. Sie lächelte Jordan zu und sah voller Bewunderung, wie sein Haar in der Sonne blauschwarz glänzte. »Es fühlte sich viel größer an, als ich darauf trat.«

»Das lässt sich denken.« Er streichelte ihr Bein mit derselben leichten, sinnlichen Liebkosung, mit der er sie in der Nacht zuvor beglückt hatte, als sie Obdach in einem Stall gefunden hatten.

Ihre Finger strichen über seine Wangen, bevor sie sein Gesicht heranzog und seinen Mund mit ihren Lippen berührte. Mit geschlossenen Augen kostete sie die glühende Berührung aus, die auf ihren Lippen brannte, um das Verlangen in ihr neu zu entfachen. Nicht in ihren süßesten Träumen hatte sie sich vorstellen können, sich dermaßen nach der Berührung eines Mannes zu verzehren. Sie sehnte sich danach, dass seine starken Hände unter ihre Kleider glitten und ihre Haut mit ihren leidenschaftlichen Liebkosungen versengten.

Er half ihr auf ihren Schimmelhengst und schwang sich dann auf sein eigenes Pferd. »Sie ist noch immer an deinem Sattel befestigt, noch immer in deinem Sack versteckt.«

»Ich fragte nicht nach der Kassette.«

»Diesmal nicht.«

Sie lachte leise, als sie weiter hügelab ritten und dabei ein stetiges Tempo beibehielten, um die Pferde nicht zu ermüden, da sie am Tag darauf weiterreiten wollten. Es war ein Maitag, entlang des Weges stand alles in Blüte.

»Machen sich die Schwestern in der Abtei nicht den Maientau zunutze?«, fragte Jordan, als hätte sie ihre Gedanken laut ausgesprochen. »Du warst heute bei Sonnenaufgang nicht auf den Beinen, um Tau zu sammeln, damit dein Gesicht schön glatt wird.«

»Habe ich es nötig?«

Er lachte. »Logisch wie immer.«

Sie drehte sich um und blickte über die Schulter, als sie eiligen Hufschlag vernahm. Ihre Hand fuhr zur Peitsche, als sich eine Staubwolke am Hügelkamm zeigte. Sie hörte, dass Jordan sein Pferd durch Zuruf anfeuerte, und schlug mit der flachen Hand auf ihren Hengst ein, der nun in gestrecktem Galopp dahinsprengte. Tief über den Pferdehals gebeugt, trieb sie ihn noch heftiger an.

Ein Blick zurück, und ihr stockte der Atem. Jordans Pferd war von einem halben Dutzend Reitern umzingelt, blanker Stahl blitzte auf.

Ihr Pferd wieherte schrill und protestierend, als sie seinen Hals heftig herumriss und wendete. Sie konnte Jordan nicht seinem Schicksal überlassen. Wenn er getötet würde …

Wieder beugte sie sich über den Sattel und flehte ihr Pferd an, ihr zu gehorchen. Sie ritt direkt auf die Männer um Jordan zu. Kurz ehe sie diese erreichte, blickten ihr die Männer mit entsetzten Mienen entgegen. Sie feuerte das Pferd laut an, worauf die Männer ihre Tiere so heftig zügelten, dass diese sich aufbäumten, als sie auf sie zusprengte. Erst im letzten

Moment wendete sie das Pferd und holte mit ihrer Peitsche aus. Zwei Männer gingen zu Boden, während die anderen laut brüllten.

Sie vollführte eine rasche Wendung und sah Jordan davonsprengen. Nun gab es für sie kein Zögern mehr, als sie sah, dass die Männer, die noch im Sattel saßen, die Verfolgung aufnahmen. Unter Anrufung des Schutzheiligen der Abtei versetzte sie ihrem Pferd einen Schlag. Sie war einmal mitten durch die Angreifer hindurchgepflügt, um Jordan zu helfen. Sie konnte es wieder tun.

Die langsamsten Pferde waren bald eingeholt. Als sie diese zu überholen versuchte, hielten sie mit ihr Schritt. Einer der Reiter blieb zurück, als sie mit zwei weiteren gleichauf war. Sie wurden langsamer, und sie hatte kein andere Wahl, als es ihnen gleichzutun, weil sie nun umzingelt war wie vorhin Jordan. Erschrocken wurde ihr klar, dass sie in eine Falle geraten war.

Als sie zum Anhalten gezwungen wurde, hob sie ihre Peitsche. Ihre Hand wurde gepackt, die Peitsche ihren Fingern entrissen. Als sie sich umdrehte, um zu sehen, wer sie an sich genommen hatte, starrte sie in Lord Weirtons triumphierendes Lächeln. Sie versuchte sich zu befreien, doch bohrten sich die gepanzerten Finger eines anderen Mannes in ihr Handgelenk, bis sie vor Schmerz aufschrie. Sie packte Lord Weirtons Ärmel mit der anderen Hand und riss ihn zurück, um das Wappen der Bruderschaft auf seiner Haut zu enthüllen. Er schlug ihr heftig ins Gesicht.

»Das ist dafür, dass Ihr mich zu Boden geschickt habt«, grollte Lord Weirton. »Und für Eure Einmischung, als die Bruderschaft jemanden strafen wollte, der sie hinterging.«

»Sir Ryce?«

Er gab keine Antwort. Stattdessen schlug er sie ein zweites Mal, nicht mit der flachen Hand, sondern mit der Faust. Schmerz durchzuckte ihren Schädel und raubte ihr das Sonnenlicht und alle ihre Sinne.

23

Fahler Sonnenschein umgab Isabella, als sie ihren Kopf hob. Ihr erster Gedanke war Erstaunen, weil sie noch am Leben war, nachdem sie Blutlust in den Augen des Barons gesehen hatte. Rasender Kopfschmerz konnte ihre Wut nicht dämpfen. Sie biss die Zähne zusammen und streckte langsam ihre Finger aus und stellte fest, dass sie auf dem blanken Boden lag.

Ihre Hände waren gebunden. Und ihre Beine? Die waren frei. Das erstaunte sie, bis ihr einfiel, dass Lord Weirton nie gesehen hatte, wie sie ihre Füße gegen einen Feind einsetzte. Als sie sich zum Sitzen aufrichtete, schlug sie sich den Kopf an. Sie befand sich in einem vollgestellten Raum mit Schrägdach. Finster blickte sie zu dem Strohdach über den niedrigen Dachsparren auf. Stellenweise drang Sonnenschein durch schüttere Stellen im Stroh ein und ließ Staubkörnchen tanzen.

Die Tür war einen knappen Fuß von ihr entfernt, doch rührte sie sich nicht. Lord Weirton würde sie in irgendeiner Weise gesichert haben, um sie an der Flucht zu hindern. Er war bösartig, aber intelligent. Eine gefährliche Kombination.

Sie schnitt eine Grimasse, dann zwang sie wieder Glätte in ihre Stirn. Wenn ihr Kopf aufhörte zu schmerzen, als diene er einem Schmied als Amboss, würde sie klarer denken können. Der Schmerz pulsierte mit jedem Herzschlag, bis sie am liebsten laut geschrien hätte. Sie blieb still und atmete langsam, während sie sich krampfhaft bemühte, eine Fluchtmöglichkeit auszuhecken. Nicht zu wissen, wo sie war oder wo Jordan sein mochte, machte die Sache noch schwieriger.

Die Kassette! Was war aus der Kassette und ihrem Inhalt geworden?

Als hätte sie die Frage laut hinausgeschrien, ging die Tür auf. Ein ihr unbekannter Mann trat ein. Er packte ihren Arm und riss sie hoch. Sie biss sich auf die Unterlippe, als Schmerz in ihr widerhallte. Hatte er ihr die Schulter vom Körper gerissen? Er bückte sich nach ihrem Sack, der prall gefüllt war. Vermutlich befanden sich Decke und Kassette noch unentdeckt von Lord Weirton und seinen Mannen darin. Sie musterte den Mann und erwog, sich zu Boden zu werfen, ihre Füße anzuziehen und ihn ins Gesicht zu treten, doch war damit nichts gewonnen, weil sie damit ihre Fesseln nicht loswurde. Sie musste auf eine bessere Gelegenheit warten. Ihre Experimente waren unter perfekten Bedingungen immer am besten gelaufen. Um Lord Weirton und seinen Gefährten zu entkommen, war dieselbe rationale Denkweise angebracht.

Trotz ihrer Entschlossenheit, Ruhe zu bewahren, als sie aus dem kleinen Bau gezerrt wurde, rief Isabella den Namen Jordans, den sie mit dem Baron zusammen sah. Der Mann, der sie festhielt, stieß sie lachend vor sich her. Sie fiel auf die Knie und landete zwischen Jordan und Lord Weirton.

Jordan richtete sie behutsam auf, ehe der Baron sie anfassen konnte. »Warum bist du nicht auf und davon?«

»Warum du nicht?«

Er bedachte sie mit einem schiefen Lächeln, das immer Schmetterlinge in ihrem Bauch flattern ließ.

Lord Weirton befahl: »Lasst ihr die Fesseln, le Courtenay, oder Ihr werdet sie auf der Stelle sterben sehen.«

»Ihr habt Angst vor mir?«, spottete sie. »Mit gutem Grund!«

»Isabella«, zischte Jordan. Warum reizte sie Weirton noch mehr? Das rote Mal auf ihrer Wange schwoll bereits an. Weirton hatte sich damit gebrüstet, sie bewusstlos geschlagen zu haben, und hatte gehofft, Jordan würde sich zu einer unbedachten Tat hinreißen lassen. Und jetzt versuchte sie dasselbe beim Baron und setzte dabei ihr Leben aufs Spiel.

»Noch ein Wort von Euch, Weib«, kläffte Weirton, »und ich lasse Euch erdrosseln.«

Jordan war erleichtert, als sie den Mund schloss, während Weirton sich mit seinen Leuten neben dem aufgelassenen Stall, in dem man sie festgehalten hatte, beriet. »Hast du große Schmerzen?«, fragte er.

»Ja, aber sonst fehlt mir nichts.« Sie blickte zu Weirton. »Zumindest im Moment. Was die wohl planen?«

»Es war die Rede davon, uns zunächst nach Lincoln zurückzubringen.«

»Und was dann?«

»Da bin ich mir nicht sicher.«

Sie blickte verwundert um sich. »Sonderbar … dieses Licht … Weirton hat offenbar nicht nur meine Zähne, sondern auch meine Augen getroffen.«

»Deine Augen täuschen dich nicht. Schon die ganze letzte Stunde schien die Sonne irgendwie gedämpft.«

»Eine Stunde? So lange war ich bewusstlos?«

Er nickte und strich ihr übers Haar, als sie sich an ihn lehnte. Er wollte nicht von seinem Entsetzen sprechen, dass sie Weirton und seinen Männern in die Hände gefallen war. Ihm fehlten die Worte, ihr zu schildern, wie seine Angst um sie ihn gejagt hatte und er im gestreckten Galopp geritten war, um sich zu ergeben, in der Hoffnung, man würde sie verschonen. Er hatte in Aquitanien Ausbrüche niedrigster menschlicher Instinkte erlebt, wenn im Siegestaumel Vergewaltigungen als Selbstverständlichkeit galten. Da ihn abstieß, was er mit ansehen musste, hatte er versucht, diese und alle anderen Gefühle in sich abzutöten. Mit Erfolg … bis Isabella in sein Leben getreten war und nicht zugelassen hatte, dass er sich vor sich selbst versteckte.

»Es wird alles wieder gut«, flüsterte sie.

»Ich weiß«, log er, während er nur daran denken konnte, wie Weirton sich die Lippen leckte, wenn er Isabella ansah. Wie ein Raubtier im Vorgeschmack auf den Genuss der Beute. Eine böse Vorahnung sagte ihm, dass Isabella kein schneller Tod bestimmt sein würde, auch wenn man sie beide nach Lincoln in die Folterkammer unter dem Burgturm brachte.

Es musste eine Möglichkeit geben, die Wachen abzulenken und eine Flucht zu wagen. Sie konnte schneller laufen als die meisten Männer, und Weirtons Wachen schienen zu wohlgenährt, um sie einzuholen. Dazu kam, dass sie so gewitzt und klug war, dass sie ihre Bewacher an der Nase herumführen konnte, bis sie die Verfolgung aufgaben.

Zu spät, wie er sah, als Weirton auf sie zugeschritten kam.

Er bedeutete Jordan, er solle aufstehen und sich entfernen. Als Jordan zögerte, fasste der Baron nach seinem Schwert. Die unausgesprochene Drohung war nicht misszuverstehen.

»Mach keine Dummheiten«, flüsterte Jordan, als er Weirtons stummer Aufforderung nachkam und sich zwei Schritte entfernte.

»Knebelt sie«, befahl der Baron.

Sie setzte an: »Ich sagte nicht ...« Der Rest des Satzes wurde erstickt, als man ihr ein Stück Stoff in den Mund stopfte und ein zweites um den Kopf band. Ihr Blick schoss spitze Pfeile auf den Baron ab, der nur lachte.

Jordan staunte nicht schlecht, als Weirton mit einer weiteren stummen Geste seine Begleiter zu den Pferden schickte, die in einiger Entfernung an der Straße standen. Der Baron nahm nun lächelnd zwischen Isabella und Jordan Aufstellung.

»Es sind Brüder niederen Ranges«, sagte Weirton. »Was ich zu sagen habe, ist nicht für ihre Ohren bestimmt.«

»Es gibt also Rangunterschiede innerhalb der Bruderschaft.«

Er lachte wieder. »Natürlich. Wir sind ja nicht wie diese geistlosen Einfaltspinsel von Tempelherren, die ihre weltlichen Güter dem Ritterorden vermachen und untereinander gleichen Ranges sind. Ich trat ihnen bei und verließ sie wieder, um unsere Bruderschaft zu gründen.« Er berührte das Wappen auf dem Dolch, den er offen an der Seite trug. »Das Wappen der Templer zeigt zwei Mann auf einem Pferd, alle gleich in ihrer Armut. Wir aber sitzen stolz auf unserem Ross und lassen uns von denen, die uns unterlegen sind, bedienen.«

»Und das wären?«

»Alle außerhalb der Bruderschaft.«

Jordan kniff die Lippen zusammen, um nicht zu lächeln, als er sah, wie Isabella auf Weirtons hochtrabende Äußerung hin die Augen vielsagend verdrehte.

»Das schließt mich mit ein«, sagte er. »Haben uns deswegen Eure Mitbrüder auf dem Weg nach Lincoln aufgelauert?«

»Nein! Wir möchten, dass Ihr Mitglied der Bruderschaft werdet. Ich hatte gehofft, der Überfall würde Euch überzeugen, dass England einer starken Führung bedarf. Hätte dieser Idiot nicht sein Schwert fallen gelassen, wäre Euch die Wahrheit für immer verborgen geblieben.« Er lachte freudlos. »Ihm wird nie wieder ein dummer Fehler unterlaufen.«

Jordan schluckte und starrte den Baron an. Weirton war verrückt und hatte andere überzeugt, seine Wahnvorstellung gewährleiste Englands Rettung.

»Die Bruderschaft kann Euch alles verschaffen, was Ihr wollt.« Weirton steigerte sich mit jedem Wort mehr in Erregung hinein. »Seht mich an! Ich war ein Baron unter vielen, meine Güter gediehen, ich zahlte pünktlich meine Steuern. Dann gründete ich mit Gleichgesinnten die Bruderschaft, und jetzt habe ich die Achtung meiner Brüder und darf auf Belohnung hoffen, da ich dem König treu diente.«

»Wie könnt Ihr das sagen, wenn Ihr gelobt habt, Prinz Richard daran zu hindern, seinen rechtmäßigen Platz auf dem Thron seines Vaters einzunehmen, wenn dieser das Zeitliche segnet?«

»Ihr wisst mehr über die Bruderschaft, als ich ahnte.«

»Es war unklug, den Eingang zu Eurem Tunnelsystem in dem Haus zu verbergen, wo neugierige Gäste logieren.«

Weirton drehte sich um und schnarrte: »Ich hätte mir denken können, dass Ihr von Euren Schnüffeleien nicht lassen könnt, Mylady.«

Isabella zog die Brauen hoch und zuckte mit den Schultern. Ihre Miene drückte mehr aus, als jede verbale Beleidigung es vermocht hätte.

Auf den Zehen balancierend, war Jordan bereit, Weirton daran zu hindern, sie wieder zu schlagen. Umso erstaunter war er, als der Baron sich ihm lächelnd zuwandte, als hätte Jordan den Verstand eines beschränkten Kindes.

»Le Courtenay, *Ihr* habt sowohl dem jungen König als auch Prinz Richard gedient. *Ihr* habt gesehen, dass beide Männer, die gelobten, ihrem Vater und der Kirche zu dienen, sich gegen beide erhoben und vernichteten, was sie nicht erlangen konnten. Nur John, der seinem Vater getreu diente, verdient es, zum nächsten König von England gekrönt zu werden.«

Jordan schüttelte mit kurzem Auflachen den Kopf. »Die Bruderschaft kümmert es nicht, was der junge Henry oder Richard getan haben. Ihr liegt nur daran, mehr Macht über England zu gewinnen. Ihr wollt John als König, weil Ihr glaubt, Ihr könnt ihn beherrschen. Vielleicht habt Ihr Recht, doch habt Ihr eine sehr wichtige Persönlichkeit vergessen. Die Königin.«

»Sie ist schon seit Jahren eingekerkert und entmachtet.«

»Ach? Glaubt Ihr, sie wäre nicht imstande, eine Armee aufzubieten, wenn Ihr versucht, Ihren Lieblingssohn daran zu hindern, sein Geburtsrecht zu fordern?« Die Vorstellung, dass die Ladys von St. Jude's Abbey unter der Führung seiner Tante der Armee der Königin voranritten, entlockte Jordan ein Lächeln. Mit diesen Frauen konnte es keine Truppe aufnehmen, die die Bruderschaft gegen sie ins Feld schicken mochte.

»Sie wurde vor zwölf Jahren bezwungen und führt seither ein weltabgeschiedenes Leben. Sicher hat ihr Verstand inzwischen gelitten. Ich kann mir nicht denken, dass sie ein Problem darstellt. Falls aber doch ... nun, sie ist eine Frau in vorgerückten Jahren. Wenn sie stirbt, wird sich kein Mensch etwas dabei denken.«

»Ihr würdet die Königin töten?« Jordan schüttelte den Kopf. »Habt Ihr denn jeden Anflug von Ritterlichkeit eingebüßt, den Ihr je hattet? Wenn Ihr König Henry Treue gelobt, gilt dieser Schwur fortan ihm und seiner Familie.«

»Wir denken an England! Und Ihr werdet Euch uns anschließen.«

»Nein.«

»Nein?« Weirton lachte. »Vielleicht habt Ihr Recht, doch habt Ihr eine sehr wichtige Person vergessen. Isabella de Montfort.«

Jordan ballte fruchtlos die Fäuste. »Auch sie möchte nichts mit der Bruderschaft zu schaffen haben.«

»Glaubt Ihr denn, wir wollen eine Frau in unseren Reihen?« Er wieherte vor Lachen und hielt sich die Seiten. »Wir wollen *Euch* bei uns. Deshalb schickten wir Emery, damit er Euch als Knappe dient, nachdem der Eure starb.«

»Er ist also wirklich Mitglied der Bruderschaft?«

»Kein Vollmitglied, da er erst als Ritter Anspruch auf diesen Status hat. Er war eifrig darauf bedacht, der Bruderschaft seinen Wert zu beweisen, und als wir Euch überzeugen wollten, zu uns zu stoßen, war er der erste Schritt dazu.«

»Und der zweite?«

Wieder lachte Weirton auf. »Ist das nicht offenkundig? Wir veranlassten, dass de Dolan im Turnier getötet wurde. Er begehrte eine Frau, die ein Mitglied der Bruderschaft heiraten sollte. Und sie erwiderte seine Gefühle. Sein Tod diente zwei Zwecken: Sie ehelichte den Mann, den wir befürworteten, und er war Euer bester Freund. Wir ließen das Messer bei de Dolans Leichnam zurück, so dass der beschränkte Prior ihm eine Bestattung auf dem Boden der Kenwick Priory verweigern würde. Das wiederum führte Euch dorthin, wo man Euch leicht in unseren Kreis ziehen konnte.«

»Ach?« Er verschränkte die Arme. »Zweifellos mit Gamells Hilfe.«

»Der Mann ist ein Dummkopf, doch dient er mir gut.«

»Es ging also alles nach Plan, bis ...« Er sah zu Isabella hin, die mit ihren Fesseln kämpfte und deren Augen vor Wut blitzten.

»Wie hätten wir ahnen können, dass eine de Montfort etwas anderes im Kopf hat als ihren Besitzstand?« Weirton lächelte, als er zu Isabella ging, wo er sie überragend stehen blieb, ohne den Blick von Jordan zu wenden. »Und dass Ihr wie ein liebeskranker Jüngling ihren Spuren folgen würdet?«

Jordan bemerkte, dass sie seinen Blick suchte. Was glaubte sie, konnte er tun, das sie in nicht noch größere Gefahr bringen würde? Er sah, dass sie sich bemühte, ihm ihre Hände entgegenzustrecken. Wenn sie glaubte, er könnte sie befreien, wenn Weirton zwischen ihnen stand ... Sie senkte den Blick auf ihre Hände und er ebenso. Sie machte mit Daumen und Zeigefinger ein Zeichen.

Er begriff. Sie wollte, dass er Weirton am Reden hielt.

Nichts leichter als das. Weirton wurde nie müde, das zur Schau zu stellen, was er für Eloquenz hielt.

»Oder seid Ihr es, Weirton«, fragte er, »der die Bruderschaft als Vorwand benutzte, um Jagd auf Isabella zu machen?«

»Ich?« Weirtons Lachen klang gekünstelt. »Warum sollte mir etwas an dieser de Montfort liegen?«

»Weil die Bruderschaft es einrichten könnte, dass der Rest der Familie sich in einer scheinbar immerwährenden Fehde gegenseitig auslöscht und Euch dann die Güter ihres Vaters zufielen.« Er sah, dass Isabella einen Fuß hinter jenen Weirtons schob und ihren Fuß knapp über seine Ferse anhob.

»Ihr habt eine lebhafte Phantasie, le Courtenay. Ich werdet ein großer Gewinn für uns sein. Wenn …? Was zum …?«

Isabella reagierte so schnell, dass ihre Bewegungen verschwammen. Sie hob den anderen Fuß gegen Weirtons Knie und versetzte ihm in dem Moment einen Stoß, als sie den Fuß hinter seiner Ferse zurückschob. Weirton fiel mit einem Aufschrei rücklings um.

Sie sprang auf und setzte einen Stiefel auf Weirtons Kehle. Jordan ging um sie herum, so dass sie von den Leuten ein Stück weiter an der Straße nicht gesehen werden konnte. Er griff nach Weirtons Dolch und zog ihn aus dem Gürtel. Mit zwei raschen Schnitten erlöste er Isabella von Knebel und Handfesseln.

»Du bist erstaunlich, Isabella«, murmelte Jordan an ihrem wirren Haar, als er die Fesseln wegwarf.

»Vermutlich lernte ich in der Abtei mehr, als ich dachte.«

»Und ich sehe, dass ich noch viel lernen muss.« Er streichelte ihre Schulter, wo ihr Kleid zerrissen war, dann bedeutete er Weirton, er solle aufstehen.

Langsam zog Isabella ihren Fuß weg, setzte ihn aber sofort auf Weirtons Kehle, als er seine Hände hob, als wolle er zupacken. Er legte die Arme auf den Boden, und sie entfernte sich vorsichtig.

»Aufstehen!«, befahl Jordan.

Weirton kam mühsam auf die Beine. »Ihr macht einen Fehler, le Courtenay. Was Ihr für England wollt, will auch die Bruderschaft. Keine vater- und brudermörderischen Kriege mehr, die das Land verheeren und die Menschen Hungers sterben lassen.«

»Ich leistete meinen Treueid dem König.«

»Euer Eid wird dem neuen König gelten.«

»Aber nicht dem rechtmäßigen König!«

Weirton warf seinen Kopf zurück und rief: *»Semper minax, nunquam submissus!«*

Isabella holte mit der Faust aus und rammte sie ihm in den Leib. Als er zusammenklappte, stieß sie mit beiden Händen in seinen Rücken und schickte ihn zu Boden.

Sie fasste nach ihrem Sack und rannte zu den Bäumen hinter dem Stall. Jordan hielt an ihrer Seite mit ihr Schritt. Sie senkte den Kopf, um schneller voranzukommen, und wäre fast in ein Gebüsch gestolpert. Sie trat zurück, um den Busch zu umgehen, und stieß gegen Jordan. Warum? Sie riss die Augen auf, als sie sich einer Phalanx von Schwertern gegenübersah. Sie verwünschte ihre Kurzsichtigkeit. Sie hätte sich denken können, dass Lord Weirton nie völlig ungeschützt war.

Langsam hob sie ihre Hände. Der Sack wurde ihr abgenommen, und sie tat, als würde es sie nicht kümmern, doch behielt sie ihn unauffällig im Auge, als sie zurück zu Lord Weirton geführt wurden. Sie warf einen Blick zum Himmel, als sie unter den Bäumen hervortraten. Es waren nur wenige Wolken zu sehen, und doch wurde das Licht, das eine sonderbare Färbung annahm, immer trüber. Sie wünschte, sie hätte die Sonne sehen können, doch stand diese hinter den Bäumen. Sie konnte sich nicht rühren, während man dem Baron auf die Beine half.

»Wenn Ihr wollt, dass sie den morgigen Sonnenuntergang überlebt«, sagte Weirton, »werdet Ihr den Eid auf die Bruderschaft ablegen. Sagt ihr Lebewohl und leistet Euren Eid! Jetzt!«

»Ich benötige einige Minuten, um meine Antwort zu überdenken.« Jordan verschränkte die Arme.

»Was gibt es da zu überlegen?«

»Meine Antwort. Unter vier Augen mit Lady Isabella. Ihr fordert, dass ich sie aus meinem Leben streiche. Erlaubt, dass ich Abschied nehme.«

Mit angehaltenem Atem wartete Isabella, wie Lord Weirton auf Jordans subtilen Widerstand reagieren würde.

Der Baron sah erst seine Männer an und nickte sodann. »Wir sind vernünftige Menschen, die vernünftige Entscheidungen in sehr unvernünftiger Zeit treffen. Während wir die nötigen Vorbereitungen für Eure Eidesleistung treffen, könnt Ihr der Dame Lebewohl sagen.«

Lord Weirtons Drohung ließ sie zusammenzucken, doch sagte sie nichts, als Jordan ihren Arm ergriff, dem Mann, der den Sack an sich genommen hatte, diesen abnahm und sie ein Stück weiter wegführte. Sie dachte schon, Weirton würde seinen Leuten befehlen, sie aufzuhalten. Als der Baron Befehle rief, versuchte sie nicht daran zu denken, welche Vorbereitungen für die Eidesleistung notwendig waren.

Er gab ihr den Sack und flüsterte: »Während der Zeremonie werden sie abgelenkt sein. Fliehe und bringe deine Mission im Dienst der Königin zu einem Ende.«

»Ich kann dich nicht verlassen, Jordan.«

»Du musst. Du hast es geschworen und musst deinen Schwur halten. Geh und nütze die Chance.«

»Er wird mich nicht entkommen lassen, da ich über die Bruderschaft zu viel weiß und es keinen Eid gibt, der mich zum Schweigen verpflichten kann.«

»Wenn du *mir* schwörst, dass du nie darüber sprechen wirst …«

»Das wird Weirton nie akzeptieren. Da er anstrebt, dass seine Schwester deine Gemahlin wird, damit er sich Einfluss auf deinen Besitz verschafft, stehe ich ihm im Weg.«

Er lächelte. »Woher konntest du dir im Kloster so viel Einblick in das Wesen des Menschen verschaffen?«

»Ich bin eine de Montfort. Die Kunde von den Kämpfen, die meine Brüder miteinander ausfochten, drang sogar bis hinter die Klostermauern. Ich weiß, wozu Menschen fähig sind, um Macht und Reichtum zu gewinnen, während sie es Ehrenhandel nennen.«

Als er seinen Arm nicht von ihrer Schulter nahm, drückte sie sich enger an ihn. Er würde sie behüten, so lange es ihm möglich war, ein Gedanke, bei dem ihr der Atem stockte und ihr heiß wurde. Ihr Herz drohte stillzustehen. Sie wollte nicht, dass er sein Leben für ihres opferte. Seine Hand, die ihren Arm streichelte, bot kaum Trost, da sie beide binnen Sekunden des Todes sein konnten.

Die Sonne schien ihr in die Augen. Sie blickte auf und war fassungslos.

»Was ist?«, fragte Jordan.

»Die Sonne verschwindet!«

»Was?«

Sie lächelte. »Eine Sonnenfinsternis – die Erde wird verdunkelt, wenn Mond und Sonne sich so annähern, dass sie dieselbe Stelle am Himmel einnehmen. Abergläubische Toren sehen darin ein böses Omen.«

Von Lord Weirtons Leuten drangen Schreie herüber. Angstschreie.

»Da haben wir die Toren, Isabella«, sagte er.

Lächelnd öffnete sie den Sack und zog die Peitsche heraus, die sie ins Gras legte. Die Männer mussten sie im Sack verstaut haben. Dann zog sie ein Stück Decke heraus und lugte hinein, um zu sehen, ob die Kassette unberührt geblieben war. Sie holte drei Beutel hervor und öffnete sie. Zwei enthielten kleine in Lammwolle gewickelte Behälter. Der andere war rußig vor Holzkohle.

»Wir müssen zur Straße«, sagte sie.

»Warum?«

»Als ich die Peitsche gegen Gamell schnalzen ließ, sprühten von einigen Steinen Funken. Diese Funken könnten eine Explosion auslösen.«

»Habe ich dir gesagt, dass du erstaunlich bist und dass dies einer der Gründe ist, warum ich dich liebe?«

»Du liebst mich?« Sie starrte ihn an. Im schwächer werdenden Licht hatte sein Gesicht eine seltsame Farbe.

»Isabella, ich dachte, das wüsstest du.«

»Ich hatte gehofft, dass du mich liebst, weil ich dich liebe, du aber hast nichts dergleichen gesagt. Du sagtest, dass du nachher nach La Tour gehen willst.«

»Mit dir.« Er drückte seinen Mund in einem raschen Kuss auf ihren. »Dachtest du denn, ich würde dich jetzt gehen lassen? Du hast mir das Leben zurückgegeben, mich ermutigt, wieder Gefühle zu empfinden, als ich mich dessen schämte, was ich gesagt und getan hatte. Ich möchte dieses Leben mit dir teilen.«

»Zunächst müssen wir dafür sorgen, dass wir beide ein Leben haben, das wir von nun an teilen können.«

»Sage mir, was ich tun kann.«

Sie überlegte kurz und lächelte dann. »Du wirst so tun, als hätte ich mich vergiftet, um der Bruderschaft zu entkommen. Bringe mich zur Straße. Tu so, als würdest du mich zum Erbrechen zwingen. Während ich auf Hände und Knie gestützt auf dem Boden kauere, kann ich die Explosion vorbereiten.«

»Und dann?«

»Dann müssen wir hoffen, dass es wieder klappt.« Sie stieß eine Verwünschung aus, als sie einige der Männer auf sie zukommen sah. In der Hoffnung, niemand würde es im Halbdunkel bemerken, schlang sie die Peitsche um ihre Taille wie in der Kathedrale – vor einer wahren Ewigkeit, wie ihr jetzt schien. Die kleinen Beutel schob sie in die Stränge der Peitsche.

»Lord Weirton sagte, alles sei bereit, dass Ihr den Eid leistet, Mylord«, sagte der Mann und verbeugte sich vor Jordan. »Wenn Ihr mitkommen wollt …«

Jordan hängte sich bei ihr ein und schob sie vor sich her.

Der Mann sagte: »Sie kann nicht …«

Mit einer Arroganz, die jene Weirtons noch übertraf, knurrte Jordan: »Von Euch nehme ich keine Befehle entgegen. Sie kommt mit, bis *ich* es anders verfüge. Verstanden?«

Der Mann wich geduckt zurück, als Jordan mit ihr zu den wartenden Männern ging. Zehn Fuß vor Lord Weirton, der seinen Dolch blank in der Hand hielt, fing sie zu würgen an. Sie fiel auf die Knie und schlang schaudernd die Arme um ihre Mitte. Es sah nicht nur aus, als wäre ihr speiübel, sie konnte damit auch verbergen, dass sie ihre Peitsche umgebunden hatte.

»Verdammt!«, rief Jordan. »Ihr Tölpel! Ihr habt ihr den Sack gelassen!«

Lord Weirton trat zögernd vor. »Was geht hier vor?«

»War Euch nicht klar, dass sie Giftkräuter neben den Heilpflanzen bei sich hat?« Jordan zog sie auf die Beine und ließ den Sack ins Gras fallen. »Jetzt hat sie sich vergiftet.«

»Das ist ihre Entscheidung«, sagte der Baron. »Und wie sieht Eure aus?«

»Ihr Leben zu retten!«

Sie zog die Füße nach, als Jordan sie zur Straße schleppte. Hinter ihnen hörte er Lord Weirton laut rufen, Jordan aber ließ sich nicht beirren. Einige der Männer wollten ihnen folgen. Jordan rief ihnen zu, sie sollten sich nicht von der Stelle rühren, ehe er sich nicht vergewissert hätte, dass das, was sie geschluckt hatte, nicht gefährlich für andere wäre. Als er sie an den Straßenrand geschleppt hatte, blieb er stehen.

»Ein Stück weiter!«, drängte sie im Flüsterton.

Er zog sie in die Mitte der Straße und ließ sie dort los. Sie fiel auf Hände und Knie. Als er sie ob ihres Leichtsinns verwünschte, beugte sie sich in seltsamem Winkel vor.

»Ein Viertel Schwefel«, murmelte sie vor sich hin. »Ein Viertel Holzkohle. Fast doppelt so viel Salpeter wie die zwei anderen Teile.« Sie streute die Elemente unter lautem Würgen auf den Boden, um den Anschein zu erwecken, ihr wäre übel.

»Alles bereit?«

»Beinahe. Ich bin nicht sicher, wie das funktioniert. Wenn es sein muss, gehe ohne mich.«

»Man wird dich töten.«

»Versprich mir, dass du die Kassette zur Königin bringst.« Sie blickte auf. »Bitte, versprich es mir.«

Er legte mit traurigem Lächeln eine Hand an ihre Wange. »Ich verspreche es.«

Sie blinzelte ihre Träne fort und ließ etliche auf den Boden fallen. Sie war nicht sicher, wie groß die Explosion sein sollte, die sie benötigte. Sie war nicht einmal sicher, wie groß diese ausfallen würde, wenn sie denn überhaupt zustande kam.

»Du musst laut rufen, ich hätte vorhergesagt, die verschwindende Sonne würde nie wieder über England strahlen«, sagte sie. »Schreie so laut, dass sie dich hören.«

»Warum?«

»Als uns die Mitglieder der Bruderschaft auflauerten, glaubten sie, ich verfüge über Zauberkraft. Das sollen sie auch jetzt glauben. Wenn wir ihnen Furcht und Schrecken einjagen, setzt bei ihnen vielleicht der Verstand aus.« Sie verzog das Gesicht. »Lord Weirton hält nicht viel von Logik.«

Er sprang auf und wich vor ihr zurück. Sie hörte ihn rufen, sie hätte eine Kröte erbrochen und benutzte diese nun, um die Bruderschaft für immer in Finsternis zu versetzen. Er fuhr mit weiteren Geschichten fort, doch sie hörte nicht mehr hin, da sie sich darauf konzentrierte, die Grundsubstanzen zu mischen. Ihre Finger brannten vom Salpeter, als sie aufblickte und nun sah, dass die Sonne fast völlig verschwunden war.

Jetzt.

Sie sprang auf und schrie dabei laut sinnlose Silben, um dann fortzufahren: »Der Lohn für eure Sünden ist Finsternis! Finsternis und Verwüstung! Zahlt den Preis für eure Sünden!«

Sie ließ die Peitsche auf die Steine schnalzen. Einer ließ Funken sprühen, lag aber zu weit entfernt von der Grundstoffmischung. Sie trat näher, die Gefahr einer Verletzung missachtend.

Lord Weirton lief unter lautem Geschrei fort und rief seinen Männern zu, sie sollten ihr Einhalt gebieten. Sie blickte über das dunkle Feld zu Jordan und hob wieder die Peitsche.

»Zahlt den Preis für eure Sünden!«, rief sie und ließ die Peitsche tanzen, als die Männer sich der Mischung auf der Straße näherten.

Grelles Licht begleitete die Explosion, deren Erschütterung sie rücklings ins Gras warf. In ihren Ohren dröhnte es. Sie vernahm dumpfe Schläge und Schreie und den lauten Widerhall der Detonation. Steine und Erde prasselten auf sie nieder. Jemand schrie vor Schmerzen.

Qualm erhob sich um sie herum. Sie fächelte ihn fort, als sie sich zurück auf die Füße kämpfte. Jemand schnellte aus dem Rauch hervor, sie griff nach ihrer Peitsche. Die Erschutterung musste sie ihr aus der Hand gerissen haben.

»Isabella!«, hörte sie durch das Brausen in ihren Ohren.

Als sie Jordan sah, lief sie an den benommenen, im Gras liegenden Männern vorüber. Sie rief eine Warnung, als sie sah, dass sich hinter ihm jemand bewegte.

Er fuhr herum, als Lord Weirton sich auf ihn stürzte. Jordan hob die Hand und rammte sie dem Baron in den Leib. Dieser taumelte rücklings und umklammerte den Dolch, der aus ihm ragte. Er wollte etwas sagen und fiel nach hinten. Blut färbte seine Tunika dunkel. Der Griff des Dolches blitzte im Sonnenlicht, dem das Halbdunkel wich. Es trug das Wappen der Bruderschaft.

»Ich hoffe, man begräbt *Euch* mit dem Dolch!«, stieß Jordan hervor, »Ryce de Dolan ist gerächt.«

Isabella griff nach ihrem Sack, rannte mit Jordan zu den verängstigt wiehernden Pferden und ließ sich von ihm praktisch in den Sattel werfen. Sie befestigte ihren Sack, während er die anderen Pferde losmachte. Die Tiere flohen in panischer Angst, ehe er aufsaß und sein Pferd dicht an ihres lenkte.

»Bist du bereit, deinen Eid zu wiederholen, den du der Königin und der Abtei geleistet hast?«

»Ja.« Sie sah ihn mit gespieltem Stirnrunzeln an. »Du hast versprochen, ohne mich zu fliehen, wenn es möglich ist.«

»Ich weiß.«

»Aber du hast es nicht getan.«

»Ich konnte nicht weg, und hast du nicht dasselbe versprochen? Ich dachte, eine Lady von St. Jude's Abbey bewahre ihre Gelübde im Herzen.«

Sie nahm seine Hand und drückte sie auf eine Stelle zwischen ihren Brüsten. »Ich bewahre lieber dich in meinem Herzen.«

»Ein Gedanke, den du nicht vergessen solltest, Liebste.« Mit einem lauten Ausruf schlug er seinem Pferd auf die Kruppe.

Sie jagte mit ihrem Schimmelhengst hinter ihm her. Nun wusste sie, dass sie ihren Weg, wohin auch immer, gemeinsam gehen würden.

EPILOG

Die Königin sah viel älter aus als auf dem Porträt im Arbeitsraum der Äbtissin. Aber die tiefen Furchen, die das Alter und die fast ein Dutzend Jahre währende Kerkerhaft in ihrem Antlitz hinterlassen hatten, vermochten ihrer Eleganz und Würde nichts anzuhaben, die ihr als begehrenswertester Frau Europas in die Wiege gelegt worden waren, ihr, der Gemahlin zweier Könige und Mutter eines gekrönten Sohnes, die – falls ihre Söhne nicht durch Verrat innerhalb der Familie oder bei der Verteidigung des Territoriums der Plantagenets umkamen – erleben konnte, dass noch ein zweiter Sohn gekrönt wurde.

In einem kleinen Gemach in Bayeux jenseits des Kanals sitzend, las sie die Seiten, die Isabella aus den Ruinen der Kathedrale von Lincoln geborgen hatte. Ihre unbewegte Miene weckte in Isabella Zweifel, ob es für Königin Eleanor unerwartet kam, auf diesen Seiten das Verdammungsurteil über ihre zwei überlebenden Söhne und deren ehrgeizige Träume zu lesen.

»Der Teufel hat sie alle im Griff.« Die Königin ließ die Seiten auf ihren Schoß sinken. »Doch wenn ich Richard mit diesem Beweis seiner Torheit konfrontiere, wird er sich gewiss anders besinnen. Schließlich sollte er nicht mehr zu lange warten müssen, um alles Gewünschte zu erlangen. Vielleicht wird er dann entdecken, dass Geduld eine Tugend ist, die kein König von seiner Umgebung erwarten kann.«

Isabella versuchte ihr Erschrecken zu verbergen. Sie wusste, dass König und Königin einander verabscheuten, doch hatte sie nicht geahnt, dass Königin Eleanor glaubte, ihre beiden Söhne wären Gegner. »Ihr habt mir gut gedient, Lady Isabella.« Die Königin lächelte, und die Zeit fiel ab von ihr und enthüllte die schöne Frau, die sie gewesen war. »Soviel ich weiß, Lord le Courtenay, habt Ihr meine Lady von St. Jude's Abbey gebeten, ganz besondere Gelübde mit Euch zu tauschen.«

Jordan beugte das Haupt vor der Königin. »Mit Eurer Erlaubnis, natürlich.«

Das Lächeln der Königin wurde wärmer, und Isabella fiel ein, was sie vom Liebeshof der Königin in Poitiers gehört hatte, an dem Männer und Frauen sich der Musik, der Dichtung und der Kunst des Werbens hingaben. Wenn sie Jordan in seiner schönsten, roten, mit Goldfaden bestickten Tunika vor sich sah, konnte sie sich ihn gut inmitten der Pracht des Liebeshofes vorstellen.

»Ihr verdient für Eure Dienste eine Belohnung, Mylord, doch scheint mir, Ihr seid bereits belohnt worden, nach dem liebevollen Blick zu urteilen, mit dem ihr Lady Isabella ansieht. Wenn Ihr die Hand *meiner* Lady wollt, dann habt Ihr meine Erlaubnis, sie als *Eure* Lady Isabella zur Gemahlin zu nehmen.«

»Ich könnte mir keine schönere Belohnung denken.«

Die Königin erhob sich. »Und Ihr, Lady Isabella, verdient ebenso eine Belohnung.«

»Euch zu dienen und damit weitere Kämpfe zu verhindern ist die größte Belohnung, die ich mir wünschen könnte.« Sie lächelte Jordan zu. »Oder fast die größte.«

»Wie Ihr wollt.« Die Königin deutete auf eine Tür, die jener gegenüberlag, durch die sie eingetreten waren. »Bitte, geht dort hinaus, damit Ihr nicht zufällig dem König begegnet. Er wäre nicht erfreut, eine meiner Damen aus der Abtei hier in Bayeux zu sehen, und ich möchte Euch nicht seinem Missfallen aussetzen.«

Nach einer neuerlichen Verbeugung verließ Isabella mit Jordan den Raum, begleitet vom Geraschel der Papiere, als die Königin sich wieder ihrer Lektüre widmete. Isabella griff nach seiner Hand. Im Vorraum nahm er sie in seine Arme und forderte ihren Mund.

Ein leises Lachen trennte sie, und Isabella sah eine Frau eintreten. Ihr einst goldenes Haar war unter einem schlichten Schleier silbern durchsetzt. Groß und schlank, hielt sie sich ganz aufrecht, wiewohl sie am Stock ging.

»Allmächtiger!«, stieß Jordan hervor.

Isabella brachte kein Wort heraus, als sie vortrat. Eine vage Erinnerung aus ihrer längst vergangenen Kindheit bestätigte ihr, was ihre Augen wahrnahmen. »Mutter?«

»Ja.« Lady Gemma de Montfort berührte Isabellas Wange. »Meine liebe, liebe Isabella. Mir ist, als sähe ich mein eigenes Spiegelbild zum Zeitpunkt deiner Geburt.«

Isabella fiel auf die Knie und schlang die Arme um die Taille ihrer Mutter und schluchzte in deren schlichtes Gewand. »Nie hätte ich gedacht, dich in dieser Welt wiederzusehen.«

»Ich betete für diesen Tag. Ich bin erstaunt, dass es dic Königin ist, die uns zusammenbrachte, nachdem sie uns trennte, als du noch ein Kind warst.«

»Die Königin trennte uns? Warum?«

Lady de Montfort lächelte. »Für mich hatte sie ihr geliebtes Fontevraud vorgesehen, überzeugte mich aber, dass es einen besseren Ort für ein aufgewecktes Kind wie dich gäbe.«

»St. Jude's Abbey.«

»Du bist Nonne geworden?« Ihr Lächeln wich einem besorgten Stirnrunzeln, als sie von Isabella zu Jordan blickte.

»Es ist eine Abtei wie keine andere. Ich werde es dir erklären, aber zuerst … das ist Jordan le Courtenay.«

Jordan beugte sich so tief über die Hand ihrer Mutter wie über jene der Königin. »Lady de Montfort, es ist mir eine große Ehre. Ich erbat die Erlaubnis der Königin und erbitte nun die Eure. Ich möchte Eure Tochter heiraten.«

»Und du … willst du ihn heiraten?«, fragte ihre Mutter.

»Aus ganzem Herzen, das ein Gelübde ablegte, ihn ewig zu lieben, und die de Montforts halten ihre Gelübde.«

Lady de Montforts Gesicht entspannte sich wieder zu einem Lächeln. »Ach, das erklärt, was ich unterbrach.« Sie gab erst Isabella einen Kuss auf die Wange, dann Jordan. »Ich warte draußen. Ich möchte wissen, was für Hochzeitspläne ihr habt, und ich will hören, was dir zustieß, seitdem ich dich das letzte Mal sah, Isabella.«

»Das ist eine lange Geschichte.«

»Mit glücklichem Ausgang?«

Isabella legte die Arme um Jordans Schultern, als er sie an sich zog. »Dem denkbar glücklichsten.«

Er hob ihr Kinn an, um ihre Lippen zu sich zu ziehen, als er ihr zuflüsterte: »Ist das ein Versprechen?«

»Ja«, sagte sie, ehe sein Mund den ihren fand.

Nachwort der Autorin

Das Erdbeben, das die Kathedrale von Lincoln zerstörte, und die Sonnenfinsternis sind historische Ereignisse. Experten schätzen, dass das Erdbeben vom fünfzehnten April 1185 eine Stärke zwischen 5 und 6 auf der Richterskala hatte. Die Dachkonstruktion und die Lage der Kathedrale brachten es mit sich, dass der gesamte Mittelteil zerstört wurde, während die etwa dreihundert Meter entfernte Burg auf dem Hügelkamm mit viel geringeren Schäden davonkam.

Die nahezu totale Sonnenfinsternis vom ersten Mai 1185 betraf einen Großteil Nordeuropas. Als sich vom schottischen Hochland bis nach Sibirien die Sonne verdunkelte, wurde dies im Westen voller Angst registriert und dokumentiert, während man im Osten, wo die Wissenschaften in höherem Ansehen standen, das Ereignis mit wachem Interesse verfolgte.